Karoline Toso

# Esmeraldas Blick

Roman

Bookspot
EDITION AGLAIA

1. Auflage 2019

Lektorat: Sylvia Kling
Korrektorat: Andreas März
Satz/Layout: Martina Stolzmann
Covergestaltung/Einband: Nele Schütz Design
Covermotiv unter Verwendung von: © Shutterstock/Faestock/Yuliya Blonska

Druck: CPI – Clausen & Bosse, Leck
Made in Germany
ISBN 978-3-95669-135-5
www.bookspot.de

*Für Alan Rickman*

# Kapitel 1
## Reise nach Paris

*Nach all den Jahren lag eine Erstausgabe auf seinem Schoß. Liebevoll öffnete er das Buch, roch an den Seiten, befühlte es, dachte daran, wie viele Menschen es seit 1831 wohl schon in den Händen gehalten und gelesen hatten. Kaum wagte er zu beginnen. Dann aber tauchte Albert Alden in den Trubel des Narrenfestes am sechsten Jänner 1482 ein. Das Französisch des neunzehnten Jahrhunderts las sich zwar sperrig, aber er war zu gespannt, um sich davon abhalten zu lassen. Fast hörte er den Lärm der aufgeheizten Menge, die in den Justizpalast strömte, um dem Mysterienspiel beizuwohnen und die Gesandten aus Flandern zu bestaunen. Albert befand sich selbst inmitten des ausgelassenen Treibens vor den Türmen der Notre-Dame.*

Der zehnjährige Claude Frollo stand gehorsam hinter seiner Mutter und der Magd, die den Einkauf trug. Selten durfte er das bunte Treiben des Marktes miterleben, doch diesmal galt es, auch für ihn einiges einzukaufen: Stoffe für neue Kleidung, ein zweites Paar Schuhe, Papier, Federn und Tinte. In wenigen Tagen begann für ihn ein neues Leben als Aspirant bei den Benediktinern in Paris. Das Neue zog ihn an, aber der Gedanke, für immer von zu Hause weg zu müssen, ängstigte ihn auch. Im Augenblick aber faszinierte ihn die Vielfalt am Markt. Eine Gruppe Zigeuner zeigte allerlei erstaunliche Kunststücke und spielte Musik, die Claude noch nie zuvor so nah gehört hatte. Am liebsten wäre er zum Takt herumgesprungen.

Dann sah er sie. Zwischen Kisten musterten ihn zwei kecke schwarze Augen, Kinderaugen. Er konnte nicht anders als zu dem Gewürzstand zu gehen, hinter dem sich das Kind verbarg. Sein süßes Gebäck, das er in der Hand hielt, vergaß er fast, obwohl er selten solche Geschenke von der Mutter bekam. Auch sie sah dem neuen Lebensabschnitt ihres Ältesten mit gemischten Gefühlen entgegen. Dass er ein gebildeter Priester werden sollte, erfüllte sie zwar mit Stolz, doch er wurde ihrer Obhut entzogen. Es stand ein großer Abschied bevor. Das stimmte sie mild, sie erlaubte ihm, ein wenig zwischen den Ständen herumzuschlendern, kaufte Nüsse und getrocknete Früchte für die Reise nach Paris.

Als Claude bei den Kisten ganz im Bann dieser Augen stand, die nur so sprühten vor Lebenslust, lachte das Kind laut auf, sauste hervor, entriss ihm das Gebäck und rannte damit davon. Er wusste nicht, wie ihm geschah, starrte dem Mädchen hinterher. Die kleine Zigeunerin lachte noch immer in ihrem bunten Gewand, mit den offenen, langen, dunklen Haaren und mit Schellen an ihrem Fußgelenk, das jeden ihrer Schritte zu Musik werden ließ. Ihr roter Rock reichte nur bis knapp unters Knie, an den Füßen trug sie Stoffsandalen. Sie war kleiner als er und schöner als ein Engel, jedenfalls empfand Claude es so. Am schönsten fand er ihre fröhliche Lebendigkeit. Nie hätte er gewagt, zwischen den Ständen so wild herumzulaufen. Für diesen kurzen Moment des Staunens opferte er gern das seltene Geschenk des Süßgebäcks. Doch das kecke Kind verschwand nicht mit seiner Beute. Hinter den Ständen blieb es stehen und wartete auf den Verfolger, der wie angewurzelt mit weit aufgerissenen Augen dastand. Das Mädchen winkte ihn zu sich heran. Claude konnte sein Glück kaum fassen.

Nach der Mutter blickte er sich nicht einmal um, denn bestimmt würde sie ihm verbieten, so weit von ihr wegzugehen und noch dazu Kontakt zu dem Mädchen aufzunehmen. Seit jeher galt für alle Christenmenschen, dass Zigeuner und Gaukler zum zwielichtigen Gesindel gehörten, dem nicht zu trauen war. Sie kannten keinen Gott und keine Kirche, das war verdammenswürdig. Doch man musste sie dulden, solange sie keiner bösen Tat überführt wurden, deren sie gewiss täglich mehrere verübten. Claude hatte bisher nur selten Gaukler erleben dürfen, doch er fand es schade, dass die Fröhlichkeit und das Gefühl der Freiheit, die sie verbreiteten, Teil des Bösen sein sollten. Das sogenannte Gute, wie er es kannte, war für ihn als Kind doch recht langweilig. Es bestand aus Gehorsam, Fleiß, Gebet und Bescheidenheit.

Mit zaghaft langsamen Schritten erreichte er endlich die kleine Zigeunerin. Rasch zog sie ihn an eine Hausecke, damit sie vor den Blicken der meisten Leute am Markt verborgen blieben. Dort biss sie herzhaft in das Süßgebäck und hielt es ihm hin. Als er nicht reagierte, presste sie es ihm laut lachend auf die Lippen. Verwirrt biss er ab, dann lief sie noch weiter vom Markt weg.

»Komm!«, rief sie und bog in die nächste Gasse. Er zauderte, da kehrte sie zurück und zog ihn wieder an der Hand mit sich. Seine Lederschuhe klapperten, ihre Schellensandalen klangen hell. Vor einem Tor blieb sie stehen, setzte sich auf die Schwelle und brach das Süßgebäck in zwei gleich große Teile. Eines davon reichte sie ihm. Als er danach griff, entzog sie es wieder, kicherte, wiederholte das Spiel, bis er sie am Handgelenk fasste und das Gebäck an sich riss.

»Ja! Gewonnen!«, rief er vergnügt und setzte sich zu ihr. Doch er aß nicht. Lieber starrte er in ihre schwarzen fröhlichen Augen. Sie kaute an ihrem Teil des Gebäcks.

»Wie heißt du denn?«, fragte er. Sie kicherte schelmisch.

»Und wie heißt du?«

»Ich heiße Claude Frollo de Molendino und werde Priester bei den Benediktinern.«

»Wie willst du das jetzt schon wissen?«

»In ein paar Tagen holt mich ein Pater nach Paris ins Kloster.«

»Macht es Spaß, ein Priester in Paris zu werden?«

»Ich glaube eher nicht.«

»Das glaube ich auch nicht. Mir wäre es zu langweilig. Die tanzen und lachen nicht und singen nur heilige Lieder. Warum willst du denn so einer werden?«

»Das haben meine Eltern bestimmt. Mir wäre es auch lieber, mit dir herumzutanzen.« Er schaute sie vertrauensvoll an.

»Ach ja?!«, rief sie überrascht, legte ihr angebissenes Gebäck auf seinen Schoß und schlug ein paar Räder, die den roten Rock fliegen ließen. Er sah ihre Beine durch die Luft wirbeln. Unter dem Rock trug sie Beinkleider, die bis zum Knie reichten.

Dann setzte sie sich wie selbstverständlich wieder an seine Seite, nahm das Gebäck von seinem Schoß und verzehrte es. Claude sah ihr bei allem wie verzaubert zu.

»Wir werden bestimmt auch in Paris auftreten, dann treffen wir uns dort. Wo wirst du wohnen?«

»Das Kloster ist nahe der Notre-Dame.« Der Gedanke, sie in Paris wiederzusehen, freute ihn mehr als alle Geschenke dieses Tages. Still bewunderte er ihre langen seidigen Haare mit den bunten, lose hineingeflochtenen Bändern. Ein rotes Band zog sie heraus und reichte es ihm. Er drückte es an sein Herz, dann reichte er ihr seinen Teil des Süßgebäcks. Sie lachte, als sie es nahm, gab ihm einen kleinen Kuss auf die Wange und sprang davon.

»Claude! Claude! Bei allen Heiligen, wo ist mein Sohn?!«, hörte er seine Mutter verzweifelt rufen.

*Ich weiß nicht mal deinen Namen*, dachte er traurig, als er das Band in seine Tasche steckte. Die Mutter war außer sich, dass er sich aus ihrem Blickfeld entfernt hatte.

»Es gibt böse Menschen, die Kinder stehlen. Wo Zigeuner sind, muss man besonders auf der Hut sein!«, mahnte sie. Er hoffte, das Mädchen irgendwo zu entdecken, aber es tummelten sich zu viele Leute auf dem Markt. Seinen Schatz, das rote Haarband, bewahrte er bei sich. Nur er sollte davon wissen.

Dann kam der Abschied. Katherine und Julie wollten den großen Bruder nicht gehen lassen, Mutter wischte sich immer wieder verschämt Tränen aus dem Gesicht, der Vater legte ihm die Hand auf die Schulter und schaute ihn liebevoll an.

»Du bist unser ganzer Stolz, Claude. Aus dir wird ein hochgelehrter Priester, ein Vorbild an Sittsamkeit und Gottesfurcht«, munterte er ihn auf. In seiner Tasche steckten mehr süße Köstlichkeiten für die Reise, als er je bekommen hatte. Da gab es Trockenfrüchte, Nüsse, Zimtgebäck und Karamellbonbons. Auch vier rote Äpfel zur Erfrischung hatte Mutter mit eingepackt. Eine große Kiste mit warmen Stoffen für Kleidung als Novize der Benediktiner, Nachtwäsche und einem zweiten Paar Schuhe stand ebenfalls bereit. Außerdem Tinte und Federn in einem feinen Lederfutteral. Claude dünkte sich reich wie ein Prinz. Und dennoch galt ihm das nicht so viel wie das rote Band, das er an sein Innenhemd gebunden hatte, gut versteckt und hautnah.

Er konnte sich nicht vorstellen, die Eltern, die kleinen Schwestern und das Haus viele Jahre lang nicht mehr wiederzusehen. Mutter hatte ihm das Lesen und Schreiben, vor allem aber sämtliche Gebete der Kirche auf Latein beigebracht. Den Psalter des kirchlichen Stundengebetes konnte er auswendig singen, betete täglich dreimal das Pater Noster, das Ave Verum und natürlich täglich vor dem Frühstück das große Credo. Vor dem Schlafen betete er das Confessio Pecati Mei und als Trost danach das Agnus Dei. Würden seine künftigen Lehrer das anerkennen? Konnte er auf Freundlichkeit hoffen, oder erwartete ihn nur kalte Strenge, wie man es frommen Kirchenlehrern nachsagte? Immer wieder dachte er an das Zigeunermädchen und fragte sich, ob es nicht besser wäre, zu leben wie sie. Doch das stand nicht zur Auswahl. Er war ein Christ, angehender Mönch und Priester, also auf der ganz frommen, langweiligen Seite. Daran ließ sich nun mal nichts ändern.

Die Reise gestaltete sich allerdings überraschend spaßig. Zwei junge und ein alter Mönch sollten jene Kandidaten der Gegend rund um Montereau abholen, die schon seit ihrer Geburt der Kirche geweiht waren. Ihre Kutsche wurde von zwei alten Gäulen gezogen, für die einer der jungen Mönche zuständig war. Dieser wirkte eher wie ein grober Knecht denn ein gelehrter Gottesmann. Mitunter hörte man ihn sogar leise fluchen, wenn das ganze Gespann im Schlamm stecken blieb oder einer der Gäule, stur wie ein Esel, partout nicht weitergehen wollte. Der andere junge Mönch diente dem sehr betagten, der das Sagen hatte, mitunter aber mitten im Satz einschlief und täglich mindestens einen Liter Wein benötigte, um noch zu funktionieren.

Nach und nach kamen drei weitere Jungen hinzu, alle in Claudes Alter. In der Kutsche fuhr nur der alte Ordenspriester, die jungen Mönche und Knaben gingen zu Fuß, waren dabei aber meist flotter als das Gespann. So hatten sie Gelegenheit, sich unterwegs zu unterhalten, immer wieder mal Obst oder Beeren zu sammeln, sogar ein wenig herumzurennen, sich die Mützen vom Kopf zu reißen und einander zuzuwerfen. So fröhlich hatte Claude zu Hause nie gespielt. Mutter hatte keinen Umgang mit anderen Kindern geduldet. Als angehender Priester und Vorbild für die kleinen Geschwister sollte er sich immer korrekt und sittsam betragen.

»Geht es bei euch im Kloster auch so fröhlich zu wie hier unterwegs?«, fragte er den Diener des alten Ordenspriesters.

»Wenn dich keiner dabei erwischt, dann schon.«

Unterwegs gab es drei Gebetszeiten täglich. Nach der Laudes unterwies der alte Priester die Kandidaten in der Ordensregel und im richtigen Verhalten der Benediktiner.

»›Ora, labora et lege (in biblia)‹, das ist unser Ordensprinzip. Allerdings gehört dazu das ›in Silencio‹. Sprich nur das Nötigste und das so knapp wie möglich. Der Teufel versteckt sich im Geschwätz, er versteckt sich in der Eitelkeit und in der Völlerei«, betonte er immer wieder.

»Aber ›in vino veritas‹«, ergänzte sein Diener grinsend. Der Alte hörte kaum hin und nickte nur leicht. Verschmitzt zwinkerte der junge Mönch den Kindern zu. Claude freundete sich unterwegs nicht nur mit den anderen Kandidaten an, sondern auch mit den beiden Gäulen. Immer schon mochte er Tiere besonders. Sie schenkten Freundschaft ohne Gegenleistung, verstellten sich nicht, handelten ohne Hintergedanken. Er striegelte die Pferde mit Heu, tätschelte sie, erzählte ihnen von dem hübschen Zigeunermädchen.

Sie übernachteten auf einem Bauernhof. Die Mönche waren überall willkommen, ihr Besuch galt als Segen. So wurden sie auch reichlich bewirtet. Für Claude war die Reise somit ein einziges Fest. Lange nach dem Abendgebet hörte er gedämpftes Kichern, es kam von der Scheune. Trotz der Finsternis schlich sich Claude heran. Der Hofhund, der ihm sofort vertraute, begleitete ihn schwanzwedelnd. In der Scheune lag der Knecht-Mönch mit der Magd auf dem Heu und küsste sie überall stürmisch, auch dort, wo Claude nie gedacht hätte, dass man jemanden küssen wollte. Vor allem erstaunte es ihn, dass ein Mönch so etwas durfte, dass man überhaupt so etwas durfte, wenn man nicht den Ehebund vor der Kirche geschlossen hatte.

Als die Magd dann begann, herzzerreißend zu wimmern, wollte er schon Hilfe holen. Doch gleichzeitig küsste sie den Ungestümen und presste ihn an sich, der ohnehin wippend auf ihr lag. Das alles verwirrte Claude, doch es war auch aufregend. Leise schlich er in die Küche zurück, wo die Knaben vor der Feuerstelle auf dem Boden schliefen. Den Hund durfte er leider nicht mit ins Haus nehmen, das hätte ihn etwas getröstet. Ihm stiegen bei dem Gedanken Tränen auf, dass neben ihm nicht die kleinen Schwestern schliefen und im Nebenraum nicht die Eltern.

Endlich in Paris, glaubten die Landkinder zunächst, in eine Güllegrube geraten zu sein. Es war Anfang Oktober und noch immer sommerlich warm. Über Kot- und Abfallhaufen surrten Schmeißfliegen, allerorten stank es und überall wimmelte es von Menschen. Claude staunte darüber, wie viele unterschiedliche Personen es an einem Ort geben konnte. Da saßen die Verkrüppelten, von Krätze Übersäten an den Straßenrändern und an ihnen vorbei stolzierten Damen, so prächtig wie Königinnen, begleitet von Dienern, die aussahen wie vornehme Herrschaften. An allen Ecken wurden lauthals Waren feilgeboten, ganz Paris glich einem Markt. Die Gebäude und vielen Kirchen aber wirkten prächtig wie aus einem schönen Traum. Man kam aus dem Schauen und Staunen gar nicht mehr heraus. Dann blieb Claude fast das Herz stehen. Mitten auf einem großen Platz tanzte seine Zigeunerin. Kein Himmel konnte schöner sein! Sie sang dazu, setzte gekonnt ihr Schellen-Tambourin ein. Rundherum standen Leute, warfen ihr kleine Münzen zu, andere Zigeuner saßen in ihrer Nähe, spielten die Fiedel und die Schalmei. Es war prächtiger als jeder Gottesdienst. Sofort begann er zu rennen, um zu der Tanzenden zu gelangen, doch bevor er sie erreichen konnte, hatte ihn der Knecht-Mönch eingeholt und hart auf den Boden geworfen.

Claude war so schwer mit dem Kopf auf dem Pflaster gelandet, dass er die Besinnung verlor. Als er wieder zu sich kam, lag er in der Kutsche. Der alte Priester saß neben ihm.

»Welcher Teufel ist denn in dich gefahren, zu den Zigeunern zu laufen?«, fragte er vorwurfsvoll. Claude hatte starke Kopfschmerzen, ihm war übel und vor seinen Augen tanzten Sterne.

»Wisse, alle Zigeuner sind des Teufels. Du bist ein Sohn der Kirche. Danke Gott dafür und erweise dich als würdig!« Mit diesen Worten des Alten waren sie bei der Benediktinerabtei angelangt. Als Claude benommen aus der Kutsche stieg, fiel sein Blick auf die mächtige, erhabene Kathedrale Notre-Dame. Tränen der Ehrfurcht stiegen ihm in die Augen. Zur Ankunft im Kloster erwarteten sie der Novizenmeister und zwei weitere Priester, die an der Ordensschule Latein und Griechisch unterrichteten, außerdem der Schlüssel- und Hausmeistermönch. In knappen Worten wurden sie willkommen geheißen. Das Wichtigste für die folgenden Tage waren absoluter Gehorsam und absolutes Stillschweigen. Die vier Knaben, die sich auf der Reise miteinander vertraut gemacht hatten, sollten in den kommenden Monaten nicht für gemeinsame Dienste eingeteilt werden, damit keine Partikularfreundschaften entstehen konnten, die einem spirituellen Leben abträglich wären. In den Unterrichts- und Gebetszeiten durfte ohnehin nicht gesprochen werden. Alle Novizen hatten stets den Blick zu senken.

Nach dieser Begrüßung wurden sie geschoren und hintereinander in einen Bottich mit kaltem Wasser gesteckt, wo sie sich unter der Aufsicht eines Bären von Mitbruder abzuschrubben hatten. Sie bekamen ordenseigene Kleidung, trugen also ab diesem Zeitpunkt einen Novizenhabit, und mussten die mitgebrachten Sachen abgeben. Claude gelang es gerade noch, das rote Band in seinen Schuh zu stecken. In dieser fremden, strengen Atmosphäre war es ihm ein tröstlicher Schatz.

Die Wochen danach: trübe Mühsal. Man weckte die über dreißig Aspiranten und Novizen jede Nacht um drei Uhr morgens. Es waren Jungen aus ganz Frankreich, vorwiegend aber aus guten Pariser Häusern. Sie schliefen allesamt in einem Saal auf Strohsäcken, die sie wöchentlich neu zu füllen hatten. Der ganze Konvent traf sich in der kalten Kapelle, um die Prim zu beten. Danach gab es wieder zwei Stunden Schlaf. Für die Laudes und Morgenmesse zogen die Mönche in Prozession zur Kathedrale hinüber. Das anschließende Frühstück bestand aus einem Stück Brot und einem Becher Wasser. Es folgten Unterricht und Arbeitsdienste, dann das Mittagsgebet und das Mittagsmahl, das schweigend eingenommen wurde, allerdings mit gleichzeitiger Vorlesung aus der Heiligen Schrift. Der Vortragende aß später, während die Mitbrüder eine stille Andacht in der Kapelle des Klosters hielten. Das war für gewöhnlich ein sitzendes Mittagsschläfchen. Für den Nachmittag gab es wieder Arbeitsdienste, Studien, manchmal auch Bußübungen. Hatte sich jemand eines Vergehens schuldig gemacht, konnte es schon mal vorkommen, dass er sein Mittagsmahl kauernd am Boden einnehmen musste. Grund dafür konnten neugierige Blicke von Novizen sein (Missachtung des gesenkten Blickes), eine gestohlene Frucht aus der Küche oder gar ein Stück Schinken.

Einmal wurde ein junger Mönch für drei Tage in einen kleinen finsteren Raum gesperrt. Darin konnte er nur in gebückter Haltung stehen oder auf dem Steinboden sitzend verweilen. In dieser Zeit wurden ihm nur wenig Trinken und Nahrung durchgereicht, denn er musste mit einem einzigen Güllekübel auskommen. Claude brauchte lange, bis er unter Missachtung mehrerer Verbote herausfand, was dieser Mönch Schlimmes begangen hatte. Der Befragte raunte ihm zu:

»Er hat sich angefasst.« Was das bedeuten sollte, wurde Claude erst viel später klar, als sein Körper ein Eigenleben entwickelte und dem Willen eines keuschen Mönchs nicht immer gehorchen wollte.

*Es dauerte einen Augenblick, bis sich Albert Alden in seiner Wirklichkeit zurechtfand. Fast wollte er sich nach dem Ordenspriester umsehen. Wie lächerlich, er war kein Junge von zehn Jahren und vor allem befand er sich nicht im Spätmittelal-*

*ter. Was für ein Traum! Alles war so real gewesen. Sein Blick fiel auf das kostbare Buch. Behutsam legte er es auf das Tischchen neben sich. Er hatte viel gelesen, begleitete gerade den Dichter des Mysterienspiels, Pierre Gringoire, durch die Straßen von Paris, während sich der Pöbel an der Wahl des Narrenpapstes grölend ergötzte. Dann musste er wohl eingenickt sein. Im Traum ging es um ganz anderes, um Kinder, Zigeuner, Marktstände, um eine Reise zu Fuß mit Mönchen und Ordensanwärtern. Schon begann die Erinnerung daran zu verblassen.*

*Dass sich Emma, seine Ex, daran erinnerte, wie wichtig ihm dieses Werk schon immer gewesen war, berührte ihn. Ihr jetziger Partner Thomas, ein Antiquitätenhändler, hatte es wohl auf einem Flohmarkt entdeckt. Den Anfang der Faszination machte eine Verfilmung mit Gina Lollobrigida als Esmeralda und Antony Quinn als großartig gespielten Quasimodo. Albert war damals erst zwölf Jahre alt gewesen, dennoch schien ihm die reife, abgeklärte Esmeralda nicht richtig dargestellt. Wie kam er darauf? Victor Hugos Original las er erst mit neunzehn, damals auf Deutsch.*

*Den Film hatte er sich mit seiner Tante Hilde angesehen, bei der er gern die Wochenenden vor dem Fernseher oder zockend verbrachte. Sie war etwas schräg, nicht jung, aber alt noch weniger. Mit gleichem Enthusiasmus wie er selbst begleitete sie den Helden Link in »The Legend Of Zelda« und diskutierte darüber, welche Verfilmungen sie vom »Glöckner« am besten fand und warum. Sie holte Lexika hervor und tauchte mit ihm in die Welt des Mittelalters ein. Darum vielleicht fühlte er sich mit den Charakteren dieses Werkes so verbunden. Seine Tante fehlte ihm, mit ihr hatte er die Welt der Fantasie beschritten, in der Geschichten und Realität abenteuerlich miteinander verschwammen.*

## Kapitel 2
# Im Kloster

Als gehorsamer Junge, zu dem Claude schon von seinen Eltern erzogen worden war, gewöhnte er sich rasch an die strengen Ordensregeln und erledigte gewissenhaft alle Arbeiten. Das Schweigegebot übertrat er nur selten, wie etwa bei heimlichen Spielen mit Kieselsteinen, die als Wurfgeschoße in einer kleinen Grube landen sollten. Zu hoch schien ihm die Strafe für solch ein Vergnügen. Man musste deswegen meist stundenlang auf dem eisigen Boden der Kathedrale knien. Ihm bereitete die Gartenarbeit besondere Freude, wo es verschiedene kleine Lebewesen in der Erde zu entdecken gab, Raupen und Insekten von filigraner Schönheit, verschiedene Pflanzen, denen Weisheit innewohnte. Was sich der Schöpfer da alles ausgedacht hatte! Staunend jätete Claude das Unkraut, um es in der Sonne zu untersuchen und von den Nutzpflanzen zu unterscheiden.

Manchmal probierte er sogar, einen Sud aus den unterschiedlichsten Kräutern zuzubereiten. Bruder Bernard beobachtete ihn dabei. Selbst schon fast siebzig Jahre alt, konnte er kaum noch im Garten arbeiten, darum wies er die Novizen an, was zu tun sei. Als er Claudes Interesse und Talent bemerkte, nahm er ihn unter seine Fittiche. So lernte der inzwischen Zwölfjährige alle Heil- und Giftkräuter kennen und zuzubereiten. Besonders erstaunte ihn die Tatsache, dass Heilendes in der falschen Dosierung Gift bedeutete und wiederum Gift zum Lebensserum werden konnte, wenn man es fein auf die Bedürfnisse des Kranken abstimmte. Bruder Bernard bewirkte, dass Claude keine Putz- und Küchendienste mehr verrichten musste, weil er in der Kräuter- und Heilkunde ausgebildet wurde. Zudem hatte er diesbezüglich sämtliche antiken Schriften abzuschreiben und teilweise vom Griechischen ins Lateinische zu übersetzen. Manchmal betrachtete er sein Gesicht im Fischteich, der sich am äußeren Rand des riesigen Klosterareals befand. Dort erntete er Brennnesseln, die gemeinsam mit anderen Heilpflanzen am Speicher aufgehängt wurden. Wie ein Fremder blickte ihn sein Antlitz aus dem Wasser an. Die sanften braunen Augen wirkten traurig, die Nase viel zu groß für das schmale Kindergesicht, die Lippen zart geschwungen, fast mädchenhaft.

Sich mit Pflanzen zu beschäftigen und dabei in der Natur lauter kleine Wunder zu entdecken, ließ Claude aufblühen. Sein Wissensdurst und die Begeisterung, selbst Experimente mit Kräutern durchzuführen, überdeckten die große Sehnsucht nach der Familie, aber auch geheimnisvolle fremde Regungen. Manchmal spürte er die Lippen seiner kleinen Zigeunerin beim Erwachen auf seiner Wange und spürte auch, wie es in den Lenden brodelte, wie sich sein Glied als Ritter behaupten wollte, strammstand und kaum mit Willenskraft zu bändigen war. Zur Besänftigung solchen Drängens küsste er abends heimlich das rote Band, während er in Gedanken das Ave Verum betete, welches dem Mädchen Segen bringen sollte, wo immer es auch war. Wenn er einen Mitbruder auf den Markt begleitete, um den Einkauf zu tragen, hielt er immer Ausschau nach Zigeunern. Manchmal ging das Gerücht um, sie hätten gestohlen, geraubt, sogar Säuglinge entführt. Er hoffte inständig, »sein Mädchen« möge nichts mit solchen Machenschaften zu tun haben.

Dass Claude besonders gut mit Tieren umgehen konnte, erkannte man bald nach seiner Ankunft in der Abtei, die ziemlich autark lebte, große Stallungen und nahe Paris auch Wiesen, Felder und ausgedehnte Wälder besaß. Wenn eine Häsin ihre Jungen tötete, Hühner keine Eier legen wollten oder Ziegen aufeinander losgingen, durfte Bruder Claude oft tagelang bei ihnen bleiben und sie beobachten oder ihnen gut zureden. Oft erkannte er die Ursache solcher Disharmonie und konnte helfen. Er versetzte sich in das Tier hinein, verschwand als Mensch, wurde selbst zu diesem Wesen, konnte dessen Bedürfnisse spüren. In dieser Weise verbunden zu sein, ersetzte das Sprechen, das den Mönchen weitgehend untersagt war. Er lernte es, in der Natur und bei den Tieren aufzugehen, verlernte menschliches Begegnen, gewann aber ein feines Gefühl für deren Stimmungen und verborgene Beweggründe. Fast war es wie Gedanken lesen, wenn er winzige Regungen der Mimik seines Novizenmeisters erkannte und richtig deutete, wenn er den Angstschweiß der Neuankömmlinge wahrnahm oder intuitiv spürte, wie Mitbrüder einander mitunter misstrauisch beobachteten. Menschen erlebte er zunehmend als feindlich, außer Bruder Bernard. Bei ihm fühlte er sich geborgen und verstanden.

Im Sommer und Herbst Pilze und Beeren im Wald zu suchen, war für die Novizen der Höhepunkt des Jahres. Man konnte den ganzen Tag dort verbringen, zwar unter Aufsicht des Meisters, aber dieser wollte selbst die Stille in der Natur genießen und überließ die Jungen gern sich selbst. Am Ende des Tages mussten sie ihre Ernte vorweisen. Der Ertrag war aber auch dann groß, wenn sie zwischendurch auf Bäume kletterten oder anderen Unfug trieben. Bruder Bernard konnte nicht mehr in den Wald, darum wies er Claude genau an, welche Beeren und Pilze er sammeln sollte, ließ sich diese auch von ihm aus alten Schriften abzeichnen. Ein neues Gebiet besonderer Alchemie erschloss sich damit dem inzwischen Fünfzehnjährigen. Erstmalig durfte er Arzneien herstellen und sie an kranken Tieren des Ordens anwenden. Durch seine bisherige Erfahrung erkannte er intuitiv, was die Tiere brauchten, meist war es einfach etwas Sonne und Auslauf. Überrascht stellte er fest, dass diese gottgegebene Arznei auch für Menschen wichtig war. Ordensmitglieder, die verschiedene Dienste im Freien innehatten, waren durchweg gesünder als jene, die nur in den düsteren Räumen über Schriften saßen, obwohl alle die gleich karge Kost und gleich wenig Schlaf bekamen.

Claude, als vorbildlichem Jungmönch, gewährte man etwas mehr Freiheiten als seinen Altersgenossen, die in diesen Flegeljahren besonders schwer zu disziplinieren waren. So durfte er mitunter allein auf den Markt gehen, wenn etwas dringend gebraucht wurde. Diese Momente genoss er besonders. Nicht, weil er sich Regelverstöße erlauben wollte, sondern einfach, weil er sich unbeobachtet fühlte. Eines Nachmittags fand eine fröhliche Darbietung von Zigeunern statt: Man sang, tanzte, zeigte waghalsige Kunststücke, jonglierte mit Stöcken und sogar mit Äpfeln. Ein Mädchen seines Alters konnte Claude aber nirgends entdecken. Er hielt sich unerlaubt lange bei der Truppe auf, spähte sogar in einen ihrer überdeckten Karren.

»Na?«, wurde er plötzlich angesprochen. Ein Weib, wohl um zehn Jahre älter als er, näherte sich und blickte ihn ungeniert an. Sein Ordensgewand schien die Zigeunerin nicht zu irritieren, aufmunternd nickte sie in Richtung Karren.

»Ich zeige dir etwas, mein Hübscher«, sagte sie lasziv und zog ihn mit sich hinein. Claude war unfähig, etwas darauf zu erwidern, wie ein Lamm folgte er ihr. Sie war schön, ihre Lippen voll, ihre Figur üppig, was durch geschickte Kleidung besonders betont wurde. Das war es eben, was brave Bürger an Zigeunern so sehr ablehnten; Weiber hatten ihre Formen durch Kleidung zu kaschieren, Zigeunerinnen aber verstanden es, sie damit zu betonen. Nun saß er dicht vor der Freizügigen, die ihre Brüste vor sein Gesicht hielt. Wie gelähmt starrte er auf die runden Formen unter ihrem dünnen Busentuch. Sein Herz raste. Am liebsten wäre er geflohen, doch er konnte sich nicht rühren. Mit einem einzigen Griff zog sie das Busentuch aus ihrem Mieder, und schon quollen die beiden prächtigen Brüste hervor, nur wenige Zentimeter vor Claudes Nase.

»Für einen Ecu darfst du sie berühren, mein frommer Mönch. Und für einen weiteren darfst du das berühren«, sagte sie mit ihrer weichen Stimme, die einladend war wie ihre Brüste. Claude spürte seinen vorwitzigen Ritter zwischen den Beinen, der nach vorn drängte, eigenes Leben zu haben schien. In diesem Moment hob die Frau die Röcke und zeigte ihre entblößte Mitte. Ein betörender Geruch schlug ihm entgegen, lähmte ihn noch mehr. Bei all seinen Kenntnissen in der Alchemie hatte er solch einen Duft noch nie wahrgenommen. Ohne es zu merken, senkte er den Kopf dorthin, wollte schnuppern. Was verbarg sich unter dem dicht behaarten Dreieck zwischen den Beinen dieses Weibes? Der Knecht-Mönch von seiner Reise kam ihm in den Sinn. Er hatte die Magd damals genau dort geküsst.

Unwillkürlich schloss Claude die Augen und atmete tief ein. Die Frau nahm seine Hand, und führte sie in die Tiefen des geheimnisvollen Dreiecks. Sie bewegte seine Finger an einem feuchten Knoten und sah ihn mit glasigen Augen an. Dann nahm sie seine andere Hand und drückte sie auf eine ihrer Brüste. Weich, schön! Claude stöhnte auf, versank in einem Gefühl der Auflösung, der Befreiung, war einfach weg von aller Enge, war gar nicht mehr er selbst. Wunderbar! Wie ein gewaltiger innerer Lichtregen ergoss sich die Lust plötzlich über sein ganzes Sein. Unnennbare Wonne! Nach wenigen Augenblicken spürte er Nässe, die an seinen Oberschenkeln hinabtropfte. Hatte er unbewusst uriniert? Erschrocken riss er die Augen auf. Er wollte fliehen, die Zigeunerin aber hielt ihn fest. »Drei Ecu, weil du so schön gekommen bist, mein junger Freund«, sagte sie lächelnd. Claude verstand kein Wort, nestelte an seinem Geldbeutel herum und gab ihr die gewünschten Münzen. Dann rannte er davon. Die Frau im Karren lachte laut, aber es klang nicht spöttisch, eher fröhlich.

Erst beim Kloster erinnerte er sich an die Besorgung für den

Küchenbruder, doch auf den Markt wagte er sich nicht mehr. Unschlüssig blieb er vor dem Tor stehen. Bruder Bartholomäus kam mit einigen Novizen heraus. Sie karrten Stallmist auf die Klosterfelder. Etwas verdutzt bemerkten sie Claude. Da lief er hinein, geradewegs zum Garten, wo er hoffte, Bruder Bernard zu finden. Tatsächlich saß er dort allein auf einer Bank in der Sonne. Er döste. Stotternd und aufs Höchste verwirrt beichtete Claude sein Erlebnis. Der alte Mann hörte ihm lächelnd zu und meinte, dass es gut wäre, wenn er diese Erfahrung in der Freitagsbeichte nicht erwähne.

»War es denn keine Sünde?«, fragte der Junge überrascht.

»Es ist keine Sünde, wenn sich die Körpersäfte hin und wieder entladen. Das ist einfach die Natur. Lass dich aber nicht dabei erwischen, dass du selbst Hand an dich legst, unsere Priester mögen so etwas gar nicht.« Claude war fassungslos.

»Ist es denn nun Sünde oder nicht, wenn mein Glied Lust hervorbringt, wenn mir die Brüste der Zigeunerin gefallen haben – und auch ihre erstaunliche Mitte?«

»Ich glaube nicht, dass diese Dinge Sünde sind. Da du aber bereits deine ersten Gelübde abgelegt hast, solltest du jegliche fleischliche Lust meiden. Dreimal werden diese Gelübde noch wiederholt, denn im fünften Jahr legst du sie für dein ganzes Leben ab. Bis dahin hast du immer die Möglichkeit, dein Versprechen dem Orden gegenüber nicht zu erneuern. Überlege dir also gut, was du für dich willst.

»Das darf ich selbst entscheiden?! Ich könnte den Orden tatsächlich einfach verlassen?« Claude war mehr als überrascht.

»Eigentlich schon, aber was willst du dann tun, wie dein Leben fristen? Was würden deine Eltern dazu sagen, die dich Gott geweiht haben?«

»Also kann ich doch nicht weg?«

»Wohin würdest du denn wollen?«

»Ich weiß nicht. Ich möchte ein bestimmtes Mädchen suchen. Aber vielleicht erinnert es sich gar nicht mehr an mich.« Bruder Bernard war der Einzige, vor dem Claude laut denken konnte. Dass er Entscheidungsfreiheit hatte, wäre ihm bis dahin nie in den Sinn gekommen.

»Gott hat dich mit viel Verstand gesegnet. Nirgends kannst du so viele Studien durchführen wie hier im Kloster, selbst wenn du Geld hättest, sie dir zu leisten. Unsere Bibliothek ist einzigartig in ganz Frankreich.

»Und meine Sünde von heute? Hat mich dieses Weib heute verdorben, meine Seele geschändet?« Der Bruder lachte sein zahnloses Lachen.

»Ach, Junge, die Regungen unseres Körpers sind so wie kochende Brühe. Sie wallen und blubbern und kühlen dann wieder ab. Miss dem nicht so viel Bedeutung bei und halte deinen Kopf für Studien offen. Lass Versuchungen vorbeiziehen wie Gewitterwolken. Mehr als das sind sie nicht.«

Es läutete zur Vesper. Alle Mönche strebten zur Kathedrale. Nervös überlegte Claude, wie er dem Küchenbruder erklären sollte, dass er die gewünschten Gewürze nicht erstanden, dennoch aber drei Ecus weniger im Beutel hatte.

»Sie wurden mir gestohlen, die Gewürze. Ein Bursche lief an mir vorbei und riss mir das Gefäß aus der Hand«, log er nach dem Abendmahl.

»Und warum hast du keine neuen gekauft?«, ärgerte sich der Mitbruder.

»Ich wusste nicht, ob ich noch mal drei Ecus ausgeben durfte.« Ihm war, als müsste er in den Boden versinken. Noch nie hatte er gelogen.

»In Zukunft darf kein Mönch mehr allein auf den Markt! Man kann den Menschen einfach nicht trauen!« Damit war die Sache erledigt. Claude beichtete die Lüge nicht, denn damit hätte er erklären müssen, wofür er das Geld ausgegeben hatte. Nach und nach wurde ihm damit bewusst, wie wenig all die vielen Regeln bedeuteten. Wenn er alte Schriften las oder übersetzte, die aus anderen Kulturen stammten und Gesetze beschrieben, welche inzwischen keine Gültigkeit mehr hatten, fragte er sich, ob es mit den momentanen Gesetzen einmal ebenso beschaffen sein würde.

Bruder Bernard nahm vieles nicht ernst, was die Priester strengstens vorschrieben. Und der Knecht-Mönch hatte sich fröhlich mit der Magd im Heu vergnügt. Er war ein Mitbruder des Benediktinerordens, hielt sich aber trotzdem nur bedingt an die Regeln. Schade eigentlich, dass er ihn aus den Augen verloren hatte. Gern würde er sich mit ihm über seine Sicht der Dinge unterhalten. Andererseits gab es die Regel, sich möglichst wenig auszutauschen, und die Bewegungsfreiheit innerhalb des Ordens war reglementiert. Claude fühlte sich eingesperrt. Die Studien aber gaben ihm eine innere Freiheit, die er nicht mehr missen wollte.

Seit er die Zigeunerin in dem Karren getroffen hatte, fühlte er sich verändert. Mehr als zuvor quälte ihn ein Verlangen, das von seinem Glied gesteuert wurde. Immer wieder stieg ihm erinnernd jener Duft aus der Frauenmitte in die Nase, er spürte ihre weichen Brüste unter seiner Hand. Manchmal glaubte er, das Verlangen nach Erleichterung, wie er sie damals so unerwartet erleben durfte, nicht mehr bezähmen zu können. Doch er blieb standhaft, fasste sich nicht an, führte keine sündhafte Entladung seiner Säfte herbei. Dann träumte er von dem lieben Mädchen, von ihrem Wangenkuss. Für ihn hatte es ein Rad nach dem anderen geschlagen, ihm das rote Band geschenkt. So unschuldig und schön war diese süße Erinnerung und so belastet und voller Schuld die Begegnung mit der Zigeunerin im Karren. Bestimmt peinigten ihn ihretwegen unkeusche Gedanken, durch sie wurde sein reines Herz verdorben. Claude glaubte zu verstehen, warum alle Zigeuner böse waren. Sie verzauberten die Menschen, schwärzten ihre weißen Seelen. Alle waren böse, bis auf seine Freundin. Was aber, wenn sie mittlerweile auch ein verführerisches Weib geworden war? Wenn er von ihr träumte, erwachte er morgens oft mit klebrig nassen Flecken auf seiner Kutte. Waren denn alle Zigeunerinnen Hexen? Hatten sie Macht über Männer? Hassten biedere Frauen sie deswegen so sehr? Und auch die Priester wurden nicht müde, über sie zu wettern und vor ihnen zu warnen. Was war Wahrheit, was Täuschung und was Aberglaube? Seine Studien und auch Bruder Bernard zeigten Claude ein klares und sündenloses Bild vom Leben und der Natur. Die Bibel aber und vor allem ihre Auslegung durch Priester deckten an allen Ecken und Enden Machenschaften des Teufels auf.

*Unruhig wälzte sich Albert auf dem Kissen, glitt von fernen Welten in seine Wirklichkeit, die fremder schien als der Traum. Schon wieder war er irgendwie Claude Frollo gewesen, oder er hatte ihn zumindest träumend erlebt, eine fiktive Figur in Hugos Roman. Am liebsten hätte er noch im Aufwachen gerufen: »Glaub den Priestern kein Wort! Vertrau deinem gesunden Menschenverstand, vertrau deinen Gefühlen!« Warum war ihm dieser Mönch so nahe? Das beschäftigte ihn derart, dass er nach dem Leben Victor Hugos googelte. Vielleicht ergab sich daraus ein Hinweis.*

*Als »Notre-Dame de Paris« 1831 in Paris erschien, war der Literat neunundzwanzig, verheiratet und Vater von vier Kindern. Mehr als die Literatur beschäftigte ihn Gerechtigkeit in der Politik, wofür er sich einsetzte. Das thematisierte er auch in seinen Werken.*

*Im »Glöckner« etwa zeichnete er ein klares Bild von den Machenschaften der Kleriker und Könige an der Schwelle zur Renaissance. Auch wenn die Handlung im Spätmittelalter spielt, verstanden die Menschen Mitte des 19. Jahrhunderts gut, was Hugo andeutete. Im Volk brodelte die Stimmung gegen die*

*Bourbonenherrschaft und allgemein gegen die aristokratische Unterdrückung. Ein Jahr vor Vollendung seines großen historischen Romans brach die Julirevolution aus, also 1830. In »Les Trois Glorieuses« wurden die Bourbonen vertrieben und ein Bürgerkönigtum unter Luis Philippe von Orléons ausgerufen. Die Tricolore ist dafür ein Symbol. Hugos politisches Engagement und seine Werke wurden von den Machthabern argwöhnisch beobachtet.*

*Kurz nach diesen umwälzenden Ereignissen kam das vierte Kind von Adèle und Victor Hugo zur Welt, Adèle II., wie der Vater das Töchterchen liebevoll nannte. Für seinen Roman »Notre-Dame de Paris« hatte er bereits einen Vorschuss erhalten und war gezwungen, ihn nun so rasch wie möglich zu vollenden. Dabei verfolgte er in diesem Werk außer den politischen Andeutungen das Ziel, die zunehmende Verschandelung der Notre-Dame anzuprangern. Denkmalschutz im heutigen Sinn gab es damals nicht. Die Kathedrale drohte langsam, aber sicher zu verrotten oder von allzu ehrgeizigen Architekten verunstaltet zu werden. Durch den Roman bildete sich später diesbezüglich tatsächlich ein Umdenken. Die Notre-Dame wurde nach und nach renoviert und auch restauriert.*

*Neben diesen sachlichen Themen, die klare Recherchen erfordern und aufwändig beschrieben werden, blieb für die Handlung selbst nur sehr wenig Zeit. Hugos Verleger drohte, ihm den ausstehenden Restbetrag zu streichen, sollte der Roman nicht zeitgerecht fertig werden, schließlich hatte der Autor bereits ein Jahr Aufschub erhalten. Unter diesem Druck beschrieb er also die Charaktere und Haupthandlung in kürzester Zeit.*

*Wenn ein solches Meisterwerk unter derartigem Druck zustande kommt, kann man wohl von sogenanntem »inspiriertem Schreiben« sprechen. Laut Albert Aldens Tante Hilde ist aber »inspiriertes Schreiben« eines, das von einem »höheren Wesen« beflü-*

*gelt, man könnte sagen, diktiert wird. Nach dieser Theorie also gab es vielleicht Ende des fünfzehnten Jahrhunderts einen Mann wie Claude Frollo, vielleicht auch alle anderen wichtigen Figuren. Womöglich wollten sie durch den Klassiker der Welt ihre Geschichte erzählen. Das Psychogramm Frollos, das Hugo zeichnet, ist jedenfalls lange vor Sigmund Freud gut skizziert und analytisch schlüssig. War der Autor so ein Genie, oder war er so sehr »inspiriert«?*

*Und was war mit Alberts Träumen von einem Zehnjährigen, der auszog, Mönch zu werden? Woher kam diese starke Nähe? Hatte Tante Hilde Recht damit, dass sich ein konkreter Mensch vom sogenannten Jenseits her über Jahrhunderte hinweg zu Wort meldete? Zunächst in Hugos Werk und nun in seinen Träumen? Absurd, er glaubte nicht an solcherlei Humbug. Es musste eine andere Erklärung dafür geben.*

*Wie so oft verbohrte sich Albert in ein Thema und entfernte sich dadurch von seinem konkreten Umfeld. Es holte ihn ein, was Emma damals so sehr gekränkt und schließlich zur Scheidung gebracht hatte. Sie zu übersehen und mit dem kleinen Leon allein zu lassen, war der größte Fehler seines Lebens. Jetzt, da er sich regelrecht nach dem Kontakt mit seinem Sohn sehnte und jede gemeinsame Minute auskostete, bereute er seine damalige Ignoranz. Doch was nutzten nachträgliche Grübeleien? Im Hier und Jetzt musste er sich und seine Beziehungsfähigkeit beweisen. Leichter gesagt als getan. Albert pendelte zwischen Uni und Wohnung hin und her, unternahm manchmal kleine Wanderungen im Wiener Wald und freute sich auf Leon, der ihn an zwei Wochenenden im Monat besuchte. Dass den Sechzehnjährigen seine Lehrtätigkeit der Romanistik interessierte, dass er gern las und mit ihm über Filme diskutierte, war Alberts hauptsächlicher Lebensinhalt. Gleichzeitig erkannte er dadurch aber, was er zwischen den Besuchszeiten alles versäumte.*

Mit achtzehn Jahren war Claude der jüngste Priester im Orden. Seine Sachlichkeit, sein vielfältiges Wissen und untadeliges Leben blieben auch den Machthabern nicht verborgen, die immer Interesse daran hatten, kirchlich wichtige Verbündete zu gewinnen. Seit Bruder Bernards Tod kurz vor der Priesterweihe hatte sich in ihm eine kalte Starre breitgemacht. Es gab niemanden mehr, mit dem er sich wahrhaft austauschen konnte, nicht einmal jemanden, mit dem der fachsimpeln wollte, denn niemand konnte ihm das Wasser reichen, niemand seinen visionären und doch faktisch gut fundierten Gedanken folgen.

Bereits mit zwanzig Jahren wurde er zum Archidiakon von Josas ernannt. Sogar der Vater kam aus Montereau, um der feierlichen Weihe beizuwohnen. Der ganze Konvent formierte sich und schritt in Prozession psalmodierend vom Kloster zur Kathedrale empor. Langsam und bewusst nahm Claude jede der elf Stufen wahr, die zum Portal führten und das Gotteshaus somit über den Alltag erhob. Bei jeder Stufe sprach er innerlich einen Dank: für seine Eltern, für Bruder Bernard, für seine Schwestern, den Orden, die Studien, seinen Glauben, für seine Gesundheit, die Musik, die Tiere, die Natur und für die kleine Zigeunerin, die sein Herz erfreute, sooft er an sie dachte.

Durch das verantwortungsvolle Amt des Archidiakons war er nicht mehr direkt in den Ordensalltag eingebunden, konnte seine vorgeschriebenen Gebetszeiten auch allein beten, wenn ihn die Geschäfte daran hinderten, sich dafür der Gemeinschaft anzuschließen. Eigentlich liebte er den Choral, die Harmonie des Psalmodierens, aber zeitlich unabhängiger zu sein, war ein großer Vorteil. Interessant fand er in seinem neuen Wirkungsbereich auch, Einfluss auf die Gerichtsbarkeit nehmen zu können. Mit dem Stadtvogt, Seigneur Robert d'Estouteville, verfolgte er Verhandlungen und war einer der zuständigen Priester, die den überführten Hexen oder Ketzern die letzte Beichte abnahmen, nachdem er deswegen mancher »peinlichen Befragung« beigewohnt hatte.

Zwar hegte er ernsthafte Zweifel daran, ob ein unter Folter abgelegtes Geständnis objektiv sei, aber diese Belange betrafen die Gerichtsbarkeit. Er selbst konnte in solchen Fällen nur an die Angeklagten appellieren, sich gleich schuldig zu bekennen, denn sterben mussten sie meist ohnehin, warum also davor leiden? Was nützte es außerdem so mancher, wenn die Gerichtsbarkeit mitunter ihre Unschuld feststellte, nachdem ihr Leib und Geist durch die Qualen zerstört worden waren?

Aber diesen Grübeleien gab sich Claude nicht gern hin. Er verstand weder Missgunst noch Zuneigung. Alles Zwischenmenschliche war ihm fremd geworden. Das Einzige, was er von Menschen wahrnahm, war Unterwürfigkeit aus Furcht oder Arroganz aus Selbstüberschätzung und Eigennutz. Von beidem wollte er sich fernhalten. Das gelang am besten, wenn er gewissenhaft seine Pflichten erfüllte und so wenig wie möglich darüber sinnierte. Inzwischen hatte er seine alchemistischen und anderen wissenschaftlichen Studien erheblich erweitert, da blieb kaum Zeit, sich allzu viele Gedanken über Gerechtigkeit oder Grausamkeit bezüglich der Folter zu machen. Ändern konnte er an den Maßnahmen der vom Papst gesandten Heiligen Inquisition ohnehin nichts. Doch manchmal erblickte er sein Gesicht als Spiegelung an der Vitrine eines Reliquienschreins und erschrak. Die ehemals sanften Augen blickten düster, seine Lippen wirkten verbissen und schmal, die Wangen blass. Mit zweiundzwanzig Jahren hatte er das Gesicht eines verhärmten Mannes.

Bald schon nannte ihn das Volk hinter vorgehaltener Hand »Hexendämon«. Man fürchtete ihn, glaubte, dass er allein entschied, wer der Hexerei angeklagt und gefoltert wurde. Seine ernste, unnahbare Ausstrahlung allein galt als böses Omen, manche bekreuzigten sich, wenn er mit todernster Miene über den Marktplatz eilte. Es war ihm recht, wenn die Leute einen Bogen um ihn machten, sie waren in seinen Augen tumb und boshaft.

## Kapitel 3
# Quasimodo

Vor den Toren von Notre-Dame gab es seit einigen Jahren die sogenannte »Findlingskrippe«. Sie sah aus wie der vergrößerte Nachbau einer Weihnachtskrippe, die durch den Franziskanerorden in ganz Europa Mode geworden war. Man legte unerwünschte Säuglinge, manchmal auch Kleinkinder in der Hoffnung hinein, dass mildtätige Menschen sie bei sich aufnahmen. Der Benediktinerabt hatte sich persönlich dafür eingesetzt, diese Krippe einzurichten, damit auch Kinder von Huren, Zigeunern oder Wegelagerern die Möglichkeit auf ein christliches Leben erhalten konnten. Diese Kinder wurden meist von Herrschaftshäusern übernommen, dort durch Mägde versorgt und später zu mehr oder weniger hauseigenen Dienern gemacht, zu Leibeigenen.

Claude hatte das alles nur am Rande registriert, seine Gedanken waren mit anderem beschäftigt. Man feierte den sogenannten Weißen Sonntag, eine Woche nach Ostern, auch »Quasimodo-Sonntag« genannt, also »so als ob«. Denn alle in der Auferstehungsmesse neu Getauften durften nun bei der heiligen Messe die Eucharistie empfangen, für sie also ein Fest »wie Ostern«. An jenem Sonntag gab es nach der Messe einen ungewöhnlichen Tumult bei der Findlingskrippe. Frauen kreischten unerträglich, Männer riefen, man solle so was sofort in die Seine werfen, Kinder weinten angstvoll.

Ungeduldig bahnte sich der Archidiakon einen Weg durch die Menge und schrak selbst zurück, als er das zitternde Wesen auf der Krippe kauern sah. Ein ungefähr vierjähriger nackter Knabe mit riesigem Buckel und einem undefinierbar entstellten Gesicht versuchte, sich so klein wie möglich zu machen. Die Gaffer und das ganze Geschrei ängstigten ihn offensichtlich, außerdem fror ihn an diesem kalten Aprilmorgen. Nach dem ersten Schrecken erwachte in Claude aber sofort die untrügliche Intuition, die er bei Tieren hatte; er spürte, was das Wesen empfand und brauchte. Ohne ein Wort wickelte er das Kind in seinen Umhang, hob es hoch und trug es in seine Klosterzelle. Stumm starrte ihm die Menge hinterher.

In der Zelle musterte er den Knaben lange und stellte fest, dass sein Gesicht seltsam verschoben war. Das linke Auge wurde von einer riesigen Warze verdeckt und das rechte schien nach unten gerutscht zu sein, es tränte. Aus dem Mund tropfte Speichel, denn er ließ sich wegen einer Fehlbildung des Gaumens nicht schließen. Die oberen Schneidezähne ragten hervor. Ängstlich schaute sich der Entstellte um.

»Wie heißt du?«, fragte der Priester sachlich. Aufmerksam richtete das Kind seinen Blick auf ihn.

»Ich bin Dom Claude Frollo. Wie heißt du?« Keine Reaktion.

»Sag meinen Namen: Dom Claude Frollo.«

»Dom Aude Ollo«, kam die Antwort.

Claude wusste nicht, ob die mangelhafte Sprache von der Fehlbildung des Gaumens und der anscheinend zu großen Zunge herrührte, oder ob der Junge auch an einer geistigen Beeinträchtigung litt. Er hoffte es nicht. Endlich fiel ihm ein, dass der Kleine wohl durstig und hungrig war. Gierig trank das Kind drei Becher Wasser. Inzwischen bereitete Claude einige Speisen vor.

»Nimm zuerst ein Stück Apfel und das helle Brot. Dann iss den Rest.« Der Junge gehorchte und aß in der richtigen Reihenfolge mit sichtlichem Appetit. »Dange!«

»Meinst du: Danke?« Der Knabe nickte. Claude eilte in die Küche und holte einen Teller warme Suppe und etwas Kuchen. Dann bestellte er Bruder Thaddäus zu sich, der Schneider war. Er sollte Wäsche für den Knaben nähen. Vorläufig gab er ihm ein altes Unterhemd und einen Umhang aus den Reserven für Kinderaspiranten des Ordens.

»Wie heißt du?«, fragte Claude noch mal, doch der Angesprochene zuckte mit den Schultern. Er verstand die Frage, aber seiner Meinung nach galt sie hier nichts. Sein Name hatte nur Bedeutung, wenn die Mutter ihn aussprach. Dieser Fremde, der ihm zu essen gegeben hatte, konnte nicht »Simon« zu ihm sagen wie seine Mutter.

»Du hast keinen Namen?!« Der Priester schaute ihn lange an.

»Die Leute glauben wohl, du seist ›fast ein Mensch, so als ob‹. Ich finde, du bist fast ein Ostersonntag. Heute, am Quasimodo-Sonntag habe ich dich gefunden. Gott soll mir zeigen, dass Schönheit mehr ist, als man nach außen sieht. Und wenn nicht, soll Er mir zeigen, warum Er dich so erschaffen hat wie du bist. Warum hat Er Hexen und Folterknechte erschaffen? Warum hat Er die kalte helle Seite in dieser Welt erschaffen und lässt mich nicht mal mehr aus der Ferne die fröhliche dunkle sehen? Ich nenne dich Quasimodo, mein unglückseliges Kind. Und ich will für dich sorgen.«

Seit Bruder Bernards Tod hatte er nicht mehr so ehrlich zu einem Menschen gesprochen. Dass ihn der Knabe bestimmt nicht verstand, war aber das Beste an dieser Beichte.

»Quasimodo!«, wiederholte er feierlich und zeigte auf ihn.

»Asiodo«, sagte der Kleine und zeigte auf sich. Claude legte ihm einen Strohsack in die Zelle und nahm sich vor, eine verlässliche Frau zu finden, die seinen Schützling betreuen und für ihn kochen konnte, solange er seinen Pflichten nachging. Wäre der Archidiakon nicht so einflussreich gewesen, hätten ihm die Ordensoberen bestimmt die väterliche Fürsorge für den Missgestalteten untersagt. Er bemühte sich zwar, es nicht zu zeigen, aber der Junge war ihm bald ans Herz gewachsen. Feinfühlig und intelligent hatte er so wie Claude eine besondere Intuition Tieren gegenüber. Und der Junge liebte ihn. Jeder Blick aus seinem Auge zeugte davon. Wenn niemand hinsah, streichelte ihm der sonst so unnahbare Priester übers schüttere Haar oder drückte ihn auch mal ganz kurz an sich. Das waren Gesten, die er bei seinen Schwestern beobachtet, selbst aber kaum empfangen hatte.

Die Frau eines Schusters, Madame Bonpiers, die sich neben ihren eigenen drei Kindern um Quasimodo kümmerte, war schlicht und gutmütig. So wie Claude selbst sah sie bei dem Knaben nicht die entstellten Züge, sondern nahm nur den freundlichen Charakter wahr. Natürlich freute sie sich über den Zusatzverdienst, aber sie und ihre Familie gewannen das neue Familienmitglied auch lieb. Leider hagelte es immer Spott, wenn sie ihn auf den Markt mitnahm. Zwar kannte man Quasimodo inzwischen, aber sein Erscheinen gab trotzdem stets Anlass zu Geschrei und Gelächter. Kinder warfen mit Unrat nach ihm und Wachposten wollten der einfachen Frau den Zutritt zu manchen Straßen mit dem Hinweis verwehren, man könne den vornehmen Bürgern diesen Anblick nicht zumuten.

Anders verhielt es sich natürlich bei Dom Frollo. Man fürchtete ihn, fand ihn unheimlich, sogar diabolisch. Niemand hätte gewagt, Quasimodo zu verhöhnen, wenn der Archidiakon mit ihm unterwegs war. Die Leute munkelten, dass er schwarze Magie ausübe und der missgestaltete Schützling eine Ausgeburt der Hölle sei. Seine undeutliche Sprache klang für so manch Abergläubischen wie ein Stöhnen aus dem Reich Satans. Hinter vorgehaltener Hand meinte man: »Quasimodo ist die sichtbare Seelenfratze Frollos; hässlich und furchterregend.«

Claude hasste den dummen Pöbel für dieses Verhalten, für die Missgunst und Gier, die er oft beobachtete. Ihm war, als müsse er seinen Schützling vor der bösen Welt bewahren, vor

Menschen wie dem Stadtvogt, der gern junge Mädchen den Folterknechten übergab und sich an deren Schmerz und zerstörter Schönheit weidete, während er es gleichzeitig wagte, Bauchschmerzen zu beklagen, die er nach übermäßiger Völlerei bekam. Mittlerweile war Frollo überzeugt davon, dass die meisten sogenannten Hexen vollkommen unschuldig waren. Seine eigenen Experimente stellten eine weit ärgere Missachtung der Kirchenverbote dar als so mancher Kräutersud, für den die Frauen auf den Scheiterhaufen kamen. Immer wieder fragte er sich, ob jene kleine Zigeunerin wohlauf sei, ob sie fröhlich und frei leben konnte oder auch schon längst unter der Folter oder auf dem Scheiterhaufen umgekommen war. All das machte ihn bitter. Einmal meinte eine Marktfrau zu ihrer Nachbarin: »Bevor ich so ein Kind ernähre, ersäufe ich es lieber.«

Sie hatte nicht mit Frollos feinem Gehör gerechnet. Er wandte sich zu ihr um und starrte sie mit einem Blick an, der sie erblassen ließ. Sein ganzer Abscheu funkelte ihr entgegen. Quasimodo stand neben ihm und fürchtete sich ebenfalls. So hatte er den lieben »Dom Aude Ollo« noch nie erlebt. Nach ewig scheinenden zwei, drei Minuten wandte er sich angewidert ab, hinter sich Betroffenheit und Furcht aller Marktleute, die Zeugen dieser Begebenheit waren. »Er hat mich verflucht! Der Hexendämon hat mich soeben verflucht!«, stammelte die Frau verzweifelt.

Der alte Bruder Luke versah bereits viele Jahre lang den Dienst des Glöckners in der Notre-Dame. Quasimodo war bei jedem Festtagsgeläute ganz außer Rand und Band, sprang herum, jubelte lallend und klatschte in die Hände, wenn die mächtigen Glocken ihren vollen, schönen Klang weit in die Stadt hinaussandten. Überhaupt liebte der Junge Musik, am meisten aber die Glocken. Bald erriet er Sekunden vorher, wann die volle

Stunde schlug. Dann stand er mitten in jeglicher Tätigkeit auf und horchte andächtig, bis der letzte Klang verhallte. Claude schmunzelte, wenn er ihn dabei beobachtete. Er lehrte ihn zu lesen, schreiben, rechnen und brachte ihm einiges an Kräuterkunde bei. Leider erlaubten die Mitbrüder Quasimodo keinen Zugang zum Klostergarten. Da der Archidiakon aber in Josas eigene Räumlichkeiten und einen kleinen Garten besaß, war er nicht mehr so abhängig von der Abtei.

Sein Schützling war inzwischen zehn Jahre alt. Claude dachte an den eigenen Ordenseintritt in diesem Alter. Einmal im Jahr trat er die zweitägige Reise in seine Heimat Montereau an, Quasimodo nahm er dabei immer mit, was die Familie sehr befremdete. Von den Eltern wurde er selbst wie ein Ehrengast begrüßt und behandelt, doch der Knabe bekam einen Platz in der Küche, wo ihn Mägde mit Kuchen verwöhnten, ihn bestaunten, aber unbefangen mit ihm scherzen und lachen konnten. Wenn Claude da war, lud die Mutter jegliche Honoratioren in ihr Haus, sie wollte nicht, dass der Bucklige dabei gesehen würde. Katherine und Julie fühlten sich in der Gegenwart ihres älteren Bruders befangen, wagten kaum das Wort zu ergreifen, kurz, er war ihnen zum geistlichen Fremden geworden.

Obwohl ihn das schmerzte, erfüllte er fast mechanisch sämtliche Erwartungen, zeigte sich fromm, belesen, ja sogar gebieterisch, wenn es um moralische Themen ging. Ihn hatte es zwar nie interessiert, wer wen wie oft betrog und welche Unverheiratete mit einem Bastard Schande über die ganze Familie brachte, doch es schickte sich wohl für einen Ordenspriester, vor allem auf Tugend und Keuschheit Wert zu legen und darüber zu dozieren. Wenn es aber nicht sein musste, sprach er lieber gar nicht, sondern hörte zu, was denn in seinem Heimathaus die Hauptthemen seien. Da ging es um Hochzeitspläne – Katherine errötete charmant. Es ging um lästige Zigeuner, die alljährlich durchs Land zogen, um die Angst vor Hexen und überhaupt der schwarzen Magie und um missliche Ernten und zu hohe Steuern. Claude blieb diplomatisch, betonte, dass Gebet und Gottvertrauen auch die schwärzeste Magie abhalten konnten, und ärgerte sich insgeheim, seine eigene Familie so abergläubisch zu erleben.

Ein Jahr zog rasch ins Land. Trotz der Fremdheit, die er zu Hause erfuhr, freute sich der junge Priester auf den bevorstehenden Besuch. Von der Mutter war ein Brief gekommen, dass sie in fortgeschrittenem Alter einen Sohn geboren hatte, Jean Frollo de Molendino, so der niedere Adelstitel, der auf die ehemalige Mühle hinwies, um die herum das jetzige Anwesen der Familie gebaut war. Mutters Freude über den Nachzügler vibrierte förmlich in jedem Wort mit. Claude war gerührt und nahm sich vor, ihn zu fördern, wo er nur konnte, und ihn, sobald es die Eltern erlaubten, nach Paris zu holen. Er träumte davon, ihn alles studieren zu lassen, was er selbst als Priester nicht durfte – oder eben nur heimlich. Ein großer Gelehrter, ein glücklicher, freier Mensch sollte dieser kleine Bruder einst werden. In allem wollte er ihn unterstützen. Die Sehnsucht, jemand Vertrauten liebevoll zu umsorgen, raubte ihm schier den Schlaf. Er zweifelte nicht daran, dass sich Quasimodo ebenso über den neuen Erdenbürger und Bruder freuen werde. Wie er selbst sollte Jean in Quasimodo einst nur das sanfte Wesen erkennen und nicht auf sein Äußeres schauen.

»Wir bekommen einen kleinen Bruder«, eröffnete er feierlich. Der Junge riss das Auge auf, überlegte, was er mit dieser Neuigkeit anfangen sollte, doch da ihn sein Vormund so glücklich anstrahlte, konnte es nur etwas Gutes bedeuten.

Als Dom Frollo über den Markt ging, hörte er von Ferne rhythmische Klänge, jauchzende Rufe, Schalmeien und Fideln. Es lockte ihn, dorthin zu gehen, vielleicht Zigeuner tanzen zu sehen. Aber leider hatte sich der Bischof mit einem Besuch, den er dem Orden nicht näher nennen wollte, durch einen

Boten zum Mittagessen eingeladen. Der ganze Konvent war in Aufruhr, wenn sich Seine Eminenz Louis de Beaumont die Ehre gab. Claude hätte sich lieber der Musik hingegeben, einige Minuten lang die Fröhlichkeit der anderen genossen. Ihm war, als habe er so etwas nicht einmal als Kind gekannt, geschweige denn nun als Geistlicher: vor Freude jauchzen, sich drehen und zur Musik bewegen. Wunderbar war es bereits, dabei zuzusehen. Wie mochte es sich anfühlen, selbst dermaßen ausgelassen zu sein? Doch nicht zum Mittagsmahl mit dem Bischof zu erscheinen, wäre ein Affront gewesen.

Etwas missmutig schlenderte er in der Mittagshitze zum Kloster zurück. Quasimodo humpelte einige Schritte hinter ihm her, wie meistens. Frollo spürte die gaffenden Blicke, wusste, dass der Junge darunter litt, doch niemand wagte etwas zu sagen. Der Archidiakon galt als unbarmherziger Verfolger von Ketzern und Hexen. Diesen Ruf verdankte er unter anderem seiner düsteren Ausstrahlung: groß, hager, mit der schwarzen Benediktinerkukulle, die ihm das Aussehen einer riesigen Fledermaus gab. Außerdem arbeitete er eng mit dem Stadtvogt zusammen, der tatsächlich ein verbissener Hexenverfolger war. Claude war dieser Ruf recht, so konnte er umso leichter verbergen, wie wenig er von der Heiligen Inquisition hielt, und dass er selbst verbotenen Wissenschaften anhing.

Das Mittagessen im Kloster mit Seiner Eminenz und einem bescheiden gekleideten Herrn mit grauen schütteren Haaren war förmlich, aber interessant. Anlässlich des Besuchs gab es kein Redeverbot während des Essens. Der Begleiter des Bischofs schien sich besonders für die neueste Erfindung eines gewissen Johannes Gensfleisch, genannt Gutenberg, aus Mainz zu interessieren, den Buchdruck. Frollo hatte schon davon gehört und war selbst ganz angetan von dieser Möglichkeit, Wissen zu verbreiten.

»Worte werden Kathedralen einstürzen lassen! Man sollte es

verbieten, dem niederen Volk Werke nahezubringen, die sich bisher ausschließlich in der weisen Obhut der Kirche befanden! Das Haus Gottes ist steinerner Lobpreis. Mit den hochstrebenden Säulen und ihren Kapitellen, mit den bunten Glasfenstern, Rosetten, den Spitzbögen, Statuen und Fresken sind sie das sichtbare Wort Gottes für das Volk. Andere Schriften braucht und will der Pöbel nicht. Zu viel Wissen verwirrt den einfachen Geist«, ereiferte sich der Abt.

»Ich finde den Gedanken, an Schriften heranzukommen, ohne auf die Gunst der Kirche angewiesen zu sein, erfreulich. Und das niedere Volk kann nicht lesen, wird es auch nie lernen. Darum brauchen wir uns darüber keine Gedanken zu machen«, meinte daraufhin der Gast, dessen Identität nur mit dem kryptischen Hinweis »jemand aus dem Kloster zu Saint Martin de Tour« erklärt wurde. Claude schmunzelte innerlich. Einen solchen Affront dem Abt und überhaupt der Kirche gegenüber hatte sich noch niemand erlaubt. Und das bei einem Mittagessen in der Abtei!

»Ja, aber das gehobene Bürgertum, der Adel, auch der Kleinadel, sind teilweise des Lesens kundig und werden womöglich durch Schriften in die Irre geführt, wenn eine sachkundige Auslegung fehlt.« Der Bischof bemühte sich um einen freundlichen Blick auf den Gast, wohl um die unterschiedliche Meinung etwas abzumildern.

»Ihr wisst, Eure Eminenz, dass unsere Gerichtsbarkeit keinen Missbrauch von sogenannten alchemistischen oder gar mythologischen Wissenschaften aus heidnischen Kulturen dulden wird!«

*Was für ein herrschaftliches Auftreten! Wer ist dieser Mensch?*, fragte sich Frollo. »Wie steht Ihr dazu, Dom Frollo, der Ihr ja als einer der Belesensten des Ordens geltet?«, wandte sich der Mann plötzlich an ihn, den ein heißer Blitz des Schreckens durchfuhr. War das eine Falle? Hatte man die verbotenen

Schriften und Gerätschaften in seinem Labor entdeckt? Nach außen hin mit unbewegter Miene antwortete er aber:

»Wissen bereichert. Die Natur zu kennen, kann nichts anderes hervorbringen als Lobpreis und Ehrfurcht vor dem Schöpfer. Wenn in profanen Universitäten, die zurzeit da und dort Mode sind, mit Dankbarkeit unserem allmächtigen Gott gegenüber gelehrt wird, ist Missbrauch der Wissenschaften kaum zu befürchten.«

»Doch die Bibel soll das Maß jeder Wissenschaft sein!« Der Abt war mittlerweile recht ungehalten und bedachte den Gast mit einem mahnenden Blick.

»Mit Euch würde ich gern hin und wieder Gedanken austauschen.« Lächelnd warf der geheimnisvolle Fremde Frollo die angedeutete Einladung wie nebenbei hin. Diesem war nicht ganz wohl dabei. Dennoch verneigte er sich ergeben und fragte:

»Wo darf ich Euch aufsuchen? Oder geruht Ihr, uns wieder einen Besuch abzustatten?« Der Bischof legte die Hand auf seine Schulter.

»Wenn Ihr nach dem Vorsteher des Ordens Saint Martin de Tour fragt, findet Ihr Euren erlauchten Gesprächspartner.« Damit bestiegen sie die bereitstehende Kutsche. Der ganze Konvent schaute ihnen verdutzt hinterher, allen voran der Abt. Nur einer stand diesem Orden vor, obwohl er kein Geistlicher war: der König selbst. Claude fragte sich, was Ludwig XI. ausgerechnet von ihm wollte. Vor allem musste er auf der Hut sein. Zu oft hatte er bereits miterlebt, wie schnell ein bis dahin angesehener Bürger auf dem Scheiterhaufen landete, meist wegen abweichender Meinungen gegenüber der Kirche oder der Krone.

»Ich habe einen kleinen Bruder bekommen! In wenigen Wochen, also Ende Juli, werden wir ihn besuchen. Freust du dich?«, eröffnete Claude beim Unterricht Quasimodo, für den er sich täglich zwei Stunden Zeit nahm. Sein strahlendes Lächeln war Antwort genug. Überhaupt redete er ungern, obwohl der Priester seine konsonantenarme Sprache gut verstand. Als die kleinen Glocken von Notre-Dame die volle Stunde verkündeten, stand der Junge wie gewöhnlich auf und horchte andächtig. Da hatte Claude eine Idee. »Komm!«, rief er fröhlich. Überrascht folgte ihm sein Schützling. Der Priester suchte Bruder Luke und redete leise mit ihm.

»Also dann, jetzt geht es weit hinauf«, verkündete der alte Mönch anschließend und lächelte. Quasimodo spürte, dass etwas Besonderes in der Luft lag. Zu dritt stiegen sie verschiedene Wendeltreppen empor, überwanden Außen- und Innengänge im oberen Bereich der Kathedrale, kamen an vielen Nischen und Holztüren vorbei, hinter denen sich wohl geheimnisvolle Kammern in schwindelerregender Höhe verbargen. In der Mitte dieser Bauelemente klaffte der Schacht für mehrere dicke Seile, mit denen die Glocken zum Schwingen gebracht wurden. Als Quasimodo die erste Glocke zu Gesicht bekam, liefen ihm Tränen über die Wangen. Dabei war es eine der kleinen, ungefähr so groß wie der Junge selbst.

»Die Loggen! Die Loggen!«, rief er, rannte die restlichen Holzstufen hinauf und wollte die Glocke berühren. Fast wäre er dabei in den Schacht gestürzt. Frollo sprang herbei und hielt ihn in letzter Sekunde am Gewand fest. Erschüttert schloss er seinen Schützling in die Arme.

»Pass bitte auf dich auf«, sagte er leise. Bruder Luke staunte nicht schlecht. Nie hätte er dem Archidiakon eine solche Geste zugetraut. Mit seinen langen Armen erreichte Frollo dann für den Jungen die Glocke in ihrem Gehäuse und klopfte darauf. Dumpf schwang der Ton. In der Stille da oben vernahm es sich wie der Klang aus einer anderen Welt. Quasimodo klatsche in die Hände, sprang wie verrückt herum und rief:

»No mal! No mal!«

»Noch mal?«, lächelte Claude und klopfte wieder auf die Glocke. So nah spürte man die Schwingung fast körperlich. Dann betraten sie die Stege der Außenmauern, deren Brüstung in regelmäßigen Abständen von fantasievollen Grotesken bestückt waren; bedrohlich wirkenden Fratzen, die das Böse vom Gotteshaus abwenden sollten, wie auch die kunstvoll gestalteten Gargoyls.

»Guten Dag, mein Herr!«, grüßte der Junge jede Einzelne und verneigte sich schelmisch vor ihnen. Claude lachte laut auf. Gleichzeitig wurde ihm bewusst, dass er ewig nicht mehr gelacht hatte.

»Da sage ich doch auch gleich: Guten Tag, meine Herren! Du tust gut daran, diese Persönlichkeiten so freundlich zu grüßen. Sie haben bestimmt mehr Verstand als unsere Vögte, Befehlshaber und so mancher Kleriker. Da oben fühlt man sich wirklich frei und froh!«

Aufatmend blickte er zum Himmel empor, der zum Greifen nahe schien. Dann schaute er auf das Treiben vor der Kathedrale nach unten. Wie kleine Mäuse wuselten die Leute herum. Man hörte nichts von dem vielfältigen Lärm unten, roch nur Frische. Bruder Luke, der die besondere Weite dieser gehobenen Position im wahrsten Sinne des Wortes kannte, lächelte, als er die beiden so fröhlich miteinander sah; zwei verwandte Seelen hatten sich gefunden. Still lehnten sich alle drei an die Brüstung und schauten hinunter.

»Komm, mein Junge«, sagte der alte Bruder schließlich, stieg zur Plattform hinab, auf der die Seilenden hingen und zog an der Stundenglocke. Vier Glockenschläge, es war Nachmittag. Starr vor Faszination schaute Quasimodo nach oben, bis die letzte kleine Schwingung verebbt war.

»In einer Stunde darfst du die Glocken läuten, wenn du möchtest«, sagte Bruder Luke feierlich. Der Junge bekam feuchte Augen und schaute seinen Vormund fragend an. Dieser nickte nur.

Von da an unterwies der Glöckner den Jungen nach und nach in die Regelmäßigkeiten des Stundenläutens und welche Glocken zu welchem Anlass erklingen sollten. Quasimodo wollte gar nicht mehr vom Turm weg. Seine große Sehnsucht war es, die große Festtagsglocke zu läuten. Als er das erste Mal dabei zusehen durfte, weinte er vor Glück bei den mächtigen Klängen. Bruder Luke schärfte ihm ein, beim Läuten der großen Glocken immer Wachsstöpsel in die Ohren zu stecken, auch wenn der Abstand zwischen Plattform und Glocke recht groß war. Die Schwingungen waren so mächtig, dass man sie sogar in der Lunge spürte.

Als Glöckner hatte der Junge seine Bestimmung gefunden, unterhielt sich mit den Grotesken oder schaute hinab auf das menschliche Treiben, schaute über die Dächer der Stadt, bewunderte das geteilte Silberband, die Seine, und gewann »die kleinen Engel« als Freunde – die Tauben.

»Deine kleinen Engel kacken alles voll«, scherzte Claude, staunte aber nicht schlecht, wenn ihm die eine oder andere Taube Zettel mit Grüßen nach Josas brachte.

»Geschickt dressiert! Ich besuche dich heute Abend nach der Vesper«, schrieb er zurück. Auch für ihn waren die luftigen Höhen auf der Notre-Dame zum Lieblingsplatz geworden. Er unterrichtete Quasimodo nun oben. Oft forschten sie auf den Türmen herum, staunten über die vielen Gänge und Räume, entrümpelten einige davon und richteten sich immer mehr dort ein. Dann wieder standen sie einfach still an der Brüstung und schauten hinab. So viel Frieden wie hier mit Quasimodo hatte Claude sonst nur mit Bruder Bernard im Garten oder beim Pilzesuchen im Wald erlebt, weit weg von den Menschen.

Ein ungewöhnlich heißer Mai ging zu Ende. Wenige Tage noch, dann wollte Claude mit Quasimodo in seine Heimat

Montereau aufbrechen. Er war aufgeregt. Außerdem sollte während seines Aufenthalts die Hochzeit seiner Schwester Katherine mit einem Junker aus der Gegend stattfinden. Für ein paar Wochen aus Paris mit all seinen Intrigen, Feinseligkeiten und den vielen Verpflichtungen herauszukommen, bedeutete Balsam für den Archidiakon. Dann aber erreichte sie die Nachricht, dass die ganze Gegend rund um Montereau von einer Pestepidemie heimgesucht worden war. Claude wurde übel vor Entsetzen und Sorge. Unter diesen Umständen durfte er die Reise dorthin nicht antreten.

»Aber den Säugling muss ich doch wenigstens aus dem Gefahrengebiet in Sicherheit bringen«, insistierte er beim Abt.

»Seid Ihr wahnsinnig, Dom Frollo?! Wollt Ihr die Pest nach Paris einschleppen und damit die halbe Stadt ausrotten?!«

Die folgenden Monate verbrachte Claude in ständiger Sorge. Es erreichten ihn keine weiteren Nachrichten. Das Einzige, was ihm blieb, war das Gebet. Allerdings gab es nur noch wenig Glaubenskraft in ihm. Jahre zuvor schon war sie geschrumpft. Neben all den Vorkommnissen rund um die Inquisition und den Intrigen zwischen Kirche und Krone konnte er nicht mehr daran glauben, dass es Gott wirklich gab. Die Studien der Naturwissenschaften erzählten nichts von einem Schöpfer, und die Bischöfe, Äbte sowie die ganze römische Kurie hatten nur ihre Macht und die Anhäufung von Besitz im Sinn. Nicht einmal die grausamen Hexenprozesse dienten dem Glauben an Gottes Macht. Sie waren nur die versteckte Scham davor, nicht ohne Weib leben zu können. Die sogenannten Hexen sollten dafür bestraft werden, dass sie in den geheimsten Träumen des Klerus wirkten, nachdem sie in der Realität von ihnen ausgestoßen wurden. Welchen Sinn hatte die Keuschheit, außer den, Macht über alle Kleriker auszuüben, das Wesen Weib zu verteufeln und so grausam zu quälen, wie nur Satan es nach Meinung der Kirche mit den Verdammten tat?

Claude kniete vor der Marienstatue in der Kathedrale und dachte an die Leere in seinem Herzen, an die Verlogenheit der Kirche, an die Aussichtslosigkeit, Liebe zu erleben. All seine Liebe wollte er dem kleinen Bruder schenken. Würde er ihn je zu Gesicht bekommen? Jemand näherte sich ihm behutsam. Quasimodo legte sanft die Hand auf Claudes Schulter. Wie ein Dammbruch entlud sich damit alle Einsamkeit und jedes Entsetzen, die sein Herz belasteten. Er wandte sich dem Jungen zu, schlang seine langen Arme um ihn und schluchzte bitterlich. Noch nie hatte er so sehr geweint. Sein Schützling streichelte ihn liebevoll. Niemand anderer war da, die große Kathedrale gehörte nur den beiden und dem Schmerz, der von den Tränen weggeschwemmt werden wollte. Dann stiegen sie wortlos auf den Turm. Sie schauten auf die Stadt hinab, bis nur noch der sternenübersäte Himmel über ihnen zu sehen war.

*Hugos Stil las sich für Albert Alden teilweise sperrig, teilweise spannend, das Französisch des 19. Jahrhunderts war ihm mittlerweile vertraut. Er wusste, welche Rolle Frollos Bruder Jean in Hugos Version des »Glöckners« spielen werde, dennoch war jetzt alles anders. Lag es am Lesen des Originals, oder hatte er wieder geträumt? Verschiedene Bilder aus den Traumsequenzen zucken in ihm auf, doch genau konnte er sich nicht erinnern. Deutlich aber wärmte ihn das Gefühl der Zuneigung und Freude über eine vertraute Person. Sofort fiel ihm Leon ein. Obwohl die Scheidung unschön gewesen war, pflegten Emma, ihr Freund Thomas und Albert jetzt freundschaftlichen Kontakt. Das verdankten sie Leon, der in jede Begegnung sonnige Lockerheit zauberte. Inzwischen war er bereits sechzehn und verbrachte gerade ein Auslandssemester in Paris.*

*Albert und er hatten vereinbart, die Karwoche dort gemeinsam zu verbringen. Natürlich sollte der Junge entscheiden, was sie unternehmen wollten, aber ein ausgiebiger Besuch in der*

*Notre-Dame musste drin sein. Bestens gelaunt und unrasiert ging er hinunter zur U-Bahn-Station, um sich Gebäck fürs Frühstück zu holen, obwohl sich in seiner Nähe auch eine Bäckerei befand. Die junge Verkäuferin Selma zog ihn dorthin. Sie zu sehen war für Albert jedes Mal ein Lichtblick, ein Energiekick.*

*»Was für ein schöner Samstag!«, begrüßte er sie aufgeräumt und errötete ein wenig. Für gewöhnlich verhielt er sich zurückhaltend, eher nüchtern.*

*»Das freut mich für Sie! Ich habe zwar Dienst bis um fünf, aber schön ist der Tag trotzdem.«*

*Lächelnd nahm sie seine Bestellung auf.*

*»Seien Sie froh, einen Job zu haben. Und jetzt machen Sie bitte weiter«, maulte ein älterer Herr. Eine Kollegin kam herbei und bediente ihn. Albert ließ sich richtig viel Zeit, suchte herum, nahm mehr mit, als er fürs Frühstück brauchte, und zwinkerte Selma zu, sobald der alte Griesgram das Geschäft verließ. Summend lief er dann die Treppen hoch. Inzwischen war der Kaffee auch schon fertig, den er zuvor aufgesetzt hatte.*

## Kapitel 4
# Jean Frollo de Molendino

Monate danach, Ende November, gab es endlich Entwarnung. Man konnte Montereau wieder besuchen. Sofort brach Claude auf. Sicherheitshalber überließ er Quasimodo der Obhut Bruder Lukes. Der Junge verstand, warum er diesmal nicht mitreisen durfte. Er zeichnete zum Abschied ein Kreuz auf die Stirn seines Vormunds. Gerührt wiederholte Claude diese Geste bei ihm. Dann ritt er los.

Seine Heimatstadt sah gespenstisch aus. Kaum Tiere auf den Wegen, nirgends liefen Kinder herum, die wenigen Leute, denen er begegnete, schauten stumpf vor sich hin. Die meisten Häuser wirkten verlassen. Auch sein Elternhaus war versperrt. Niemand antwortete auf sein Klopfen, die Fensterläden waren geschlossen. Mit böser Vorahnung klopfte er beim Nachbarhaus an die Tür. Auch hier blieb alles ruhig. Weiter hinten, vor einer Hütte, bemerkte er eine alte Frau, die Wäsche wusch. Neben ihr stand ein Korb in der Kälte, aus der es herzhaft brüllte.

*Warum stellt die Frau den Korb mit dem Kind nicht in die warme Stube?*, wunderte er sich. Da die alte Frau der einzige Mensch war, den er weit und breit entdeckte, band er sein Pferd vor dem Elternhaus an die Halterung und ging hinüber.

»Ihr seid Dom Claude Frollo?«, fragte ihn die Zahnlose, noch bevor er grüßen konnte. Irritiert nickte er. Als er vor ihr stand, bemerkte er, dass die Hütte voller Rauch war. Offenbar war der Kamin verstopft, darum also stand der Korb mit dem Säugling im Freien.

»Das ist Euer Bruder«, sagte sie nur und deutete mit dem Kopf auf den kleinen Schreihals, während sie mit rot gefrorenen Händen Windeln auf eine Leine hängte. Claude brachte noch immer kein Wort heraus. Als er den Kleinen aus dem Korb hob, bemerkte er, wie kotig-nass seine Tücher und die Füße blau vor Kälte waren.

*Die Pest hat dich offenbar verschont, mein lieber Bruder, aber jetzt stirbst du vielleicht an einer Erkältung*, dachte er erschüttert.

»Helft mir bitte, im Elternhaus Feuer zu machen!«

Zu seinem Erstaunen hatte die Frau den Schlüssel und fand sich im Haus gut zurecht. Bald prasselte es gemütlich im Kamin, der Säugling wurde in warmem Wasser gebadet, gewickelt und in dicke Tücher gehüllt. Inzwischen bereitete die Frau ihm einen dünnen Brei aus Weizenmehl, Wasser und Honig, denn Milch gab es keine, wie es keine Kühe oder Ziegen gab. Alle Nutztiere waren freigelassen worden und lebten nun wild auf Weiden oder in Wäldern. Es waren keine Menschen da, die sich um sie kümmern konnten. Nur wenige hatten die Pest überlebt, vorwiegend alte und sozial niedrig Gestellte. Vielleicht hatten sie durch ihr hartes Leben mehr Widerstandskräfte gegen die Pest gehabt. Claude verfolgte das Tun der Alten, konnte den Blick nicht von dem kleinen Jean wenden und war überglücklich, ihm dann mit einem kleinen Holzlöffel den Brei verabreichen zu dürfen, während die Frau für sie beide eine Suppe zubereitete.

»Erzählt bitte, wo sind meine Eltern, meine Schwestern? Erzählt von der schrecklichen Zeit! Erzählt, wie Ihr zu meiner Familie steht. Wer seid Ihr?«, bat Claude, als der Kleine zufrieden in seinen Armen eingeschlafen war.

»Zuerst essen wir«, meinte die Alte, füllte zwei Schalen mit Suppe und setzte sich damit zu Claude an den Tisch. Wortlos löffelten sie. Dann legte die Frau das Geschirr in den Waschzuber, schürte das schwache Feuer und legte ein paar Scheite nach. Während sie auf die Flammen blickte, begann sie:

»Ich bin Frida, die Magd, die schon Eure Windeln gewaschen hat. Zwar hatte ich nie direkten Umgang mit euch Kindern, weil ich in niederen Diensten stand; Wäsche waschen, Stall und Tiere versorgen, den Hof kehren, Nachtgeschirr säubern, solche Dinge eben. Eure Schwester Katherine ist als erste von der Pest hingerafft worden, nachdem schon die ganze Nachbarschaft ausgerottet war. Manche munkelten bereits, Euer Zauber, Dom Frollo, bewahre die Familie durch schwarze Magie. Katherines Bräutigam, der gerade von einer Reise aus dem Süden zurückgekehrt war, wurde krank. Alle rätselten, worum es sich dabei handelte, doch die Zeichen waren deutlich. Er bekam Fieber und Gliederschmerzen, dicke Beulen bildeten sich, dann war es vorbei. Viele folgten diesem Schicksal innerhalb weniger Tage, manchmal sogar an einem Tag wurden sie nach schrecklichen Qualen dahingerafft. Meine Nichte Marie half mir, den Kamin zu putzen und war frisch und fröhlich am Morgen. Am Abend lag sie bereits in Agonie. Die Nacht überstand sie nicht.«

Frida setzte sich wieder an den Tisch, schaute Claude aber nicht an. Ihr Blick war auf den Boden gerichtet, auf den Keller darunter und noch weiter ins Leere.

»Dann starben innerhalb weniger Tage Eure Eltern, am Ende auch Eure Schwester Julie. Sie bat mich, den Säugling in meine Hütte zu bringen, denn das Haus schien verseucht zu sein. Seit Wochen hoffe ich, den Knaben nicht an Kälte und Hunger zu verlieren. Ich hätte Eure Ziegen wieder einfangen, mit dem Kind in Eurem Haus wohnen können, doch das wagte ich nicht. Niemand war da, der mir die Erlaubnis dazu gab.«

Claude konnte vor Erschütterung nicht einmal weinen, wie er überhaupt fast nie weinte. *Den Bruder retten!*, war alles, was sein Kopf an Gedanken schaffte. Er wollte Jean so rasch wie möglich nach Paris bringen. Dort sollte er die bestmögliche Pflege erhalten. Sein Gedeihen, seine Gesundheit waren das einzige Ziel. Das meiste Geld, das er bei sich trug, gab er Frida und auch ein Schreiben, das sie berechtigte, im Elternhaus zu leben und die entlaufenen Tiere zurückzuholen. Er dankte ihr von Herzen, für Jean gesorgt zu haben. Sie war überwältigt von seiner Großzügigkeit. Den ausgepolsterten Korb für Jean schnallte sie geschickt am Sattel fest, damit Frollo ihn vor sich sehen konnte. Das Kind wurde mit einem breiten Tuch am Korb festgebunden, so konnte es während des Ritts nicht hinausfallen. Dann hieß es Abschied nehmen.

Trotz der Kälte hielt Claude das Pferd im Trab, Galopp hätte den Säugling zu sehr geschüttelt. Spät abends klopfte er an das Tor eines Nonnenklosters und bat darum, das Kind zu versorgen, ihm einen Schlafplatz zu gewähren und das Pferd absatteln, füttern und unterstellen zu dürfen. Erstaunt, aber fraglos gaben die Schwestern ihr Bestes. Claude bekam eine wärmende Suppe und vor dem Kamin in der Küche einen Schlafplatz. Jean durfte in der Klausur bei den Schwestern schlafen. Gleich nach der Prim schürten die Küchenschwestern das Feuer neu, bereiteten heiße Milch und Brot für den Priester und versorgten das Kind aufs Beste, denn beim ersten Morgengrauen wollte er weiterreiten.

Sämtliche Knochen taten Claude weh, das Hinterteil brannte wie nach einer Tracht Prügel und das Kind im Korb brüllte ununterbrochen, als er am Abend durch die Straßen von Paris ritt. Die Silhouette der Kathedrale gab ihm gerade noch genug Kraft, nicht vom Pferd zu fallen. So einen langen Ritt hatte er in seinem ganzen Leben noch nicht unternommen. Trotz der Eiseskälte, Anfang Dezember, spähte Quasimodo täglich nach seinem Vormund. Kaum lenkte Claude das Pferd vor das Klostertor, stürmte der Junge die Stufen hinab und erreichte seinen väterlichen Freund, noch bevor dieser den brüllenden Säugling aus dem Korb gebunden hatte. Quasimodo zu sehen, ließ ihn aufseufzen. »Wie gut, dass du da bist!«

Behutsam legte er ihm das strampelnde Kind in die Arme, das vom Brüllen rot im Gesicht und von der Kälte blau an Händen und Beinen war. Trotzdem fand Quasimodo, dass er noch nie etwas Schöneres gesehen habe. Er umfing den Kleinen und drückte sein breites Gesicht auf ihn. Anscheinend strahlte er damit und mit seiner Freude Wärme aus, vielleicht auch Geborgenheit. Jedenfalls verstummte das Gebrüll augenblicklich. Erstaunt riss Jean die Augen auf, tastete nach Quasimodo. Frollo glaubte fast an ein Wunder.

»Ich versorge das Pferd, bring den Kleinen bitte in die Klosterküche.« Damit reichte er dem Jungen den Schlüsselbund. Dass er diesen niemals aus der Hand geben durfte, schon gar nicht »dieser Kreatur«, wie sein Schützling nach wie vor von vielen Ordenspriestern und anderen genannt wurde, kümmerte den Archidiakon wenig. Überhaupt war jetzt nur eines wichtig: das Kind gut zu versorgen.

Quasimodo wärmte Milch mit Honig und kochte etwas Weizengrieß auf. Das vermischte er und fütterte damit den Kleinen, der gierig aß. Damit wärmte er sich rasch auf und schlief bald zufrieden ein. Den übrig gebliebenen Brei aß Claude, der zu müde war, um sich etwas anderes zum Essen zu richten. Seine alte Klosterzelle war näher als die Räume in Josas.

»Bleib bitte heute Nacht hier. Und danke, du bist mir eine wahre Hilfe«, sagte er zu dem Jungen. Er merkte nicht, wie sehr sich Quasimodo über diese Worte freute. Eine Minute später war er eingeschlafen. Der Junge döste auf mehreren Decken neben Claudes Liege und hielt das Kind im Arm.

Es war bereits später Vormittag, als Claude von Kindergeschrei erwachte.

»Had Hunger«, meinte Quasimodo entschuldigend. Er durfte nicht in die Küche, es war ihm untersagt, sich ohne Frollos Begleitung innerhalb des Klosters frei zu bewegen. Ohne ein Wort eilte der Priester in die Küche. Seine Mitbrüder, die dort arbeiteten, staunten nicht schlecht.

»Schon zurück aus Montereau? Wie geht es deiner Familie?«, fragte Bruder August. Claude antwortete in knappen Worten und bat um Nahrung für seinen Bruder Jean. Große Aufregung, man wollte den Kleinen sehen. Quasimodo durfte nicht mit in die Küche.

»Tut mir leid, mein Großer«, meinte Claude. Die beiden Kinder stimmten ihn mild. Verständnisvoll lächelte der junge Glöckner und verzog sich wieder auf seinen Turm.

*Hatte er gelesen oder geträumt? Albert erinnerte sich an jedes Detail von Montereau, an Frida, den kleinen Jean, sogar an den Ritt nach Paris und das Geschrei des Kindes. Claude Frollo und sein Schicksal war längst mehr geworden als eine fiktive Romanfigur. Zwar wusste Albert nicht, woher diese besondere Verbindung kam, aber sie war da, ließ sich nicht mehr wegrationalisieren. Er fand das spannend, wollte, dass der Archidiakon sein Glück fand. Wie sein Schicksal laut Victor Hugo ausging, wusste er, doch konnte er nicht in seiner Fantasie das Los des Priesters wenden? Warum war ihm das eigentlich wichtig? Egal, ihn berührte die Geschichte, darauf kam es an.*

Nie hätte Frollo geglaubt, dass erwachsene bis alte Mönche und Priester so hysterisch auf einen Säugling reagieren würden. Alles lief zusammen, selbst der Abt kam, segnete das Kind und lächelte es an. Als es zur Mittagsandacht läutete, wurden Claude und mehrere Küchenbrüder vom Gebet entbunden, um den Kleinen zu versorgen. Für den Nachmittag stritt man sich darum, wer ihn betreuen durfte, während Claude bei den Klarissen nachfragte, ob sie Jean in Pflege nehmen könnten. Natürlich wollte er so viel Zeit wie möglich mit ihm verbringen, wollte auch, dass Quasimodo mit ihm vertraut wurde, aber hauptsächlich brauchte das Kind zunächst einen Mutterersatz. Bei den Schwestern fand er den bestimmt vielfältig. Wenn schon die Brüder so entzückt von dem Kleinen waren, dann durfte er von den Nonnen auch nur das Beste erwarten.

Die Äbtissin, Mutter Pauline, war erst das zweite Jahr im Amt. Ihre Vorgängerin erlangte das biblische Alter von vierundachtzig Jahren. Die geplante Nachfolgerin war noch während deren Amtszeit verstorben. So kam es, dass Claude einer Frau Mitte dreißig begegnete, mit einem so schönen Madonnengesicht, dass ihm kurz der Atem stockte. Sie war groß, trat vornehm auf, was durch die, von Nonnen geforderte Demutshaltung noch betont wurde. Eigentlich strahlte sie gerade dadurch große Autorität aus. Der Archidiakon, der es gewohnt war, geachtet oder mehr gefürchtet zu werden, fühlte sich eingeschüchtert und fasziniert zugleich. Schon nach den ersten Begrüßungsworten wusste er, dass die Äbtissin aristokratisch und hoch gebildet sein musste. Ihre mandelförmigen Bernsteinaugen wirkten mild, aber auch durchdringend, die Lippen wie von Meisterhand gemalt. Am meisten beeindruckte ihn aber ihre Stimme; weicher Alt, klare Aussprache. Er starrte sie einige Sekunden lang an, dann erst schilderte er sein Anliegen. Sie nickte leicht, dachte kurz nach und meinte schließlich:

»Dom Frollo, Euer Vertrauen ehrt unser Haus. Wir werden dem Kind Heimat und Familie sein, so gut es uns möglich ist. Über Eure Besuchszeiten oder über die Möglichkeit, Euren Bruder für einige Tage bei Euch zu haben, werdet Ihr mit den verantwortlichen Schwestern sprechen. Ich meinerseits habe allerdings auch eine Bitte.« Frollo war klar, dass er die Dienste der Nonnen nicht unentgeltlich in Anspruch nehmen konnte.

»Ehrwürdige Mutter, Ihr sollt reichlich entlohnt werden. Nennt mir den Preis, er wird mir recht sein.« Die Schöne ließ kurz ein böses Funkeln in ihrem unbewegten Gesicht aufleuchten, errötete sogar etwas. Doch mit leiser, sehr beherrschter Stimme sagte sie:

»Ihr beschämt uns, es geht nicht um Geld. Ich fordere, dass keiner Eurer Priester mehr ohne Begleitung eines alten Mitbruders oder einer unserer Mitschwestern den Nonnen die Beichte abnehmen oder geistliche Gespräche führen darf.«

Frollo war perplex. Er verstand die Vehemenz und das Anliegen der Äbtissin nicht. Das bemerkte sie. Ruhig erhob sie sich, ohne ihn aus den Augen zu lassen.

»Ich schicke Euch jetzt Schwester Amalie und Schwester Ruth. Sie scheinen mir geeignet, den Hauptpart der Pflege zu übernehmen. Natürlich werden sich alle Nonnen um das Wohl des Knaben bemühen. Ein Kind ist ein Gottesgeschenk, und dass Euer Bruder die Pestepidemie überlebte, grenzt an ein Wunder.«

Dem Archidiakon blieb nichts anderes, als sich dankbar tief zu verneigen. In der Tür wandte sich die Äbtissin noch einmal um:

»Jedes Kind sollte ein freudig erwartetes und geliebtes Geschenk Gottes sein können!«

Claude starrte sie an. Sie war schön wie ein Traum und strahlte doch etwas Tragisches, Unerbittliches aus. Irritiert ließ er sich wieder auf den Sessel fallen. Bald darauf kamen die genannten Nonnen. Beide ungefähr Mitte vierzig, pausbäckig die eine, von schmaler Statur die andere. Sie wirkten freundlich, mütterlich. Claude war dankbar, Jean so gut versorgt zu wissen. Natürlich wollte er mit Geldspenden nicht geizen. Das Anliegen der Äbtissin ließ einen Schrecken in ihm zurück, den er noch nicht benennen konnte. Er nahm sich vor, sie wieder um Audienz zu bitten und direkt zu fragen, was sie meinte. Schließlich mussten selbst Äbtissinnen Priester als Vorgesetzte akzeptieren, wie alle Frauenorden den Männerorden unterstellt waren. Dennoch schüchterte ihn Mutter Pauline in höchstem Maße ein.

Am Sonntag nach Claudes Rückkehr aus Montereau sang der ganze Konvent in der Notre-Dame das große Requiem für seine Familie und alle Opfer der Pestepidemie. Claude wohnte der Feier wie versteinert bei. Noch konnte er nicht fassen, dass seine ganze Familie ausgelöscht war, doch die Sorge um Jean ließen den Schock und die Trauer in den Hintergrund treten. Die beiden Kinder bescherten ihm mehr Freude und Lebenssinn, als er bis dahin je erleben durfte. Sie waren für ihn wichtiger geworden als alle Gebete und Studien. Eigentlich begann er durch sie erst so richtig zu leben. Quasimodo ging ganz in seinem Dienst als Glöckner auf. Ohne ihn hätte Bruder Luke längst nicht mehr weiterarbeiten können. Und als Jean zwei Jahre alt war, sah er nicht nur aus wie ein Engel, er hatte auch den sanften Charme eines Himmelsboten. Zwar fürchtete er sich manchmal vor Frollo, wenn dieser ihn in seiner schwarzen Kukulle nach längerer Zeit besuchte, aber bald erinnerte er sich wieder an den großen Bruder und war ihm freundlich zugewandt, wie er allen Menschen vertrauensvoll begegnete.

Jean konnte Quasimodo nicht oft besuchen. Frollo fürchtete einen Unfall, sollte der Kleine hoch oben herumlaufen, denn er war ständig in Bewegung und schwer zu bändigen. Doch Claude schickte nach Quasimodo, wenn er Jean bei sich hatte. Die beiden liebten einander, das bedeutete dem Priester viel. Und die Nonnen liebten und verwöhnten Jean. Mutter Pauline hatte Frollo seit der ersten Begegnung nicht mehr gesehen. Er gab ihren Wunsch aber an seinen Abt weiter, der erstaunlich betreten reagierte und versprach, darauf zu achten. Bei all seiner Belesenheit und Intelligenz fühlte sich der Archidiakon schwer von Begriff, weil er offenbar als Einziger den Grund dieser heiklen Angelegenheit nicht erriet.

Inzwischen hatte Ludwig XI. nach ihm geschickt, suchte das Gespräch. Frollo merkte bald, dass er ihn wegen Kircheninterna auszuhorchen versuchte, außerdem wollte er von seinem

Wissen profitieren. Der Priester verstand es, zuzuhören, zu antworten, aber ganz diplomatisch dabei nicht wirklich etwas auszusagen. Dem Abt gefiel es gar nicht, dass Dom Frollo Kontakte zu höchsten politischen Kreisen pflegte. So saß Claude ungewollt zwischen zwei Stühlen, von beiden Seiten lauerte Gefahr. Ein falsch ausgelegtes Wort konnte ihn als Ketzer oder Hochverräter zu Fall bringen. Am liebsten hätte er die beiden Kinder geschnappt und wäre mit ihnen in die Berge geflohen, dorthin, wo es keine Menschenseele gab.

## Kapitel 5
## **Paquette Chantefleurie**

Neuen Lebensinhalt durch ein Kind zu erfahren, das war auch der noch immer blühend schönen, aber früh aus der Bahn biederer Gesellschaftszugehörigkeit geworfenen Paquette vergönnt. Sie war die Tochter eines Spielmannes in Reims und einer Krämerin, die falschen Schmuck, Bänder, selbst genähte Puppen, Spangen, Kämme und dergleichen auf den Märkten feilbot. Ihre Ware zog sie auf einem niederen Karren, wohin sie wollte. Dort klappte sie den Holzdeckel auf, an dessen Innenseite eine dünne polierte Platte aus einer Silberlegierung als Spiegel diente. So konnten sich die Käuferinnen gleich bewundern, wenn sie bunte Bänder, Ketten aus bemalten Holz- oder Tonperlen und dergleichen ersteigert hatten.

Die ganze Freude und der ganze Stolz der Eltern war ihr anmutiges Töchterchen. Es sang und tanzte schon als kleines Kind, sodass ganze Menschengruppen herbeiströmten, um die »singende Blume«, wie es allseits genannt wurde, zu bestaunen. Dadurch stiegen nicht nur die Umsätze der Mutter, sondern auch die des Vaters, der oft im Hintergrund aufspielte, was dem Tanz und dem Gesang die Pracht eines großen Festes verlieh.

Paquette Chantefleurie wurde mit jedem Jahr schöner, ihre Stimme immer ausdrucksstärker und ihr Tanz trieb den rauen Matrosen – ebenso wie den frommen Hausfrauen – Tränen in die Augen. Als sie fünfzehn war, machte ihr ein Junker den Hof. Das Mädchen fühlte sich wie ein Edelfräulein, so galant warb er um sie. Ihre zarte Gestalt, die geschmeidigen Bewegungen, vor allem aber ihre glockenhelle Stimme verzauberten den Edelmann. Jeder Blick aus ihren rehbraunen Augen schien nur nach ihm zu rufen. Paquette lächelte alle im Publikum an, jeden Einzelnen, der stehen blieb, um ihr zu lauschen. Aber nur bei ihm verweilte ihr Blick, ruhte in Bewunderung aus. Die Mutter glaubte schon, nun sei die Zukunft ihrer Tochter perfekt. Er schenkte ihr eine goldene Kette, an der ein rotes Glasherz hing, funkelnd wie ein Rubin. Für Paquette Chantefleurie war das ein Verlobungsgeschenk. Und sie schenkte sich ihm in derselben Nacht, da er sie so sehr darum anflehte. Die gemeinsamen Abende in solch inniger Vereinigung wiederholten sich, die Rede von Heirat aber blieb aus. Erst als der Junker eine standesgemäße Braut heimführte, wusste die ganze Familie, dass es keinen sozialen Aufstieg durch Heirat für Paquette geben würde.

Die Bewerber aber blieben nicht aus. La Chantefleurie war eine junge Frau von betörender Schönheit geworden. Das lange brünette Haar trug sie nicht mehr offen wie ein Kind, doch ihre unschuldige Ausstrahlung wirkte nach wie vor, auch beim vierten und fünften Bewerber. In der Nachbarschaft aber wusste man bereits, dass sie ganz einfach eine besonders hübsche Hure mit recht zahlungskräftigen Freiern geworden war. Sie konnte froh sein, wenn ein Schuster oder Bäcker sie noch nahm. In ihrem Fall wäre das noch immer ein sozialer Aufstieg gewesen.

Doch dann kam der nicht mehr ganz junge, verheiratete Hauptmann Philippe de Châteaupers. Seine Ländereien lagen nahe Reims, dort lebten natürlich auch seine Gattin mit den zwei Töchtern und dem Sohn Phoebus, Papas ganzer Stolz. Den Schwur, als Hauptmann ein vorbildliches Leben zur Ehre des Königs zu führen und das Eheversprechen hinderten ihn nicht daran, der hübschen und bekanntermaßen willigen Paquette Chantefleurie kleine Geschenke zu machen und ihr viele Besuche abzustatten. Diese Liaison entwickelte sich für ihn zur Sucht, er war verrückt nach ihr.

Paquette erlebte ihn anders als die bisherigen jungen Verehrer, die sie jedes Mal mit dem direkten oder indirekten Eheversprechen gelockt hatten. Bei Philippe de Châteaupers wusste sie, dass es keine Hochzeit geben würde. Aber er hatte sie mit dem Feuer seiner Leidenschaft gewonnen, sie war ebenso verrückt nach ihm wie er nach ihr. Die Eltern hatten längst keine Autorität mehr, ihr moralische Vorhaltungen zu machen. Das Einzige was ihnen blieb, war, so viel Profit wie möglich aus der Schönheit ihrer Tochter zu schlagen. Das ungleiche Paar jedenfalls schwor sich ewige Treue. Paquette wusste, dass Edelmänner, ja, sogar Könige mitunter Mätressen hatten. Diese Rolle – mit dem Versprechen, ihr ein Haus und jährlich eine beachtliche Summe zukommen zu lassen, würde ihr schon gefallen. Leider machte Philippes Gattin diesen Plänen einen Strich durch die Rechnung. Ihre Diener bespitzelten den Ehemann schon einige Zeit lang, außerdem war sie es, die das Landgut und ein beträchtliches Vermögen mit in die Ehe gebracht hatte. Philippe konnte ihr, außer seiner stattlichen Erscheinung und den ehrenvollen Posten eines Hauptmannes der königlichen Garde, nichts bieten.

Paquette, in ihrer naiven Begeisterung, erzählte überall ungeniert von ihrem reichen Geliebten. Außerdem rächte sie sich damit bei den Spöttern, die ihr eine Zukunft als Hure in der Gosse prophezeit hatten. Es war nicht schwer für die Diener der Madame de Châteaupers, hinter die Pläne der Verliebten zu kommen. Sie berichteten ihrer Herrin mit betretenen Gesichtern, wie stolz das besagte Mädchen überall von dem Verhältnis herumerzähle und dass sie bald in einem prächtigen Haus wohnen würde, welches der Hauptmann ihr zu schenken gedenke. Auch verhehlten sie nicht, wie oft er sich mit ihr des Nachts in der Schenke vergnügte, wenn er vorgab, Wachdienst zu schieben.

»Schweigt! Ich habe genug gehört! Und wagt es nicht, einer Menschenseele von euren Beobachtungen zu erzählen!«

Mit hochroten Gesichtern und tiefen Verbeugungen entfernten sich die Diener. Für die Gekränkte gab es nur einen Gedanken: Genugtuung. Durch ihre Kontakte zur hohen Aristokratie gelang es rasch, den Gemahl für mehrere Jahre an die Grenzen des Landes versetzen zu lassen. Das bot ihr außerdem die Möglichkeit, selbst oft dorthin zu reisen und bei der Gelegenheit halb Frankreich kennenzulernen. Das gute Geld, das Philippe für sein amouröses Vorhaben beiseitegelegt hatte, wurde dabei großzügig ausgegeben.

Zurück blieb Paquette, die keine Freude mehr an Gesang und Tanz hatte. Sie verzehrte sich tatsächlich nach ihrem Philippe. Doch er hatte ihr einen noch kostbareren Schatz hinterlassen als Haus und Geld. Sieben Monate nach seinem tränenreichen Abschied brachte sie ein Töchterchen zur Welt, das schönste Mädchen aller Zeiten, wie sie fand. Weder Spott noch Not konnten ihr die Freude an dem allerliebsten Kind trüben. Es hatte Augen wie Smaragde, Händchen und Füßchen wie die eines Engels.

Paquette war nicht mehr das leichtfertige naive Ding. In ihrer Mutterrolle ging sie völlig auf. Keine Mühe war ihr zu viel, um ihrer kleinen Agnès alles zu bieten, was sie nur aufbringen konnte. Sie nähte für die feinen Häuser, bastelte Spielzeug, um es auf dem Markt zu verkaufen. Kein Werber hatte mehr Chancen bei ihr, nicht einmal, wenn sein Eheversprechen realistisch klang, wie das des Knochenhauers vom Markt, einem grobschlächtigen, aber gutmütigen Mann, der ihren Lebensunterhalt bestimmt sichern konnte und der auch nichts gegen das mitgebrachte Kind gehabt hätte. Seine Werbung schlug sie freundlich, aber entschieden aus.

»Meine Agnès soll einmal in höchsten Kreisen verkehren, nicht die Ware eines Knochenhauers feilbieten müssen.« Der Mann starrte sie eine Weile verdutzt an. Eine Frau in ihrer Lage und mit ihrem Ruf sollte solch ein Angebot lieber nicht so stolz ablehnen.

»Wenn du dich nur nicht täuschst«, meinte er gekränkt und ging.

Am nächsten Morgen nähte Paquette dem Kind ein paar rosa Seidenschuhe, gefüttert mit weißer Seide, bestickt mit Goldfäden und winzigen Perlmuttknöpfen in Herzform. Was für eine Pracht für das zarte Ding, das gerade mal vier Monate alt war.

Am Nachmittag spielten Zigeuner auf dem Markt. Sofort hob Paquette die kleine Agnès aus dem Körbchen neben ihrem Karren und zeigte sie den Zigeunern, deren Kinder ebenso gewagte Kunststücke und feurige Tänze darboten wie die Erwachsenen.

»Habt ihr je ein schöneres Kind gesehen als meine kleine Agnès? Kann es etwas Edleres geben als dieses engelhafte Geschöpf?«, rief sie laut. Die Zigeuner unterbrachen ihre Musik, kamen näher und sprachen der stolzen Mutter ihre Glückwünsche aus.

»Für jede Mutter ist ihr Kind das schönste«, meinte eine der älteren Frauen. »Aber da du so voller Liebe bist, lese ich die Zukunft für deine Tochter. Ein Sou reicht mir dafür.« Freudig willigte Paquette ein. Die Zigeunerin setzte sich zu ihr und schüttete ein paar kleine Knochen auf ein Tuch. Diese studierte sie eine Weile, wiegte den Kopf, schaute das Kind an, das bezaubernd strampelte und quietschend ihre neuen rosa Schuhe betrachtete.

»Ich sehe eine prächtige Zukunft. Deine Tochter wird mit allen musischen Talenten gesegnet und in vollkommener Schönheit die Menschen begeistern. Ihr Herz ist rein wie klares Wasser und ihr Verstand, nun ja, ihr Verstand gleicht dem seiner Mutter. Sie wird in ein herrschaftliches Haus einheiraten, einer Königin gleich wird sie Mutter prächtiger Kinder werden. Doch ein Dämon wird sie heimsuchen und dem Tode zuführen.« Paquette schrie entsetzt auf. Die Zigeunerin bedeutete ihr abzuwarten.

»Deine Tochter wird ihren Verstand durch Liebe mehren und ihre Liebe durch Leid und Geduld veredeln. Der Dämon wird sie dem Tod wieder entreißen und sie nie ganz verlassen.«

Die arme Mutter verstand nicht alles, hörte nur »Dämon, Tod, Leid«.

»Kannst du mir nichts Besseres weissagen?«, rief sie erbost.

»Deine Tochter erwartet ein bewegtes, erfülltes Leben. Ihr Herz ist gut und rein, das ist wohl das Beste, was man über die Zukunft eines Kindes sagen kann.« Damit besänftigte sie Paquette etwas, steckte den Sou ein und ging wieder zu ihrer Truppe. Einer der Zigeuner beobachtete alles aus dem Schatten der Linde, die beim Brunnen stand.

Paquette wohnte nicht weit vom Markt entfernt. Als die kleine Agnès schlief, lief sie schnell zur Nachbarin, um ihr von der prächtigen Zukunft ihrer Tochter zu erzählen. Die Nachbarin, selbst Mutter einiger Kinder, nickte gutmütig dazu und wünschte ihr, dass sich alles Schöne für Agnès erfüllen möge. Ganz in Gedanken kam Paquette zurück in ihr Zimmerchen im Erdgeschoß eines alten Hauses. Die Tür war aufgebrochen. Das Kind lag nicht mehr in seinem Bettchen, nur einer der rosa Seidenschuhe fand sich an der Schwelle. Paquette konnte vor Entsetzen nicht einmal schreien. Das Schlimmste aber war, dass statt ihres hübschen Töchterchens ein Monster mitten in der Stube saß und sie angstvoll aus einem Auge seines schaurigen Gesichtes anblickte. Das zweite Auge war durch eine dicke Warze verdeckt. Sie hatte diesen Dämon zunächst gar nicht bemerkt, so entsetzt war sie über das Verschwinden ihrer Agnès. Jetzt aber kreischte sie, dem Wahnsinn nahe, das ganze Haus samt Nachbarschaft zusammen. Man war mehr als entsetzt, alle versuchten, der verzweifelten Mutter Ratschläge zu geben.

»Hat denn niemand etwas gesehen? Mein Kind kann noch nicht weit weggebracht worden sein! So helft mir doch, um der

Heiligen Jungfrau willen! Helft mir!«, schrie sie. Nach einigem Hin und Her wurden der Büttel und der Pfarrer gerufen. Inzwischen war bestimmt schon eine halbe Stunde vergangen. Der Pfarrer sollte feststellen, ob es sich bei dem Monster um einen Dämon aus der Hölle oder nur um einen sehr hässlichen Knaben handle. Er hatte etwa die Größe eines Vierjährigen, sprach kein Wort und rührte sich auch nicht. Als ihn der Pfarrer mit Weihwasser besprengte, streckte der Kleine die Zunge heraus, wollte das geheiligte Wasser wohl trinken, was einer Blasphemie gleichkam. Daraufhin stach ihn der Pfarrer mit einer Nadel. Der Knabe schrie auf und warf dem Gottesmann einen bösen Blick zu.

»Es ist eindeutig ein Wesen der bösen Mächte, vielleicht sogar aus der Hölle«, folgerte der Geistliche.

»Wir werden es einigen anderen Tests unterziehen, die seine dämonische Herkunft beweisen sollen, und vielleicht verrät es uns, ob er den Säugling gefressen oder es dem Höllenfürsten übergeben hat«, sinnierte er.

»Meine geliebte Agnès gefressen?«, kreischte Paquette. Alle Leute standen um den verängstigten Knaben und starrten ihn entsetzt an, als der Geistliche seine Mutmaßungen anstellte.

»Aber Hochwürden, wollen wir die Kirche nicht im Dorf lassen und uns überlegen, wie wir Agnès wiederfinden können, und zwar mit Hausverstand?«, warf die Nachbarin ein, bei der Paquette gewesen war, als das Unglück geschah. Die verzweifelte Mutter verfluchte das Treffen im Nachhinein. Ganz offensichtlich hatte die Frau etwas gegen den Geistlichen in der Hand, denn solche Worte vor Zeugen an einen Gottesmann zu richten, konnte ganz schnell den Scheiterhaufen bedeuten.

»Mäßigt Eure Zunge!«, fauchte er sie an.

»Was schlagt Ihr vor?«, fragte Paquette.

»Agnès wurde durch diesen missgestalteten Jungen ausgetauscht. Nachdem, was du mir über deine Begegnung mit den

Zigeunern erzählt hast, wollten sie sich wohl für deinen Stolz rächen, stelle ich mir vor. Wie die meisten Zigeuner werden sie vielleicht Richtung Paris weiterziehen, dort ist immer viel zu verdienen. Nimm den Knaben und wandere dorthin, vielleicht lassen sie sich erweichen und tauschen die Kinder wieder zurück.«

Man merkte, dass diese Frau das Sagen in dem Viertel hatte, offenbar mit Recht. Vollkommen niedergeschlagen ließ sich Paquette auf einen Sessel fallen. Inzwischen hatte jemand Milch und Brot für den Knaben geholt, der beides dankbar annahm.

»Behandle ihn gut, dann darfst du darauf hoffen, dass auch Agnès gut behandelt wird«, mahnte die Nachbarin. Der jungen Mutter war nicht wohl bei dem Gedanken, mit diesem Monster nach Paris zu gehen.

»Kann man den Zigeunern denn keine Häscher hinterherschicken? Die würden gleich kurzen Prozess machen und die kleine Agnès rasch wieder zurückbringen«, schlug ein Nachbar vor. Der Büttel aber war selbst nur ein kleiner Befehlsempfänger mit keinerlei Befugnissen. Er zweifelte daran, dass es einen solchen Aufwand für das Kind einer Krämerin mit fragwürdigem Ruf geben würde, sagte aber:

»Ich werde diesen Vorschlag an entsprechender Stelle vorbringen.« Alle wussten, dass das gar nichts bedeutete, und schwiegen betroffen. Da der Pfarrer inzwischen unwichtig geworden war, verabschiedete er sich mit Segenswünschen an die Mutter für die Reise nach Paris. Paquette würde wohl lange wegbleiben, darum kaufte eine junge Nachbarin ihren Krämerkarren. Alle übrigen sammelten Lebensmittel und kleine Münzen für die Verzweifelte. Am folgenden Morgen brach sie auf. Den kleinen rosa Schuh nahm sie wie eine Reliquie mit und küsste ihn immer wieder unter Tränen. »Komm mit!«, fauchte sie den Entstellten an. Er humpelte hinter ihr her.

Der Sommer ging bereits in den Herbst über, mit Regen war auf dieser Wanderung zu rechnen. Paquette hatte einen warmen Umhang in ihrem Reisetuch, ein Unterhemd aus Flanell und ein großes Wolltuch für Kopf und Schulter. Abends pfiff ihnen eisiger Wind entgegen, der Kleine weinte leise und fror. Er trug ein Leinenhemd, eine gewebte Weste und eine Leinenhose, dazu Schuhe aus weichem Leder. Sie verlangsamte ihre Schritte nicht, hoffte insgeheim, ihn zu verlieren. Dann aber erinnerte sie sich, dass ihre Agnès ausgetauscht werden sollte – also brauchte sie die Kreatur wohl oder übel.

*Das Kapitel über Paquette Chantefleurie berührte Albert noch lange nach dem Lesen. Sein Kind zu verlieren war wohl das Schlimmste, das er sich vorstellen konnte. Woher aber kam der entstellte Knabe? Dass verkrüppelte Babys ausgesetzt wurden, passierte im Mittelalter mitunter. Zigeunern der damaligen Zeit sagte man nach, aus solchen Kindern Profit zu schlagen und sie gegen ein paar Münzen zur Schau zu stellen. In Albert entstand plötzlich große Lust, selbst den Spuren des oft kopierten Glöckners zu folgen, die Geschichte vielleicht sogar neu zu erzählen.*

Der Missgestaltete bewirkte unterwegs, dass Leute den beiden oft Lebensmittel oder kleine Münzen zuwarfen, sei es aus Mitleid, sei es aus Schaulust. Dass man sie für die Mutter des Jungen hielt, fand Paquette zwar fürchterlich, aber sie nutzte dieses Missverständnis, um sich und zu ihrem Missfallen auch den Knaben unterwegs ernähren zu können. Nie sprach sie ihn an oder bot ihm Hilfe, wenn sie im Freien oder einer Scheune übernachteten.

Dann waren sie endlich in Paris. Paquette fühlte sich überwältigt. Für einige Augenblicke vergaß sie all ihren Kummer angesichts der Vielfalt und Pracht dieser pulsierenden Stadt. Und dann die Kathedrale Notre-Dame! Was für eine Majestät der Architektur! Wie verzaubert durchschritt sie das Tor, fühlte sich am Portal von allen Königen Frankreichs begrüßt; das Langschiff, die Säulen und Bögen, die bunten Glasfenster, die gigantische Rosette! Schöner konnte nicht einmal der Himmel sein. Wäre da nicht der ständig nagende Schmerz um ihre verlorene Tochter, hätte dies einer der bedeutendsten Momente ihres Lebens sein können. In diesem Gotteshaus zu stehen, erhob die Seele. Bei alldem humpelte der Kleine hinter ihr her und staunte auch über dieses riesige Gebäude mit Säulen wie Bäume. Paquette kniete sich vor die Muttergottes, hielt den kleinen rosa Schuh in die Höhe und flehte:

»Gib mir meine Agnès zurück! Bitte, heilige Jungfrau! Gib mir mein Kind zurück!« Der Junge stand neben ihr, schaute abwechselnd das schöne, unbewegliche Gesicht der Madonna an und den kleinen Schuh.

»Geh weg!«, rief Paquette gereizt. Wie konnte dieses Monster ihr Gebet stören?! Plötzlich erinnerte sie sich der Zigeuner, lief rasch hinaus und fragte überall, ob man eine Zigeunertruppe gesehen habe.

»Hier kommen oft welche vorbei«, bekam sie zur Antwort.

Sie suchte weiter, gelangte ins Universitätsviertel mit ganz anderer Atmosphäre als auf der Ile de la Cité. Immer weiter trieb es sie, überall glaubte sie ferne Zigeunermusik zu hören. Plötzlich wurde ihr bewusst, dass der Junge wohl in der Kathedrale geblieben war. Inzwischen befand sie sich in einem anderen Viertel, hatte mehrere große Plätze überquert, aber keine Zigeuner gefunden. Es war Sonntag, eine Woche nach Ostern. Die Glocken läuteten zur Messe, erfüllten alles mit ihren mächtigen Klängen. Paquette ließ sich kurz davon berühren.

»Mögen mir die Glocken mein Kind wiederbringen!«, betete sie.

Der Junge konnte mit der Forteilenden nicht Schritt halten. Das schwere Tor schlug zu, bevor er bei ihr war. Zu klein und zu schwach, es zu öffnen, spazierte er nach einer Weile der Ratlosigkeit durch die ganze Kathedrale, schaute sich die Heiligen an, versuchte, das Gewölbe in Himmelshöhe, wie ihm schien, mit den Augen abzuwandern, und setzte sich endlich müde, hungrig und frierend auf die Stufen eines Seitenaltars. Da kamen bereits erste Messbesucher, von der Orgel erklang gewaltige Musik, wie er sie noch nie gehört hatte, und bald darauf traten viele ernste Männer in weiten schwarzen Gewändern geordnet herein und durchschritten feierlich die Kirche. Voran ging ein Junge und schwenkte einen großen Kessel hin und her, aus dem es duftend rauchte. Etwas Fantastischeres konnte sich der Kleine nicht vorstellen, vor allem die Himmelsmusik faszinierte ihn. Hier wollte er bleiben, er wollte nicht mehr mit der weinenden, bösen Frau wandern. Da entdeckte ihn einer der Gläubigen.

»Was fällt dir ein, du Scheusal, dich während der heiligen Messe hier herumzutreiben?« Er packte ihn am Arm und warf ihn vor das Tor. Inzwischen war der Platz von unzähligen Leuten gefüllt, die teilweise in die Kathedrale drängten. Zwei Bettler packten den Kleinen plötzlich und zerrten ihn in eine schmale dunkle Gasse. Dort prüften sie sein Gewand und die Schuhe von feinem Leder. Sie nahmen ihm alles weg und liefen davon. Jetzt erst begann der Bedauernswerte herzzerreißend zu weinen.

Ein paar Nonnen hörten ihn vom nahen Kloster und schauten durchs Fenster. Nach kurzem Zögern kamen sie aus den geheiligten Mauern, umwickelten ihn mit einer Decke und setzten ihn auf eine Art Futterkrippe. Dann eilten sie rasch wieder in ihre Klausur zurück. Es dauerte nicht lange, bis dem Vielgeprüften auch noch die Decke weggenommen wurde. Eine gefühlte Ewigkeit saß er nackt, allen Blicken preisgegeben, auf der Krippe und wagte nicht einmal mehr zu weinen. Sein Leid war aber noch nicht beendet, denn als mächtige Glocken wieder den Himmel mit ihrem Klang erfüllten, strömten plötzlich Massen von Menschen aus der Kathedrale, versammelten sich um ihn und veranstalteten ein Gezeter, dass dem Kind vor Angst fast die Sinne schwanden. Er zitterte an diesem noch kalten Aprilmorgen. Wäre da nicht eine riesige Fledermaus in Gestalt eines hageren ernsten Mannes aufgetaucht, hätte der Knabe womöglich den Verstand verloren.

Paquette konnte den Jungen nirgends mehr finden, bemühte sich auch nicht sonderlich darum. Ihn bei den Zigeunern gegen ihre Agnès einzutauschen konnte ja ohnehin nicht gelingen, denn sie selbst hatten den Tausch ja verbrochen. Wochenlang suchte sie die Zigeuner, suchte ihre Agnès. Allein der Gedanke, dass sie noch lebte, hielt sie aufrecht. Es begegneten ihr mehrere Truppen, doch die Gesuchte war nicht dabei. Sie erinnerte sich genau an das Gesicht der Zigeunerin, die ihr geweissagt hatte, und auch an die Gesichter der tanzenden Kinder. So viele verschiedene Zigeunertruppen hätte sie nicht erwartet. Ungern befragte sie diese nach der Gesuchten. Auch sonst trieb sich in Paris allerlei zwielichtiges Gesindel herum.

Bald sah man die fast ständig Weinende nur noch in der Kathedrale vor der Madonna knien und halblaut vor sich hin beten, stets mit einem kleinen rosa Schuh, den sie sich an die Lippen presste. Ab und zu bemerkte sie eine unheimliche schwarze Gestalt, dann wieder mehrere davon; Benediktinermönche in ihren schwarzen weiten Kukullen. Abends zur Vesper sangen sie im Chorgestühl in der Apsis ihre Gebete und Psalmen.

Es vergingen die Jahre. Aus der suchenden Mutter war eine Klausnerin geworden, die ihre Nische am Place de Grève bezog, dem Galgenplatz. Hier hatte Madame Rolande de la Tour-Roland bereits dreihundert Jahre zuvor eine Klause in ihr prächtiges Palais schlagen lassen, um ihren Vater zu betrauern, der bei einem Kreuzzug gefallen war. Sie hatte dort bis zu ihrem Tod gelebt und den Ort allen gewidmet, die wie sie Einkehr und Buße suchten. Es gab Ende des fünfzehnten Jahrhunderts mehrere solcher Klausen mitten im bunten Treiben von Paris. Ernährt wurden die Büßerinnen ausschließlich von Essensspenden der Bevölkerung.

Die Nische am Place de Grève bekam vom Volk den Namen Rattenloch, im Stadtverzeichnis war sie als Rolandsturm vermerkt. Sie wurde immer wieder von Frauen für irgendwelche Sünden oder Anliegen genutzt, meist aber nur für einige Wochen oder Monate. In monotonem Singsang beschwor die Klausnerin mit dem rosa Kinderschuh die Muttergottes und alle Heiligen, ihr die Tochter wiederzugeben oder sie zumindest wissen zu lassen, dass es ihr gut ging. Noch vehementer aber schrie sie ihren Hass auf alle Zigeuner in die Welt hinaus. Inzwischen kannte jeder die Verrückte, von Groll und Trauer Gepeinigte, jeder kannte den kleinen, inzwischen nicht mehr so rosigen Schuh, den sie nicht müde wurde, immer wieder zu küssen. Aber niemand kannte mehr ihren Namen, niemand wusste, wer sie einmal gewesen war. So nannte man sie »Schwester Gudule«.

# Kapitel 6
# Comte de Mortain

Das Anwesen des Comte de Mortain nahe Chartres war nicht nur eines der weitläufigsten der ganzen Grafschaft, es galt auch seit Generationen als Hort gelebter Toleranz. An Pracht konnte es sich zwar mit dem Schloss des Duc de Valois nicht messen, aber die Grafen de Mortain empfanden Diener, Mägde, Köchinnen, kurz jeden, der zum Wohl der Familie beitrug, als Teil davon. Hochzeiten innerhalb der Dienerschaft bedeuteten ein Fest für alle, großzügig wurde getafelt und im Hof getanzt. Die Herrschaften ließen sich dabei nicht lumpen und feierten teilweise mit. Kinder aus diesen Verbindungen erlebten am Anwesen ihr Zuhause und wurden dadurch zu verlässlichen Dienern der Zukunft. Man hätte den Herrschaftssitz als »Insel der Harmonie« bezeichnen können, wenn es da nicht einen Stachel in dieser humanistischen Familienpolitik gegeben hätte, und das war die Meinung der Kirche, vorwiegend des Bischofs, der in Chartres residierte.

Die Geistlichkeit fand es bedenklich, dass sich Comte Simon de Mortain darum bemühte, seine Gemahlin Adèle, seine Töchter Sophie und Elisabeth sowie Kammerzofen und Kammerdiener nicht nur das Lesen und Schreiben lernen zu lassen, sondern sie auch in verschiedene Kenntnisse der Buchhaltung und Zinsberechnung einführte. Man vermutete auch, der Graf beschäftige sich mit verbotenen philosophischen Schriften aus der Antike und mit Naturwissenschaften, die nicht im Einklang mit der Bibel standen. Mehrmals schon hatte der Comte ausgedehnte Reisen im ganzen Abendland unternommen, sprach mehrere Sprachen fließend, was den Austausch mit anderen Kulturen bedenklich erleichterte, und war sogar übers Meer gesegelt, um im Land der Mauren mathematische und architektonische Unterlagen zu besorgen. Auf dieser Reise durch Spanien gewann er Freunde bei den Sephardim, bei denen er interessante Auslegungen zur Tora kennenlernte. Darüber sprach er dann mit dem Rabbi in Chartres. Die jüdische Gemeinde empfand er als verwandt zum Christentum, hatten sie doch die gleiche heilige Schrift im Alten Testament. Wo sollte dieses Gemisch an heidnischen Einflüssen noch hinführen? Die Spitzel des Bischofs berichteten immer Haarsträubenderes über diesen ungehorsamen Comte.

Deswegen ließ Seine Eminenz einige Livres springen, um verschiedene Bedienstete in die Familie einzuschleusen, die ihm ebenfalls regelmäßig Bericht erstatten sollten. Allerdings beobachtete er, dass sie es zunehmend unwilliger taten, je länger sie auf dem Anwesen arbeiteten. Nur unter ärgsten Gewissensbissen verrieten sie eine Herrschaft, bei der sie sich so sehr als Mensch fühlen konnten. Andererseits waren sie dazu verpflichtet, Beobachtungen preiszugeben, nachdem sie die großzügige Zuwendung angenommen hatten. Dazu kam die Furcht, den Bischof zu verärgern. Wenn jemand Informationen unterschlug, deckten diese die restlichen Bestochenen auf, die in verschiedenen Abständen befragt wurden. Das konnte für den Betroffenen gefährlich werden.

Comte de Mortain, ein fröhlicher, vielleicht etwas leichtfertiger Mensch, ahnte, dass die Kirche ihn mit Argusaugen beobachtete, von den Spitzeln wusste er aber nichts. Doch sein Name und Einfluss waren mächtig, seine Familie seit vielen Generationen eng mit dem Herzogtum de Valois verbunden; was also konnte ihm der engstirnige Klerus schon anhaben? Womit er aber nicht rechnete, war die Dreistigkeit, mit der man versuchte, sich seines Anwesens zu bemächtigen. Der Bruder des Bischofs hegte bereits seit Langem Begehrlichkeiten darauf. Es ging also nicht nur um Ketzerei oder Untreue der Kirche gegenüber, wenn der Klerus den Comte anschwärzte, wo immer er konnte.

Gerade war de Mortain wieder von einer ausgedehnten Reise aus Italien zurückgekehrt und rollte begeistert vor Adèle und einigen Freunden große Pergamente aus, auf denen er eigenhändig verschiedene Bilder gemalt hatte. Amüsiertes Kichern erntete er bei der Darstellung eines nackten Mannes, der lasziv die Hand nach Gott ausstreckte, welcher auf einer Wolke, von Engeln begleitet, ihm ebenfalls die Hand reichte. Fast berührten sie einander, ihre Blicke waren vertraut und liebevoll. Noch ärger fand man das Bild Gottes, der dem Betrachter die Kehrseite hinstreckte, während er sich schwebend davonmachte. Ebenso unerhört – im Sinne der Kirche – waren Darstellungen aus der antiken Mythologie, Allegorien, die das Eingreifen Gottes in der Menschheit ersetzen könnten.

»Seid Ihr verrückt, Simon? Dafür landet Ihr auf dem Scheiterhaufen, wenn es jemand entdeckt. Wie kommt Ihr zu diesen Bildern? Und woher stammt Eure überraschende Kunst des Malens?«, erstaunte sich Dominik, Adèles Bruder.

»Ich habe mehrere Wochen in Rom zugebracht und einem Meister, einem gewissen Michelangelo, nicht wenig bezahlt, damit er mir die wichtigsten Regeln beibrachte, um seine Werke zu kopieren. Und ihr werdet es nicht glauben, für wen er diese riesigen Fresken malt!«

»Offensichtlich für Diabolus persönlich?«, witzelte Gregoire de Coucy. »Könnte man so sagen«, lachte Simon.

»Der Auftraggeber ist kein Geringerer als Papst Sixtus IV. Er lässt eine ganze Kapelle von jenem Meister gestalten und nur Gott oder eben sein Kontrahent weiß, warum er solche Darstellungen zulässt. Entweder ist er zu dumm, um den Hohn gegen die Kirche zu erkennen, oder er hat was mit dem Maler – weiß man es? Oder es gibt sonst einen dubiosen Grund. Jedenfalls habe ich selten so viel gelacht wie bei diesen sagenhaften Verhöhnungen in prächtigster Bildform mitten in den Offizien des Heiligen Stuhls.«

Der ganze Abend war diesem Thema gewidmet, man konnte sich an den Bildern kaum sattsehen und hatte Riesenspaß daran.

»Dabei sind sie nur ein Abklatsch gegen die bunte Pracht von jenem Michelangelo, ein wirklich talentierter Mann«, meinte Simon bescheiden.

»Du solltest sie dennoch unter Verschluss halten. Was in Rom gilt, könnte hier bereits Blasphemie bedeuten«, beschwor Adèle ihren Gemahl mit einem Blick voller Zärtlichkeit und Liebe.

»Es ist reine Blasphemie, und zwar dringend benötigte. Wer ständig Gott lästert, ist ausschließlich die Kirche selbst, durch die grausamen Verfolgungen, durch ihren Machtanspruch und den mit nichts zu rechtfertigenden Dünkel«, ereiferte sich der Comte. Doch er gab seiner Gemahlin recht, Vorsicht konnte nicht schaden. Zu spät jedoch ... Monique, die neue Zofe der Comtesse de Mortain, hatte beim Servieren immer wieder einen Blick auf die Bilder geworfen und den Gesprächen unauffällig gelauscht. Bereits zwei Wochen später wurde der Comte von der Inquisition abgeholt, das Anwesen aufs Unachtsamste durchforstet, verbotene Schriften und die Bildkopien von der sixtinischen Kapelle beschlagnahmt. Das allein reichte für den Scheiterhaufen. Zumindest ersparte sich der Comte damit die Folter. Nun aber galten auch sämtliche Familienmitglieder und loyalen Bediensteten als gefährdet.

Der Duc de Coucy aus Orléons, der zu den engeren Freunden zählte, aber aufgrund seines Einflusses für die Kirche als unantastbar galt, holte Adèle und die beiden Töchter sofort ab und brachte sie auf sein Schloss. Natürlich müsste er sie der Inquisition ausliefern, die bald herausfinden würde, wo sie sich befanden. Darum verheiratete er die Mädchen kurzerhand an Verwandte des Bischofs, die als Witwer ohnehin schon Ausschau nach jungen Bräuten gehalten hatten. Bei diesen Ehe-

männern wären die Jungvermählten sogar vor der kirchlichen Macht sicher. Dass die fünfzehnjährige Sophie dabei von dem über vierzigjährigen Trunkenbold und Lebemann Marquis Alfons de Sanslieu geehelicht wurde und die vierzehnjährige Elisabeth vom schwermütigen Duc Luis de Pleinforet, einem fünfzigjährigen Witwer mit vier Töchtern, konnte in der Eile nicht berücksichtigt werden. Adèle wurde in den Karmel geschickt, den selbst die Inquisition unangetastet ließ. Dort verbrachte sie ihr Leben in Trauer um Simon und in Sorge um ihre Töchter, von denen sie in dem strengen Kloster nur selten Nachricht erhalten durfte. Leider kam sehr bald schon keine Nachricht mehr von Sophie. Sie galt als verschollen.
Elisabeth wurde im Laufe der Jahre von zwei Söhnen entbunden, war ihnen, aber auch den vier Stieftöchtern eine gute Mutter und erbte noch vor ihrem dreißigsten Lebensjahr das Anwesen ihres Mannes. Er starb an einer Lungenentzündung. Ab der Volljährigkeit ihres ersten Sohnes ging das Erbe an ihn über, der alles tat, um seiner Mutter ein gutes Leben zu ermöglichen.

*Es war erstaunlich viel los in der Bäckerei. Selma hatte zwar Dienst, konnte Albert aber nicht bedienen, bemerkte ihn vielleicht gar nicht. Keines der kleinen Tischchen war frei, so stellte er sich an einen Stehtisch zu einem anderen Gast. Selma zu sehen, den guten Kaffee und den Kuchen zu genießen, reichte ihm, um die Gedanken ein wenig zu ordnen und zufrieden zu sein.*

*»Guten Tag«, sprach sie ihn plötzlich im Vorbeigehen von hinten an und zwinkerte ihm gut gelaunt zu.*

*»Guten Tag!« Er lächelte nervös. Selma räumte ab und wischte über die Tische. »Schönes Wochenende noch! Ich habe auch bald frei.«*

*Etwas verdutzt überlegte er, ob das eine Aufforderung war, sie womöglich auf ein Date einzuladen.*

Aber nein, ich rede mir das nur ein – und wenn doch? *Er konnte keinen klaren Gedanken fassen. Selma schaute immer wieder durch das Schaufenster. Da sah Albert draußen einen jungen Mann, der ihr zuwinkte. Anscheinend wartete er bereits auf sie. Sie winkte diskret zurück, blickte ungewöhnlich oft auf die Wanduhr; 16:52 Uhr. Die Minuten schienen für sie zu kriechen. Um 17:00 Uhr verabschiedete sie sich von den Kolleginnen, zog in einem Nebenraum die Schürze aus, setzte die vorgeschriebene Kappe ab, nahm die Jacke und ging. Im Vorbeigehen schenkte sie ihm ein kleines Lächeln, der bewegungslos all das beobachtet hatte.*

*»Süß, die Kleine, nicht wahr? Allerdings vergeben«, meinte sein Tischnachbar sachlich und deutete mit dem Kopf zu dem jungen Mann vor dem Schaufenster. Albert fühlte sich so peinlich berührt, dass er irgendetwas Ablenkendes sagen wollte.*

*»Ich lese nämlich ein Buch«, hörte er sich stammeln.*

*»Habe ich auch schon mal, ist nicht ganz mein Ding«, war die Antwort.*

*Etwas missmutig, ohne ergründen zu können, warum, schlenderte er nach Hause und setzte sich ohne große Ambitionen an den Computer. Eigentlich wollte er nur ein paar Notizen zur möglichen Herkunft Quasimodos machen, doch auf einmal huschten die Finger selbstständig über die Tasten und zeigten ihm wie in einem Film, was sich auf dem Anwesen des Comte de Mortain zugetragen hatte. Da gab es weder ein Konzept noch Nachdenkpausen. Die ganze Geschichte sprudelte einfach aus ihm heraus. »Inspiriertes Schreiben« oder so ähnlich nannte seine Tante Hilde solch ein Phänomen. Die geplanten wenigen Minuten wurden zu drei Stunden. Er tauchte ins Mittelalter ein, begleitete die Menschen der Geschichte, holte sie in seine Realität.*

## Kapitel 7

# Die Zigeunertruppe

Die verschollene Sophie de Mortain traf ein noch härteres Schicksal als ihre restliche Familie. In tiefer Trauer um den geliebten Vater erlebte sie kaum mit, was mit ihr geschah. Ihre Vermählung mit dem Marquis Alfons de Sanslieu war ein einziges lautes Besäufnis aller Mitfeiernden. Trotz seiner wiederholten Übergriffe vor den Gästen wagte sie nicht, sich zurückzuziehen. Er fasste ihre Brüste grob an, küsste sie, drückte ihre Hand an seinen Schritt. Alles brüllte vor Lachen. Ihr schwante nichts Gutes, als er sie mit sich ins Schlafgemach zog. Was sie dann erlebte, war die Hölle. Nach dieser Nacht konnte sie tagelang das Bett nicht verlassen. Sie glaubte vor Abscheu, Angst und Schmerzen zu sterben, hoffte sogar zu verbluten. Während dieser Zeit vergnügte sich ihr Gemahl in ihrer Hörweite mit anderen Frauen. Zwar taten ihr diese leid, wer immer sie waren, aber sie war froh, dadurch von dem schrecklichen Mann verschont zu sein.

Sobald sie sich aber erholt hatte, fiel er wieder über sie her, zwang sie, auch vor der Dienerschaft, nackt seinen Wünschen nachzukommen und schlug sie; oder er sperrte sie ohne Kleidung, Wasser und Nahrung tagelang in ein Kellerloch, wenn sie dem nicht Folge leistete. Nach Wochen war sie so zermürbt, dass sie sich von den Zinnen der Burg stürzen wollte. Da spürte sie in ihrem Bauch kleine Bewegungen. Das entzückte sie, gab ihr wieder Lebensmut, weckte einen unbändigen Beschützer- und Mutterinstinkt in ihr. Sie liebte dieses Geschöpf, das in ihr heranwuchs, von der ersten zarten Bewegung an. Es war wie sie ein Opfer des bösen Marquis de Sanslieu, ihres verhassten Gatten. Heroisch ließ sie nun Misshandlungen jeglicher Art über sich ergehen. Je fügsamer sie war, desto weniger quälte er sie, obwohl seine Forderungen stets eine fast unmenschliche Zumutung für sie darstellten.

Wieder einmal zwang er sie, ihm zu willen zu sein, knetete unsanft ihre Brüste, riss ihr das Gewand vom Leib und wollte nach ihrer Mitte langen. Da bemerkte er, wie hart ihr kleiner Bauch war. »Seid Ihr etwa schwanger und verheimlicht mir das?«, herrschte er sie an. Sie nickte in panischer Angst und versuchte, ihre Blöße zu bedecken. Er aber warf sie auf die breite Liege und nahm sie heftig. Als er endlich zufrieden erschöpft auf sie niederfiel, zischte er ihr ins Ohr: »Wenn es ein Mädchen wird, seid ihr beide des Todes, hört Ihr? Ich will endlich einen Erben!«

Sophie war wie gelähmt vor Sorge und Angst. Wie konnte sie ihr Kind schützen, falls es ein Mädchen wäre? Die meisten Dienerinnen bedauerten die junge Herrin sehr, darum wagte es eine der Köchinnen, ihr in diesem Fall Hilfe anzubieten.

»Oh! Bringt mich doch bitte gleich von hier weg! Ich gebe euch alles, was ich an Schmuck und Gewand besitze, bitte!«, flehte sie.

»Madame, das Leben auf der Straße, als Magd oder bei einer Zigeunertruppe, ist kaum besser als an der Seite Eures Gatten, zudem genießt Ihr hier wenigstens einen ehrbaren Namen. Das bedeutet einen gewissen Schutz, den Ihr auf der Straße nicht habt, vor allem als Schwangere!«

Es gab kein Entrinnen. Sie war ihrem Schicksal schutzlos ausgeliefert. Doch ihr Kind sollte allen Schutz bekommen, zu dem sie fähig war. Früher als gedacht setzten die Wehen ein. Gleich von Anfang an waren die Schmerzen so heftig, dass Sophie glaubte, ganz gewiss sterben zu müssen. Ihr Gatte war gerade mit Freunden auf der Jagd und würde bestimmt eine Woche im Jagdschloss verbringen.

Nach endlosen Stunden und Gebrüll, das sie nie für möglich

gehalten hätte, presste die junge Mutter endlich ein großes Kind heraus, das unbeweglich und mit bläulichem Gesicht zwischen ihren blutüberströmten Beinen lag. Die Dienerinnen, die ihr beistanden, verstummten bei dem Anblick. Sophie war so erschöpft und schmerzgeplagt, dass sie fast die Besinnung verlor.

»Oh lieber Gott! Nein! Ist mein Kind tot?«, wimmerte sie mit letzter Kraft, weil sie keinen Schrei hörte und die Frauen fassungslos auf das Neugeborene starrten. Da stieß ein Fuß gegen ihre blutigen Schenkel, ein Japsen war zu vernehmen.

»Ich glaube, es will atmen. Sollen wir es hochheben, ihm leicht auf den Rücken klopfen?«, fragte die Jüngste im Bunde. Keine der Helferinnen kannte sich bei Geburten aus. Die Köchin ergriff beherzt den Fuß des Kindes und hielt es hoch, da begann es zu zappeln, die Nabelschnur schlenkerte herum, Sophie konnte kaum etwas sehen, ihre Augen füllten sich mit Tränen, ihr wurde schwindlig, denn sie verlor viel Blut.

»Na komm«, meinte die Köchin und klopfte dem Kleinen auf den Rücken. Da endlich schrie er los, dass die Wände wackelten. Glücklich sank Sophie in eine kurze Ohnmacht.

Doch bald wurde sie durch die Nachwehen wieder geweckt. Die Nachgeburt verursachte weiteren Blutverlust. Aufgeregt beratschlagten die Helferinnen, wo und wie die Nabelschnur wohl durchtrennt werden sollte.

»Durst!«, jammerte Sophie. Man brachte Wasser, die Köchin auch ein Messer und Bindfaden. Zuerst band sie die längst nicht mehr pulsierende Nabelschnur drei Finger breit vom Kind entfernt ab, dann schnitt sie den Rest kurzerhand mit dem Messer durch. Die ganze Nachgeburt und das mit Tüchern aufgewischte Blut bekamen später die Schweine, schließlich war das bestimmt nahrhaft. Das Kind wurde in warmem Wasser gebadet, in Tücher gewickelt, die junge Mutter umgebettet, denn die Matratzen waren nicht mehr zu retten, sie wurden tags darauf verbrannt. Endlich legte man Sophie das Neugeborene in die Arme.

»Es ist ein Sohn«, flüsterte eines der Mädchen vorsichtig.

»Gott sei Dank!«, seufzte Sophie, betrachtete ihn liebevoll, küsste seine Stirn und meinte glücklich: »Wie wunderschön er ist!«

Alle tauschten betretene Blicke. Der Kleine gab schmatzende Geräusche von sich. Sophie reichte ihm glücklich ihre bereits pralle Brust. Sofort stülpten sich seine Lippen um die Brustwarze und der neue Erdenbürger trank sichtlich zufrieden.

»Ich bin so dankbar! Danke, ihr Lieben!«

Sie schaute jede Frau lächelnd an und immer wieder auf ihren Sohn, den sie nähren konnte, dem sie Mutter sein durfte. Dann schlief sie lange, den Säugling im Arm.

Nach wie vor blutete sie stark. Die Frauen brachten ihr Kräutersud, der helfen sollte. Es verging ein ganzer Tag und eine Nacht, bis Sophie wieder ganz bei sich war und sich auch ein wenig aufsetzen konnte. Sie betrachtete ihren Sohn und sagte:

»Ich danke dir, dass du zu mir gekommen bist. Alles will ich tun, um dir das Leben schön zu gestalten. Niemand soll dich kränken oder quälen!«

Die Frauen wagten es nicht, Sophie danach zu fragen, doch diese bemerkte ihre Scheu.

»Natürlich habe ich gesehen, dass mein Sohn etwas anders aussieht als die meisten Menschen. Aber das ist nur äußerlich. Innerlich ist er mein Engel, der Himmelsgruß meines Vaters, darum will ich ihn Simon nennen.«

»Was wird Euer Gatte sagen? Wird er dieses Kind als Erben anerkennen?«

»Mein Gatte ist durch und durch hässlich und mein Sohn das Schönste, was Gott mir schenken konnte. Ich will ihn den Grausamkeiten hier nicht aussetzen. Meinen Sohn muss ich schützen und bitte euch, mir bei der Flucht zu helfen!«

Die Frauen hatten plötzlich viele Bedenken, fürchteten harte Strafen, wenn der Marquis sein Weib samt Kind nicht auf der Burg vorfände.

»Wer wird euch Schutz gewähren? Ihr seid geschwächt, habt viel Blut verloren und ein Kind zu versorgen. Wovon wollt Ihr leben?!«

Sophie schloss die Augen und sang das Ave Verum, sang flehentlich zu Gott. Da hörte man Geschrei und starkes Hämmern am Burgtor.

»Oh Gott! Raubritter! Raubritter!«, schrien die Mägde im Hof.

Bald darauf näherten sich harte Schritte und der Lärm von wüstem Männergebrüll, Geklirr von Waffen, Gefäße wurden auf den Boden geworfen, Türen aufgebrochen. Halb wahnsinnig vor Angst summte Sophie weiter und wiegte ihren kleinen Simon im Arm. Die Magd neben ihr zitterte, als die Tür aufkrachte und ein Mann hereinstürmte. Überrascht machte er vor der Wöchnerin Halt.

»Ich wusste, dass der Marquis auf der Jagd ist, darum bin ich hier, um mir zu holen, was mir zusteht. Dass aber sein Weib gerade entbunden hat, wusste ich nicht, nicht einmal, dass er ein neues hat. Seine beiden ersten Gemahlinnen haben ihn ja nicht lange ertragen.« Er musterte Sophie. Die Magd neben ihrem Bett senkte beschämt den Blick. Was dieser Eindringling behauptete, stimmte, sie hatte es selbst erlebt. Die erste Frau des Marquis de Sanslieu, eine junge Baronesse, hatte sich nach wenigen Monaten von den Zinnen gestürzt und die zweite starb an einer Erkältung, die sie sich im Kellerverlies zugezogen hatte.

»Madame, ich bin Daniel de Sanslieu, der verstoßene Bruder eures Gatten!« Damit verneigte er sich.

»Rettet mich! Bitte!«, war alles, was Sophie hervorbrachte.

Verwundert richtete sich der Mann wieder auf. Von draußen

hörte man seine Begleiter rumoren. Offenbar sammelten sie alles ein, was von Wert war, plünderten auch Speisekammern und Keller.

»Mein Mann wird uns töten.« Damit zeigte sie ihm ihren Sohn.

Daniel de Sanslieu musterte ihn lange und meinte: »O je!« Dann ging er ein paarmal in der Stube hin und her, blickte aus dem Fenster und grübelte.

»Ihr seht sehr geschwächt aus, habt ein Neugeborenes zu versorgen …«

»Und sie blutet auch noch heftig«, warf die Magd ein.

»So genau wollte ich es gar nicht wissen«, knurrte er.

»Also, zu Pferd kann ich Euch unmöglich mitnehmen. Doch ich kann und will Euch meinem Bruder nicht schutzlos überlassen. Wickelt Euch samt Kind in mehrere warme Decken. Legt euch auf einen der Karren, die meine Leute mit den Gaben dieses Besuches, getarnt als Heu und Mistwagen, an einen sicheren Ort bringen und zu Menschen, die derer bedürfen. Dort wird man weitersehen.«

Damit verneigte er sich abermals tief und eilte hinaus.

Einige Stunden lang wurde Sophie auf dem kalten Karren durchgeschüttelt. Dem Kind hatte man gezuckerten Wein eingeflößt, damit es keinen Laut von sich gab. Das fand sie fürchterlich, aber besser natürlich, als schutzlos auf ihren Gatten zu warten oder in ihrem Versteck entdeckt zu werden. Dieser kam erst vier Tage danach mit reicher Jagdbeute und gut gelaunt zurück. Die ganze Dienerschaft begrüßte ihn zerknirscht.

»Was ist los?«, brüllte er. Was sollen eure Trauermienen?«

Sein Kammerdiener berichtete knapp von dem Überfall, beteuerte, dass man die Räuber nicht kannte und fügte leise hinzu:

»Eure Gemahlin wurde samt dem Töchterchen, das tags zuvor geboren war, auch geraubt.«

»Seit wann raubt man eine Wöchnerin samt Kind?«, wunderte sich der Marquis.

»Eine Tochter also?«, fragte er etwas später. Der Diener nickte.

»Trotzdem, das Weib hätte ich schon noch brauchen können!« Verärgert knallte er die Faust auf den Tisch. Dann ließ er sich auflisten, was sonst noch alles fehlte. Bereits am nächsten Tag diktierte er ein Schreiben an den Bischof, in dem er den Raub schilderte und um Vorschläge für eine neue Gattin bat. Ein paar Tage später wurden ihm die Namen einiger Unverheirateter des niederen Adels gesandt, darunter auch Witwen älteren Semesters – mit dem Hinweis, er möge mit seinen Gemahlinnen sparsamer umgehen.

Endlich schälte man die völlig Entkräftete aus den Decken. Der kleine Simon begann bereits zu mäkeln und nach der Brust zu verlangen. Einfache Bauern luden sämtliche Lebensmittel und Prunkgegenstände in eine Scheune und bedeckten sie mit Heu. Sophie wurde in die Stube geleitet, die nach Ruß roch, doch warm war. Draußen fegte ein rauer Oktoberwind. Mehrere Kinder hockten rund um eine Feuerstelle. Daneben lag ein Fell, auf das sich die Wöchnerin mit dem Kind legen sollte. Man deckte sie mit weiteren Fellen zu. Später wurde eine fette Suppe gekocht, klobiges Brot dazu gegessen. Sophie wollte sich nach dem Essen ein wenig die Beine vertreten, sackte aber aus Schwäche gleich wieder zusammen.

Der Raum war voller Leute; die Bauern, Kinder, einige Mägde und zwei Knechte. Sie alle schliefen auf dem Boden. Nur Sophie bekam dafür die Felle. Niemand schaute verdächtig nach dem Kind, schon gar nicht äußerte man sich dazu. Drei Tage wurde sie von den Leuten aufgepäppelt und mit Lebensmitteln aus der Speisekammer ihres Mannes versorgt, von denen alle aßen. Der Bauer lächelte verschmitzt, als er den

Schinken aufschnitt und ihr reichte. Simon gedieh gut, trank und schlief viel, weinte wenig. Wenn Sophie ihn wiegte, ihm leise Schlaflieder sang und ihn betrachtete, konnte sie für diesen Moment allen Kummer vergessen. Ihren Sohn bei sich zu haben, das allein machte sie glücklich.

»Solange du bei mir bist, ist alles gut«, flüsterte sie und küsste sein Gesicht und die kleinen Hände. Die Bäuerin lächelte dazu. »Der größte Segen sind die Kinder. Sie erfüllen unser Leben.«

Am zweiten Tag konnte Sophie etwas herumgehen, die Schwindelgefühle ließen nach, auch die Blutung. Eines der Kinder stützte sie, ein anderes setzte sich zu Simon auf die Felle und gab auf ihn acht.

»Er schaut ein bisschen komisch aus«, sagte es dann unbefangen.

»Er ist halt einzigartig.« Sophie lächelte.

Am Abend des dritten Tages fuhren drei bedeckte Wagen vor, die von mehreren Kindern, Erwachsenen, aber auch Ziegen und Hunden begleitet wurden. Auf jedem Kutschbock saß eine Person und in den Wagen nur Alte oder Mütter mit Kleinkindern. Eine Zigeunertruppe. Die Bauern und vor allem die Kinder liefen ihnen entgegen und freuten sich offensichtlich. Man begrüßte einander wie alte Freunde. Ein Mann Ende dreißig, wohl der Anführer, entfernte sich mit den beiden Bauersleuten, um ungestört reden zu können. Sophie konnte alles durch die geöffnete Haustür beobachten.

Über die Feuerstelle wurde der größte Kessel gehängt, aus der Scheune Lebensmittel geholt, aber auch mehrere Gegenstände vom Raub, die sofort in die Wagen getragen wurden, ebenso ein großer Teil der Beute aus den Speisekammern. Während sich köstlicher Duft von Schinkensuppe verbreitete, spielten einige der Zigeuner auf, Kinder liefen herum, man zapfte ein kleines Fass Wein aus Sanslieus Keller an. Die Stimmung wurde immer ausgelassener. Sophie fand es gemütlich, mit Simon auf den Fellen zu sitzen, dem Treiben zuzusehen und sich um nichts weiter kümmern zu müssen. Bei den Bauern fühlte sie sich sicher und geborgen.

Nach dem Mahl, das teilweise im Haus, in der Scheune und im Freien stattfand, trat der Anführer der Truppe vor Sophie hin, verneigte sich leicht und sagte:

»Madame, mein Name ist José de Cuenca und dies ist meine Künstler- aber auch Familientruppe.« Damit schwenkte er ausladend den rechten Arm in Richtung Hof und die Wagen. Sophie, die am Boden saß, musste zu ihm aufsehen.

»Gestattet, dass ich mich setze?« Schon saß er mit gekreuzten Beinen am Boden vor ihr. Sie nickte ihm dankend zu.

»Marquis de Sanslieu bat mich ...«

Sophie schrie auf, packte das Kind und wollte fliehen. Doch bevor sie auf den Beinen war, beschwichtigte er lächelnd: »Daniel de Sanslieu!« Ein tiefer Seufzer entrang sich ihr.

»Er bat mich, Euch und Euren Sohn außer Landes zu bringen und Euch beide zu beschützen, solange Ihr es für nötig haltet, eventuell auch für immer. Allerdings bin ich vermählt«, fügte er augenzwinkernd hinzu.

»Ich möchte auch nicht verhehlen, dass mir Euer Fürsprecher Daniel de Sanslieu eine beachtliche Summe Geldes und viele der neulich gesammelten Waren für meine Dienste zu Eurem Wohl überlassen hat. Von ihm soll ich Euch alles Gute und freundliche Grüße ausrichten. Da wir vorhaben, für die nächsten Monate in meine Heimat Spanien zu reisen, stimmt dieser Auftrag gut mit meinen Plänen überein.« Er schaute sie abwartend an.

»Ich danke Euch vielmals für Eure Hilfe«, schaffte Sophie endlich zu antworten.

Sie wurde mit ihrem Sohn sehr familiär in der Truppe aufgenommen. Bald fühlte sie sich auch wieder kräftig genug, um hinter den Wagen mit den anderen zu wandern, anstatt darin zu sitzen. Simon lag sichtbar vor ihr in einem Korb. Wenn sie ihn stillte oder wenn er weinte, setzte sie sich zu ihm in den Wagen. Niemand nahm Anstoß an seinem Aussehen. Er war ihr Sohn, sie bemühte sich, bescheiden und hilfsbereit die täglichen Arbeiten mit zu erledigen, alles andere wurde nicht weiter erwähnt.

Bei näherem Kennenlernen bemerkte sie, dass mehrere Mitglieder der Truppe Franzosen waren, die vor der Inquisition oder den Häschern der königlichen Machthaber geflüchtet waren. Mit ihr und Simon waren sie vierzehn Erwachsene, neun Kinder und jede Menge Kleinvieh. Nicht alle traten bei den Darbietungen auf, aber alle halfen mit. Bald kleidete sich Sophie mit den typisch bunten Gewändern mit Fransentüchern und falschgoldenen großen Pailletten. Das gab ihr Sicherheit, denn auf französischem Gebiet fürchtete sie, erkannt zu werden. Auch ihren Namen änderte sie in »Paloma«. Alle Truppenmitglieder waren miteinander per Du. Mit ihren strahlend blauen Augen und den blonden Haaren, ihrem guten Rhythmusgefühl und der sanften Singstimme wäre sie bei den Darbietungen eine Attraktion gewesen, doch José musste sich eingestehen, dass es zu gefährlich wäre, sie öffentlich auftreten zu lassen. Außerdem hatte er sein Ehrenwort darauf gegeben, Sophie zu nichts zu nötigen.

Spanien wirkte befreiend auf Sophie, Paloma. Die Leute schienen offener, fröhlicher zu sein. Sehr bald schon beherrschte sie die Sprache, außerdem war sie die Einzige der Truppe, die lesen und schreiben konnte. Das half, Auftrittsverbote oder Festankündigungen zu verstehen, die an Holztafeln standen. Wäre da nicht der große Schmerz über die Zerstörung ihrer Familie, vor allem über die Hinrichtung ihres Vaters, hätte sie sich glücklich schätzen können. Ein Trostpunkt in alldem aber blieb der sanfte Simon, der rasch lernte und vor allem unbeschwert glücklich leben konnte.

Nach über drei Jahren in Spanien beschloss die Gruppe, wieder eine Tour durch Frankreich zu machen. Die Mitglieder wechselten oft, nur der Familienkern rund um José blieb gleich. Als man aufbrach, blieben zwei Männer und eine Frau in Spanien. Sie hatten jeweils eine Liebschaft gefunden, sehnten sich danach, sesshaft zu werden.

»Du bist schön, jung und auch noch gebildet. Mit diesen Attributen könntest du jederzeit eine gute Partie machen, denkst du nie daran?«, fragte sie eine der Wahrsagerinnen.

»Bisher nicht. Der Schock darüber, was meiner Familie passiert ist, und die Hölle meiner Ehe sitzen so tief in mir, dass kein Platz mehr für Träume bleibt. Außerdem habe ich Simon. Er ist meine Lebensfreude, mein Trost. Der Gedanke, ein künftiger Gatte könnte über ihn und mich bestimmen, vertreibt sofort auch nur den kleinsten Wunsch nach einem Mann.«

Frankreich wirkte nicht mehr so bedrohlich auf Sophie. Sie war eine andere geworden, reifer, selbstbewusster, erfahrener im Umgang mit Menschen und vor allem darin, deren Beweggründe zu erspüren. Für Doppelzüngigkeit und Falschheit hatte sie einen sechsten Sinn entwickelt. So war es ihr nicht entgangen, dass José sie seit einiger Zeit anders ansah als sonst; nicht mit lüsternen Blicken, eher mit solchen, die er bei einem guten Handel hatte. Tatsächlich fragte er sie eines Abends beim Lagerfeuer, ob sie sich vorstellen könne, ihre Bildung, ihre Kenntnisse von Etikette und ihre Schönheit zu Geld zu machen. Sie war sprachlos.

»Natürlich nicht!« Mehr konnte sie dazu nicht sagen. Schon wollte sie sich erbost an einen anderen Platz setzen, als er meinte:

»Aber dein Simon ist bare Münze wert. Allein durch sein Aussehen würden wir viel mehr Zuschauer anlocken. Er müsste ja nur im Kreis herumgehen, während die Kinder tanzen und singen, was meinst du?« Ihr stockte der Atem. Gerade wollte sie scharf antworten, da fiel ihr ein, dass sie nach wie vor auf die Truppe angewiesen war. »Niemals«, hauchte sie nur tonlos und verzog sich mit Simon in einen der Wagen.

Doch ab und zu zerrten ihn die Kinder wie zufällig auf den Platz, spielten und tanzten ihm auf. Simon, gutmütig wie er war, lachte, stampfte mit und klatschte in die Hände. Das Johlen der Menge bemerkte er nicht, und dass Simons Aussehen bald zur Attraktion wurde, merkte nur Sophie. Natürlich hatte José die Kinder instruiert, den Kleinen ins Programm mit einzubauen. Resigniert und innerlich müde musste sie erkennen, dass Männer in jeder Gesellschaftsschicht und vor allem in der Religion das Sagen hatten. Frauen waren und blieben ihnen ausgeliefert. Wohin sollte sie vor dieser weltweiten Tatsache fliehen? Wann immer es möglich war, beschäftigte sie Simon bei sich, entfernt vom Platz der Darbietungen. Es gelang ihr nicht immer. Mittlerweile merkte auch er mit seinen kaum vier Jahren, dass er verspottet wurde, eine Lachnummer im Programm war. Es versetzte ihr einen unauslöschlichen Schmerz, als er die fröhlichen Kinder als seine Feinde wahrnahm, die ihn der Menge preisgaben. Sie drückte ihren Sohn fest an sich, wollte ihn nie wieder loslassen. Da legte sich die Hand der Ältesten auf ihre Schulter.

»Es ist nicht recht, was José da macht. Er verkauft die Würde deines Sohnes für ein paar Sous. Es ist nicht recht.«

In Reims gab es mehrere Darbietungen, Frauen ließen sich die Zukunft vorhersagen. Die Truppe wollte so viele Auftritte wie möglich schaffen, bevor das Wetter umschlug und sie spätestens Ende Oktober wieder nach Spanien zogen, um dort den Winter zu verbringen. Überall herrschte beste Stimmung, wenn auch das Publikum kaum mehr als einige Sous ausgeben konnte. Aus der Ferne fiel Sophie eine junge Mutter auf, die ihren Säugling in die Höhe hielt und damit prahlte, wie vollkommen das Töchterchen sei. Sie suchte sich Rat bei einer der Wahrsagerinnen, schien mit der Prophezeiung nicht ganz zufrieden zu sein, zahlte aber dennoch den Sou und ging nach Hause. Etwas später kamen zwei Mädchen von der Truppe zu Paloma und baten um eine Gefälligkeit. Simon spielte im Wagen.

»Bleib da drinnen, ich bin gleich wieder da, mein Schatz«, sagte Sophie rasch und ging mit den Kindern.

»Schau, wir haben diesen Saft geschenkt bekommen, wissen aber nicht, ob Alkohol drin ist. Kannst du mal kosten?«

»Es reicht, wenn ich daran rieche – nein, ich rieche keinen Alkohol.«

»Koste doch ein wenig. Bitte!«, insistierten die beiden. Sophie wollte rasch zu Simon zurück, sie nahm also einen kleinen Schluck und gab den Mädchen die Flasche. »Schmeckt süß, ist in Ordnung.« Das war alles, was sie noch wusste, dann wurde ihr schwarz vor Augen. Das Nächste, was sie wahrnahm, war Wagengerumpel in der Nacht; ein Säugling weinte.

»Simon«, lallte sie, dann fiel sie wieder in den Tiefschlaf.

Zwei Tage lang hatte man sie in dem Betäubungszustand gelassen, ihn durch Dämpfe erneuert, dann ließ man sie wieder zu sich kommen. Sie taumelte abends aus dem Wagen, suchte verzweifelt nach Simon, irrte herum, rief ihn, glaubte an einen Albtraum. Alle verharrten abwartend beim Lagerfeuer. Im Wagen weinte ein Säugling. Es dauerte fast die ganze Nacht, bis Sophie klar wurde, dass José Simon gegen das Mädchen aus Reims ausgetauscht hatte.

»Warum? Warum?« Sie verlor fast den Verstand.

»Wenn uns dein Sohn kein Geld einbringen darf, dieses Mädchen wird es später bestimmt. Ich konnte einfach nicht widerstehen. Einem so dummen Weib musste ich den Spiegel vorhalten.« Josés Gelassenheit war schlimmer als so manche Grausamkeit ihres Gatten. Unfähig, irgendetwas zu sagen, schaute sie die Alte an. Diese zuckte entschuldigend mit den Schultern.

»José hat das Sagen. Du hast jetzt eine Tochter, ein so süßes Ding.« Sie meinte es vielleicht gut, aber jedes ihrer Worte waren Stiche in Sophies Herz. Wie eine Wahnsinnige rannte sie zu einem der beiden Mädchen hin, die ihr das Getränk aufgezwungen hatten, packte diese beim Schopf, zerrte sie ein paar Meter mit sich und schrie:

»Morgen tausche ich dich gegen einen hübschen Jungen aus, was hältst du davon?«

»Wage es nicht, Weib, eines unserer Kinder noch einmal anzufassen!«

José war so schnell an ihrer Seite, dass sie nicht wusste, wie ihr geschah. Er bog ihr schmerzhaft die Hand auf den Rücken. Das Mädchen hatte nicht geweint, es war offenbar selbst beschämt darüber, bei dieser Täuschung mitgemacht zu haben. Alle hatten Simon gemocht. Überhaupt kam es nie vor, dass Kinder in der Truppe misshandelt wurden. Sie mussten hart mit anpacken, aber nie erhob ein Erwachsener die Hand gegen sie oder tat ihnen etwas zuleide.

»Wie konntet ihr meinem Simon das antun? Wie konntet ihr nur?«

Sophie lag flach auf dem Boden und weinte. Sie glaubte, niemals mehr damit aufhören zu können. Die beiden Mädchen brachten den Säugling zu ihr. »Wenn du gut zu dem Kind bist, wird man gut zu Simon sein. Bestimmt!«, sagte das Mädchen, das Sophie vorhin an den Haaren gezogen hatte. Sie weinte weiter, neben ihr schrie der Säugling. Nach und nach gingen alle schlafen. Die Stimmung war noch nie so trüb gewesen. Alle empfanden Josés Tat als ein Unrecht, doch es ließ sich nicht mehr rückgängig machen. Als Zigeuner wären sie sofort gehängt worden, hätten sie es versucht. Das Kind war inzwischen schon ganz blau vor Kälte und von dem Geschrei.

»Habt ihr die Kleine wenigstens versorgt, während ihr mich

so hinterhältig betäubt hattet?«, rief Sophie im Morgengrauen in die Stille hinein.

»Selbstverständlich, wofür hältst du uns?«, kam es von José zurück.

»Heilige Muttergottes, ihr Heiligen und alle Engel, bitte gebt, dass es meinem Simon gut geht! Er möge Liebe finden, dann will ich diesem Kind geben, was es braucht, so gut ich kann«, flehte sie, nahm das Kind, umarmte und wärmte es.

Die Truppe war von Reims eilig wieder Richtung Spanien gezogen, wo sie für sieben Jahre blieb, von Stadt zu Stadt wandernd. Neue Menschen, Kulturen und fantastische Bauwerke gestalteten ihr Leben bunt. Wieder wechselten die Gruppenmitglieder, der Kern blieb gleich. Aus den beiden Mädchen waren hübsche Tänzerinnen geworden, die den Männern die Köpfe verdrehten. Seit jenem Vorfall bemühten sie sich mit tausend kleinen Aufmerksamkeiten, Paloma zu trösten. Doch sie war ihnen nicht böse, schließlich konnten sie als Kinder nicht anders, als Josés Anweisungen zu folgen. Sie wussten ja nicht, worum es ging und dass er mit ihrer Hilfe zwei Müttern das Kind stehlen wollte.

Für Sophie war Simon immer gegenwärtig, sie betete täglich für ihn, konnte sich aber auch nicht dagegen wehren, ihr Pflegetöchterchen von Herzen zu lieben. Es hatte einen kleinen rosa Seidenschuh bei sich. Den bewahrte Sophie in einem Talismansäckchen auf, damit hoffte sie, einmal die Mutter ausfindig zu machen, um so Simon wiederzufinden. Das Mädchen war nicht nur ausnehmend hübsch, sondern auch witzig und lebendig. Es sang und tanzte ständig, dass es eine Freude war. Zwar nannte Sophie es Anna, doch die Leute riefen immer wieder:

»Der Smaragd tanzt wieder, es singt unser Smaragd, schön und kostbar ist die kleine Tänzerin!« »La Esmeralda« wurde sie also in ganz Spanien genannt, »la Guapissima«. Man kam aus den Dörfern, um sie auf dem Markt tanzen zu sehen. So begeisterte das Mädchen die Menschen bereits seit seiner Kindheit.

# Kapitel 8
## Zwei Sorgen

Währenddessen wuchs Jean Frollo bei den Klarissen zu einem fröhlichen Herzensbrecher heran. Mit seiner glockenhellen Stimme bezauberte er auch den brummigsten Griesgram. Claude erlaubte ihm, die Laute zu lernen, auch die Schalmei wollte er später spielen können. Musik und Tanz, lustige Geschichten und das Herumtollen auf Wiesen und Marktplätzen waren seine ganze Freude. Studien interessierten ihn weniger und am allerwenigsten Gebete und Gottesdienste. Wenn er seine Pflichten gut erfüllt hatte, durfte er zu Quasimodo auf den Turm. Der Archidiakon begleitete ihn dabei, sooft es ging. Jean war für ihn der einzige Lichtblick inmitten von Intrigen, Anschuldigungen, Missgunst und Rangkämpfen, die sogar innerhalb des Ordens stattfanden. Er hasste die Menschen. Keinem konnte man trauen. Unschuldiges Kindergemüt wurde schamlos ausgenutzt, der gutmütige Quasimodo beschimpft und verhöhnt. Es gab keinen Gott auf dieser Welt, dessen war er gewiss; alles nur Schein, Mittel zur Macht und Unterdrückung.

Diese Menschenfeindlichkeit strahlte er aus, sie schwang in seiner Stimme mit, sie sprühte aus seinen Blicken. Sanft und weich konnte er nur mit Jean und Quasimodo sein. Quasimodo aber zog sich auch von den Menschen zurück, redete immer weniger, wirkte abwesend. Das beunruhigte Claude. Wieder einmal sprang Jean die vielen Stufen der Wendeltreppe hinauf. Diesmal hatte er seine Laute mitgenommen.

»Quasimodo wird Augen machen, wenn er sieht, wie gut ich schon spiele. Mein neues Lied wird ihm gefallen, es ist viel lustiger als das Kirchengesinge!« Grinsend kam Frollo hinter ihm her. Was für ein Bengel! Quasimodo sah gerade auf den Platz hinunter. Sein Blick war mehr nach innen gerichtet als in die

Weite. Jedenfalls schien er so vertieft, dass er den kleinen Wildfang erst bemerkte, als ihm dieser um den Hals fiel.

»Quasimodo, schau! Ich kann schon auf der Laute spielen!« Stolz hielt ihm der Kleine das Instrument unter die Nase.

»Du darfst ruhig über die Saiten streichen, wirst sehen, wie schön das klingt.« Jean war ganz aufgeregt. Sein älterer Ziehbruder aber lächelte nur mild und reagierte nicht. »Das geht ganz leicht, schau, ich zeige es dir.« Inzwischen war Frollo dazugestoßen.

»Mein Großer! Wie geht es dir?« Er winkte Quasimodo zu. Lächelnd winkte dieser zurück.

»So, jetzt alle herhören! Der große Musiker und Sänger Jean Frollo de Molendino gibt sich die Ehre, Eure Hoch- und Merkwürdigkeiten mit seinen Darbietungen zu erfreuen!«

Claude lachte, das fühlte sich ungewohnt und sehr gut an. Quasimodo lächelte beide glücklich an. Jean setzte sich auf ein Sims, strich einige Akkorde, nicht alle ganz sauber gegriffen, aber für einen Siebenjährigen ganz ordentlich. Dann begann er zu singen.

»Das Mägdelein ist hübsch und fein,
ich will in ihr klein's Stüblein rein.
Will rein zu ihr, will bei ihm sein.
Das Schönste ist mein Mägdelein!

Ei ja ja ja! Ei ja ja ja!
In ihr zu sein ist fein!

Die Kirche sagt, das ist nicht gut,
sie nimmt mir jeden frohen Mut.
Die Kirche will die Freude nicht,
ich zeig' ihr mein hinteres Angesicht!

Ei ja ja ja! Ei ja ja ja!
Das ist das Kirchengesicht!«

Jean lachte sich schief, obwohl er den Sinn des Liedes nicht verstand. Er wusste aber, dass es etwas Freches war, und das allein machte es lustig. Mit seinem Kindersopran klang es doppelt grotesk. Die Spielleute vor den Mauern der Klarissen hatten es in rauer, derber Weise gesungen.

Der Priester starrte ihn an, brachte kein Wort heraus.

»Hat es dir denn nicht gefallen, Claude?«

»Woher kennst du solch ein Lied?«

Vor Sorge krampfte ihm der Magen. Schon für weniger Spott kamen Menschen in den Folterkeller, da machte man auch bei Kindern keine Ausnahme. Ein guter Bekannter fiel ihm ein, den Claude über alle Maßen schätzte, Comte de Mortain. Einige Jahre zuvor hatte man mit ihm kurzen Prozess gemacht; ein paar verbotene Schriften auf seinem Anwesen, und er hatte auf dem Scheiterhaufen gelodert. Sein Besitz war umgehend an einen Verwandten des Bischofs von Chartres übergegangen. Sogar Seine Eminenz, Louis de Beaumont von Paris, war entsetzt über die offensichtliche Willkür in diesem Eilverfahren. Das Geschlecht de Mortain genoss in ganz Frankreich große Sympathien, jegliche Intervention aber war zu spät gekommen. Was aus der Familie des Comte geworden war, wusste Claude nicht. Und nun sang sein Jean fröhlich ein Lied mit so gefährlichem Inhalt.

»Du singst immer wunderschön, mein Jean, aber der Text ist nicht gut. Böse Menschen könnten dich für dieses Lied einsperren und dir sehr weh tun!«

»Ja, das haben die Nonnen auch gesagt, obwohl sie sehr gelacht haben. Sie meinten: Sing es niemandem vor und sing es nie auf der Straße! Das werde ich nicht, ich verspreche es dir! Quasimodo, findest du den Text nicht auch sehr lustig? Und spiele ich nicht schon richtig gut?«

Der Angesprochene hatte alles interessiert verfolgt, lächelte selig und nickte nur auf Jeans Frage.

»Ehrlich, wie findest du den Text?«, fragte nun auch Claude. Wieder nickte der Glöckner nur sanft lächelnd. Der Priester spürte eine fürchterliche Ahnung in sich aufsteigen.

*Nein! Bitte nicht!*, dachte er.

»Was ist denn los? Was habt ihr denn beide?! Ist es wegen des Liedes? Ich singe es nie mehr, versprochen!« Jean wurde ganz ängstlich zumute.

»Sag doch was!«, rief er, legte die Laute beiseite und umarmte den großen starken Glöckner. Glücklich erwiderte Quasimodo die Umarmung. Claude standen Tränen in den Augen. Nach der langen Umarmung zwischen den beiden legte er seinem Schützling die Hand auf die Schulter, schaute ihn an und fragte:

»Welche Farbe hat Jeans Hemd?« Mildes Lächeln.

»Mein Hemd ist dunkelweiß«, rief Jean stolz, denn er dachte, Frollo wolle mit beiden Lernübungen machen.

»Jetzt komme ich dran! Wie viele Haare hat Claude noch auf dem Kopf? Wenige!« Er hielt sich den Bauch vor Lachen.

»Du bist ein arger Lausebengel!« Claude wollte Jeans gute Stimmung nicht trüben, aber die Sorge um Quasimodo krampfte ihm den Magen zusammen.

»Und jetzt du, stelle eine Frage!« Jean zupfte den Glöckner am Ärmel, weil dieser nicht reagierte. Die ganze Zeit blieb er bei seinem zufriedenen Lächeln.

»Ist was mit dir?«

Der Junge nahm das Gesicht seines Freundes in beide Hände und schaute ihn eindringlich an:

»Warum sprichst du denn nicht mehr mit uns? Wir verstehen dich ja! Sag was!« Quasimodo streichelte dem Kind über die blonden Locken.

»Claude! Ich habe Angst! Etwas stimmt nicht mit ihm!«

Der Priester nickte nur. Er küsste beide auf die Stirn, das kam sonst fast nie vor, dann lehnte er sich über die Brüstung, damit die beiden seine Tränen nicht sehen konnten.

»Was ist mit dir?«, schrie Jean. Claude nahm Quasimodo an der Hand. Sie gingen alle zu Marie, der größten Glocke. »Meine Geliebte« hatte der Glöckner sie immer genannt. Offenbar ließ er sich zu oft von den Schwingungen berauschen, die sie durch den ganzen Körper schickte. Bestimmt genoss er seine Glockenfreundinnen, die er beim Namen rief, ohne sich schützende Wachspfropfen in die Ohren zu stecken. Er schwang selbst als Glocke, wenn er den Druck der Schallwellen in seinem Körper spürte.

Als sie vor Marie standen, strahlten Quasimodos Augen. Mit einem waghalsigen Sprung landete er bei den Holzbalken ihres Gehäuses, lehnte sich dagegen und trommelte mit den Füßen auf den riesigen Metallbauch. Leicht könnte er dabei abrutschen und Hunderte Meter in die Tiefe stürzen. Doch das kümmerte ihn nicht. Er genoss die dumpfen Klänge, denn diese hörte er. Und er genoss das Vibrieren an seinen Füßen. Jean beobachtete ihn mit offenem Mund.

»Das würde ich mich nie trauen. Ich hätte Angst, abzustürzen«, meinte er beeindruckt.

»Na Gott sei Dank, mein kleiner Wildfang! Pass immer gut auf dich auf!« Dann applaudierten beide, als der Glöckner mit einem eleganten Sprung wieder vor ihnen landete.

*Seit mindestens drei Wochen hatte Albert keine einzige Zeile mehr von »Notre-Dame de Paris« gelesen. Zunächst galt es, Seminararbeiten zu studieren und zu bewerten. Dann endlich fuhr er für die Karwoche zu Leon nach Paris. Nach der Hauptstadt und vor allem der Notre-Dame wollten sie Chartres und Orléans besuchen. Gleich am Montag widmeten sie den ganzen Vormittag der Kathedrale. Zu sehen, wie sehr sich Leon dafür interessierte, beflügelte Albert immer mehr, von den Protagonisten aus Hugos Roman zu erzählen. Fast spürten die beiden deren Präsenz. Bis dahin hatte er bei Familienbesuchen ab und zu über das Buch gesprochen. Nun aber, in der Kathedrale selbst, konnte er sich kaum bremsen.*

*»Jetzt habe ich dich aber arg vollgelabert«, bemerkte er schließlich entschuldigend zu Leon. Dieser zuckte nur mit den Schultern.*

*»Ich fand es interessant. Die Romanfiguren sind schon fast so vertraut wie Verwandte.« Als sie die Notre-Dame verließen, unterhielten sie sich noch ausgiebig über die Könige und Heiligen an der Frontseite. Leon fand sie ulkiger als so manche Comicfigur.*

*»Das ist gotische Kunst«, belehrte Albert mit gespielter Strenge. Da fiel ihm ein, dass man im Mittelalter erst über elf Stufen zum Eingang gelangt war, was symbolisch den Aufstieg zum Himmel darstellen sollte. Heute findet man solche Symbolstufen oft noch in Kirchen zwischen Altarraum und dem Bereich für die Gemeinde. Durch Straßen- und Metrobauten lag das Portal der Notre-Dame nun aber ebenerdig. Spaßeshalber entfernten sich die beiden elf große Schritte, um sich dann langsam wieder zu nähern, als stiegen sie die besagten Stufen empor. Bei jedem Schritt dachten sie an etwas, das ihr Leben erhöhte, bereicherte.*

*»Ich würde mehr Stufen brauchen«, lachte Leon.*

*»Und ich wusste schon ab der dritten nichts mehr.« Danach gönnten sie sich Crêpes.*

*»Wie schade, vor lauter Begeisterung habe ich überhaupt keine Fotos in der Notre-Dame gemacht. Ob wir morgen noch mal vorbeischauen, bevor wir nach Chartres fahren?« Albert schaute Leon fast ein wenig bittend an. Er konnte sich vorstellen, dass ein Sechzehnjähriger nicht unbedingt zweimal hintereinander eine Kathedrale besuchen wollte, noch dazu, wo die von Chartres auch wieder ein Schwerpunkt in der Planung war.*

»Du hast dich gerade mit Nougat angepatzt«, grinste Leon.

»Aber die Notre-Dame könnten wir ja heute Abend noch mal besuchen, wenn du möchtest. Ich find's cool, stell mir vor, die Esmeralda tanzt plötzlich hinter dem Hochaltar hervor. Anschließend lädst du mich dann aber chic zum Essen ein.«

Er grinste. Wie immer nahm der Junge alles locker. Sie schlenderten noch ein wenig durch die alten Gassen, suchten Häuser, die nach dem »Hof der Wunder« aussehen konnten, und gingen dann zum Montmartre hinauf. Die Basilika Sacré-Coeur bewunderten sie nur von außen, hielten sich aber lange bei den Werken der Freiluftkünstler auf.

Gegen achtzehn Uhr stellten sie sich wieder bei der Notre-Dame an. Leon hielt den Platz in der Warteschlange frei, während Albert einige Außenaufnahmen machte. Jemand meinte:

»Hier riechts nach Rauch.« Sofort entstand Unruhe bei den Wartenden.

»Rauch! Da oben!« Schon züngelten Flammen hinter den Haupttürmen hoch. Sofort bildeten sich Menschentrauben auf dem gegenüberliegenden Gehsteig. Die Leute vor der Kasse wurden von Mitarbeitern der Kathedrale weggelotst. Bald hörte man das Folgetonhorn der Feuerwehrautos, aber keines kam rasch durch die engen Gassen der Cité.

»Das ist ein Albtraum, das ist nur ein Albtraum! Es ist nicht wahr, es kann nicht wahr sein!«, stammelte Albert.

Rundherum weinten Leute, fast alle standen mit gezückten Handys, das Geschubse und Gedränge wurde immer ärger. Leon starrte mit aufgerissenen Augen und offenem Mund aufs Dach der Notre-Dame. Die Flammen schlugen höher, leckten am schlanken Mittelturm. Auf den Gehsteigen knieten Menschen, beteten, sangen, weinten laut.

»Papa! Bitte, gehen wir ein wenig weg von dem Auflauf, dort drüben, wo die Leute knien ist es ruhiger. Bitte!«

Leon fühlte Panik in sich aufsteigen. Albert reagierte nicht, schien nichts um sich wahrzunehmen. Blass und wie versteinert fixierte er die Flammen. Da endlich rückte die Feuerwehr an. Polizisten riegelten den Platz noch großräumiger ab. Man wurde weggedrängt. Die Menschen ließen sich wie eine Schafherde dirigieren. Alle waren wie ferngesteuert, unter Schock.

Mit jeder Stunde starb in Albert etwas mehr ab.

»Frankreich verbrennt, Quasimodo verbrennt. Ich verbrenne«, ging es ihm durch den Sinn. Gern hätte er sich um Leon gekümmert, der inzwischen auf dem Boden saß und vor sich hin stierte. Aber er war es, der sich in diesem Ausharren um den Vater kümmerte. Das ganze Dach der Notre-Dame stand in Flammen, sie schlugen aus dem Kirchenraum hoch, fraßen alles. Als der Mittelturm fiel, schluchzte Albert auf. Er kauerte sich zu Leon auf den Boden und weinte bitterlich. Der Junge legte ihm den Arm um die Schulter.

»So sehr liebst du die Notre-Dame?«

»Ich weiß es nicht, aber irgendetwas Wichtiges verbrennt da gerade in mir, etwas ist mit dem Turm für mich zusammengebrochen.«

Dann versiegten die Tränen und machten einer gähnenden Leere Platz.

»Es tut mir leid«, stammelte Albert tonlos.

»Schon okay, Papa.«

Mit steifen Gliedern erhoben sie sich gegen zehn Uhr nachts, beobachteten im Weggehen, wie die Feuerwehrleute alles gaben, wie die Menschen noch immer sangen und beteten, sich an den Händen hielten und mit Blicken so etwas wie Segen auf die Kathedrale beschwören wollten. Reporter aller Herren Länder berichteten vor Ort über die Katastrophe. Die ganze Welt trauerte mit Frankreich.

Im Hotel leerten sie die Minibar. Leon aß sämtliche Schokoriegel auf und das kleine Päckchen Kartoffelchips, trank Cola und Orangensaft. Albert öffnete den Roten, ließ den Bildschirm *nicht aus den Augen, hörte sich Kommentare an, Beileidsbekundungen von Politikern und geistlichen Würdenträgern. Auf den meisten Kanälen gab es Berichte über den Brand der Notre-Dame am Montag der Karwoche 2019.*

*Sie frühstückten spät und wortkarg.*

*»Lass dich von Chartres trösten oder wenigstens ablenken«, meinte Leon und versuchte ein Lächeln. Albert bemühte sich, es zu erwidern.*

## Kapitel 9
# Esmeralda

Lesen, schreiben und rechnen zu lehren machte Sophie Freude, aber auch höfische Etikette und Latein standen für Esmeralda auf dem Plan. Zwanglos heiter bauten sie die Lehrstunden in tägliche Erledigungen ein und freuten sich, wenn zunehmend auch die anderen Kinder der Truppe daran teilnahmen. José fand es einerseits vorteilhaft, wenn möglichst viele lesen und schreiben konnten, andererseits minderte das seine Autorität ein wenig, schließlich konnte er beides nicht. Er beobachtete die Situation. Am lustigsten fanden alle die Unterweisung in höfischer Etikette, vornehmes Benehmen; in der Kunst, Konversation zu führen, ohne wirklich etwas zu sagen. Dieses unechte Getue war einfach nur lächerlich für die Kinder. Plötzlich verlor die sonst so distanzierte höhere Gesellschaft ihre Macht, denn solche Manieren waren mehr Gaukelei als Darbietungen der Truppe. Auch wenn Sophie gerade nicht unterrichtete, spielten Kinder diese Rollenspiele. Da verneigte sich der eine tief, die andere wandte den Kopf zur Seite mit den Worten: »Gehabt Euch wohl, Marquis!« Schon prusteten alle los. Schließlich bauten sie solche Szenen in ihre Darbietungen ein, wobei dann die Verneigungen so ausfielen, dass man vornüber purzelte, die gespielten Comtessen stolperten beim Menuett, Handküsse endeten in angedeuteten Bissen. Das Volk grölte; die Satire war geboren.

Harmlos konnte man diese Spiele aber nicht nennen, denn es wurde der gesamte Adel verhöhnt, andererseits brachte es ein Vielfaches der üblichen Einnahmen. José beobachtete die Zuschauer genau, achtete auf Zaungäste und gab dann durch diskretes Kopfnicken die Zustimmung für solche Zusatzeinlagen, wenn er keine verdächtigen Spitzel entdeckte.

Der Höhepunkt allerorten aber war dennoch immer Esmeraldas Auftritt. Mittlerweile tanzte und sang sie nicht mehr mit den anderen Kindern, sondern hatte ihre eigene Nummer. Die Truppe wurde bereits »Esmeraldas Truppe« genannt. José kratzte das wenig, denn an seiner Position änderte es nichts, brachte aber Beachtliches ein. Er musste sich verkneifen, Sophie unter die Nase zu reiben, dass der Kindertausch damals doch ein Glückstreffer gewesen war. Nach wie vor schmerzte sie Simons Verschwinden wie am ersten Tag, daran konnte auch die Zuneigung zu ihrer Pflegetochter nichts ändern. Es war ihr untersagt, sich nach dem Entstellten zu erkundigen, denn als Mitglied der Zigeunertruppe käme das einem Geständnis gleich. Aber sie hielt trotzdem überall Ausschau nach ihm.

Esmeralda war in vieler Hinsicht ein besonderes Kind. Ihre glockenhelle Stimme, der reife, ausdrucksstarke Tanz und ihr bewusster Blickkontakt zum Publikum verzauberten sogar mehr als ihre ungewöhnliche Schönheit. Ebenmäßig die Züge, wie volle Rosenknospen die Lippen, leuchtende Smaragde ihre Augen, zarte geschmeidige Glieder. Das kastanienbraune Haar trug sie offen, wo es im Sonnenlicht rötlich schimmerte. So mancher blickte ihr auf der Straße hinterher. Doch da war mehr an ihrem Wesen als diese äußerlichen Attribute. Das Mädchen hatte einen sechsten Sinn für Tiere. Oft baten die Kinder:

»Komm, erzähl uns, was sich Ziegen wünschen, sag uns, wie die Hühner geschlafen haben und ob es wehtut, wenn sie Eier legen.«

Tiere, eigentlich alle Lebewesen, waren für Esmeralda das Kostbarste. Von keinem Wesen, nicht einmal von Wespen oder Stechmücken, glaubte sie, es läge etwas Unnötiges oder gar Böses in ihnen. Sie spürte es, wenn Tiere krank wurden, oft erkannte sie intuitiv sogar, warum. Ängstliche oder aggressive

Tiere konnte sie beruhigen, Hühner, mit denen sie sprach, legten mehr Eier, Ziegen, mit denen sie spielte, gaben mehr Milch. Zigeunertruppen führten mehrere Haustiere mit sich, die sie gut bewachten, denn in den Städten hätte so manche Ziege sonst schnell den Besitzer gewechselt. Die Hühner ließen sie nur unterwegs hinaus, wenn sie ihr Lager auf Wiesen aufschlugen.

Inzwischen zählte Esmeralda zwölf Jahre. Ihr zarter Körperbau verdeckte nicht, dass sie begann, sich vom Kind zur Frau zu entwickeln. Sowohl Sophie als auch José beobachteten das Publikum mit Argusaugen und ließen sie möglichst nicht mehr allein umhergehen. Der Glanz in den Augen der Männer war unübersehbar, und obwohl alle jungen Tänzerinnen hübsch waren, hatte Esmeralda etwas an sich, das wie ein Zauber, ein Magnet auf Männer wirkte. Vielleicht war es ihre kindliche Unbefangenheit oder die unschuldige Zuwendung allem gegenüber. Sie blickte Männern wie Frauen und Kindern direkt in die Augen, jeder gewann das Gefühl, von ihr ganz persönlich angesprochen zu sein.

Die Truppe war seit Frühlingsbeginn wieder einmal in Frankreich unterwegs, um Reims machte man grundsätzlich einen großen Bogen. Gerade lagerten sie vor Périgueux, als eine der Ziegen zwei Junge warf. Das robustere, schwarz-weiß gefleckte Zicklein trank sofort von der Zitze, das andere, schneeweiße, war zart und zu schwach, aufzustehen. Die Mutterziege leckte es ab, stupste es an, doch es half nichts, seine Beine blieben kraftlos. Verzweifelt meckerte es nach der Mutter, diese bemühte sich, doch das andere Zicklein verlangte aufs Neue zu trinken.

Zwei Männer der Truppe beobachteten mit Esmeralda die Geburt aus der Ferne. Man hielt sich abseits, um nicht zu stören, aber zumindest zur Seite zu stehen, falls es nötig wurde. Das inzwischen trocken geschleckte weiße Zicklein konnte noch immer nicht auf seinen Beinen stehen. Es schrie förmlich nach der Geiß. Endlich ging Esmeralda hin, streichelte es, sprach zu ihm und hob es sachte an. Wackelig stand das Kitz da, sobald sie es aber losließ, sackte es wieder zusammen.

»Es scheint gelähmt zu sein, wir werden wohl heute Abend besonders zartes Fleisch braten, denn so kann das Tier nicht überleben«, meinte einer der beiden Männer.

»Was fällt dir ein?« Behutsam hob sie das Zicklein auf den Schoß und wiegte es.

»Werde gesund! Leben sollst du!«

Bei jedem weiteren Versuch, es auf den Beinen stehen zu lassen, schien das Tier ein paar Augenblicke länger durchzuhalten, bis es wieder einsackte. Es schrie erbärmlich nach der Zitze. Sein Geschwisterchen stakste bereits neugierig auf der Wiese umher, immer in der Nähe der Muttergeiß. Diese blieb bei Esmeralda und dem Kleinen, leckte ihn immer wieder ab, stupste ihn liebevoll. Da setzte sich das Kind seitlich vor die Ziege, nahm das Kitz auf den Schoß und schob ihm die Zitze regelrecht ins Maul. Endlich! Der Kleine konnte gar nicht mehr aufhören zu trinken. Zufrieden meckerte die Ziege und hielt still, bis ihr Euter leer war.

»Ich danke dir!«, rief Esmeralda ihr hinterher, die nun mit dem Geschwisterchen über die Wiese schlenderte, da und dort äste, mit sich und der Welt zufrieden.

»Mein kleiner Djali, du!«

Damit herzte und küsste sie das Zicklein auf ihrem Schoß. Als Dank bekam sie zufriedenes Meckern und ein paar Kötel auf ihr Kleid. Sie lachte auf. Djali schlief mehrere Nächte bei ihr, doch von Tag zu Tag wurde er kräftiger. Schon am dritten Tag musste das Mädchen ihn nur noch leicht stützen, damit er trinken konnte und nach einer Woche lief er bereits ganz normal auf der Wiese herum, alles war gut. Gut war auch, dass die Muttergeiß keine eifersüchtige Neigung zeigte, denn Djali wich nur dann von Esmeraldas Seite, wenn er trank oder äste. Selbst bei Darbietungen blieb er nicht ängstlich bei seiner kleinen Herde, die Menschenansammlungen grundsätzlich mied, sondern sprang spaßig neben dem tanzenden Mädchen herum. Die Leute tobten vor Begeisterung, es regnete nur so von Münzen. Eine neue Attraktion war geboren.

*Seit Albert wusste, dass Selma einen Freund hatte, erlebte er die Besuche in der Bäckerei mit gemischten Gefühlen. An eine konkrete Beziehung mit ihr hatte er nie gedacht, zumindest nicht bewusst. Anscheinend aber ersehnte er unterschwellig mehr als nur ein freundliches Lächeln am Morgen. Wie ein Teenager fühlte er sich.*

*»Ich glaube, Leon geht reifer mit solchen Gefühlen um als ich«, überlegte er sogar. Aber welche Gefühle waren das eigentlich? Selten dachte er über Emotionen und Sehnsüchte nach. Die waren da oder eben nicht. Es entstand etwas daraus oder eben nicht. Das war Schicksal, da konnte man nichts steuern. Oder doch?*

*Was hatte Emma ihm in der Ehe immer wieder vorgeworfen? Er kümmere sich nicht um die Beziehung, betrachte alles als selbstverständlich. Was sie konkret damit meinte, hatte er damals nicht verstanden und wusste es noch immer nicht. Es war sein Schicksal gewesen, dass Emma Thomas kennen- und lieben gelernt hatte. Das musste er akzeptieren. Und was Selma betraf, konnte er seine Empfindung doch nur als kindische Schwärmerei ansehen. Er stand vor der Bäckerei, wollte ein paar Semmeln fürs Abendessen kaufen. Durchs Schaufenster konnte man beobachten, wie sie mit einer Kundin scherzte, geschickt deren Bestellung in einen Karton packte, sich dem nächsten Kunden zuwandte. Schließlich wandte er sich ab und ging nach Hause. Im Tiefkühlfach gab es bestimmt noch Toastbrot.*

# Kapitel 10
## Djali

Djali in ihre Darbietungen zu integrieren machte Esmeralda Riesenspaß. Mittlerweile hatte sie sowohl akrobatische Kunststücke mit ihm einstudiert als auch kleinere Zaubertricks. Sie legte fünf Gegenstände auf ein Tuch, das sie auf den Boden ausgebreitet hatte: einen Schuh, einen Gürtel, ein breites Band, einen großen Löffel und eine Holzschale; alltägliche Gegenstände. Djali war darauf trainiert, bei bestimmten Signalen ihrerseits den jeweiligen Gegenstand mit dem Huf zu berühren. Es war die größte Sensation ihrer ohnehin erfolgreichen Darbietungen.

»Sehr verehrte Damen und Herren, wer will mir dabei helfen, die hellseherischen Fähigkeiten meines klugen Ziegenböckchens zu beweisen? Wer flüstert mir einen der hier liegenden Gegenstände ins Ohr? Mein kleiner Djali wird ihn erraten! Ein einziger Sou pro Vorschlag!«

Flüsterte dann jemand etwa »das Band«, stampfte sie zweimal wie zufällig mit den Schellensandalen auf und Djali wusste Bescheid. Beim Schuh klopfte sie sich, ganz nebenbei, den Tambourin an die Hüfte, beim Löffel warf sie schwungvoll das Haar zurück. Die Leute strömten herbei, sobald Djali mit dem Mädchen in die Mitte trat. Man staunte, klatschte, flüsterte zuweilen etwas über Hexerei, aber die Faszination war größer als furchtsamer Aberglaube.

Inzwischen waren sie in Paris angekommen. Nach der Darbietung am Platz vor der Notre-Dame besuchten Sophie und Esmeralda die Kathedrale. Die inzwischen Dreizehnjährige nannte Sophie »Madre«, weil sie ihre ersten sieben Lebensjahre in Spanien verbracht hatte. Alle anderen in der Truppe nannten sie Paloma. Staunend und ehrfürchtig durchschritten sie den sakralen Raum, der weit und hoch war wie der Himmel, kühl, still, zart nach Weihrauch duftend. Die Abendsonne leuchtete durch die riesige Rosette, ließ die Blau- und Rottöne strahlen. Sophie steuerte auf die Madonna zu, kniete vor ihr und betete, Simon doch endlich wiederzufinden und dafür, dass es ihm gut ginge. Esmeralda kannte die Madre nicht von einer solch traurigen Seite. Sie lehnte sich an eine Säule und wartete, den Blick auf die Rosette gerichtet.

Die Stundenglocke läutete sechsmal. Eine Prozession schwarz gekleideter Mönche zog von der Sakristeitür in die Apsis und begann im Chorgestühl die Vesper zu singen. Ein monotones, beruhigendes Aufwallen und Abschwellen von Männerstimmen, wie Esmeralda es noch nie gehört hatte. Was sie bisher von Musik kannte, war vollkommen anders gewesen. Sie rutschte an der Säule hinab, bis sie an deren Fuß hockte. Da sie dem Seitenschiff zugewandt saß, blieb sie vor den Mönchen verborgen, die beim Stundengebet ohnehin nicht aufblickten. Die kniende Frau vor der Madonna wurde nicht weiter beachtet, es beteten immer wieder Menschen in der Kathedrale, dafür war sie da. Betend hatten auch Zigeuner Zutritt zum Gotteshaus. Esmeralda fühlte sich gebannt von dem fremdartigen Gesang. Es war das erste Schöne, das sie von Kirchenmitgliedern erfahren durfte.

Der Gesang verstummte. Esmeralda ging zum Hauptschiff und beobachtete, wie mindestens achtzig Mönche gesenkten Hauptes wieder zur Sakristeitür hinausgingen. Einer, ziemlich groß und hager, ging als Letzter. In der Tür blieb er stehen, wandte sich um und schaute ihr direkt in die Augen. Düster traf sie sein Blick, verweilte, dann ging er weiter. Sie war wie gelähmt, begann zu frösteln. Sophie kam, nahm ihre Hand, zusammen gingen sie hinaus. Draußen wärmte sie die Abendsonne, Djali sprang sofort auf sie zu, die anderen der Truppe boten verschiedene Basteleien zum Kauf an, José spielte auf der

Fiedel, viele Leute drängten sich um die spanische Zigeunertruppe. Ihre Lieder klangen nach Leidenschaft und Sonne, sie wirkten frei und geheimnisvoll.

Jean besuchte Quasimodo jetzt noch öfter als früher. Seit er wusste, dass sein großer Freund kaum mehr hörte, fühlte er sich für ihn verantwortlich. Er hatte den Nonnen davon erzählt, die untröstlich waren. Bei jedem Besuch gaben sie Früchte und Kuchen für den Glöckner mit. Claude, Jean und Quasimodo hatten eine Art Zeichensprache erfunden, um sich zumindest rudimentär miteinander unterhalten zu können. Außerdem verständigten sie sich schriftlich mit Kreide auf einem dünnen Holzbrett. Der Priester stieß zu ihnen, als Quasimodo gerade über eine Zeichnung lachte.

»Machst du schon wieder Unfug?« Er zwinkerte seinem kleinen vorwitzigen Bruder zu, nahm das Brett und war perplex. Mit wenigen Strichen hatte Jean das Mädchen skizziert, das wenige Minuten zuvor plötzlich wie eine Erscheinung in der Kathedrale gestanden war. Als Stich im Herzen hatte der Archidiakon den Anblick der jungen Zigeunerin nach dem Abendgebet erlebt, denn für den Bruchteil einer Sekunde glaubte er, das Mädchen aus seiner Kindheit wiedergefunden zu haben. Doch das war absurd, es wäre ja jetzt in seinem Alter, also über dreißig.

»Ich bin der glücklichste Bräutigam«, verkündete Jean. Claude lachte hell auf. Sein kleiner Bruder schaffte immer wieder das Wunder, ihn zum Lachen zu bringen.

»Wie darf ich das verstehen, du Knirps von vierzehn Jahren, der ja fast noch in die Windeln macht?« Quasimodo lachte mit, er verstand zwar nicht jedes einzelne Wort, sehr wohl aber, worum es ging. Mit gespielter Wut ging der Kleine auf seinen großen, schwarz gekleideten Bruder los. Sie rangelten ein wenig herum, Quasimodo brachte gerade noch rechtzeitig den

Korb mit Früchten in Sicherheit, bevor er auf den Platz hinunterstürzte.

»Wer ist denn die glückliche Braut?«, fragte Claude und hielt Jean mit seinen langen Armen von sich fern. Dieser ließ von ihm ab und lehnte sich über die Brüstung.

»Siehst du die Zigeuner da unten? Die kleine Ziege? Ja? Daneben steht der süßeste Engel, die Braut und künftige Mutter meiner vielen Kinder«, schwärmte Jean.

Wieder lachte Claude schallend auf.

»Sag einmal, woher hast du deine kecke Redeweise, doch unmöglich von den Nonnen?«

»Aber nein! Das Fenster meines Zimmers führt zum Place des Roses hinaus. Dort musizieren oft Spielleute und geben kleine Theaterstücke zum Besten. Die Nonnen glauben, ich studiere so eifrig, weil ich abends immer gleich in mein Zimmer will, um nur ja nichts zu versäumen. Verrate mich aber nicht! Bitte.«

»Aber nein! Pass nur auf, dass du nicht zur Unzeit so daherredest. Außerdem solltest du schon längst bei uns Benediktinern wohnen. Bist ja schon fast ein Mann.«

»Ich pass schon auf und was das Wohnen anbelangt, bin ich lieber ein Knirps, der noch in die Windeln macht, wenn es darum geht, bei den Nonnen bleiben zu können. Aber jetzt schau sie dir doch an. Ist sie nicht allerliebst? Du solltest sie mal sehen, wenn sie tanzt und singt, da könntest sogar du dich verlieben.«

»Gott bewahre!«, lachte Claude. Jean zeigte Quasimodo gerade das Mädchen, dieser verglich es mit der Zeichnung und nickte fröhlich.

»Das meine ich auch«, griff er das Thema wieder auf. »Denn diese Zigeunerin ist meine Braut. Da musst du dir schon eine andere suchen!«

»Und wieder hast du nur Unfug im Kopf, du frecher Bengel!

Ich bin Priester, Ordenspriester noch dazu, das weißt du doch.«

»Schade eigentlich. Wer hat sich denn so was ausgedacht, das mit Priester sein und keine Frau haben dürfen?«

»Was für ein Thema! Lass uns lieber etwas essen.«

Wie so oft standen sie an der Brüstung, schauten auf das Treiben unten und aßen die Früchte und den Kuchen. Alle drei betrachteten nur Esmeralda.

Am folgenden Tag trat die Truppe auf der Place de Grève auf. Wie immer bei Zigeunern, begann Schwester Gudule sofort in ihrer Klause zu zetern und zu schreien:

»Ihr Teufelspack, ihr Kindesentführer, ihr Ausgeburt der Hölle! Weg von hier! Weg von hier! Ihr habt hier nichts zu suchen! Hinfort mit euch!« Man ignorierte sie, denn die Instrumente übertönten das kraftlose Geschrei der Klausnerin. Djali trat vor die Grotte und meckerte die dünne, fahle Frau an. Ihr Schreckensschrei war so schrill, dass mit einem Schlag alles verstummte.

»Satan holt mich höchstpersönlich! Ich muss mit ihm in die Hölle fahren, ohne jemals meine liebe Agnès wiedergesehen zu haben, ohne mein Töchterchen wieder in die Arme schließen zu dürfen! Hinfort, Teufel, hinweg, Satan! Lass mich meine Tochter noch einmal sehen, dann erst gehe ich mit dir«, stammelte die Klausnerin zitternd vor Angst.

Die ganze Truppe kam zur Grotte und wunderte sich über die verwirrte Frau.

»Das ist doch nur eine normale Ziege«, amüsierte sich Esmeralda. Sie lächelte der Klausnerin zu, bedauerte sie im Stillen und wollte mit Djali wieder zurück auf den Platz. Bei ihrem Anblick war die Frau aber noch fahler geworden als ohnehin schon. Sie riss die Augen auf, zeigte mit ihrem dürren Finger auf das Mädchen und hauchte mit hasserfüllter Grabesstimme:

»Du Ausgeburt der Hölle! Du Hohn für den tiefsten Schmerz einer Mutter! Du grausames Scheusal! Zigeunerin, die du mein Leid mit Füßen trittst! Wie kannst du es wagen, mich auch nur anzusehen? Nach außen hin bist du schön, bist wohl genau in dem Alter, in dem meine geliebte Agnès jetzt sein müsste, wenn sie noch lebte. Gütiger Gott! Gib, dass sie noch lebt! Deine Jugend und Schönheit verhöhnen meinen Schmerz. Ich verfluche dich, Vermaledeite!«

Erschrocken wich Esmeralda zurück. Von Sophie hatte sie zwar aufgeklärtes Gedankengut übernommen, doch alle restlichen Mitglieder der Truppe waren abergläubisch. Ohne kleine Rituale, ohne Amulette und Glücksformeln kam auch sie nicht aus. An die Macht von Segen und Fluch glaubte sie fest.

»Mach dir nichts daraus, das ist eine verrückte Alte, nichts weiter. Sie ist neidisch auf deine Schönheit, das kennst du doch. Wer ist das nicht?«, redeten ihr die anderen gut zu. Djali stupste sie an, weiterzutanzen.

*Was für eine Stadt! Gestern hat mich ein Dämon in der Gestalt eines Priesters angeblickt, heute verflucht mich eine Klausnerin. Erwartet mich hier Böses?*, fragte sie sich bang. Wäre doch Sophie da, doch diese wanderte wieder einmal in der Stadt herum. Überall suchte sie nach jemandem, wollte aber nicht verraten, nach wem. Am Vortag in der Notre-Dame hatte Esmeralda das erste Mal gespürt, dass es für ihre Madre einen Schmerz geben musste, der unnennbar war, aber beständig und tief. Ob ihr wortloses Suchen mit diesem Schmerz zusammenhing?

Jean, der manchmal bei den Nonnen angab, den Archidiakon besuchen zu wollen, schlenderte stattdessen oft in der Stadt umher. Diesmal mit dem Ziel, die spanische Zigeunertruppe so oft wie möglich zu erleben. Er war sich dessen bewusst, dass die Stadt für ihn allein gefährlich sein könnte, darum ging er wachsam über Plätze, mied enge, dunkle Gassen, versteckte seinen Geldbeutel unter dem Wams. Auf der Place de Grève gab es fürchterliches Gekreische. Es war die verrückte Schwester Gudule, er hatte eher auf Zigeunermusik gehofft. Da beobachtete er, wie böse die Klausnerin zu »seinem Mädchen« sprach. Der lustige Ziegenbock wich ihr nicht von der Seite. Jean stand ganz nah hinter ihr, war starr vor Aufregung ob dieser Nähe, konnte die Sorge wegen des Fluchs der Klausnerin in ihren großen grünen Augen sehen, als sie sich umwandte. Am liebsten hätte er sie auf den Mund geküsst. Ein Mann begann endlich auf der Fidel zu spielen, dazu tanzten Kinder. Dann riefen alle: »La Esmeralda! La Esmeralda!« Ihr Auftritt.

Sobald sie zu singen, zu tanzen und Djali mit einzubeziehen begann, schien ihr Kummer wie weggewischt. Man konnte gar nicht sagen, was schöner war, ihr Gesang, ihr Tanz oder der Einklang zwischen Tier und Tänzerin.

*So muss sich das Paradies anfühlen*, dachte Jean. Nach den Darbietungen wagte er sich zu ihr hin, die gemeinsam mit den anderen Tänzerinnen die Münzen einsammelte. Er verneigte sich tief und überreichte ihr seinen Geldbeutel. Es befand sich sein ganzes Monatsgeld für Studien, Strümpfe oder neue Saiten für seine Laute darin. Frollo war mit Jean sehr großzügig.

»Ich bin Euer ergebenster Diener, liebes, gnädiges Fräulein Esmeralda, will auch gern Euer Bräutigam sein, etwas später, wenn mein großer Bruder die Erlaubnis gibt, und möchte Euch bitten, am Sonntagnachmittag vor der Notre-Dame aufzutreten, damit er Euch bewundern und kennenlernen kann.«

Hochrot im Gesicht erhob er sich aus seiner Verbeugung. Esmeralda stand mit der offenen Hand, auf dem der Geldbeutel lag und mit offenem Mund da. Auch alle anderen hatten dem Vortrag des hübschen Knaben gelauscht. José im Hintergrund amüsierte sich köstlich. Was für ein selbstbewusster Bengel, wohl aus feinem Haus, und macht einer Zigeunerin öffentlich den Heiratsantrag. Er war ein Kind wie sie, zart gewachsen, etwas kleiner noch als sie, die auch nicht wirklich groß war.

»Wie heißt du?«, fragte er mit gespielter Strenge und trat nah an ihn heran, was den Bengel einschüchtern sollte. Wieder verneigte sich der Knabe tief und sprach laut:

»Mein Name ist Jean Frollo de Molendino, Bruder des Archidiakons von Josas, Dom Claude Frollo, gnädiger Herr, Vater meiner Braut.«

Wie auf ein Signal hin brüllte die ganze Menschenmenge los. Nicht nur, dass der Bruder eines kirchlichen Würdenträgers diesen bizarren Heiratsantrag gemacht hatte, es war auch noch Dom Frollos Bruder. Jedermann kannte und verachtete den als grausam und eiskalt verschrienen Archidiakon. Jean verstand das Gelächter nicht. Verwirrt blickte er Esmeralda an. Diese lächelte, reichte ihm den Geldbeutel zurück und bat um eine kleine Münze daraus. Er kramte eine möglichst hochwertige hervor, einen Ecu, und legte ihn ihr auf die zarte Hand, streifte dabei bewusst ihre Finger. Sie kicherte.

»Ich bin noch zu jung zum Heiraten, weißt du, aber danke!«, sagte sie ihm leise. Djali meckerte ihn auch freundlich an.

»Darf ich dennoch am Sonntag auf Euren Tanz vor der Notre-Dame hoffen?« Jean gab nicht auf. Sie nickte lächelnd. Als er gegangen war, knurrte José:

»Warum hast du ihm den Beutel zurückgegeben?«

»Also bitte!«, entrüstete sie sich.

In ihrer Klause konnte Schwester Gudule das Meiste beobachten.

»Über dich soll ein Dämon kommen! Über dich, die du sogar schon Kinder verführst, du Hure!«, schrie sie. Niemand achtete mehr darauf, nur die Angesprochene fühlte einen kalten Schauer bei diesen Worten. Das Gesicht des Priesters vom Vortag kam ihr plötzlich wieder in den Sinn. Rasch ging sie zu den

Wagen und hielt nach ihrer Madre Ausschau. Doch Sophie kam erst spät abends wieder zur Truppe. Noch immer wagte sie nicht, nach ihrem Sohn zu fragen, das Verbrechen von damals könnte der ganzen Truppe schaden, doch sie suchte ihn tagtäglich in allen Gassen. Als sie sich neben Esmeralda in den Wagen legte, begann diese sofort von dem drolligen Knaben und seinem Heiratsantrag zu erzählen. Die Klausnerin mit ihren Flüchen erwähnte sie nicht, die wollte sie lieber so bald wie möglich vergessen. Sophie hörte zu, war mit den Gedanken aber halb bei Simon. Sie spürte, dass er in Paris sein musste. Darum wollte sie hierbleiben, nicht weiter mit der Truppe ziehen. Aber wie könnte sie ihr Töchterchen allein lassen? Sie rang mit sich, schließlich teilte sie zumindest das Wichtigste mit:

»Hör zu, meine geliebte Tochter.« Weiter kam sie nicht. Esmeralda spürte sofort, dass Sophie etwas Besonderes auf dem Herzen hatte.

»Sag mir nichts Trauriges, bitte, Madre, ich könnte heute nichts Trauriges mehr ertragen«, bat sie leise.

Sophie zögerte. Schließlich holte sie ein Lederband aus ihrem Wandersack, hängte ein grünes Talismansäckchen daran und entnahm diesem einen rosa seidenen Schuh, goldbestickt mit einem kleinen Perlmuttherz. Es war Vollmond, man konnte jedes Detail erkennen.

»Wie niedlich!«, fand Esmeralda.

»Für dich wurde dieser Schuh genäht. Zwar bist du meine geliebte Esmeralda, aber deine leibliche Mutter bin ich nicht. Diese sucht dich bestimmt seit Jahren verzweifelt. Womöglich hat sie den zweiten rosa Schuh als Erkennungszeichen. Heimtückische Menschen haben dich ihr entrissen und dann vor einem Dorfbrunnen ausgesetzt. Unsere Truppe fand dich und nahm dich auf. Ich liebte dich vom ersten Augenblick an und wünsche dir von ganzem Herzen Glück. Doch ich weiß, wie sehr deine leibliche Mutter leiden muss, darum halte Ausschau. Trage diesen Talisman immer bei dir, meine liebe Tochter!«

Sie drückte die Sprachlose an sich. Die vielen Halbwahrheiten taten ihr weh, aber wie hätte sie José verraten können, ohne Esmeralda damit die Heimat in der Truppe zu rauben? Nach langem Schweigen fragte das Kind:

»Du wirst mich aber nicht verlassen, oder?« Kurzes Zögern.

»Ich glaube, das könnte ich nicht.«

»Nicht wahr? Du suchst auch jemanden.«

»Ja, mein Schatz, ich suche auch jemanden, über den ich aber nicht sprechen kann.«

»Wird er von der Kirche gesucht oder von den Häschern des Königs? Ist es dein Gatte oder gar Geliebter?«

»Pssst!«, war alles, was Esmeralda zur Antwort bekam.

Wegen des ungewöhnlichen Heiratsantrages des Jungen dachte niemand mehr an das Geschrei der Klausnerin, wie man sie auch grundsätzlich nicht ernst nahm. José allerdings grübelte beim Einschlafen über ihre Worte nach. Je öfter er sie gedanklich wiederholte, desto größer schwoll seine Beunruhigung an, die während des Vorfalls selbst nur ein undeutliches Gefühl gewesen war. Was hatte die Verrückte da gekreischt? »Ihr Kindesentführer!« Hatte sie nicht auch etwas von einem Töchterchen gefaselt, das sie unbedingt wiedersehen wollte? Konnte es sein, dass die Mutter aus Reims ihr Kind noch immer suchte und das ausgerechnet in Paris? Wie hatte sie es genannt? Anna? Amalie? Oder war es Agnès? Doch das spielte keine Rolle, ihm wurde der Boden hier zu heiß. Sollte die Klausnerin tatsächlich Esmeraldas Mutter sein, müsste die Truppe Paris sofort verlassen. Wie schade, keine Stadt war einträglicher und mit der Attraktion Esmeralda – Djali, aber auch mit den kleinen Possen der Kinder beim Nachäffen von Etikette, hagelte es förmlich Münzen. Wenn aber auch nur der geringste Verdacht von Kindesentführung aufkäme, würden sie als Zigeuner schneller am Galgen baumeln, als man einen Becher Wein leeren konnte.

»Meine Brüder, wir werden bis spätestens Sonntag noch einige Vorstellungen vor der Notre-Dame geben, schon allein, um dem ›geistlichen Bruder von Esmeraldas Bräutigam‹ die Ehre zu erweisen, aber dann ziehen wir weiter«, eröffnete er der Truppe beim Frühstück.

Große Entrüstung. Rein geschäftlich war das keine sinnvolle Entscheidung, außerdem bot Paris, abgesehen der vielen Plätze für Vorstellungen, unzählige Möglichkeiten für persönliche Zusatzverdienste und Amüsements. Vor allem erschrak Sophie. Sie hatte gehofft, in den folgenden Wochen auf Simons Spur zu stoßen. Der deutlichste Hinweis, den sie aufgeschnappt hatte, war nahe der Kathedrale auf einem Markt gewesen, wo eine Händlerin zur anderen gesagt hatte:

»Der Bucklige hat sich letzten Sonntag ja wieder mächtig ausgetobt.« Die andere hatte grinsend geantwortet: »Und es klang herrlich!«

*Gewohnheitsmäßig und weil er nicht zeigen wollte, dass ihn Selmas Date von neulich irritierte, holte sich Albert das Frühstück von der Bäckerei bei der U-Bahn-Station. Alles war so wie immer, ihre Freundlichkeit wie sonst. Der Duft nach Kaffee und frischem Gebäck, die Geräusche, alles wie gewöhnlich. Und doch war nichts mehr so wie früher. Hatte er eine Kulisse für das Haus gehalten? Glaubte er wirklich, nichts anderes als Selmas Lächeln am Morgen zu wünschen? Wie weit kannte er sich eigentlich selbst, wie gut seine Gefühle? Langsam dämmerte ihm, warum Emma in der Ehe nicht mehr glücklich gewesen war. Nicht Thomas war der Grund gewesen, vielmehr hatte sie die Beziehungskulisse erkannt, in der sie lebten. Und was noch schlimmer war, Emma bemerkte auch, dass er selbst die Kulisse für das Haus hielt.*

## Kapitel 11
# Der Dämon

Ich habe Quasimodo gebeten, sich auch die Zigeuner anzuschauen, doch er mag nicht unter Leute gehen, mag lieber alles nur von oben beobachten. Schade.« Jean war ganz aufgeregt. Sie verbrachten wieder mal den Abend oben auf dem Turm. Von seinem Heiratsantrag erzählte er lieber nichts, denn Claude wollte ja nicht einmal die Vorstellung besuchen.

»Du weißt, wie die Kirche zu Zigeunern steht. Wenn ich jetzt bei ihren Darbietungen applaudiere, dann …«, ihm fiel nichts weiter ein. Nachdenklich starrte er vor sich hin.

»Dann mach es wie andere Priester. Die stehen wie ein Cerberus am Rand und wettern, wie unanständig und verdammenswürdig die Zigeuner seien. Natürlich sind sie damit fast ein Teil der ganzen Lachnummer und merken es nicht einmal«, schlug Jean vor. Wie sooft sprudelte er in wenigen Sätzen Inhalte heraus, die Claude entsetzt nach Luft schnappen ließen.

»Junge! Wie kommt es, dass du offenbar schon oft solchen Darbietungen beigewohnt hast? Bist du lebensmüde? Du treibst dich doch wohl hoffentlich nicht allein in Paris herum?!Und zum anderen, willst du, dass ich mich zur Lachnummer mache? Und zum dritten, woher weißt du etwas über Cerberus?«

»Cerberus! Ich finde diesen Höllenhund stark. Wenn ich ein Ritter wäre, nähme ich ihn als Wappentier. Überhaupt finde ich deine Schriften in Josas viel spannender als meine Studien.« Claude fasste sich kurz ans Herz.

»Jean, du bringst dich und mich in Lebensgefahr, wenn du von meinen Schriften herumerzählst. Die sind alle streng verboten! Glaub mir, man kommt nur allzu schnell auf die Folterbank!«

Es schauderte beiden. Nach der bangen Stille fragte Claude:

»Wie bist du denn an die Schriften herangekommen? Die bewahre ich ja unter mehrfachem Verschluss auf!«

»Ich wühle gern in deinen Sachen herum, wenn du viel zu tun hast und mich in Josas allein lässt. Und deine Verstecke sind wirklich nicht schwer zu entdecken, Brüderchen.« Seine Heiterkeit erwachte schnell wieder. Claude aber zitterte am ganzen Leib. Er sollte sich wohl von den geliebten alten Büchern und auch von bestimmten Kräutermischungen trennen; die Gefahr war zu groß, denn nicht nur der Stadtvogt würde es begrüßen, ihm zu schaden, auch innerhalb des Ordens gab es Missgunst. Manchmal dachte er an Comte de Mortain, den er so gern öfter getroffen hätte. Eine einzige Hausdurchsuchung, und der Mann wurde Opfer der Inquisition.

»Jean, bitte, zügle dich! Du ahnst nicht, wie schnell man der Ketzerei und Hexerei verdächtigt wird. Liegst du einmal auf der Folterbank, hilft dir niemand mehr, auch ich kann dich dann nicht retten. Bitte sei achtsam!«

Jean stand von seinem Hocker auf, ging zu Claude hin und schaute ihn eindringlich an.

»Ich werde weder dein noch mein Leben in Gefahr bringen, das verspreche ich«, sagte er und fügte verschmitzt lächelnd hinzu:

»Und wenn du einfach im offenen Torbogen der Kathedrale stehst? Da bist du im Schatten, fällst auch deswegen nicht auf, weil ein Priester dort gut hinpasst, und kannst so tun, als ob du gar nicht wirklich zuschaust. Ich möchte so gern, dass du den Auftritt meiner Esmeralda erlebst!«

»Mal sehen, was sich machen lässt.« Jean lächelte. Er wusste, dass Claude ihm ohnehin kaum eine Bitte abschlagen konnte.

Dann war es endlich so weit. Der ganze Platz war voller Menschen, alle wollten die spanische Truppe erleben. Im ausgesparten Kreis der Mitte stand ein überdeckter Wagen mit den Akteuren darin. Auf den Platz trat nur, wer gerade auftrat. Drei Musiker standen vor dem Wagen; José und Etienne mit der Fidel, Josés Frau Marie schlug die Pauke. Quasimodo lehnte sich über die Brüstung, Claude stand in der schwarzen Kukulle mit den Händen in den weiten Ärmeln unbewegt im Schatten des Torbogens, Jean fieberte auf dem Platz, umgeben von unzähligen Menschen, dem Geschehen entgegen. Die Truppe gab bei solch zahlreichem Publikum ihr Bestes. Alle Instrumente wurden nach und nach eingesetzt, Kinder tanzen, man unterließ aber der Sicherheit wegen die Possen. Das Volk war begeistert. Am Ende wie immer der Höhepunkt: Esmeralda. Sie hatte den Musikern geboten, ihr zunächst Stille einzuräumen. So trat sie in die Mitte. Kein einziges Geräusch war zu hören. Man hielt den Atem an. Wirkungsvoller konnte kein Auftakt sein. Allein Djalis kleine Schritte klapperten auf dem Pflaster. Esmeralda schloss die Augen, hob die Arme und verharrte so ein paar Augenblicke. Dann begann sie zu summen, wurde lauter und sang schließlich ein spanisches Lied. Mit melancholischen Klängen beschrieb sie darin den Lauf der Sonne; das zarte Rosa am Morgen, die Kraft zu Mittag und schließlich das langsame Abklingen am Abend.

»So, Mensch, ist die Liebe, ist dein Leben. Die Nacht aber ist kein Tod für immer.« Mit diesen Worten endete der Text. Die Instrumente begleiteten nur dezent, endeten, während die Sängerin noch summte, sich mit geschlossenen Augen langsam drehte und schließlich mit gesenktem Haupt auf den Boden kauerte. Dieses Lied wurde nur selten dargeboten, weil die meisten Menschen eher Lustiges wollten. Sogar José musste anerkennend feststellen, dass eine nachdenkliche Weise als Kontrast ganz gut zu den fröhlichen Einlagen passte. Die Leute wagten kaum zu atmen. Djali stand während des ganzen Liedes wie eine Steinfigur neben Esmeralda. Aber auch Claude konnte sich nicht rühren. Er verstand jedes Wort des Liedes, fühlte sich persönlich angesprochen. Wie kam es, dass er, der Eiskalte, so gerührt sein konnte? Diese Zigeunerin war natürlich nicht »sein Mädchen«. Esmeralda hatte ihm nicht das rote Band geschenkt, welches er noch immer als Schatz bewahrte. Und doch war sie es, war die Erfüllung seiner Kinderträume, war ihre Allegorie.

Sehr gekonnt schaffte es die Künstlerin, die Stimmung nach dem Lied vom tiefen Empfinden in immer heiterer werdende Bahnen zu lenken. Sie tanzte mit Djali, ließ ihn »wahrsagen« und sang dann fröhliche Lieder. Claude war überrascht, wie gut die Zigeunerin mit dem Tier harmonierte. War sie ihm seelenverwandt? Lebte sie diese Gabe aus, Tiere zu verstehen, was er nicht konnte? Neben Studien und kirchenpolitischem Einsatz blieb kein Raum mehr für Tiere und Natur. Seine Leidenschaft dafür war im Lauf der Jahre verlorengegangen und ohne die beiden Kinder gäbe es nichts Lebenswertes mehr in seinem vielfältigen Tun.

Während des Abschlussliedes entdeckte sie ihn unter dem Torbogen. Unbewusst war er einige Schritte nach vorn getreten und stand in der Nachmittagssonne wie eine schwarze Skulptur. Esmeralda erschrak so sehr bei seinem Anblick, dass sie mitten im Lied stockte. Alles wandte sich dem Portal zu. Claude wäre am liebsten im Erdboden versunken. Da gab sich die Künstlerin einen Ruck. Sie verneigte sich vor dem Priester und schlug im Kreis mehrere Räder. Ihre Röcke flogen, ihr Haar wirbelte, Djali sprang aufgeregt hinter ihr her. Wie das Mädchen damals trug Esmeralda bunte Beinkleider unter ihren Röcken, sie reichten ihr knapp übers Knie. Claudes Blick bannte sich auf ihre Beine, deren Mitte, auf die wirbelnde Drehung der Schönen. Als sie ihren Räderkreis vollendet hatte, verneigte sie sich abermals vor ihm und rundherum vor der Menge. Der Münzregen nahm kein Ende, das Volk jubelte. Jean kam gar nicht mehr an Esmeralda heran, denn die Zigeuner sammelten rasch alles auf und zogen sich dann zurück. Dennoch war er überglücklich. Sie war wunderbarer denn je gewesen. Claude musste sie lieben und ihm später einmal erlauben, sie zu heiraten, so hoffte er.

Sofort lief er zu ihm, doch er war nirgends zu finden.

»Ah, vielleicht oben!« Ungeduldig stürmte er die Wendeltreppen hoch. Oben fiel er Quasimodo um den Hals.

»Na, was sagst du? Ist sie nicht wunderschön? Tanzt sie nicht wie Feuerfunken? Singt sie nicht wie ein Engel?« Doch da stockte er und drückte seinen Freund noch mal an sich. Dieser war auch von den Darbietungen begeistert. Mit Gesten und schreibend unterhielten sie sich.

»Wo bleibt eigentlich Claude so lange?«, fragte Jean dabei. Quasimodo zuckte mit den Schultern.

Claude wusste, dass ihn beide auf dem Turm erwarteten, dennoch eilte er in seine Zelle und verriegelte die Tür. Wie ein Gehetzter saß er auf der schmalen Liege und wippte wild nach vorn und nach hinten. In ihm tobte ein fremder Orkan. Am liebsten hätte er ununterbrochen laut geschrien, doch er wusste nicht einmal, warum. Ihm war, als habe er sämtliche inneren Organe verloren, alles Leben sei ihm entwichen und ätzende Leere fräße sich durch seinen Körper und seinen Geist. Wie konnten Anmut und Liebreiz nur so wehtun?! Warum brannte die Erinnerung an seine Zigeunerin aus der Kindheit plötzlich so sehr? War es, weil ein Mädchen sie plötzlich heraufbeschwor und dennoch unerreichbar für ihn blieb? Oder war es – Frollo wagte den Gedanken gar nicht zuzulassen, konnte aber seine teuflisch grinsende Fratze nicht abschütteln – , weil er dieses Kind so sehr begehrte, dass er sich schon am Platz vor all den Menschen beherrschen musste, um sich nicht auf es zu stürzen und sich in seiner süßen Mitte zu verkriechen, ganz in die lebendige Zigeunerin hinein? Was geschah da plötzlich mit ihm? Woher dieser Dammbruch der unzähmbaren Begierde? Er winselte tränenlos, wippte immer wilder vor und zurück, zitterte, kalter Schweiß tropfte ihm von der Stirn. Bald glaubte er, keine Luft mehr zu bekommen, er hechelte. Endlich entlud sich seine ganze Anspannung mit einem röhrenden Aufschrei. Minutenlang verharrte er still, starrte zitternd auf den Boden, wusste nicht, wie ihm geschah. Die Vesper war längst vorüber, siebenmal läutete die Stundenglocke. Zwischen seinen Beinen war es klebrig feucht.

Tagelang fühlte sich Claude irritiert von diesem Ereignis, den fremden Regungen seines Körpers und seiner Seele. Hatte die Keuschheit all der vergangenen Jahre denn nicht den ersehnten Frieden gebracht? Verwandelte sie sich jetzt sogar in ein Kinder fressendes Monster? Wie alt war wohl die kleine Zigeunerin? Vierzehn Jahre wie Jean? Und wenn sie fünfzehn wäre, nähme dann seine schreckliche Sünde ab, in schmerzlicher Begierde an sie zu denken und ihren Anblick zu ersehnen? Gleichzeitig verfluchte er sie, die ihm diese Sucht ins Gemüt gestochen hatte mit ihren wirbelnden Beinen, ihrer süßen Stimme, ihrem Blick. Er hätte schreien mögen. Ein Stier, dem man in den Nacken sticht, könnte nicht ärger brüllen und wüten als der Orkan in Frollos Herz. Es kostete ihn viel Überwindung, Jean und Quasimodo möglichst neutral zu begegnen, während es in seinem Inneren drängend und schmerzlich loderte. Die täglichen Begegnungen mit dem Stadtvogt Robert d'Estouteville gelangen ihm in diesen Tagen aber gut. Sie waren einander nie freundlich begegnet, bestenfalls gezwungen höflich, doch nun sprühte Frollo nur so von Sarkasmus und Herablassung in jedem Blick und jeder Geste. Selbst die arroganten Vertreter der römischen Kurie und Heiligen Inquisition gingen dem Archidiakon lieber aus dem Weg.

Ein kleiner Lichtblick besänftigte allerdings sein angespanntes Gemüt. Quasimodos Pflegemutter aus Kindertagen, Madame Bonpiers, bereiste mit ihrem Gatten und der jüngsten

Tochter auf Frollos Anweisung und Kosten die Gegend rund um Montereau. Zwischendurch wohnten sie in dessen Elternhaus, das nach wie vor von der Dienerin Frida bewirtschaftet wurde. Der Auftrag lautete, für ihn ein kleines Landgut zu finden, in das er sich zwischendurch unerkannt zurückziehen konnte. Er plante auch, seine verbotenen Bücher, Essenzen und Gerätschaften dort unterzubringen.

Für die braven Leute war dieser Auftrag ein einziges großes Geschenk. So vornehm mit Kutsche und der Möglichkeit, in jedem Wirtshaus zu nächtigen und schließlich sogar im herrschaftlichen Elternhaus de Molendino, hatten sie noch nie erlebt. Nun brachten sie die frohe Kunde, ein passendes Anwesen etwa drei Reitstunden südwestlich Montereaus gefunden zu haben. Es lag an einem Waldrand nahe der Stadt Le Mans. Claude freute sich ehrlich und wollte es so bald wie möglich besuchen, um dort den Kauf amtlich machen. Schade nur, dass er Jean nicht mitnehmen konnte. In seinem kindlichen Übermut hätte er diese Sensation bestimmt nicht für sich behalten können. Der Familie Bonpiers übertrug er die Bewirtschaftung und überreichte dem Ehepaar eine Geldkatze mit zwanzig Ecus d'Or für eventuelle Haustiere, Instandhaltung und dergleichen. Die beiden glaubten zu träumen, denn eigentlich wäre ihrerseits eine hohe Pacht fällig, wenn sie dort wohnen wollten. Frollo war sich dessen vollauf bewusst, doch verlässliche Menschen in einem Refugium zu wissen, zählte weit mehr als Hunderte von Ecus d'Or. Das sagte er ihnen auch. Allerdings musste er sich danach wehren, weil sie seine Hände küssen wollten.

## Kapitel 12
# Sophie de Mortain

Am Tag nach der fulminanten Darbietung vor der Notre-Dame eilte José mit seiner Truppe an den Stadtrand nach Saint Germain des Près. Niemand wusste, was in ihn gefahren war, denn nirgends verdienten sie so gut wie auf der Ile de la Cité, und vor der Notre-Dame hätten sie noch wochelang den Platz füllen können. Alles murrte.

»Hier haben die Ziegen und Hühner mehr Auslauf«, rechtfertigte er sich. Spätestens jetzt wusste jeder, dass etwas besonders Schwerwiegendes der Grund sein musste, denn keiner kalkulierte Gewinnmöglichkeiten so genau wie José und keiner kümmerte sich weniger um das Wohl der Tiere als er. Dann drängte er auch noch darauf, bald wieder Richtung Süden zu ziehen. Das war zu viel, mehrere Mitglieder protestieren, denn selbst in den unbedeutendsten Vierteln von Paris war mehr zu holen, als auf großen Kirchweihfesten der Dörfer. Der Sommer hatte gerade begonnen, warum also sollten sie jetzt schon in südliche Gegenden ziehen?

Sophie redete lange mit Esmeralda darüber, dass sie bleiben wolle und ihr bestimmt bald erzählen könne, warum. Ihr war, als würde sie Simon verraten, wenn sie Paris jetzt verließe.

»Dann werde ich hier mit Djali Solovorstellungen geben«, schlug das Mädchen vor. Doch Sophie blieb verunsichert.

»Zwei Frauen sind wehr- und schutzlos auf der Straße.« Beim Lagerfeuer am Abend diskutierten alle über die unverständlichen Aufbruchpläne. Mindestens ein Drittel der Truppe entschied sich, in Paris zu bleiben. Als José hörte, dass Sophie mit Esmeralda auch nicht mehr mit ihm ziehen wollten, weigerte er sich, einen Wagen abzugeben, der gefordert wurde und zum Überleben im Winter unabdingbar war. In trüber Stimmung und auch unter Tränen verabschiedeten sich alle am folgenden Morgen voneinander. Zurück blieben Sophie, Esmeralda, Rosa und Miguel – ein älteres Ehepaar, Etienne, ein junger Bretone, der die Fidel recht gut spielte, und Isabel – eine fast dreißigjährige Tänzerin und Sängerin mit dunkler weicher Stimme. Zunächst weigerte sich José, der kleinen Splittergruppe Djali zu überlassen, doch da protestierten einstimmig alle anderen, denn das Tier hätte nach seiner Geburt kaum zwei Tage ohne Esmeralda überlebt und konnte die meisten Kunststücke ohne sie gar nicht darbieten.

»Gemeinsam werden wir alles gut schaffen«, bemühte sich Sophie um Zuversicht. Miguel meinte trocken:

»Mit Esmeralda können wir gar nicht verhungern. Sie ist ein besonderer Schatz, den wir wie unseren Augapfel hüten werden.« Das Mädchen ging zu ihm hin und küsste ihn auf beide Wangen. Sophie fühlte sich hauptverantwortlich für die neue Truppe, das belastete sie.

»Wir werden später einen Leiterwagen kaufen, um Hühnerkäfige darauf zu packen, wenn wir im Stadtgebiet arbeiten. Und schon jetzt sollten wir uns Gedanken über den Winter machen. Wo werden wir übernachten, wovon leben, wenn es für Auftritte zu kalt ist?« Je mehr sie nachdachte, desto größer schienen die Hürden. Djali drängte sich an sie, als wollte er etwas Trost spenden.

»Solange wir zusammenhalten, wird alles gut gehen.« Rosa sagte das mit einer weisen Gelassenheit, als könne sie nichts erschüttern. Tatsächlich schöpfte Sophie daraus etwas Mut. Isabel, eine verarmte Bäckerswitwe, deren Mann der Inquisition zum Opfer gefallen war, fragte, ob Sophie nicht auch an den Aufführungen teilnehmen könne. Das Volk wollte vielfältige Darbietungen, und da kleinere Kinder nun fehlten, wäre jede weitere Person eine Bereicherung. Kinder erregten am meisten Aufmerksamkeit, doch Frauen mit guter Stimme und geschmeidigen Bewegungen mochte das Publikum auch. Esmeralda galt zwar als Hauptattraktion, aber Abwechslung war dennoch wichtig. Sophie spielte die Laute, sang sehr schön, konnte jegliche Menuett-Schritte, doch vor ein Publikum zu treten kam ihr unvorstellbar vor.

»Wir werden üben, mir wird schon etwas einfallen«, versprach Esmeralda.

Als sie in Richtung Universitätsviertel gingen, erlebten sie durch ein Fenster den Streit eines Ehepaares mit. Auf der Gasse gruppierten sich bereits mehrere Nachbarn und lauschten amüsiert. Deutlich konnte man dann auch die feurigen Umarmungen der Versöhnung mitverfolgen. Als sich der Ehemann endlich glücklich aufstöhnend auf sein Weib niedersenkte, applaudierte die ganze Gasse. Kurze Schockstille, dann wurde rasch das Fenster geschlossen. Zufrieden erheitert zerstreute sich die Menge wieder.

»Großartig! Und genau das bauen wir in unser Programm ein«, rief Esmeralda begeistert. Kurzerhand wurden auch Rosa und Miguel als Schausteller angelernt. Bis dahin hatten sie in der Truppe nur grobe Arbeiten erledigt und die Tiere versorgt. Etienne besaß zur Fidel auch einen Dudelsack, der ebenfalls neue Stimmung in die Aufführungen brachte. So vergingen einige erfolgreiche Wochen. Sie hatten ausreichend zu essen und durften darauf hoffen, bald einen Leiterwagen zum Nachziehen und zwei bis drei Hühner kaufen zu können. Den Platz vor der Notre-Dame aber mieden sie, weil Esmeralda den durchdringenden Blick jenes Priesters fürchtete. Auch um den Place de Grève machte die Tänzerin lieber einen Bogen, nicht nur wegen des Galgens und des Prangers dort, sondern vor allem wollte sie der unheimlichen Klausnerin nicht wieder begegnen.

Abends lagerten sie am Seineufer nahe Paris. Meist planschten und schwammen sie, bevor sie das Abendessen am Lagerfeuer zubereiteten. Miguel und Etienne angelten dafür manchmal ein paar Fische, die anderen sammelten Kräuter auf den Wiesen. Vom Markt hatten sie Brot und Gemüse mitgebracht. Diese Momente rund ums Feuer, die sie oft schweigend verbrachten, bedeuteten Geborgenheit für die kleine Gruppe. Gemeinsam verdienten sie Tag für Tag ihren Lebensunterhalt und abends kamen sie miteinander zur Ruhe, lauschten den Grillen, genossen das Knistern des wärmenden Feuers. Danach breiteten sie an möglichst taufreien Stellen im Gebüsch ihre Decken aus und schliefen eng beisammen, um sich gegenseitig zu wärmen.

»Schade, dass du so abergläubisch bist und den Platz vor der Notre-Dame meidest«, meinte Isabel eines Abends, die fraglos Esmeralda die künstlerische Leitung der Truppe überließ. Trotz ihrer Jugend war sie darin einfach die Beste.

»Was ist eigentlich aus deinem jugendlichen Bräutigam geworden?«

»Ja, der war süß! Wie hieß er noch? Seinen ganzen Geldbeutel wollte er mir geben.« Lächelnd erinnerte sie sich an den Blondschopf.

»Jean Frollo de Molendino. Kaum zu glauben, dass dieser Witzbold der Bruder des Archigriesgrams Dom Frollo sein soll, des Beichtpriesters im Folterkeller. Allein sein Blick ist schon gruselig«, wusste Rosa zu erzählen. Alle schauten sie an. Nur Miguel kannte ihren Schmerz, den sie als bitteres Geheimnis in sich trug. Ihre Schwester hatte unter Folter ausgesagt, mit Hilfe des Teufels den Schafen des Nachbarn eine Seuche angezaubert zu haben. Esmeralda lief es kalt über den Rücken, als Rosa mit unbeweglicher Miene und todernstem Gesicht von Dom Frollo sprach. Sie wurde blass, spürte, wie sich ihr die Kehle zuschnürte.

»Wie sieht denn dieser Dom Frollo aus?«, fragte sie bang.

»So ein Langer. Er stand bei deinem Auftritt vor der Notre-Dame unter dem Portal«, antwortete Miguel. Nun wurde ihr fast ein wenig übel. Dieser Mann ängstigte sie auf unerklärliche Weise. Am liebsten wäre sie aus Paris geflohen, nur weil er da war.

»Ein Dämon soll über dich kommen«, hörte sie plötzlich in sich, dazu die hysterisch kreischende Stimme der Klausnerin. Sie wurde aschfahl im Gesicht.

»Was ist mit dir?« Sophie schaute sie eindringlich an.

»Bitte nicht krank werden!«, stammelte Isabel leise. Ohne Esmeralda würden die Auftritte nicht halb so viel einbringen.

Sophie zog sich mit ihr so weit zurück, dass sie allein waren.

»Hast du Beschwerden? Kann es sein, dass dich dieser Priester ungut angefasst hat? Ich merke ja, dass du dich vor ihm ängstigst. Sprich dich aus, das hilft. Ich bin immer für dich da!«

»Ich weiß es nicht. Zwar bin ich ihm noch nie direkt begegnet, aber es gruselt mich, wenn ich an ihn denke oder wenn ich ihn sehe. Außerdem krampft sich mein Bauch schrecklich zusammen. Glaubst du, dass er mich verzaubert hat? Ist er ein Dämon?«

Sophie lächelte erleichtert, streichelte die Zitternde. Sie massierte ihr den Bauch, summte ein Schlaflied.

»Du bist ein so kluges Mädchen, dieser ganze Aberglaube passt gar nicht zu dir. Es gibt keine Dämonen! Dass es sehr böse Menschen gibt, reicht vollauf.«

»Oh mein Gott! Er saugt mir den Lebenssaft aus meiner Mitte! Er ist ein blutsaugender Dämon, ich spüre es«, jammerte Esmeralda aber.

»Lass sehen.« Sophie hob ihre Röcke und sah sofort die Blutflecke auf den Beinkleidern.

»Kind, blutest du da schon öfter oder heute zum ersten Mal?« Das Mädchen errötete.

»Es ist schon öfter vorgekommen, aber da es nur mit etwas Bauchweh einherging und nach wenigen Tagen wieder vorbei war, dachte ich nicht weiter darüber nach.«

»Warum hast du mir denn nichts erzählt? Wir haben doch keine Geheimnisse voreinander.«

»Keine Geheimnisse? Du bist es doch, die ständig durch die Gassen schleicht und nach jemandem sucht. Ich wollte dich mit meiner Peinlichkeit nicht belästigen.«

Sophie schloss sie in die Arme und wiegte sie.

»Mein liebes, liebes Kind«, flüsterte sie immer wieder. Dann erzählte sie feierlich, wie bedeutungsvoll diese Blutungen seien, wie regelmäßig sie auftraten und welche Tücher sie sich umbinden konnte, um ihr Gewand zu schützen.

»Räder solltest du an solchen Tagen allerdings keine schlagen«, schmunzelte sie abschließend.

»Dann hat der unheimliche Priester gar nichts mit meinen Blutungen zu tun?«, vergewisserte sich Esmeralda erleichtert. Sophie lachte hell auf. »Wie könnte er? Aber bei der Gelegenheit möchte ich dich warnen. Wenn du einmal einen Mann liebst, wird dieser vielleicht Freude daran haben, sein Glied in deine Öffnung da unten zu stecken, dorthin, wo später die Kinder herausgepresst werden. Lass das nicht zu, solange du nicht verheiratet bist! Denn durch dieses Spiel, das manche als lustvoll erleben, pflanzt der Mann den Kindessamen in dich ein.«

Gebannt hörte das Mädchen zu.

»Ich weiß schon, Hunde und Ziegenböcke machen das schließlich auch.« Nachdenklich schaute Esmeralda vor sich hin und meinte dann gedehnt:

»Das wäre ja mehr als peinlich! Glaubst du wirklich, ich würde so was mit mir machen lassen? Stell dir vor, ist stehe auf einer Wiese und jemand springt von hinten auf mich drauf wie ein Ziegenbock. Also romantisch ist das ganz und gar nicht!«

Es schüttelte sie allein bei dem Gedanken. Sophie verkniff sich das Lachen.

»Es spielt sich schon etwas anders ab als bei Ziegen und Hunden. Wenn du liebst, möchtest du streicheln und gestreichelt werden. Du möchtest küssen und den anderen ganz nah bei dir haben, seine Haut spüren. Und so geschieht es dann, rutscht wie von selbst zusammen.« Sie schwieg.

»Du kennst das offenbar. Es klingt fast schön, wie du es beschreibst.«

»Ich kenne es nicht. Was ich kenne, ist die Hölle, die ein Mann für eine Frau sein kann, wenn er sie zwingt, Dinge zu tun, die sie nicht will. Doch ich hätte es gern kennengelernt.« Sie dachte an den Bruder ihres verhassten Gatten. So kurz die Begegnung mit ihm auch gewesen war, blieben ihr sein Gesicht, seine Stimme, seine Aufmerksamkeit deutlich vor Augen, Marquis Daniel de Sanslieu. Was inzwischen wohl aus ihm geworden war? Raubte er immer noch die Unbarmherzigen aus, um seine Beute dann den Armen zu bringen?

»Ich will nichts von alldem wissen und werde nie auch nur Irgendetwas in mich reinrutschen lassen«, rief Esmeralda aufgebracht. Sie zog an dem Band um ihren Hals und holte das Säckchen hervor, in dem der rosa Schuh steckte. Feierlich verkündete sie:

»Ich lasse keinen Mann an mich heran, auf dass ich meine Mutter finde!«

»Was deine Mutter in ihrer Sehnsucht nach dir durchmacht, kann ich nur zu gut verstehen. Möget ihr einander finden und mögest du einmal jemanden lieben, der deiner wert ist.«

»Und ich wünsche dir, dass du den Menschen findest, den du so verzweifelt suchst. Doch meine eigentliche Mutter sollst immer du bleiben!«

Sie umarmten einander wieder, wollten sich gar nicht mehr daraus lösen.

»Was Frauen immer so viel zu reden haben! Unglaublich«, murmelte Etienne, als die beiden so lange verborgen blieben.

»Und was Männer immer so viel zu verschweigen haben«, meinte Isabel augenzwinkernd.

## Kapitel 13

# Hof der Wunder

Monate vergingen und die Truppe kam überall gut an. Sie hatte bereits einen Leiterwagen und zwei Hühner gekauft, doch der Winter stand vor der Tür. Wie würden sie sich vor der Kälte schützen können? Clopin Trouillefou, König des Rotwelschenreiches, Herrscher über den »Hof der Wunder«, hatte Esmeralda schon im Auge, als sie noch bei José tanzte. Dass die Truppe nun in verkleinerter Version durch Paris tingelte, bemerkte er anerkennend. Diese Leute wären ein willkommener Aufputz für sein Reich. Er bettelte möglichst dort, wo sie ihre Darbietungen anboten und wartete auf eine günstige Gelegenheit, sie anzusprechen. Eile hatte er keine.

»Erfolg ist dem beschert, der ihn nicht direkt anstrebt, sondern auf sich zukommen lässt«, war seine Devise. Und tatsächlich bekam er als Bettler mehr in seinen Hut, wenn er nur ruhig an einer Ecke saß, als einer, der den Leuten jammernd und marktschreierisch lästig kam. Geschickt hatte er seine Leute in der ganzen Stadt postiert, nicht wenige mit erschwindelten Gebrechen. So war er über alles besser informiert als der König mit all seinen Spitzeln, was oft bare Münze wert sein konnte.

»Verzeiht, Madame, wenn ich Euch anspreche. Ich stehe mit allergrößtem Respekt vor Euch. Eure Truppe, allem voran Euer liebreizendes, hoch talentiertes Töchterchen, sucht ihresgleichen«, sagte er zu Sophie, die während der Vorstellung mit dem Wagen abseits stand.

»Oh, verzeiht! Ich habe Euch gar nicht bemerkt, war wohl ganz vertieft in Esmeraldas Gesang«, antwortete sie höflich.

»Ich will Euch nicht zu nahetreten, Madame, aber der Herbst neigt sich dem Ende zu, Allerheiligen ist vorbei, Nebel verkürzen uns die Tage, die Nächte sind kalt. Wo gedenkt Ihr mit Euren Leuten den Winter zu verbringen?«

Verdutzt starrte sie ihn an. Tatsächlich machte sie sich darüber große Sorgen. »Warum fragt Ihr?«

»Nun, ich schätze die Darbietungen Eurer Truppe. Auch finde ich, dass sich glücklich preisen darf, wer mit einem Kind wie Esmeralda Umgang pflegt. Das Mädchen ist etwas Besonderes.« Er bemerkte ihren entsetzten Blick.

»Madame! Missversteht mich bitte nicht! Ich bin keiner, der das zarte Geschlecht an gut zahlende Interessenten vermittelt. Da habe ich mich in meiner Bewunderung wohl falsch ausgedrückt. Nein, ich bin der König der Rotwelschen, Herr über den Hof der Wunder.«

Dass mit den Rotwelschen alle Arten von Randgruppen gemeint waren, die keiner Gesellschaftsschicht angehörten, rechtlos, aber auch frei, wusste Sophie; sie wusste auch, dass Diebe oder Betrüger ebenso dazugehörten wie Landstreicher oder Weiber, die vor ihrem gewalttätigen Gatten geflohen waren. Den »Hof der Wunder« aber kannte sie nicht.

»Was wollt Ihr mir mitteilen?«

»Mein Reich, wenn ich das in aller Bescheidenheit sagen darf, bietet ausreichend warme Unterkunft im Winter und vor allem Schutz. Es wird bewacht, niemand darf es unbefugt betreten. Unsere Sitten sind nicht die allerfeinsten, jedoch halten sich auch die düstersten Gesellen am Hof der Wunder an den Ehrencodex, unter unsresgleichen niemanden zu belästigen, es sei denn, das wäre erwünscht.«

Clopin zwinkerte schelmisch, doch Sophie wusste noch immer nicht recht, was sie von ihm und seiner Rede halten sollte.

»Kurz und gut«, präzisierte er. »Pro Person kostet eine Übernachtung drei Sol, das ist eigentlich nur eine Symbolsumme, ein Nichts. Man muss aber vom inneren Rat akzeptiert werden, sonst käme man auch für hundert Livres nicht in unseren Hof. Zu zahlen ist jeweils wöchentlich im Voraus. Und das Wichtigste: Wer an königliche Häscher oder gar Vertreter der vermaledeiten Kirche verrät, wo sich unser Hof der Wunder befindet, der wird mitsamt seinen Begleitern oder seiner Familie eines langsamen, grausamen Todes sterben, so wahr ich Clopin Trouillefou, König der Rotwelschen, bin!«

Würdevoll senkte der zerlumpte Bettler sein Haupt zum Zeichen, dass er alles Nötige gesagt hatte. Sophie wusste nicht, was sie denken sollte. Sich den Rotwelschen anzuschließen hieße auch, sich ihnen unterzuordnen. Das war sogar noch verpönter, als einer Zigeunertruppe anzugehören. Andererseits liefen sie Gefahr, im Winter zu erfrieren. José war in dieser Zeit nach Spanien gezogen. Sie bekam ein schlechtes Gewissen, weil sie wegen Simon nicht aus Paris wegwollte. Bereits mehrmals hatte sie Ausdrücke wie »das Monster vom Turm« oder »der Bucklige« gehört, wagte nie, direkt nachzufragen; doch sie spürte, dass ihr Sohn in der Nähe war.

»Ich danke Euch sehr für Euer vertrauensvolles Angebot, Monsieur Trouillefou! Gern werde ich mich mit den anderen besprechen und Euch dann unsere Entscheidung mitteilen. Wo finde ich Euch?«

»Ich werde Euch finden.« Damit verneigte er sich und entfernte sich würdigen Schrittes vom Platz. Gerade hatte die Vorstellung geendet, viele applaudierten, Münzen klimperten auf das Pflaster. Abends vor dem kleinen Feuer erzählte Sophie vom »Hof der Wunder«. Sie hatten kaum Holz gefunden, um eine dünne Suppe zu kochen, saßen in alle auffindbaren Decken gewickelt da und hofften, dass zur Kälte nicht auch noch Regen käme.

Jean suchte überall nach seiner Esmeralda. Die Truppe war wie vom Erdboden verschluckt. Überhaupt hing über seinem ganzen Leben gerade eine düstere Wolke. Noch nie hatte er sich mehrere Tage hintereinander so niedergeschlagen gefühlt. Zunächst rissen gleich zwei Saiten seiner Laute, als er gerade ein selbst gedichtetes Liebeslied für Esmeralda einstudieren wollte. Es war nicht sehr einfach, neue Saiten zu besorgen. Dann beschwerten sich mehrere Professoren über ihn, weil er die Studien vollkommen vernachlässigte, und, als wäre das nicht schon genug, bat ihn Mutter Pauline um ein Gespräch. Sie war die einzige Nonne, die ihn einschüchterte, obwohl er sie bewunderte, vielleicht gerade deswegen. Sie strahlte etwas Edles, Diszipliniertes, aber auch Unerbittliches aus.

»Lieber Jean«, begann sie in dem nüchternen Besprechungsraum bei der Pforte. »Du weißt, dass ich dich mag und dass dich alle Nonnen lieben. Dich während deiner gesamten Kindheit begleitet zu haben, wird uns immer eine große Bereicherung bleiben. Doch nun bist du bald fünfzehn Jahre alt, bist ein junger Mann geworden. Und wir sind ein Nonnenkloster. Darum können wir dich nicht länger in unserer Klausur leben lassen, so leid es mir auch tut. Das wollte ich mit dir besprechen, bevor ich Dom Frollo damit konfrontiere. Uns ehrt sein Vertrauen, aber mich wundert eigentlich, dass er dich nicht schon längst zu den Benediktinern geholt hat.« Jean geriet von einem Schock zum nächsten. Zuerst hieß es, weg von den Nonnen zu gehen, dann auch noch Benediktiner zu werden. Das ging gar nicht.

»Ich werde auf keinen Fall so ein Mönch werden! Zigeuner sein wäre mir viel lieber, dann erspare ich mir wenigstens die langweiligen Studien und kann mit meiner schönen Braut herumziehen, wohin es mir gefällt.« Mitten in der Entrüstung begann er schon wieder zu schwärmen. Mutter Pauline lachte leicht. Das sah er zum ersten Mal.

»Wie hübsch Ihr seid, wenn Ihr lacht, ehrwürdige Mutter«, meinte er ehrlich beeindruckt.

»Und sonst bin ich wohl hässlich?«, kicherte sie.

»Aber nein! Ihr seht sonst einfach etwas starr aus, aber schön wie die Madonna in der Kathedrale!« Sie schaute ihn eine Weile an.

»Du hast nach wie vor das unschuldige Herz eines kleinen Kindes und bist so sonnig wie ein Frühlingstag. Möge dir das Böse dieser Welt niemals dein frohes Herz trüben. Ich wünschte, du könntest bei uns bleiben. Doch das wurde dir bereits zu lange gewährt. Du bist ein junger Mann, wir dürfen dich nicht länger beherbergen. Weißt du, wie der Archidiakon dazu steht, hat er nie Pläne für dich geäußert?«

»Och, der will schon seit ewig, dass ich bei seinen Mitbrüdern wohne. Nur ich wollte eben nicht!«

»Und Dom Frollo tut, was du willst?«

»Immer!« Wieder lachte sie, diesmal noch heller als zuvor.

»Wie schön Euer Lachen ist«, rief er entzückt aus und strahlte sie an.

»Vergiss nie, mein lieber Jean, dass du hier immer ein offenes Ohr findest, wenn du mal Probleme hast oder dich einfach an eine mütterliche Freundin wenden möchtest. Unsere Tür steht dir für jegliche Hilfe offen. Und nun erhebe dich, dass ich dich segnen kann.«

Sie legte beide Hände auf seine Locken und sprach:

»Sicherheit und Wärme erfülle dein Leben.
Nächstenliebe und Hoffnung seien deine Flügel,
Freiheit im Denken und Liebe im Handeln deine Zukunft!
So segne dich der liebende Gott,
der Vater, der Sohn und der Heilige Geist. Amen!«

»Amen.«

Am liebsten hätte er sie umarmt, doch das wagte auch ein kecker Jean Frollo nicht.

Die Unterredung mit Dom Frollo war kurz. Er bedankte sich mit den Worten, dass es keine Worte gäbe, um zu benennen, wie viel er dem Orden schulde und wie glücklich er über die liebevolle Erziehung sei, die Jean hier genießen durfte. Jährlich hatte er es sich nicht nehmen lassen, einen beträchtlichen Betrag als Spende für das Kloster zu überreichen. Diesmal befand sich das Dreifache in der Geldkatze. Nach einigem Zögern und unter Überwindung fragte er noch:

»Ehrwürdige Mutter, hat meine Intervention beim Abt das von Euch Gewünschte bewirkt? Sind unsere Priester mit Begleitung zu ihren Diensten bei den Nonnen erschienen?« Mutter Pauline errötete leicht und senkte den Blick.

»Ich danke Euch, Dom Frollo. Ja, es hat sich vieles verbessert.« Er schaute sie erwartungsvoll an. Doch worum es eigentlich ging, erfuhr er nicht.

Jean saß vor Claudes riesigem Schreibtisch und zeterte wie ein Vierjähriger. Er wollte weder in den kommenden Monaten sämtliche versäumte Studien nachholen noch bei den Mönchen wohnen. Ein Jahr der Konzentration und Ernsthaftigkeit hatte Claude verlangt. Was war plötzlich in ihn gefahren? So kannte er seinen Bruder gar nicht.

»Ich will in die Welt ziehen und Esmeralda suchen«, murrte er trotzig, wusste aber natürlich, wie unrealistisch das war.

»Na gut. Ich schlage dir Folgendes vor: Du wohnst neben meinen Räumlichkeiten hier in Josas, studierst tüchtig, dafür musst du keine Gebetszeiten bei den Mönchen einhalten, wie es im Kloster drüben der Fall wäre. Hier bleibst du aber nur, wenn ich Ergebnisse sehe.«

»Was soll ich dazu sagen, großer Bruder, ich bin ja doch ganz und gar von dir abhängig«, meinte Jean resigniert.

»Du Lausebengel! Kein Mensch wurde je so verwöhnt wie du!«, rief Claude lachend. Insgeheim freute er sich, den »Kleinen« künftig noch näher bei sich zu haben. Und »klein« war er vom Alter her freilich nicht, doch er wirkte so – mit seinem mädchenhaften Gesicht, den blonden Locken und strahlend blauen Augen. Er hätte als Weihnachtsengel durchgehen können. Bei der Frühmesse in der Klosterkapelle am Tag seines Auszugs spielte und sang Jean für die Nonnen sämtliche liturgischen Lieder und am Ende das große Magnifikat. Das war sein Abschiedsgeschenk. Tränen flossen in Strömen.

Mit dem Wagen, auf dem der Hühnerkäfig, Geschirr, Decken und persönliche Wandersäcke lagen, zog die Truppe in den »Hof der Wunder« ein. Clopin Trouillefou geleitete sie und rief allen zu:

»Hier sind unsere neuen Mitglieder, die ehrenwerte spanische Gauklertruppe unter der Leitung von Madame Paloma de Valencia!«

Es stimmte zwar nicht alles, aber das tat nichts zur Sache. Zum Hof gab es mehrere Eingänge oder vor allem Ausgänge, falls Häscher ihre Kontrollen durchführten. Es war ein Gebäudekomplex mit großem Innenhof. Die gassenseitigen Wohnungen wurden von normalen Mietern bewohnt, die aber großteils Mitglieder der Rotwelschen waren. Wer nicht dazugehörte, wurde entweder bestochen oder eingeschüchtert, über die Machenschaften im Hof dichtzuhalten. Wie ein Schattenreich erstreckte sich das Gebiet der Rotwelschen über die innenseitigen Wohnungen und den ganzen Hof. Dort befand sich eine riesige Schenke, auch ein Saal für jene, die kaum zahlen konnten oder nur vorübergehend blieben. Bis zu fünfzig Männer, Frauen und Kinder lagen dort auf Strohsäcken oder am Boden.

Viele der Wohnungen waren frei, entweder weil sie feucht und unbewohnbar geworden waren oder in so gutem Zustand, dass sie sich niemand leisten konnte. Die Besitzer der Mietshäuser selbst waren nicht mehr ausfindig zu machen, ihre Familien vielleicht längst hingerichtet oder hoch verschuldet und daher Mitglieder der Rotwelschen. So verwaltete Clopin

Trouillefou mit seinen engeren Beratern Guillaume Rousseau und Mathias Hunyadi Spicali das Reich.

Viele begnügten sich mit dem Sammellager, weil nachts ohnehin meist gezecht wurde. Die Truppe durfte unter den freien Wohnungen selbst wählen. Nach kurzer Beratung nahm man eine aufgelassene Tischlerwerkstätte mit zwei Nebenräumen im Parterre und eine daneben liegende Wohnung mit drei Räumen. Der Eingang zur Werkstatt war groß genug, um den Wagen bequem hineinziehen zu können, einer der Nebenräume diente als Stall. Es gab zwei kleine Öfen, man konnte also auch kochen. Die Truppe fühlte sich fast wie im Paradies. Nur Sophie fiel nach der langen Zeit wieder ein, wie herrschaftlich sie auf dem Schloss ihrer Eltern gelebt hatte. Die Sehnsucht nach der Familie traf sie ganz unerwartet, sie schmerzte wie ätzendes Gift. Nachdem sie gewählt hatten, kam Clopin und besichtigte alles. Auch die Rotwelschen waren von der Schenke herübergekommen und hatten den Entscheidungsprozess interessiert mitverfolgt. Die Truppe schien ihnen unsagbar reich, wenn sie zu sechst so viele Räume mieteten. Andererseits war Esmeralda allseits bekannt, man bewunderte sie nicht nur, sondern gönnte der Hübschen auch die vielen verdienten Münzen, denn alle Bettler ergötzten sich ihrer Darbietungen, und zwar immer unentgeltlich.

Clopin überlegte eine Weile, durchschritt alle Räume. »Das ist viel Wohnraum, ihr habt auch Tiere, habt Öfen. Ich würde sagen, vierzehn Ecus pro Woche für die ganze Truppe, und zwar jeweils im Voraus, einverstanden?« Sophie, der in solchen Angelegenheiten das Wort übertragen wurde, verneigte sich leicht und dankte mit höflichen Worten, wobei sie den Blick über alle schweifen ließ, die zusammengelaufen waren. Applaus und Rufe waren die Antwort.

»Auf unsere neuen Familienmitglieder!«, riefen einige und hoben die Becher. Man setzte sich dazu und bestellte auch etwas, doch dann zog sich die Truppe zurück. Als sie unter sich waren, fielen sie einander um den Hals. Clopin hatte das Gefühl, ein gutes Geschäft zu machen, aber in Wirklichkeit hätten sie keine bessere und günstigere Lösung für den Winter finden können. Die Wochenmiete verdiente man in ein bis zwei Tagen. Im Winter konnte es schon etwas weniger werden, trotzdem waren sie gut abgesichert. Die Männer freuten sich riesig über die Werkstatt, denn da ließ sich einiges bauen, das man verkaufen konnte, wenn es für Auftritte zu kalt war. Es hatte keinen Sinn, eine Erkältung zu riskieren, denn die Leute blieben bei eisigen Temperaturen ohnehin kaum stehen. Die ganze Truppe schlief überglücklich bis spät in den Vormittag hinein. Dann gönnte man sich ein ausgiebiges Frühstück in der Schenke. Sie fühlten sich wie Könige.

Der Winter kam Anfang Dezember mit unerwartet heftigen Stürmen und tagelangen Temperaturen von minus zehn Grad und darunter. Täglich betonten die Leute von Palomas Truppe untereinander dankbar, dass sie ohne den Hof der Wunder längst erfroren wären. Was man aber in der Schenke alles plante, wollten sie lieber nicht wissen. Sie wurden akzeptiert, das genügte. Die berühmte Esmeralda im Hof der Wunder zu haben, galt allen als Auszeichnung und genau darauf hatte Clopin gezählt. Trotz der rauen Umgangsformen vieler Rotwelschen musste doch eine Art Zusammengehörigkeitsgefühl bestehen, um Eskalationen zu verhindern und die wenigen Regeln einzuhalten.

Die Männer der Truppe hatten Holz und Glas gekauft. Daraus bastelten sie kleine Küchenschränke und Holzschatullen in verschiedenen Größen. Die Frauen unterdessen Spielzeugmöbel und Holzpuppen, Schalen und Rührstäbe. Täglich rückten alle aus und sammelten mit dem Wagen Brennholz in den Wäldern rund um Paris, nur die Hühner und Djali blieben zu Hause. Auftritte waren undenkbar.

Beim Verkauf der Basteleien schnappte Isabel den Streit zwischen einer Mutter und ihren beiden Kindern auf. Es ging um einen möglichen Eintritt ins Kloster, damit die Knaben das Lesen und Schreiben erlernen konnten.

»Wir wollen aber keine Mönche werden«, protestierten die beiden lauthals. Der Mutter war dieser Ungehorsam peinlich.

»Und wenn Ihr privaten Unterricht bezahlt?«, mischte sie sich ins Gespräch ein. »Gute Frau, das kann sich doch kein Mensch leisten!« Einige Minuten später war das Geschäft perfekt. Sophie, also Madame Paloma, würde dreimal die Woche für je drei Stunden Unterricht geben, an dem sich auch die Eltern beteiligen konnten, wenn sie wollten. Dafür handelte Isabel zwei Ecus pro Besuch aus. Das konnte sich die Frau des Kürschners locker leisten. Sophie freute sich sehr, als sie vom Holzsammeln nach Hause kam und Isabel ihr davon erzählte. Die Sache sprach sich herum und bald gab es so viele Anfragen, dass auch Esmeralda begann, Unterricht zu geben. Begeistert erkannten sie, dass der Winter dadurch mindestens genau so viel einbrachte wie der Sommer mit den Auftritten. Man konnte warme Kleidung kaufen, Heu für Djali, Körner für die Hühner und sehr oft auch Brot für die Rotwelschen im Strohsacklager. Auch Brennholz wurde nicht mehr mühselig gesammelt, sondern gekauft. Dafür gab es Zeit für Basteleien und gegenseitigen Unterricht, wobei sich herausstellte, dass Etienne bereits lesen und schreiben konnte. Als die Tage wieder wärmer wurden, kaufte Sophie zwei weitere Hühner und endlich die ersehnte Milchziege. Djali konnte sein Glück kaum fassen. Im Stall wurden Stangen und Regalnischen für die Hühner montiert und der Boden dick mit Stroh ausgelegt, das wöchentlich erneuert wurde. Was ausgemistet wurde, karrte man vor die Stadt auf die Wiesen.

*Es schauderte ihn, wenn Albert an diesen Aspekt der mittelalterlichen Welt dachte, an das Reich der Rotwelschen. Hier galt nur ein Gesetz: Untereinander wird weder gestohlen noch vergewaltigt, andernfalls war einem der Galgen sicher. Was man draußen in der sogenannten »normalen« Welt anstellte, blieb auch dort. Jeder sollte für seinen Lebensunterhalt selbst sorgen, wie auch immer.*

*Was für eine schreckliche Zeit! Viel schlimmer fand er allerdings das Spitzelwesen der Inquisition, von den Foltermethoden ganz zu schweigen. Von »Notre-Dame de Paris« hatte er mittlerweile fast die Hälfte gelesen, doch es schien ihm, als sei er seit Jahren ein Reisender in dieser rauen Zeit. Wenn von Jean Frollo die Rede war, musste er unwillkürlich an Leon denken und war einfach nur dankbar.*

*Er fühlte sich müde, nicht nur zum Französischlesen an diesem Abend, emotional fühlte er sich müde. Dom Frollos innere Erschöpfung übertrug sich auf ihn. Was bei jenem Zerrissenheit war, erlebte Albert in seinem Leben als Leere.*

## Kapitel 14

# Ein verhängnisvoller Traum

Der Umzug von den Klarissen nach Josas gestaltete sich für Jean besser als befürchtet. Abends saß er mit Claude zusammen oder stieg mit ihm zu Quasimodo auf den Turm. Dort schwiegen und aßen sie gemeinsam oder unterhielten sich. Die Schreibtafel reichte längst nicht mehr. Es lag ausreichend Papier bereit, Feder und Tinte. Mittlerweile sprach der Glöckner gar nicht mehr, obwohl er es hätte können, er hörte auch noch ein wenig. Aber die Sprache war nicht sein Element. In der Stille, in Blicken erkannte er mehr und teilte sich damit neu mit. Für Claude waren diese Auszeiten am Turm besonders wertvoll. Seit er Esmeralda tanzen gesehen hatte, spürte er eine innere Unruhe, die sich mit nichts besänftigen ließ. Selten fand er ausreichend Schlaf und wenn, dann rissen ihn Albträume über Folterszenen wieder heraus. Danach konnte er wieder Stunden lang nicht einschlafen. Zur Prim schlummerte er endlich wie ein kleines Kind, darum ignorierte er oft diese vorgeschriebene Gebetszeit um drei Uhr morgens. Auch zur Laudes kam er wie gerädert. Sein Gesicht war fahl und gräulich geworden, sein Blick noch düsterer als sonst.

Dazu kamen die monatlichen Unterredungen mit dem König. Das machte ihn für den Abt und den Stadtvogt suspekt. Die Begegnung mit dem Monarchen selbst war jedes Mal ein einziger Eiertanz. Ludwig der XI. wurde immer misstrauischer; einerseits suchte er Austausch, andererseits genügte ein falsches Wort, und man landete umgehend im Kerker oder in einem der Eisenkäfige, die er für vermeintliche Widersacher in der Bastille errichten ließ. Intrigen und Machtspielchen gab es auch innerhalb des Klosters und vor allem bei den Mitarbeitern im Justizpalast. D'Estouteville suchte überall seinen Vorteil und ging dafür im wörtlichen Sinn auch mal über Leichen. Nirgends gab es Vertrauen und menschliche Wärme. Quasimodo hatte vielleicht recht, die Sprache zu verweigern, denn sie diente oft nur der Vernichtung anderer.

»Du siehst fürchterlich aus, Bruderherz!« Jean wandte sich von der Brüstung ab und ging mit Claude in Quasimodos gut beheizte Kammer.

»Ich weiß. Gestern Nacht habe ich die Hölle gesehen. Zwar glaube ich gar nicht daran und leider auch nicht mehr an den Himmel, aber im Traum habe ich sie gesehen. Ein ganz anderer Satan, als er uns beschrieben wird, hat mich abgeholt und mir gezeigt, was mich nach diesem Ableben erwartet«, schilderte der Priester mit hohler, ausdrucksloser Stimme. Jean fühlte sich nicht wohl, wenn Claude so resigniert wirkte. Trotz seines Frohsinns brauchte er die starke Schulter des Bruders und auch die Quasimodos.

»Erzähl«, bat er und schrieb rasch für den Glöckner auf, worum es ging und dass er alles für ihn notieren würde. Dieser nickte. Auch er spürte deutlich, dass sein Vormund und Freund unglücklich war. Ohne aufzublicken erzählte der Priester:

»Ich befand mich an einem sonderbaren Ort. Vor mir saß ein Mann mit einem Buch auf dem Schoß. Licht ohne Flamme leuchtete auf ihn herab. Auf Regalen rund um ihn türmten sich Hunderte weiterer Bücher. Das auf seinem Schoß erzählte von mir. So wusste ich, dass dies Satan gewesen sein musste, der sich all meine Vergehen in sein Buch notierte.«

»Und wenn es Gott war, der dir im Traum erschienen ist?«, Jeans Stimme bebte.

»Das hatte ich zunächst gehofft, doch was ich dann sah, war kein Himmel, sondern die Hölle, also kann es nur Satan gewesen sein. Neben ihm lag eine dicke Metallkarte, die plötzlich Töne von sich gab und gespenstisch leuchtete. Satan drückte darauf, da erschien ein Gesicht auf der Karte, eine Teufelin vielleicht. Es sprach und Satan antwortete. Mich schauderte bei dieser Zauberei. Dann legte Satan mein Lebensbuch weg und durchschritt seine Behausung. Dort war kein Feuer, wie wir es von der Hölle vermuten, alles wirkte kalt und leblos. Wieder drückte er auf eine schmale Karte mit verschiedenen kleinen Knöpfen. Plötzlich erschien Leben auf einem großen schwarzen Bild an der Wand. Kleine Menschenwesen bewegten sich darauf, verwirrend viele Bilder wechselten einander ab und dazwischen sprach immer wieder ein Satan in schmuckem Gewand, ein schmales Band um den Kragen gebunden. Lärm, teuflische Musik, ertönte aus dem Bild. Der Satan meines Lebensbuches betrachtete dieses Treiben lange, dann trat er an ein riesiges Fenster mit vollkommen glattem Glas, das unsichtbar war. Alles vor dem Fenster leuchtete wie von Zauberhand. Es gab keine Sonne, dafür viele Lampen auf hohen Stangen, wieder ohne Flammen, lauter totes Licht. Und das Schlimmste, die Wege, so glatt wie Steinböden, waren bevölkert von Monstern mit riesigen Feueraugen. Sie umkreisten und bewachten die Behausungen der Teufel, lärmten und stanken. Dennoch wanderten unzählige Menschengestalten draußen herum. Sie schienen alle unter einem bösen Zauberbann zu stehen, denn niemand beachtete den anderen, alle gingen wie von fernen Befehlen getrieben, die meisten starrten auf ihre Metallkarten, die ihnen offenbar dämonische Anweisungen gaben. Heute Nacht habe ich diese Hölle gesehen und ich glaube, dass es eine Botschaft war.«

Damit schloss Claude seinen Bericht. Er wirkte kraftlos, vollkommen niedergeschlagen.

»Metallkarten, die sprechen können. Das klingt irgendwie spannend«, fand Jean.

»Versündige dich nicht! Das ist kein Spiel und keine Kindermär. Nichts von all meinen vielen Verpflichtungen hat einen Sinn. Ich lebe vollkommen sinnlos. So lautet die Botschaft meines Traumes, denn das ist die eigentliche Hölle.«

Claude wurde immer fatalistischer. Jean notierte gerade den Traum für Quasimodo und hatte nur halb zugehört.

»Da du gerade von Sinn sprichst ...«, murmelte er, »... ihr werdet nicht glauben, wen ich heute Vormittag gesehen habe.«

Er rief es auch dem Glöckner ins Ohr und genoss die erwartungsvollen Blicke der beiden.

»Esmeralda! Ich habe Esmeralda gesehen! Sie ging ganz bieder gekleidet in ein Haus, aus dem sie zwei Stunden später wieder herauskam.

»Du hast zwei Stunden in der Kälte vor dem Haus gewartet?«

Claude bekam wieder ein wenig Lebensenergie, denn offenbar gab es neuerlich Grund, auf Jean achtzugeben. Dieser aber lachte.

»Nein, Bruderherz! Es war im Universitätsviertel, ich hatte Vorlesung und blickte aus dem Fenster. Da konnte ich es beobachten. Sie ist also nicht mit der Truppe fortgezogen, wie befürchtet, sondern lebt irgendwo ganz normal in der Stadt! Hoffentlich gibt sie im Sommer wieder Vorstellungen. Sie ist so wunderbar darin!« Claude spürte, wie sich in seinem Bauch Leichtigkeit ausbreitete, Wärme durchrieselte sein Gemüt und Kraft strömte in die Lenden. Der Satan aus der nächtlichen Vision verlor seine Macht. Es gab wieder eine Sehnsucht, die Leben bedeutete: Esmeralda tanzen zu sehen.

*Langsam glitt Albert ins Bewusstsein zurück. Er hatte wunderbar und sehr tief geschlafen. Einiges aus seinen Träumen huschte ihm halb erkannt durch den Kopf, er wollte sich damit aber nicht aufhalten, hatte an diesem Samstag viel vor, denn bei Emma und Thomas war für den Abend Grillen angesagt. Leon hatte zwei Freunde dazu eingeladen. Doch das machte Albert nichts aus. Auch wenn sie kaum miteinander reden würden, war es schön, ihn zu erleben, mit ihm und den anderen einfach gemütlich zu essen und zu plaudern.*

*Ein Traumbild hielt sich hartnäckig, doch er beließ es dabei, grübelte nicht weiter. Gemütlich Kaffee trinken, ein wenig in der Zeitung blättern, sich vielleicht zur Feier des Tages ein weiches Ei kochen, das waren seine Ambitionen für den Augenblick. Das Handy surrte, Emma fragte, ob er am Abend Tomaten und Gurken mitbringen könnte, sie hatte sie beim Einkauf vergessen. Er legte das Handy wieder neben die Kaffeetasse, da stand plötzlich ganz klar Frollos Bild vor ihm, und zwar so deutlich, als sei er ihm tags zuvor leibhaftig begegnet. Mit gesenktem Blick saß er niedergeschlagen neben Jean und Quasimodo, die Albert allerdings nicht so klar visualisieren konnte. In aller Deutlichkeit kam ihm nun auch der Traum wieder in den Sinn: Frollo träumte, in seiner Welt gewesen zu sein, im einundzwanzigsten Jahrhundert. Und er hatte diese Welt als Hölle wahrgenommen.*

*Albert lehnte sich zurück, war ganz im Bann dieser Erinnerung, konnte nicht mal mehr das Ei weiter auslöffeln. Die Küche wirkte, als sähe er sie zum ersten Mal. Das Handy, der Samstagvormittagsverkehr, leise brummte der Kühlschrank. Ja, diese Welt musste jemandem aus dem Mittelalter wirklich wie die Hölle erscheinen. Ganz unzusammenhängend fiel ihm Selma wieder ein. Seit Tagen hatte er nichts mehr in der Bäckerei eingekauft. Warum eigentlich? War er so kindisch, dass er der jungen Verkäuferin den Freund übelnahm? Erwachsen sein ging anders. Wer war er eigentlich?*

Seigneur Robert d'Estouteville konnte Dom Frollo schon deswegen nicht leiden, weil er in seiner ruhigen, ernsten Art und seiner überlegenen Bildung eine Autorität ausstrahlte, die anscheinend sogar den König beeindruckte. Auch Seine Eminenz Louis de Beaumont, Bischof von Paris, hielt große Stücke auf ihn, während er ihm, dem Stadtvogt, stets wie einem niederen Diener zu begegnen pflegte und das vorzugsweise im Beisein anderer wichtiger Persönlichkeiten. Außerdem wirkte d'Estoutevielle neben dem Archidiakon wie ein runder Zwerg, denn er reichte ihm gerade mal bis zur Schulter. Niemand wusste, was Frollo regelmäßig mit dem König besprach, dass aber ein einziges Wort Ludwigs XI. genügte, um auch die angesehensten Bürger in den Kerker zu bringen, war bekannt.

Seit es der Priester nun zum wiederholten Male geschafft hatte, einen eindeutigen Ketzer von der Folterbank holen zu lassen, neue Gegenbeweise zuzulassen und ihn dann auf freien Fuß zu setzen, fühlte sich der Stadtvogt aufs Tiefste in seiner Autorität und Ehre beleidigt. Sogar bei zwei Hexen hatte Frollo interveniert, einmal mit Erfolg, was einem Wunder gleichkam, denn Hexen waren leichter zu überführen als Ketzer. Sein ganzes Streben galt nunmehr, dem Priester zu schaden, ihn vielleicht sogar zu vernichten. Manchmal wachte er mitten in der Nacht mit Ideen auf, wie er gegen ihn vorgehen könnte. Doch Frollo war aalglatt, ließ sich nicht einmal die kleinste Liebelei oder das geringste Interesse an persönlicher Bereicherung zuschulden kommen.

Man musste ihn anders treffen, vielleicht durch den entstellten Glöckner? Aus unerfindlichen Gründen mochte er diese Kreatur, doch ihn deswegen der Hexerei zu bezichtigen war zu weit hergeholt, das hatte schon damals nicht geklappt, als sich alle Welt darüber echauffierte, dass er das verkrüppelte Kind bei sich aufnahm. Da kam dem Stadtvogt plötzlich ein Gedanke. Zufrieden lächelte er in sich hinein. Mit dieser Überlegung konnte er wieder die Fäden ziehen und fühlte sich dem Archidiakon nicht mehr so unterlegen. Der Zufall spielte ihm dabei vortrefflich in die Tasche: Ein recht aufgeschlossener Professor für Literatur gab seinen Studenten den Auftrag, in die Zukunft zu schauen.

»Beschreibt den gewöhnlichen Alltag in einigen hundert Jahren etwa. Denkt euch Erfindungen aus, die dann vielleicht selbstverständlich sein könnten. Seid ruhig auch humorvoll.

Die drei besten Aufsätze werden zur Unterhaltung aller vorgetragen.«

Jean erinnerte sich an Claudes Traum. Er stieg zu Quasimodo auf den Turm und fragte, ob er die Notizen von damals noch habe. Zu seinem größten Erstaunen bewahrte der Glöckner alles sorgsam in einer Holzschatulle auf. Sogar kleine Basteleien und Zeichnungen, die Jean ihm als Kind geschenkt hatte, lagen darin; ein Schatz an Erinnerungen. Gerührt nahm Jean das eine oder andere in die Hand. Quasimodo lächelte etwas verschämt. Sie blickten einander an.

»Darf ich mir diese Traumnotizen ausborgen? Ich brauche sie für einen Aufsatz«, rief er dem Glöckner ins Ohr. Dieser nickte freundlich. Später saß der Junge mit Freunden vor der Notre-Dame auf einer der Stufen. Sie unterhielten sich über das Aufsatzthema. Ohne zu erwähnen, woher er den Inhalt hatte, las Jean die Notizen vor.

»Der Dämon nimmt eine Metallkarte, woraufhin ein lebendiges Gesicht auf der Karte erscheint, mit dem er spricht. Vor den Häusern bewegen sich brummige Monster mit großen Feueraugen. Alle Menschen stehen unter einem Bann, dem sie folgen. Niemand ist mehr Herr seines freien Willens. Sie starren immer auf ihre Karten.«

Gebannt hörten die Freunde zu. Der Stadtvogt hatte dem Jungen bereits aufgelauert und war unbemerkt in der Nähe der Burschen stehen geblieben. Einiges aus ihrer Unterhaltung konnte er aufschnappen. Er gab seinem Diener einen Wink, der Jean die Notizen aus der Hand riss.

»He! Was soll das?! Was fällt Euch ein?! Das gehört mir!« Jean war mehr als entrüstet. Auch die anderen protestierten nun.

»Du wirst von mir hören, Jean Frollo de Molendino«, zischte d'Estouteville zufrieden. Vollkommen perplex starrten ihm die Burschen hinterher.

»Du glaubst nicht, was mir heute Nachmittag passiert ist«, erzählte Jean, als er mit Claude zu Abend aß.

»Der Furz von einem Stadtvogt hat mir Notizen von seinem Diener aus der Hand reißen lassen, die ich für einen Aufsatz gebraucht hätte! Wie findest du das?«

Claude wich alle Farbe aus dem Gesicht. Augenblicklich war ihm bewusst, was das bedeuten konnte. Die Spannung zwischen ihm und d'Estouteville währte bereits seit Jahren. Es war nur eine Frage der Zeit, bis sich dieser bösartige Mann eine List gegen ihn ausdenken würde. Oft schon war der Archidiakon nahe daran gewesen, beim König eine kleine Bemerkung gegen ihn fallen zu lassen, so wie nebenbei, aber das schien ihm unwürdig, er war sich für solche Methoden zu schade. Welch eine Fehlentscheidung! »He, hast du was Verdorbenes gegessen?«, fragte Jean. Sein Bruder war unfähig zu sprechen. Die Angst lähmte ihn.

»Was stand denn auf den Notizen?«, hauchte er endlich.

»Komm, trink einen Schluck Wasser! Ist es der Schinken oder der Käse? Was von den Sachen da ist denn verdorben?«

»Was stand auf den Notizen?«

»Ach, nur dein sonderbarer Traum von neulich. Quasimodo hat alles fein aufgehoben. Er ist wirklich lieb, hat alle meine Kinderzeichnungen aufbewahrt.«

»Jean! Was genau stand auf den Notizen?« Der Junge erschrak.

»Was ist mit dir? Claude! Was hast du?«

»Ich habe den Verdacht, dass der Stadtvogt nach etwas sucht, womit er mich treffen kann. Bitte erzähle mir genau, was auf den Notizen stand.« Sie sprachen sehr lange darüber, Claude vertraute Jean Machenschaften der Inquisition an, die er ihm nie sagen hätte wollen. Nun galt es aber, dem Kindlichen und Leichtgläubigen die Augen zu öffnen, ihn auf konkrete Gefahren deutlich hinzuweisen.

»Am liebsten würde ich dich sofort außer Landes bringen lassen, aber das käme einem Schuldeingeständnis gleich. Oh, wie ich diesen d'Estouteville hasse!«

Jean dachte an die peinliche Befragung, fragte sich, ob ihm so etwas blühen könnte, ob er allein wegen ein paar fantasievoller Gedanken der Hexerei beschuldigt werden würde. Zum ersten Mal in seinem Leben fürchtete er sich bis in die Knochen. Claude überlegte, den König um Hilfe zu bitten, doch sein Einfluss auf Ludwig XI. war viel geringer, als der Stadtvogt es dachte. Außerdem war der Monarch selbst ein glühender Hexenverfolger. Aber einen Versuch war es wert, er sah keine andere Möglichkeit. »Warten wir ab, was geschieht. Vielleicht wird alles nicht so heiß gegessen wie gekocht«, versuchte er den inzwischen auch bedrückten Jean zu beruhigen.

## Kapitel 15
# Der Folterkeller

Beide schliefen unruhig. Für Jean hatte sich das Leben grau verfärbt. Als hätte man plötzlich ein Tor geöffnet, hinter dem es nur Leid gab, konnte er seine ursprüngliche Fröhlichkeit nicht mehr ganz zurückgewinnen. In der Vorlesung wurde er nach dem Aufsatz gefragt, er antwortete nicht, blickte nicht einmal auf. Gerade für ihn war das untypisch. Sein Professor, ein aufgeschlossener junger Mann, wunderte sich, da berichteten die Freunde von dem Vorfall mit dem Stadtvogt. Sie waren gerade dabei, den Inhalt in kurzen Sätzen wiederzugeben, als zwei Priester der Inquisition hereinkamen. Alles erstarrte vor Schreck, das Gesicht des Professors wurde abwechselnd rot und schneeweiß. Jean war so entsetzt, dass er nicht einen Ton hervorbrachte. Widerstandslos ließ er sich von den beiden Dominikanern mitnehmen.

Er wurde direkt vor ein Tribunal gebracht. Der Verantwortliche für die Inquisition aus Rom, Pater Matteo, war der Vorsitzende, während Stadtvogt Robert d'Estouteville den Beisitz leistete. Die anderen Priester saßen hinter dem großen Schreibtisch und musterten den Jungen, der allein vor ihnen stand.

»Warst du es, der diese Schrift verfasste, Jean Frollo de Molendino?«, fragte der Vorsitzende streng. Er war sehr korpulent, hatte kleine funkelnde Augen und für seine Größe eine unerwartet piepsige Stimme.

»Es sind nur Fantasienotizen für einen Aufsatz«, antwortete Jean kleinlaut. Vor Angst pinkelte er sich fast ein.

»Du sollst mit ›Ja‹ oder ›Nein‹ antworten, wenn dich ein Mann der Heiligen Inquisition etwas fragt!«, brüllte der Vorsitzende in schrillstem Sopran, dass allen die Ohren summten. Wäre Jean nicht der Angeklagte in dieser Situation, hätte er sich über diesen Priester schiefgelacht, ihn gedanklich vielleicht ein riesiges Quietschschwein genannt. So aber senkte er nur das Haupt. Man hielt sich nicht sehr lange bei dieser Befragung auf, ließ den Jungen auch nicht mehr zu Wort kommen.

»Wie mir der sehr verehrte Seigneur d'Estouteville, Stadtvogt von Paris, mitteilt, bist du trotz deines angesehenen Bruders ein rechter Taugenichts. Man soll auch schon unflätige Lieder deinerseits gehört und dich in zwielichtigen Spelunken gesehen haben«, bemerkte der Vorsitzende süffisant. Jean starrte ihn nur entsetzt an. Glasklar konnte er jetzt Claudes Sorgen verstehen. Die Angst lähmte jegliche Gedanken, er glaubte, vor Panik in Ohnmacht fallen zu müssen.

*Bitte, Claude, komm und rette mich!*, war alles, was er denken konnte.

»Verstockt wie du bist, werden wir unsere bewährten Methoden anwenden müssen, um zu sehen, ob du die Dämonen mit ihren Gerätschaften, die du so überzeugend beschrieben hast, tatsächlich kennst und welche Untaten du mit ihnen vorhast. Man wird dich jetzt zur peinlichen Befragung geleiten. Bereits morgen wissen wir, wie weit du dich versündigt hast.«

»Nein!«, wollte Jean schreien, doch er war in Ohnmacht gefallen.

Als er die Augen wieder aufschlug, befand er sich auf dem Boden eines Kellers, an dessen Vorderseite Feuer im Kamin loderte. Es roch grässlich nach verbranntem Fleisch. In der Mitte des düsteren Raumes stand ein großer Tisch mit Riemen daran, auf dem ein junges Mädchen blutüberströmt lag. Die Bedauernswerte lag bewegungslos da. Überall an den Wänden hingen Folterwerkzeuge. Jean übergab sich und spürte, wie sich warme Nässe auf seinen Beinkleidern ausbreitete. Er hätte wimmern und betteln wollen, doch das Entsetzen lähmte seine Stimme. Zwei Folterknechte standen mit betretenen Gesichtern vor dem Mädchen. Offenbar waren sie zu weit gegangen. Das würde Ärger geben, denn die Hexe hatte noch keine weiteren Schuldigen genannt.

Kalte Luft streifte Jeans Hals und den Rücken. Ein Lichtspalt drang durch die schwere Tür zu diesem Höllenkeller. Kopflos stürzte er darauf zu. Und tatsächlich, sie war nur angelehnt. Er rannte in Richtung Benediktinerkloster, besann sich aber, ohne zu wissen warum, und steuerte zu den Nonnen. Dort trommelte er nicht ans Tor, sondern panisch an das kleine Fenster bei der Pforte. Nichts. Niemand öffnete. Vom Platz vor dem Justizgebäude drangen aufgebrachte Männerstimmen, die Wachen! Um von der Straße wegzukommen, lief er um das Kloster herum. Dort ragten Mauern auf. Hoch oben gab es kleine Luken der Einzelzellen. Er wagte nicht zu rufen. Um Steine zu werfen, waren die Öffnungen zu weit entfernt. Wieder hörte er Männerstimmen und sprang kopflos ins Gebüsch an der Mauer, das mannshoch von Brennnesseln umwachsen war. Dort harrte Jean aus und wagte nicht, sich an den überall juckenden Stellen zu kratzen.

Der Foltermeister eilte hinter Jean her, doch er war behäbig. Bis er hinauskam, war von dem Jungen keine Spur mehr zu sehen. Verärgert kehrte er zu seinem Knecht und der Hexe in den Keller zurück.

»Ist die wenigstens wieder aufgewacht? Zwei Missgeschicke an einem Tag sollten wir uns lieber nicht erlauben«, maulte er. Bedauernd schüttelte der Knecht den Kopf.

»Ich glaube, der tut nichts mehr weh.«

»Vermaledeites Weib! Vermaledeiter Hurensohn! Wie kann er es wagen, aus meinem Keller zu fliehen? Der Stadtvogt wird toben!« Wütend warf er eine Zange auf den Boden, dass es nur so klirrte.

»Oder er wird euch selbst auf die Folterbank schnallen. Vielleicht behauptet er, Ihr hättet die Hexe aus Gnade rascher zu

Tode gebracht oder den Jungen gegen Bares laufen lassen. Oder beides«, mutmaßte der Knecht.

»Was fällt dir ein? Idiot! Rede nicht so dummes Zeug daher!« Sie beratschlagten, was nun zu tun sei. Der Meister wagte es nicht, die Vorkommnisse beim Vogt zu melden. Insgeheim hoffte er, der Junge käme wieder zurück oder einer der Wachen würde ihn bringen. Wo waren die, wenn man sie mal brauchte? Immer wieder rüttelte er die Angeschnallte an der Schulter, horchte an ihrer Brust, doch da war kein Lebenszeichen mehr zu hören. Es aber nicht zu melden würde mehr Ärger bringen. Er stieg noch einmal die Treppe hoch, hielt nach Wachen Ausschau. Weiter vorn am Platz, Richtung Notre-Dame, standen zwei Wachposten. Der Meister ging auf die beiden zu.

»Wo ist denn der Junge, den ihr mir vorhin gebracht habt? Wie konntet ihr die Tür offen stehen lassen?« Insgeheim befand er die beiden Hohlköpfe für schuldig an dem Schlamassel und genauso wollte er es dem Vogt melden.

»Was geht denn uns dein Keller an? Wir sollten den Jungen dorthin bringen. Um alles andere musst du dich schon selbst kümmern«, maulten die beiden zurück, die seine Absichten sofort durchschaut hatten.

»Aber eine Tür zu schließen, das wäre wohl euer Aufgabenbereich gewesen! Ich war schließlich beschäftigt!«

»Ja! Du Scheusal! Wir haben gesehen, womit und werden das flehentliche Wimmern und Bitten der Bedauernswerten nie mehr vergessen können, so hartgesotten kann man gar nicht sein, solch einen Anblick eiskalt zu übersehen! Möge der Vogt dich selbst auf die Folterbank schnallen lassen!«

Der Meister bekam ein flaues Gefühl in der Magengegend. Zweimal hintereinander die gleiche Andeutung, das war fast ein Omen. Die Zangen und Brenneisen bekamen für ihn plötzlich eine ganz andere Bedeutung, die Streckbank, der spanische Stiefel. Ihm wurde übel. Langsamen Schrittes, als könne er sein Schicksal damit hinauszögern, ging er in den Keller zurück.

»Und?«

»Noch immer tot. Noch immer weg.«

»Das ist bitter. Ich muss es dem Vogt melden. Und wenn die Wachen den Jungen absichtlich laufen haben lassen?«

»Habt Ihr sie denn nicht danach gefragt?«

Wieder ging er zu ihnen. Die Füße gehorchten ihm fast nicht, sie fühlten sich an wie riesige Steine.

»Habt ihr den Jungen nicht weglaufen sehen?« Die beiden schauten einander an, dann den Foltermeister.

»Würden wir dann so ruhig herumstehen?«

»Na, dann sucht ihn halt! Er kann ja noch nicht weit sein!«

»Das können wir nicht.«

»Warum nicht?«

»Dazu brauchen wir entweder den Fliehenden auf frischer Tat oder einen Befehl. Wir haben beides nicht.«

»Ihr macht das absichtlich! Ihr hundsgemeinen unnötigen Pfosten!«, schrie der Meister, langsam panisch werdend. »Was fällt dir ein? Ungeheuer von einem Folterer!« Sie stritten noch eine Weile hin und her, ungefähr zweihundert Meter vor dem Justizgebäude.

Stadtvogt d'Estouteville hatte mit den Vertretern der Inquisition noch einiges zu besprechen, danach erwartete ihn eine Delegation aus Chartres, die er nicht vertrösten konnte. Am liebsten wäre er bei jeder einzelnen Minute der peinlichen Befragung von Jean Frollo anwesend gewesen, doch sehr weit war der Meister bestimmt noch nicht, schließlich wurde zuvor noch eine junge Näherin befragt, die eindeutig Teufelsmale an ihrem Hals trug. Er hätte Jeans Befragung aufschieben lassen können, doch dann wäre zu befürchten gewesen, dass ihm der Archidiakon einen Strich durch die Rechnung machte. Für den Augenblick schien dieser jedenfalls mit eigenen Verpflichtungen beschäftigt zu sein. Je später er von der Verhaftung, vielleicht sogar Hinrichtung des Jungen erfuhr, desto besser. Es erregte ihn, sich Dom Frollos entsetztes Gesicht vorzustellen.

Erwartungsvoll eilte er zum Keller. Vor dem Platz sah und hörte er den Foltermeister mit zwei Wachposten streiten.

»Was für ein unwürdiges Benehmen! Und das genau vor dem Justizgebäude!« Seine aufgeregte Stimmung verdüsterte sich. Mit hochrotem Gesicht und etwas außer Atem eilte er zu den Streitenden. Die Wachposten standen sofort stramm, als sie ihn erblickten. Dem Meister wurde bei seinem Anblick noch flauer im Magen. Beschämt senkte er den Kopf.

»Was soll dieses unwürdige Gezeter? Habt ihr denn keinen Respekt?«, schrie d'Estouteville außer sich. Alle drei schauten ihn betreten an.

»Ich will eine Antwort hören!« Seine Stimme überschlug sich. Fenster wurden aufgerissen, Leute kamen näher. Der Vogt glaubte jeden Moment vor Ärger platzen zu müssen. Dunkelrot im Gesicht ordnete er mit gepresster Stimme an: »Mitkommen!« Im Soldatenschritt folgen ihm die beiden Wachposten, wie ein geprügelter Hund der Meister. Sie stiegen die ausgetretenen Stufen zum Keller hinab, wo das Feuer schon heruntergebrannt war und der Knecht auf einem Hocker saß. Fliegen tummelten sich auf dem verkrusteten Blut des toten Mädchens. Nach einigen Augenblicken der Verwunderung fragte der Vogt mit kaum zähmbarer Wut:

»Was ist hier los?« Keine Antwort.

»Was?«

»Sie ist unerwartet gestorben, es war keine Absicht«, stotterte der Knecht. Die Wachposten wandten sich unauffällig ab.

Der Vogt zitterte vor Wut.

»Und wo ist der Junge?«

»Die beiden haben die Kellertür offen gelassen.« Der Meister zeigte mit dem ausgestreckten Finger auf die Wachmänner.

»Und warum sucht ihn keiner?« D'Estouteville schrie nicht mehr, er kreischte.

»Wo?«, fragten die Wachen. Mit roten Augen funkelte er in die dummen Gesichter der beiden. Am liebsten hätte er sie auf der Stelle mit einem Schwert durchbohrt.

»Fangt beim Kloster der Benediktiner an!«

»Da haben wir keinen Zutritt.« Der Vogt spürte Wahnsinn in sich aufglühen. Eine Bemerkung noch von diesen beiden Idioten, und er würde sie auf der Stelle töten. Trotzdem war ihm bewusst, dass sie recht hatten. Die Abtei war kirchengeschützter Raum, da konnten nur Mitglieder der Inquisition eindringen.

»Sucht alle Straßen ab, durchkämmt jeden Winkel, schaut in jede Schenke!« Endlich machten sich die beiden auf. Laufschritt hätte allerdings anders ausgesehen.

»Und du wirst mir noch Rechenschaft ablegen!« Es genügte der bedrohliche Ton, der hasserfüllte Blick. Für den Foltermeister schien das Leben besiegelt. Doch so grausam langwierig wie seine Opfer wollte er nicht sterben.

Die Sorge um Jean quälte Frollo. Er traute dem Vogt jede Hinterhältigkeit zu und wäre gern in seinen Arbeits- und Wohnräumen in Josas geblieben. Aber gerade an diesem Tag berief Seine Eminenz von Paris, Louis de Beaumont, ihn, den Bischof von Chartres, den Benediktinerabt und zwei weitere Würdenträger zu einer geheimen Sitzung ein. Der Bischof von Chartres war eigens für diese Besprechung angereist. Es ging darum, die Gesandten der Inquisition nicht zu sehr in Kircheninterna herumschnüffeln zu lassen. Man fühlte sich belästigt, fand auch, dass sie Urteile zu Hexenprozessen übereilt fällten und sich zu sehr in regionale Angelegenheiten mischten. So mancher Kleriker hatte aristokratische Verbündete verloren, die als Hexer oder Ketzer diffamiert worden waren. Die Besitztümer jener

Familien gingen damit umgehend in das Eigentum der Heilligen Kirche zu Rom über.

Frollo saß die ganze Zeit wie auf Nadeln. Seit Jahren hegte er Bedenken gegen die Sinnhaftigkeit der Inquisition. Damals hatte ihn der Abt deswegen arg zurechtgewiesen. Nun aber befand der örtliche Klerus ebenfalls, dass Rom mit den Befugnissen der Inquisition zu weit ginge, vor allem, da die römische Kurie eng mit dem Königshaus zusammenarbeitete und gegen die Ortskirche agitierte. Das einfache Volk wusste nicht mehr, woran es sich orientieren konnte. Am schlimmsten fand Frollo aber, dass im Rahmen dieser Machenschaften täglich unschuldige Opfer grausam verstümmelt und ermordet wurden. Und nun traf es ihn auch noch ganz persönlich. Allein der Gedanke, Jean könnte jemals im Folterkeller landen, machte ihn fast wahnsinnig. Endlich war es Abend. Er schlug das Angebot aus, in der Bischofsresidenz gemeinsam mit den anderen fürstlich zu speisen, und eilte nach Josas. Schon im Eingangsbereich seiner Räume rief er Jean mehrmals. Alles blieb still.

Der alte Bruder Albert kam ganz aufgeregt herangeschlurft und meinte, der Junge sei nicht von der Universität heimgekommen.

»Aber sein Professor hat am frühen Nachmittag nach ihm gefragt. Er sagte, Jean sei von Vertretern der Inquisition direkt aus der Vorlesung geholt worden.«

Frollo wurde es schwarz vor Augen. Er musste sich kurz auf Bruder Albert stützen. »Um Himmels willen, es wird ihm doch nichts Böses widerfahren sein?« Der Alte erblasste.

»Bete für ihn!«, hauchte Claude und eilte davon. Zunächst lief er zum Justizpalast und verlangte den Stadtvogt zu sprechen. Der war nicht anwesend. Es residierten dort auch die Gesandten der Inquisition, denen er lieber nicht begegnen wollte, denn sollte er sie in seiner Verzweiflung beleidigen, wäre er der nächste Kandidat für den Foltermeister, und das helfe Jean am allerwenigsten. Dann eilte er direkt zum verhassten Keller, in dem er bereits so viele Unglückselige leiden und sterben sehen musste. Er wagte sich kaum auszumalen, dass Jean nun einer von ihnen sein sollte. Ihm wurde übel, seine ganze Energie musste er aufwenden, nicht zusammenzubrechen.

Im Keller stand der Knecht und starrte mit hohlem Gesichtsausdruck an den »Schaukelgalgen«, ein Gerüst, an dem Opfer an den Händen aufgehängt wurden, die ihnen zuvor auf den Rücken gebunden worden waren. Daran baumelte, mit dem Strick um den Hals, der Foltermeister. Nach einer Sekunde der Überraschung fragte Frollo:

»Was ist denn da vorgefallen? Und wo ist mein Bruder Jean?« Der Knecht brauchte eine geraume Weile, bis er den Archidiakon wahrnahm.

»Ich war das nicht! Ich habe ihn da nicht hingehängt!«

»Was ist mit meinem Bruder Jean?«, brüllte Frollo außer sich. Langsam wandte sich der Knecht ihm zu.

»Dieser blonde Schmale?« Claude nickte ungeduldig.

»Das ist es ja! Zuerst die Hexe, die kaum was ausgehalten hat, und dann auch noch der Junge! Ich sollte nur die tote Hexe fortschaffen. Inzwischen ist das passiert. Der Meister hat sich wohl selbst …«

»Bei allen Teufeln der Hölle! Mann! Sag mir, was mit meinem Bruder ist, oder du sollst erleben, was diese Gerätschaften hier alles können!« Schlimmer als die Drohung war Frollos irrer Blick. Der Knecht bekreuzigte sich und stammelte:

»Ist uns davongelaufen. Der Vogt ist außer sich!«

Frollo rannte wie noch nie im Leben zu seiner Klosterzelle. Nichts. Dann suchte er alle Nischen der Kathedrale ab und eilte hoffend den Turm hinauf. Wo sonst als bei Quasimodo könnte sich Jean verstecken? Der Glöckner wusste aber von nichts. Als ihm Frollo kurz ins Ohr schrie, Jean sei von der Inquisition verhaftet worden und man habe ihn foltern wollen, brach der Glöckner in Tränen aus. Dann wollte er hinablaufen, wollte jeden Verantwortlichen persönlich bestrafen. Kräftig wie er war, hätte er locker drei Soldaten auf einmal verprügelt. Claude musste alle Überredungskunst aufwenden, ihn davon abzuhalten.

»Sei bitte wachsam und sei da. Es könnte ja sein, dass Jean kommt und deine Hilfe braucht.« Damit hatte er den Aufgewühlten endlich überzeugt.

»Ich werde jetzt weiter nach ihm suchen und gebe dir Bescheid, sobald ich etwas weiß«, verabschiedete er sich. Sie blickten einander an. Claude staunte darüber, wie viel Zuversicht und Trost er aus diesem Blick schöpfen konnte. Vor dem Kloster gab es bereits lautstarken Tumult. Sämtliche Mitglieder der Inquisition verlangten Einlass, wollten die gesamte Abtei durchsuchen. Der Abt persönlich war erbost vor das Tor getreten und wollte diesen Verstoß gegen die Autonomierechte seiner Abtei nicht hinnehmen.

»Dom Frollo! Was soll das Ganze? Was ist denn passiert? Warum hat man Euren Bruder verhaftet?«, rief ihm der Abt entgegen.

»Das frage ich mich allerdings auch! Es ist vollkommen unrechtmäßig!«

»Wir haben die Höllenbeschreibung Eures Bruders selbst gelesen, Dom Frollo! Er ist wohl ohne Euer Wissen mit dem Fürst der Finsternis im Bunde. Schon oft mussten wir beobachten, dass es mitten in Familien diese Entzweiung gibt. Die einen leben in wahrhaftiger Gottesfurcht, während eigene Geschwister oder auch Söhne und Töchter dem Bösen frönen«, versuchte Pater Matteo zu erklären.

*Was für ein Schwachsinn und das aus dem Munde eines menschlichen Schweins, oder besser eines schweinischen Menschen!*, dachte Claude bitter, sagte aber mit eisigem Blick und bedrohlicher Stimme:

»Bruder im Herrn, um das Herz eines Menschen zu prüfen, braucht es mehr als eine hastige Verurteilung. Was jemand in seiner jugendlichen Fantasie schreibt, sind Wolkengebilde, nichts weiter. Die Kirche würde gut daran tun, sich ein Vorbild an einem gewissen Nazoräer zu nehmen, der Sünder bekehrte, Blinde sehend machte, die Taube hörend!«

»Ich fürchte, wenn Ihr denen mit der Bibel kommt, werdet Ihr noch als Ketzer verurteilt«, raunte ihm der Abt zu. Nach einigem Hin und Her musste man der Delegation doch Zugang zu sämtlichen Räumen der Abtei gewähren. Alle Mönche, vor allem die jungen, wurden unter Beisein des Vogts überprüft, Frollos Klosterzelle und seine Räumlichkeiten in Josas durchforstet. Gut nur, dass er alle belastenden Schriften und Gerätschaften für Experimente längst auf seinen kleinen Landsitz bei Le Mans gebracht hatte. Die ergebnislosen Untersuchungen in der Abtei dauerten die ganze Nacht und den folgenden Vormittag. Auch die Kathedrale und vor allem die bewohnten Räumlichkeiten im Glockenturm wurden untersucht. Frollo wich Quasimodo nicht von der Seite, der sich ängstlich an ihn drängte.

»Wenn das nicht auch eine Kreatur des Bösen ist«, meinte der korpulente Priester, der es fast nicht geschafft hätte, die Wendeltreppen hochzusteigen.

»Gott schaut nicht auf das Äußere, er schaut auf ein reines Herz«, gab Frollo süffisant zurück und musterte seinen Amtskollegen deutlich von oben bis unten. Da musste sogar der Vogt grinsen.

»Unser Glöckner ist ein gutmütiger Mensch und sehr gewissenhaft. Glaubt Ihr, wir würden ihn sonst in unserer ehrwürdigen Kathedrale beschäftigen?«, fügte d'Estouteville hinzu. Anscheinend ging ihm dieser Dominikaner selbst schon auf die Nerven, oder er bekam mittlerweile ein schlechtes Gewissen wegen der übereilten Verurteilung Jeans.

*Jean auf der Folterbank! Das ging gar nicht! Kein Leser würde so etwas akzeptieren, war doch der Junge Sympathieträger vom ersten Augenblick an, zumindest in Alberts Notizen, die bereits über siebzig Seiten umfassten. Die Geschichte gestaltete sich als eigene Welt, die in sein Leben sickerte. Wenn er an Jean dachte, stand Leon vor seinem inneren Auge. Vielleicht wurde er deswegen in seinen Notizen so fröhlich beschrieben. Diese Vater-Sohn-Beziehung bereicherte Alberts Leben mehr als alles andere. In der Ehe, wo er dieses Glück noch täglich zu Hause erleben hätte können, nahm er es nicht so deutlich wahr wie jetzt, da er es vermisste.*

*Frollo durfte trotz seines klösterlich asketischen Lebens so etwas wie Vaterglück erfahren, zweifach sogar. Egal wie reduziert sein Gefühlsleben sein mochte, er konnte durch Quasimodo und Jean dennoch emotionalen Reichtum erwerben. Würde sich seine Libido auch in Bezug auf die brodelnde Begierde für Esmeralda entwickeln? Hatte die direkte Übertragung seiner unterdrückten Lust auf ein konkretes Mädchen denn überhaupt die Chance auf Erfüllung? Albert bezweifelte es.*

## Kapitel 16
# Schwester Madeleine

Von der Notre-Dame tönte die Stundenglocke zwölfmal. Dann erfüllte das Mittagsläuten den Himmel und auch Jeans Versteck in den Brennnesseln. Seit geraumer Zeit waren keine Männerstimmen mehr vom Justizgebäude her zu hören. Die Nonnen beteten gerade zur Mittagsandacht in der Kapelle. Meist blieb während dieser Zeit aber eine der alten Schwestern an der Pforte. Konnte er es wagen, noch mal an das kleine Fenster zu klopfen? Was, wenn die Wachmänner bereits ums Kloster schlichen? Sobald das mächtige Geläute verebbt war, horchte er angestrengt. Alles juckte ihm, die Brennnesseln schienen sich beim Stechen abzuwechseln. Doch er wagte keine Bewegung, atmete kaum. Ein paar Vögel zwitscherten in den Zweigen des Gebüsches, hinter dem er saß. Vorsichtig spähte er zwischen dem Grün hervor. Kein Mensch weit und breit. Katzengleich schlich er aus dem Versteck. Als er niemanden entdeckte, rannte er panisch zur Pforte. Es dauerte eine gefühlte Ewigkeit, bis die alte Schwester öffnete. Sofort huschte Jean hinein, rannte direkt in die Klausur, in die Kapelle, stammelte:

»Sie wollen mich foltern«, und brach vor dem Tabernakel zusammen. Mutter Pauline teilte sofort jemanden ein, um die Pförtnerin abzulösen.

»Falls jemand fragt: Es ist niemand außer uns Nonnen im Kloster!«

Nach einer kurzen Anweisung zogen sich alle Nonnen zurück. Jean wurde von mehreren in eine freie Zelle gebracht, notdürftig gewaschen, seine gesamte Kleidung samt den Schuhen sofort verbrannt. Dann zog man ihm die Tracht einer jungen Nonne nach den ersten Gelübden an, Novizin wäre aufgefallen, obwohl es deren fast zwanzig gab. Er war so erschöpft und panisch, dass er während der ganzen Zeit kaum wieder zu Bewusstsein kam. Ein nervöses Fieber befiel ihn, zitternd brach er in kalten Schweiß aus, konnte aber nicht auf Fragen reagieren. Die Gebetsglocke läutete alle wieder in die Kapelle zurück. Mutter Pauline teilte mit, Jean nun als Schwester Madeleine im Kloster zu behalten und dass sein Leben, wie das von ihr selbst, davon abhing, wie gut dieses Geheimnis gewahrt werde.

»Gebe Gott, dass man uns gar nicht erst nach ihm fragt«, endete die Äbtissin. Sie sah in die Augen aller. Auch die Pförtnerin war anwesend, die gar nicht begriff, was sich vor ihren Augen abspielte.

»Ich spüre eure ehrliche, liebevolle Verbundenheit, meine Schwestern, die nichts weiter will, als unschuldiges Leben zu schützen. Vergelte es euch Gott vielmals! Versucht nun, euren Pflichten so normal wie möglich nachzugehen!« Die meisten Schwestern blickten demütig zu Boden, einige schauten die Äbtissin ernst an. Das Vertrauen in sie war grenzenlos. Still zerstreute sich die Schar wieder. Ausnahmslos jede Nonne wollte Jeans Leben schützen und ginge es ans eigene.

Schwester Amalie und Schwester Ruth waren bei ihm in der Zelle geblieben. Nach den nervösen Anfällen zu Beginn war er in tiefen Schlaf gefallen. Als er die Augen aufschlug, begann er sofort wieder zu zittern und zu wimmern. Wie Jahre zuvor nahm ihn Schwester Ruth in die Arme und wiegte ihn hin und her, bis er sich wieder beruhigt hatte. Dann erklärte sie ihm den Plan, der funktionieren musste, bis sie eine andere Lösung finden würden. Jean war mehr als verblüfft. Erst jetzt bemerkte er die Ordenskleidung. In jeder anderen Situation hätte er zumindest gegrinst, doch ihm war, als würde er nie wieder auch nur ein Lächeln hervorbringen können.

»Du bist jetzt Schwester Madeleine, zum Glück siehst du wirklich wie ein Mädchen aus und hast nach wie vor den zarten Knabensopran.« Jean errötete.

»Hoffentlich erinnerst du dich noch an unsere Stundengebete, denn falls es zu einer Durchsuchung durch die Inquisition kommen sollte, darfst du nicht auffallen!« Er nickte, fiel seiner Ziehmutter um den Hals und schluchzte hemmungslos.

»Ihr hättet das arme Mädchen auf der Folterbank sehen sollen! Und die ganzen grausamen Instrumente! Ich habe solche Angst!«

»Mein lieber, lieber Junge!«, murmelten beide, streichelten ihm über den Kopf, den nun eine weiße Unterhaube und ein großer schwarzer Schleier bedeckte. Mutter Pauline kam herein.

»Weiß Dom Frollo Bescheid? Weiß er von der Verhaftung?«

Jean verneinte inmitten seines Schluchzens. Eine Schwester brachte warmen Baldriansud. Nach einigen Schlucken zitterte Jean nicht mehr so heftig.

»Ich habe doch nur ein paar Notizen für einen Aufsatz niedergeschrieben, Traumnotizen. Die meinen, ich sei mit dem Teufel im Bunde! Nur wegen solch einer Behauptung wollen die mich quälen? Was ist das für eine schreckliche Welt!« Wieder brach er in Tränen aus. Nun wiegte ihn Schwester Amalie, summte für ihn. Der Sud wirkte. Nach all den Aufregungen schlief er endlich ein.

»Offenbar geht es um persönliche Ressentiments gegen Dom Frollo, warum sonst wollte man diesem Jungen solchen Schwachsinn unterstellen? Bleibt bei ihm und betet, dass Gott ihm und uns beisteht.« Damit verließ Mutter Pauline die Zelle.

Inzwischen waren mehrere Tage vergangen. Pater Matteo, der Vorsitzende der Inquisition, hätte gern Dom Frollo mehrmals, womöglich auch mit entsprechendem Nachdruck befragt, wohin Jean verschwunden sein könnte, doch er wusste von dessen guten Kontakten zu Ludwig XI. Da auch der Heilige Vater selbst, Papst Sixtus IV., verhältnismäßig oft mit Frankreichs König korrespondierte, hielt man es für klüger, den Archidiakon vorerst in Ruhe zu lassen. Dass sein Bruder verschollen war, schien ihm ohnehin schlaflose Nächte zu bereiten. Er sah aus wie ein Gespenst. Außerdem war gerade kein Foltermeister zur Stelle. Bei unsachgemäßem Vorgehen verstarben die Befragten zu bald, das sollte man nicht riskieren. Doch Dom Frollo wurde zumindest beschattet. Es könnte ja sein, dass er den jungen Verurteilten irgendwo versteckte. Alles, was man dabei herausfand, war aber nur, dass er selbst fieberhaft nach ihm suchte. Er fragte bei den Klarissen, bei den Familien seiner Kommilitonen, durchsuchte die ganze Universität mit all ihren Nebenräumen und inspizierte sämtliche Schenken der Umgebung. Ohne Erfolg.

D'Estouteville schlug vor, die Klarissen zu inspizieren, weil der Junge dort seine Kindheit verbracht hatte, doch das schien der Kommission absurd. Außerdem hätten sie dafür eine Sondergenehmigung gebraucht, schließlich handelte es sich um ein angesehenes Nonnenkloster, das von Ludwig XI. persönlich protegiert wurde. Pater Matteo empfand den Vogt als äußerst inkompetent und launisch. Je länger der Junge verschollen blieb, desto unbeherrschter wurde er. Schließlich insistierte er vehement darauf, die Abtei der Nonnen ebenso genau zu untersuchen wie die der Benediktiner. Missmutig suchte Pater Matteo beim Heiligen Stuhl darum an.

Mutter Pauline rang sehr mit sich, als Dom Frollo vollkommen verzweifelt und äußerlich um Jahre gealtert verstohlen nachfragte, ob sich Jean bei ihnen versteckt hielt. Gern hätte sie ihm die nagende Ungewissheit genommen, doch es schien ihr zu gefährlich. Was, wenn er vor Freude unvorsichtig werden oder eventuell unter der Folter Jeans Versteck verraten würde? Das bedeutete nicht nur für sie Gefahr, sondern auch für ihre Nonnen. Keine Sekunde bereute die Äbtissin, Jean geholfen zu haben, aber nichts durfte sie unvorsichtig werden lassen, nicht einmal das ehrliche Mitgefühl mit diesem verzweifelten Mann.

Das schärfte sie auch den Schwestern und Jean selbst ein. Niemand durfte erfahren, wo er sich aufhielt, nicht einmal Dom Frollo.

Jean weinte jeden Abend, wenn er an Claudes Sorgen oder Quasimodos Kummer dachte. Auch der Schock, den er angesichts des gequälten Mädchens erlitten hatte, nahm ihm jeglichen Übermut. Nichts von seiner unerschrockenen Zuversicht war noch zu erkennen. Er gehorchte wie ein Lamm, war bescheiden und still, stellte keine Fragen, blickte niemandem ins Gesicht. Nun gut, genau das waren auch die Ordensregeln. Die Schwestern aber, die ihn früher gekannt hatten, mussten traurig feststellen, dass dieser Jean ein anderer geworden war. Nach einigen Wochen galt »Schwester Madeleine« so sehr als reguläre Mitschwester, dass man oft vergaß, wer eigentlich in ihr steckte. Und Jean selbst verdrängte seinen Schock und Kummer, indem er möglichst gewissenhaft den Pflichten des Klosters nachging, den Choral mitsang, Andachten las. Es gab sogar Augenblicke, da er sich selbst als Schwester Madeleine wahrnahm.

Eines Abends, lange nach der Vesper, klopfte es hart an die Tür. Fast alle Nonnen waren längst zu Bett gegangen. Mutter Pauline jedenfalls hatte den Schleier und das Übergewand abgelegt, sich in ein dickes Wolltuch gehüllt und erledigte Schreibarbeiten. Sie ahnte, wer da so unverschämt klopfte. Ohne Hast nahm sie den zweiarmigen Leuchter vom Schreibtisch und ging langsam zur Pforte.

»Wer stört so spät?«, rief sie durch die kleine Luke.

»Inquisition! Öffnet!«

»Und das kann nicht bis Tagesanbruch warten?« Sie fand es unerhört, so spät bei einem Nonnenkloster zu klopfen.

»Öffnet!«, kam es barsch zurück.

Mutter Pauline zog das Wolltuch enger um die Schultern. Sie trug die weiße Unterhaube, dies ließ ihren Kopf – von hinten betrachtet – grotesk anmuten, wie einen überdimensionalen Gänsekopf. Außerdem schien ihr Habit ohne das schwarze Übergewand und den Schleier ein Nachthemd zu sein. Sollten die hohen Herren aus Rom ruhig erleben, wie eine Äbtissin zur Schlafenszeit aussah. Langsam öffnete sie die Pforte. Draußen stand Pater Matteo, sehr groß, fast genauso breit, neben ihm ein runder Zwerg, der Stadtvogt, und dahinter mehrere Dominikaner.

»Was wollt Ihr?« Mutter Pauline funkelte vor Empörung. Die Männer mussten sich erst mal an den Anblick gewöhnen. Mit der eng anliegenden weißen Haube, dem weißen, weiten Gewand, dem grauen Schultertuch und den böse funkelnden Augen stand nicht die Äbtissin vor ihnen, sondern ein waschechtes Schreckgespenst.

»Äh, ehrwürdige Mutter, kennt Ihr einen gewissen Jean Frollo de Molendino?«

»Natürlich kenne ich diesen Jungen! Er war mehrere Jahre Zögling in diesem Kloster. Aber wollt Ihr wirklich behaupten, dass Ihr eine Ordensfrau wegen dieser allseits bekannten Frage in der Nacht weckt?«

Pater Matteo wich etwas zurück, der Vogt wurde noch kleiner als ohnehin schon.

»Wir haben eine Hausdurchsuchung vor.« Der Priester sprach keinen Befehl aus, vielmehr wich eine Frage mit piepsiger Stimme aus seinem Mund.

»Dann kommt morgen wieder. Jetzt schlafen alle Schwestern bereits, oder wollt Ihr sie aus den Betten zerren? Unsere heilige Messe endet um 6:30 Uhr. Danach frühstücken wir.« Sie wartete einen Moment lang.

»Morgen um sieben Uhr also. Gelobt sei Jesus Christus!«

»In Ewigkeit. Amen«, kam es im Chor zurück.

Es dauerte etwas, bis sich die Männer von diesem Auftritt gefasst hatten. Pater Matteo zischte den Vogt an:

»In was für eine unmöglich peinliche Lage habt Ihr mich denn nun schon wieder gebracht, Seigneur d'Estouteville?«

»Und wenn sie etwas zu verbergen hat? Wenn sie die Nacht nutzen will, den Jungen woanders hinzubringen?«

»Dann hätte sie das längst gemacht! Schließlich ist Euch der Verurteilte schon vor mehreren Wochen entwischt!«

»Wie dem auch sei, morgen wird alles und jede Schwester untersucht!«

»Alles ja, jede Schwester aber? Was meint ihr?«

»Ich will jeder in die Augen schauen!«

»Ihr habt keine Ahnung! Ordensleute, vor allem Nonnen, halten immer den Blick gesenkt, sogar bei der Beichte oder während spiritueller Gespräche. Es wäre eine Missachtung der Ordensregel, sie zu dem von Euch geforderten Blickkontakt zu nötigen.«

»Aber Pater Matteo! Ich weiß, wie der Junge aussieht. Falls er sich unter den Nonnen versteckt, erkenne ich ihn sofort wieder!«

»In was steigert Ihr Euch denn so sehr hinein, Seigneur d'Estouteville? Ihr glaubt doch wohl nicht, dass Ihr mit in die Klausur der Nonnen dürft, Ihr seid kein Priester, nicht einmal Mönch! Alle Frauen in diesem Kloster haben durch ihre Gelübde der Welt entsagt. Seit ihrem Eintritt dürfen nicht einmal ihre Eltern oder Geschwister sie sehen. Und da glaubt Ihr, man würde Euch erlauben, die Gesichter wie beim Obststand auf dem Markt einfach der Reihe nach begutachten zu können? Habt Ihr denn überhaupt keinen Respekt vor den heiligen Ordensregeln?«

»Piepst und spuckt nicht so beim Reden«, hätte der Stadtvogt am liebsten geknurrt. Doch er begnügte sich damit, Jean Frollo genau zu beschreiben, die Größe des Burschen, seine Augenfarbe, Haarfarbe.

»Als ob wir die Haare einer Nonne zu Gesicht bekommen

würden«, brummte einer der Begleiter. Er und ein weiterer Dominikaner wurden als Wachposten beim Kloster eingeteilt. Gegen Morgengrauen sollten diese durch Wächter des Vogts abgelöst werden, damit die Ordensmänner bei der Prim in der Kathedrale mitbeten konnten.

Auch die Nonnen versammelten sich wie üblich zu diesem Stundengebet in ihrer Kapelle. Danach trat Mutter Pauline vor die Gemeinschaft.

»Meine Schwestern im Herrn. Gestern spät abends verlangten Vertreter der Heiligen Inquisition Einlass, um hier bei uns Klarissen nach einem Entflohenen zu suchen. Ich wollte eure Nachtruhe nicht zu stören und bat sie, heute nach der Morgenmesse und unserem Frühstück wiederzukommen. Sie werden um sieben Uhr da sein. Wir haben nichts Unrechtes getan, so sehen wir dieser Untersuchung mit Gelassenheit und im Geiste Gottes entgegen. Nun eine gute Erholung euch allen. Wir sehen einander bei der Laudes wieder hier. Gott schütze dieses Haus und alle, die hier wohnen. Im Namen des Vaters und des Sohnes und des Heiligen Geistes.«

Das geantwortete »Amen« fiel gleichermaßen überrascht wie verschlafen aus. Beim Hinausgehen berührte Mutter Pauline Schwester Madeleins Unterarm.

»Alles wird gut. Gott liebt die Verfolgten und Unschuldigen. Soll ich dir Schwester Amelie zur Beruhigung in die Zelle schicken?« Jean riss die Augen weit auf, wirkte verängstigt. »Ja, bitte!«, hauchte er. Über das Madonnenantlitz der Äbtissin huschte ein kleines Lächeln. Der Junge mochte zwar an Jahren gewachsen sein, aber im Herzen blieb er doch immer der umsorgte Knirps des Ordens.

Die Untersuchung wurde peinlichst genau durchgeführt. Jeder Schrank, jede Abstellkammer, alle Keller, Speicher, jede Zelle, die Küche, Speisekammer, alles wurde nach Spuren untersucht, die beweisen könnten, dass sich in diesen Mauern ein Bursche versteckt hielt. Am Ende beobachteten die Priester alle Nonnen beim Gebet der Vesper, hörten sich ihren Gesang genau an, sahen jeder einzeln ins Gesicht, wenn auch recht verschämt. Schließlich waren sie genauso zum gesenkten Blick erzogen worden wie die Nonnen selbst. Die älteren Schwestern bekamen Angst. Seit Jahrzehnten hatten sie keinen Mann mehr in ihrer Klausur gesehen, abgesehen von den Zelebranten bei der heiligen Messe. Nun wurden sie beobachtet wie wilde Tiere im Käfig. Einige Novizinnen begannen zu weinen. Die Dominikaner strahlten eine lauernde, feindselige Stimmung aus – und das in der Kapelle mitten im Stundengebet. Als die Nonnen gesenkten Hauptes die Kapelle verließen, standen die Patres beim Ausgang Spalier und blickten ihnen wieder aufmerksam ins Gesicht. Nicht alle waren hübsch, aber alle waren Mädchen oder Frauen, das stand außer Zweifel.

»Und, Pater Matteo, seid Ihr zufrieden damit, die Andacht der Schwestern durch Eure Beobachtungen entweiht zu haben? Euch am Gebet zu beteiligen hätte nicht geschadet, schließlich ist das Stundengebet Pflicht aller Ordensleute«, konnte sich Mutter Pauline nicht verkneifen. Der Angesprochene schluckte. Er staunte auch darüber, wie viel der lange schwarze Schleier ausmachte. Anders als am Vorabend war die Äbtissin Ehrfurcht gebietend und schön.

»Die unnötige Inspektion bei den Klarissen, zu der Ihr uns genötigt habt, war das Peinlichste, das mir je widerfahren ist! Das sollt Ihr mir büßen«, zischte der Geistliche den Vogt an, der die Kommission schon in seinem Büro erwartete.

## Kapitel 17
# Djali lernt lesen

Jede Minute der langen Wintermonate wurde gut genutzt. Esmeralda konnte es kaum erwarten, wieder vor Publikum zu singen, zu tanzen und mit Djali allerlei Possen aufzuführen. Mehr denn je erkannte sie, dass diese Auftritte ihre Welt waren. Sie spürte sich dabei lebendiger als beim Unterrichten. Sophie hatte mehrere Bücher erstanden. Was für eine Freude, nach all den Jahren wieder eines in die Hand zu nehmen, darin zu blättern, sogar daran zu riechen. Wie viele Jahre hatte sie kein Buch mehr gelesen? Für ihre Familie galt die hauseigene Bibliothek als der kostbarste Schatz. Mittlerweile waren all diese prächtigen Werke wohl zum Fraß der Flammen geworden im »läuternden Feuer«, wie die Inquisition ihre angeordneten Verbrennungen nannte, sowohl bei Werken verbotener Inhalte als auch bei Menschen und sogar Tieren, die sie als teuflisch erachteten.

Etwas besorgt beobachtete sie Esmeralda, die aus Holzabfällen kleine Karten gebastelt hatte, auf die sie alle Buchstaben des Alphabets in mehrfacher Ausführung und in verschiedenen Farben malte. Nun brachte sie dem erstaunlich gelehrigen Djali bei, Buchstaben aufgrund versteckter Zeichen zu erkennen.

»Das ist gut! Als Djali Gegenstände erriet, waren die Leute auch immer ganz begeistert. Wenn er jetzt auch noch lesen kann, wird das *die* Sensation!« Das Mädchen war ganz begeistert. Nach dem Abendessen führte sie der Truppe Djalis neue Kenntnisse vor. Man aß gemeinsam am Tisch in der Werkstatt, dies war der größte Raum und den ganzen Tag über geheizt. Die inzwischen bald Fünfzehnjährige breitete auf einem Tuch am Boden die Karten aus.

»Djali, wer braucht sieben Dominikaner, um eine Hexe zu

finden, die gar keine ist?«, fragte sie vergnügt und tanzte vor dem Ziegenbock herum. Dieser beobachtete ihre Gesten und Verrenkungen und tippte mit dem Huf jeweils auf einen Buchstaben, bis das Wort »Vogt« dastand. Alles lachte.

»Mädel, das wird ein Spaß!«, rief Isabel.

»Es ist aber auch gefährlich.« Wie immer behielt Miguel einen ruhigen, aber sicheren Blick für mögliche Probleme. Sophie räumte ebenfalls ein:

»Der Ziegenbock gilt für die Kirche ohnehin schon als Symbol des Teufels. Wenn er nun auch noch den eifrigsten Hexenverfolger diffamiert, könnte dich das dein Leben kosten! Ich mache mir Sorgen!« Esmeralda schmollte.

»Aber je heikler das Thema, desto begeisterter das Publikum. Wir zeigen, was die Leute denken, das tut ihnen gut. Vertrau mir doch einfach!«

»Nichts ist so viel Wert wie Sicherheit. Das Leben ist zu kostbar, um damit zu spielen.« Sophie ahnte schon, dass Esmeralda ihre Ideen, wie sonst auch, durchsetzen würde. Sie erinnerte sich an ihren eigenen Übermut als junges Mädchen, doch dann war die Katastrophe gekommen. Es schauderte sie noch immer, wenn sie an die brutale Verhaftung ihres Vaters dachte.

»Sollen wir nur darauf achten, was wir sagen dürfen? Da kann man ja gleich ins Kloster gehen! Im Grunde darf ein Bürger nicht einmal frei denken, ein Aristokrat oder Kleriker aber darf ungestraft rauben und morden. Wollen wir uns von denen die Freiheit einschränken lassen? Leben wir sogar als Gaukler in einem Käfig?«, ereiferte sich Etienne. Alle starrten ihn an. Er sprach selten, wollte nie erzählen, wie er zur Truppe gestoßen war, doch Sophie ahnte, dass wohl auch ihn ein ähnliches Schicksal ereilt hatte wie ihre Familie.

»Und wenn wir das Publikum genau beobachten und dir durch Kopfnicken ein Zeichen geben, ob es ratsam ist, solche Possen aufzuführen?«, schlug Isabel vor.

»Genau! So hat es José ja auch immer gemacht. Ganz harmlos waren unsere Darbietungen ja schon lange nicht mehr«, meinte auch Etienne. Es wurde also fleißig weiter geprobt. Manchmal präsentierte die Truppe ihre neuen Darbietungen auch im Innenhof, alle Rotwelschen waren begeistert.

Bereits zwei Monate war Jean nun schon verschwunden. Claude, der längst nicht mehr an Gott oder die Fürsprache der Muttergottes glaubte, betete dennoch täglich vor ihrer Statue in der Notre-Dame, anders konnte er seine Ungewissheit nicht ertragen. Er hatte dem Folterknecht heimlich drei Livres gegeben, wenn dieser ihm ehrlich berichtete, ob Jean nicht vielleicht doch zu Tode gekommen war und der Vogt das durch die übertriebene Suche nach ihm vertuschen wollte, weil er sonst Schwierigkeiten befürchtete. Der Knecht berichtete ihm zum wiederholten Mal detailliert, was sich an jenem Nachmittag zugetragen hatte. Er war zu schlicht, um so klar bei ein- und derselben Geschichte zu bleiben, sollte sie nicht stimmen. Wohin aber konnte der Junge geflohen sein? Die Klarissen wären eigentlich nach seiner eigenen Klosterzelle der erste Anlaufpunkt gewesen. Doch hätte ihm Mutter Pauline dann nicht heimlich die Wahrheit gesagt? Ließ sie ihn wirklich in dieser ungewissen Pein? Frollo konnte es sich nicht vorstellen.

Der geheime Aufenthaltsort aller Zwielichtigen, Bettler und Flüchtigen von ganz Paris kam ihm in den Sinn, der sogenannte »Hof der Wunder«. Seit Jahren versuchte der Stadtvogt, dieses »Nest menschlichen Unrats«, wie er sich auszudrücken pflegte, auszuheben. Auch Frollo selbst fand es bedenklich, solch einen Hort in Paris zu wissen. Doch niemand hatte dieses ominöse Versteck je entdeckt. Man munkelte auch, dass es womöglich nur in den Köpfen von Menschenjägern existierte. Jean hatte sich trotz Verbots gern mit seinen Freunden in Spelunken getroffen. Konnte es sein, dass er sich nun bei Verbrechern versteckt hielt?

*Wenn er nur lebt und wohlauf ist, soll mir alles recht sein,* dachte Frollo niedergeschlagen. Auch Quasimodo hielt ständig Ausschau nach ihm. Von dort oben konnte man fast ganz Paris überblicken. Claude verbrachte mehr Zeit bei seinem Schützling als je zuvor. In dessen Nähe und so weit weg vom Treiben unten fühlte er ein wenig Erleichterung und Frieden. Wieder einmal lehnten sie an der Brüstung und blickten hinab. Es war bereits recht warm geworden, Mitte März. Unten spielte jemand auf dem Dudelsack, ein Instrument, das man in Paris selten hörte. Die hohen Töne drangen sogar bis zum Turm hinauf. Ein Mädchen schlug Räder, tanzte und sang wohl auch, obwohl man das hier nicht hören konnte. Neben ihm sprang ein weißer Ziegenbock fröhlich herum. Claude spürte einen heißen Stich. Dieses Mädchen hielt sein Herz fest im Griff, sobald er es wiedersah. Auch Quasimodo zeigte aufgeregt zu ihr hinunter. Im Kopf des Priesters wirbelten tausend Gedanken herum, ihm wurde schwindlig.

Könnte es sein, dass sich Jean bei dieser Truppe versteckt hält? Und wenn ja, gefährde er ihn und die Zigeuner, wenn er danach fragte?

Sein Herz raste. Doch ein Gedanke schrillte in ihm mehr als alle anderen: War es nicht schändlicher Verrat an Jean, wenn Claude seine ganze Lust und Sehnsucht beim Anblick dieses Mädchens in sich aufwallen spürte? Zitternd starrte er hinab, unfähig, sich zu beruhigen oder eine Entscheidung zu treffen. Dies war die Möglichkeit, vielleicht etwas über den Geflüchteten zu erfahren, zugleich wäre es aber vielleicht auch sein Tod, sollten Spitzel unter den Zuschauern auf einen Fehler des Archidiakons lauern. Quasimodo zupfte ihn aufgeregt am Ärmel und bedeutete ihm, hinunterzugehen.

»Jean und Esme ada!«, rief er immer wieder. Seit er nahezu

taub geworden war, hatte er kaum noch gesprochen, nun aber überwand er sich, um seinen kleinen Freund wiederzufinden. Claude überlegte verzweifelt, was er tun sollte.

»Es ist zu gefährlich!«, brüllte er dem Glöckner ins Ohr.

»Aber später werde ich vorsichtig nachfragen.« Traurig nickte dieser. Claude legte ihm den Arm um die Schulter, drückte ihn an sich. Unten legte das Mädchen gerade Holzkarten auf ein Tuch. Der Ziegenbock berührte verschiedene davon, die dann offenbar ein Wort ergaben. Das Publikum tobte. Bald sammelte man die vielen Münzen ein und zog zu einem anderen Platz. Der Priester blieb dennoch bei Quasimodo stehen, konnte sich nicht entschließen, wieder nach unten in seine Welt zu steigen. Manchmal dachte er für den Bruchteil einer Sekunde:

*Wie leicht wäre es, sich einfach weit hinauszulehnen, sich von diesem prächtigen Bau hinabzustürzen und alle Angst und Sorge hinter sich zu lassen?* Er war unendlich müde geworden. In seinem eigenen Leben erwartete er keine Freude mehr, die Not und Einsamkeit aufwiegen könnte. Wären da nicht seine beiden Schützlinge, gäbe es keinen Grund, dieses Dasein als Leben zu empfinden, es noch länger zu ertragen.

*Das konnte nicht sein! Das ging zu weit! Albert hatte wieder mal einiges zum Thema Quasimodo notiert und dabei seine Gedanken frei fließen lassen, ohne Konzept. Das Ergebnis gefiel ihm überhaupt nicht. Er wollte sich gar nicht erst ausmalen, was solch ein fatalistischer Handlungsverlauf über seine eigene Psyche aussagte. Aber konnte er denn anders? War nicht alles Schicksal, unausweichlich? Gab es im Mittelalter die Möglichkeit, frei zu denken, zu sprechen und zu handeln? Wie frei war sein eigenes Leben? Was war die Essenz seiner tiefsten Sehnsüchte und konnte er sie erlangen? Ihm schwirrte der Kopf.*

*Er speicherte die Datei ab, nahm kurz entschlossen die Jacke vom Haken und fuhr nach Oberlaa. Dort spazierte er durch den herrlichen Park. Das Gehen löste seine Anspannung. Tief atmete er die frische Luft ein, genoss die Brise, horchte auf das vielfältige Vogelgezwitscher und versuchte, an nichts zu denken. Nach und nach wurde es dunkel. Das hüllte ihn ein, gab ihm Leichtigkeit. Er verschwand darin, bis sich die Weglampen einschalteten. Zufrieden fuhr er wieder nach Hause.*

Für das Fest des heiligen Josef am 19. März war wieder eine feierliche Messe mit den Klarissen geplant. Davor beichteten alle Nonnen. Seit Neuestem stand dafür ein Sessel vor dem Besprechungsraum für einen Mönch oder eine Nonne, die dort lasen oder beteten, mitunter auch kurz einnickten. Claude erschloss sich noch immer nicht, wozu diese Begleitung dienen sollte, die Mutter Pauline eingefordert hatte. Allerdings beschäftigte ihn dieses Thema nicht sehr, denn er selbst war nie Beichtvater der Nonnen gewesen, weil ihn als Archidiakon genügend andere Pflichten ausfüllten.

Die Äbtissin hatte vor dem Fest alle Schwestern noch mal daran erinnert, dass es bei der Beichte nur um persönliche Nachlässigkeiten ging, wie etwa unachtsam zu beten, Missachtung des gesenkten Blickes oder des Stillschweigens. Keinesfalls ging es um Klosterinterna wie etwa einer neuen Nonne oder dergleichen. Das Kichern unter den Novizinnen zeigte ihr, dass man verstanden hatte. Bei Putzdiensten oder Gartenarbeiten beobachtete sie zuweilen, wie Schwester Madeleine die Mitschwestern mit lustigen Reden zum Lachen brachte; von wegen Stillschweigen! Sie freute sich aber darüber, dass Jean den Schock langsam zu überwinden schien.

Dom Frollo leitete die Festmesse. Für die Nonnen waren Bänke im vorderen Bereich nahe der Apsis aufgestellt worden, fast sämtliche Mönche der Benediktiner saßen im Chorgestühl innerhalb des Altarraums. Diese gemeinsame Messe wurde jährlich zu Ehren der ersten Äbtissin der Niederlassung, Mutter Josepha, gefeiert. Der heilige Josef war beim Volk sehr beliebt, außerdem galten die Gesänge der Mönche und Nonnen gemeinsam als himmlisch. Claude selbst fühlte sich dabei immer zutiefst berührt. Die Kathedrale würde überfüllt sein, riesige Weihrauchbehälter standen schon bereit. Hoffentlich kippte nicht wieder einer der sie schwenkenden Novizen um.

Aus irgendeinem Grund fieberte Claude dieser Messe nervös entgegen. Ob es daran lag, dass danach vor der Kathedrale ein Volksfest stattfand, mit Getränken, von Gauklern feilgebotenen Süßspeisen? Ob er Esmeralda sehen würde? Vielleicht sogar Jean, als Zigeuner verkleidet? Er wagte kaum daran zu denken. Für die heilige Kommunion war er als Hauptzelebrant bei den Schwestern eingeteilt. Sie knieten vor dem Gitter, welches die Apsis vom Hauptschiff trennte. Die Augen auf das Allerheiligste gerichtet und dann beim Empfang geschlossenen, kam Jesus Christus in Gestalt des Brotes ganz nah zur Gläubigen, in sie hinein, als Speise. Großes Mysterium! Nie würde es eine Nonne also wagen, in diesem heiligen Moment dem Priester selbst in die Augen zu blicken. Die Schau nach innen war das Wesen einer Nonne, der bescheiden gesenkte Blick. Zuerst kamen die Novizinnen zur Kommunion, dann ihre Meisterin, danach die Äbtissin und schließlich alle übrigen. Als Claude das heilige Brot Mutter Pauline vors Gesicht hielt mit den Worten: »Corpus Christi«, antwortete sie nicht wie erwartet »Amen«, sondern starrte ihn eindringlich an und sagte: »Unauffällig bleiben!«

Dann schloss sie die Augen, öffnete leicht ihre schön geschwungenen Lippen und erwartete die Hostie. Claude legte ihr die Oblate auf die Zunge. Zu seiner weiteren Verblüffung lächelten ihn auch die folgenden Schwestern an, sagten aber zum Glück ihr »Amen«, schlossen die Augen und empfingen das heilige Brot. Dann ein Blick, ein schüchternes Lächeln, dass dem Priester fast der Hostienkelch aus der Hand gefallen wäre. Jean kniete vor ihm, fast nicht zu erkennen, eine hübsche junge Nonne.

»Bitte! Nicht auffallen!«, sagte er endlich nach der Ewigkeit von ungefähr drei Sekunden, während derer Claude ihn angestarrt hatte. Ohne sein »Corpus Christi« schob er dem innig Ersehnten die Hostie in den Mund. Alle restlichen Nonnen empfingen den Leib Christi auch ohne ein Wort des Priesters, dafür aber fühlten sie mit ihm, dem stumm Tränen über die Wangen liefen. Bis zur letzten Schwester hatte er sich aber wieder so weit gefangen, langsam zurück zum Altar schreiten zu können. Vom Altar aus ließ Claude den Blick über die Nonnen schweifen. Jean dort zu sehen, schmerzte direkt vor lauter Glück. Keine der Schwestern schaute mehr zu ihm hin, nicht einmal Jean. Die perfekte Tarnung.

Nach der Messe gab es ein feierliches Mahl im Refektorium seines Ordens. Auch bei den Klarissen bog sich an diesem Tag die Tafel. Das restliche Volk mischte sich unter das fröhliche Treiben vor der Kathedrale. Claude fühlte sich wie im Traum. Am liebsten wäre er sofort zu Quasimodo gelaufen, doch gerade jetzt musste er so unauffällig wie möglich bleiben. Der Abt und alle anderen Mitbrüder begegneten ihm seit Jeans Verschwinden besonders rücksichtsvoll. Alle machten sich Sorgen um den Jungen. Nach dem Essen packten die Küchenbrüder wie so oft einen Korb mit Köstlichkeiten für Quasimodo ein. Ganz unten hatten sie eine Flasche besten Rotweins dazu geschummelt.

»Ein Gruß aus der Küche für unseren Glöckner!« Damit überreichten sie Claude den Korb. Für gewöhnlich nahm er ihn mit einem knappen Dank entgegen. Dass sein Schützling nicht einmal die Küche des Klosters betreten durfte, war zwar nicht die Schuld der Küchenbrüder, aber es ärgerte Frollo immer aufs Neue. Diesmal aber sah er ihnen in die Augen und sagte:

»Ich danke euch von Herzen!« Dann ging er ruhigen Schrittes zum Turm.

Quasimodo hatte schon auf ihn gewartet. Er stand an der Brüstung und versuchte, Jean bei dem Gewimmel von Leuten auf dem Platz zu entdecken. Der Priester stellte den Korb ab, drehte den Glöckner zu sich und umarmte ihn lange. Sie hielten einander stumm. Dann nahm Claude die Tafel und schrieb:

»Jean ist wohlauf. Er lebt getarnt als Nonne bei den Klarissen.« Lange starrte Quasimodo auf die Tafel, ließ seinen Tränen freien Lauf und schaute seinen väterlichen Freund glücklich an. Dieser legte den Finger auf die Lippen. Sie wischten die Tafel mit einem nassen Lappen mehrmals ab. Jetzt konnte sich der Glöckner den Festtagsschmaus so richtig schmecken lassen. Der Priester leerte den Roten fast allein und blieb bis zur Vesper bei seinem Schützling. Er genoss es, die Stundenglocken so nah zu hören und schaltete alle Gedanken aus.

»Gut, dass du kaum vom Wein getrunken hast, diese Treppen sind ja halsbrecherisch! Wer weiß, wie dein Stundenläuten sonst ausgefallen wäre«, witzelte er wankend. Quasimodo winkte ihm fröhlich nach, wenn er auch die Worte nicht verstanden hatte. Seit diesem Tag fühlte sich der Archidiakon leichter, das Leben wärmte ihn wieder. Täglich dankte er den Nonnen in Gebeten, die er zu einem Gott sprach, von dem er wieder hoffte, dass es ihn gab. Er wagte nicht, die Äbtissin zu kontaktieren. Ihre Diskretion in dieser Angelegenheit war für ihn Richtschnur. Fieberhaft aber überlegte er, wie Jean aus Paris fortgeschafft werden könnte, womöglich mit einer neuen Identität. Sein geheimes Landgut bei Le Mans kam ihm in den Sinn. Andererseits wäre es für die Spitzel der Inquisition möglich, herausfinden, wem die Liegenschaft gehörte, womit Jean dort gefährdeter lebte als bei den Nonnen.

Paris im Sommer, pulsierendes Leben, Geschäfte und Vergnügungen überall. Esmeralda verdiente mit ihrer Truppe mehr als damals mit José, und das, obwohl sie nur zu sechst waren. Im Hof der Wunder hatten sie ein wenig Heimat gefunden und die Rotwelschen freuten sich, die Truppe bei sich zu wissen. Die inzwischen fast Sechzehnjährige suchte und fragte immer wieder nach einer Frau, die vielleicht einen rosa Kinderschuh bei sich trug. Sophie hatte ihr inzwischen die ganze Wahrheit anvertraut, von der Hinrichtung ihres Vaters bis hin zur Hölle, die sie als Gattin des Marquis de Sanslieu erleiden musste. Sie erzählte von Simon, dem sie den Namen ihres Vaters gegeben hatte.

»Er ist es, mein Sohn, nach dem ich ständig suche!« Ihre Augen wurden feucht. Dann erwähnte sie etwas errötend Daniel de Sanslieu, der ihr mit dem Neugeborenen zur Flucht verholfen hatte, den Aufenthalt bei den Bauern und schließlich die Aufnahme in Josés Truppe.

»Wie ist Simon denn verschwunden und warum bin ich nicht bei meiner Mutter?«

Esmeralda fragte es, ahnte aber bereits die Zusammenhänge. Sophie berichtete davon, so gut sie konnte, verschwieg auch nicht den Hinterhalt, den José dabei angewandt hatte. Esmeralda schauderte die Vorstellung, von einem Mann berührt, womöglich so brutal genötigt zu werden, wie Sophie es unter ihrem Gatten hatte erdulden müssen.

»Ich bleibe Jungfrau, will mein Herz und meine Liebe niemals einem Mann schenken, nur dem Tanz, dem Gesang, dir und Djali verschenke ich mich. Meine Keuschheit soll der Wegweiser sein, um meine arme Mutter zu finden«, wiederholte sie den Schwur, den sie Jahre zuvor bereits ausgesprochen hatte. Nun wurde er durch größere Einsicht in die Zusammenhänge ihres Schicksals bekräftigt.

»Mein liebes Kind, Keuschheit ist gut und klug für ein junges, begehrenswertes Mädchen, wie du es bist. Doch ich wünsche dir von Herzen, dass du wahre Liebe findest, dass du dich an der Seite eines Gatten geborgen fühlen kannst. Meine Eltern liebten einander, gingen offen und freundschaftlich miteinander um, das bedeutete für meine Schwester und für mich Glück.« Esmeralda konnte sich nicht vorstellen, einen Mann zu lieben. Und was sie im Hof der Wunder mitunter beobachtete, fand sie einfach nur peinlich und ekelhaft. Sie wollte rein bleiben, Kind bleiben, wollte nur für ihre Kunst leben.

Am Place de Grève hatte es eine Hinrichtung gegeben. Die Truppe war erst danach durch die Menschenmenge angezogen worden. Esmeralda überwand den anderen zuliebe ihre Abneigung gegen diesen Platz. Als sie ihre Darbietungen vorbereiteten, war der Verurteilte bereits vom Galgen genommen und weggebracht worden. Der Stadtvogt, ein junger Hauptmann, ein Benediktinerpater und zwei Wachsoldaten wollten gerade gehen, als Djali einige Hüpfer aus dem Stand vollführte. Im nächsten Augenblick drehte Esmeralda Räder rund um den Ziegenbock, dass die Röcke nur so flogen. Dabei jauchzte sie laut auf. Ein allgemeines »Ahhh! La Esmeralda! Que belle!« ging durch die Menge, die sofort einen Kreis um die beiden bildete.

»Was für ein Weib!«, murmelte Hauptmann Phoebus de Châteaupers hoch zu Ross.

Dom Frollo, der neben ihm stand, empfand seine Bemerkung fast wie ein Sakrileg. Der Beau war bekannt für seine zahlreichen Abenteuer, die er wie Trophäen zu sammeln pflegte, sich gleichzeitig aber ungeniert nach einer guten Partie umschaute.

»Muss nicht schön sein, reich genügt. Schön sind ohnehin meine Gespielinnen«, war sein Motto, mit dem er nicht einmal vor seiner jeweiligen Flamme hinterm Berg hielt. Doch die Mädchen hörten nicht auf die abschätzigen Worte, vielmehr wurden sie durch seine strahlenden Augen gefesselt, das einladende Lächeln, kleine zärtliche Berührungen und nicht zuletzt durch seinen Charme. Der Archidiakon hatte im Zusammenhang von Verhandlungen und Verurteilungen öfter mit ihm zu tun und fand ihn eitel. Als er Esmeralda mit ihrem Ziegenbock auf dem Platz erblickte, blieb ihm fast das Herz vor Überraschung und Freude stehen. Und im nächsten Augenblick schändete dieser selbstgefällige Gockel den besonderen Moment mit seinen Worten!

Nach Musik und Tanz ließ Esmeralda Djali einige Wörter lesen. Zum Glück hatte sie den Stadtvogt und den düsteren Priester gleich entdeckt, darum blieben ihre Späße harmlos, etwa:

»Was ergibt dreimal sieben?« Djalis Antwort: »Feines Mehl.« Das Volk brüllte vor Lachen. Dass ein Ziegenbock anhand der Buchstabenkärtchen die Antworten gab, war sensationell. Die meisten Zuschauer konnten weder lesen oder schreiben noch rechnen. Für sie waren die Darbietungen Unterhaltung auf höchstem Niveau. Frollo war nicht nur von Esmeraldas Anmut fasziniert, auch von ihrem gekonnt lockeren Umgang mit dem Ziegenbock. Immer wieder aber zog ihn der Blick auf ihre kleinen Brüste, die beim letzten Mal noch nicht da gewesen waren. Ihre Hüften faszinierten ihn, ihre Füße in den Schuhen aus weichem Leder, die mit breiten Bändern geschnürt waren. Beim Tanzen wippten die Maschen, wenn sich die Röcke wirbelnd hoben. Das Gesicht wirkte zugleich weiblich und kindlich, die Lippen voll, ihre Augen, als könnten sie tief in seine geheimsten Sehnsüchte blicken.

»Das ist doch Teufelswerk! Seit wann kann denn eine Ziege lesen?«, entrüstete sich der Stadtvogt. Hauptmann Phoebus lachte, ob über den Vogt oder über die witzige Darbietung, blieb offen.

»Verehrter Seigneur d'Estouteville, das Mädel hat den Bock einfach gut dressiert, das ist alles! Und dazu sehr witzig!«

Im Hintergrund hörte man es immer wieder zetern und kreischen, allerdings mit schwacher Stimme, sodass niemand darauf achtete. Schwester Gudule maulte unentwegt:

»Weg mit dem Zigeunerpack! Da ist wieder dieses Teufelsweib in Gestalt eines betörenden Engels! Gebt acht, ehrbare Bürger, sie ist eine satanische Verführerin, sie ist eine Hexe! Mich arme, trauernde Mutter will sie in den Wahnsinn treiben, indem sie mir vor Augen hält, was mir entrissen worden ist! Meine Agnès sollte leben und fröhlich sein, nicht dieses vermaledeite Weib! An den Galgen mit ihr! Vernichtet, die mich verhöhnt!«

Esmeralda versuchte die Klausnerin zu überhören, doch es lief ihr ein Schauer über den Rücken. Nach dem Schlussapplaus neigte sich eine Frau in die Nische, welche halb unter den Boden in das Gemäuer eingehauen war.

»Versündigt Euch nicht, Schwester Gudule. Als Klausnerin erhaltet Ihr Speis und Trank von mildtätigen Menschen, Euer Schmerz um das verschleppte Töchterchen rührt uns, aber Eure Flüche vertreiben Hoffnung und Segen. Glaubt Ihr nicht, dass auch diese fröhliche Zigeunerin eine Mutter hat, die sie liebt? Warum wünscht ihr dem Mädchen den Galgen an den Hals? Es hat Euch ja nichts getan!«

»Die Zigeunerin lebt fröhlich, während ich nicht weiß, was aus meiner Agnès geworden ist. Das allein ist schlimm genug! Wenn Euch mein Schmerz ein Anstoß ist, dann entfernt Euch doch!«

»Nicht Euer Schmerz ist es, sondern Euer Hass.«

Hauptmann Phoebus ließ es sich nicht nehmen, Esmeralda einen ganzen Ecu persönlich in die Hand zu drücken.

»Gestattet, entzückende Esmeralda, dass ich mich vorstelle: Hauptmann Phoebus de Châteaupers, Euch zu Diensten!«

Er war sogar vom Pferd gestiegen, das er nun an den Zügeln hielt. Als vollendeter Kavalier verneigte er sich. Alle starrten auf die Szene. Esmeralda errötete. »Phoebus, ›die Sonne‹. Wie treffend«, antwortete sie, machte einen perfekten höfischen Knicks und verließ mit Djali den Platz.

»Und gebildet auch noch! Wie kommt's?«, murmelte der Hauptmann.

Frollo klappte die Kinnlade herunter. Esmeralda konnte offenbar nicht nur lesen und schreiben, sondern verfügte auch über ein Wissen, das nicht einmal unter adeligen Damen üblich war. Als wäre er nicht ohnehin schon über alle Maßen begeistert, kam auch noch grenzenlose Bewunderung dazu. Sein Blick suchte sie künftig auf allen Plätzen, in allen Gassen. Sooft wie möglich beobachtete er ihre Auftritte. Allerdings bewirkte der Versuch, sich dabei möglichst unauffällig zu verhalten, eher das Gegenteil. Meist stand er hinter der Menge, die Kapuze seiner Kukulle tief ins Gesicht gezogen, die Hände in den weiten Ärmeln, der bohrende Blick starr auf die Tänzerin gerichtet. »Das dunkle Gespenst steht wieder da«, raunten die Leute.

»Ein Dämon soll über dich kommen!« Dieser Fluch der Klausnerin verfolgte Esmeralda. Es schauderte sie immer, wenn sie den Priester entdeckte. Und als wäre sie darauf abgerichtet worden, wie Djali auf die Buchstaben, bemerkte sie ihn an allen Ecken und in allen Winkeln. Zwar handelte es sich dabei oft um Mitbrüder Frollos in ihrer Ordenskleidung, doch für die abergläubische Zigeunerin galt es als schaurige Tatsache: Der dämonische Priester ist mein Lebensschatten, meine bedrückende Heimsuchung.

Aber ebenso wie Frollo nach Esmeralda Ausschau hielt, suchte Hauptmann Phoebus nach ihr. Er musste sie erobern! Wie ein Jagdhund konnte er keine Ruhe finden, bis er nicht zumindest einmal diese süße Frucht gekostet, diese zarte Rose gepflückt hatte. Sie war es ihm sogar wert, an etwas Bleibendes zu denken, Esmeralda vielleicht als Mätresse zu behalten. Was für ein Aufstieg wäre das für die Zigeunerin, Mätresse des Hauptmanns de Châteaupers zu sein! Gedanklich sah er sich schon in der Rolle des großzügigen Gönners für seine Geliebte und gleichzeitig des höflichen Gatten irgendeines Edelfräuleins und stolzen Vaters mehrerer Söhne. Welch glänzende Zukunft!

# Kapitel 18
## Verliebt

*Albert kam gerade von der Uni, wollte sich noch rasch etwas aus der Bäckerei holen, dachte nur am Rande an Selma, weil er selbst zum Träumen zu müde war. Was für ein unerfreulicher Tag! Seine Vorträge wirkten schlecht strukturiert, waren es wohl auch, die Studenten gelangweilt, was sie ihn spüren ließen. Dann fand er einen ganzen Stoß ihrer Arbeiten nirgends mehr und hoffte, sie zu Hause auf dem Schreibtisch liegen gelassen zu haben. Die Notizen zu seiner Neufassung vom »Glöckner von Notre Dame« entpuppten sich beim Korrigieren außerdem als weitaus schlechter als erwartet. Bis dahin hatte er sich nie in Belletristik versucht, dementsprechend trocken war sein Stil. Die Charaktere wirkten farblos, die Szenen unzusammenhängend und Momente, die spannend sein sollten, fesselten beim Lesen ungefähr so sehr wie die Beschreibung eines Wasserkochers. Was machte er nur falsch? Als belesener und gebildeter Universitätsprofessor sollte es ihm doch gelingen, eine Geschichte mitreißend zu erzählen!*

*Unzufrieden nahm er Stufe um Stufe Richtung Mariahilfer Straße, wo sich am Eck die Bäckerei befand. Gleich bei der großen Glastür kam ihm Selma strahlend entgegen. Als ginge die Sonne auf, so glücklich leuchteten ihre Augen. Ohne ihn zu bemerken, eilte sie an Passanten vorbei. Weiter vorn lehnte ihr Freund lässig am Barockgeländer der Stiegen, die zum Haus des Meeres hinabführten. Was für ein fescher junger Mann! Kaum älter als sie, Markengewand, gezupfte Augenbrauen, sportliche Figur.*

*Zu Hause lagen die Arbeiten seiner Studenten auch nicht.*

»Seht, da steht der Archidiakon wieder und starrt die Zigeunerin an. Ob er sie mit Zauberformeln verhext?« Zwei Marktfrauen unterhielten sich halblaut. Dass sie im Durchzug einer Gasse standen und damit von Dom Frollo gut verstanden wurden, ahnten sie nicht. Erschrocken und beschämt zog er sich zurück. Was war in ihn gefahren, sich so sehr gehen zu lassen, um für einen kurzen Blick auf Esmeralda zum Gespött der Leute zu werden? Sie besetzte sein Denken und vor allem sein Wollen. War sie denn wirklich eine Hexe, wie manche munkelten? Anders konnte er es sich nicht erklären, so sehr von ihr besessen zu sein. Vielleicht gab es ja doch mehr Magie zwischen Himmel und Erde, als er bisher vermutet hatte.

In den vergangenen Wochen konnte er Quasimodo selten besuchen, manchmal ließ er ihm das Essen sogar durch einen Novizen bringen. Allerdings nicht nur wegen der Zigeunerin, sondern weil es zwischen den königlichen, klösterlichen und päpstlichen Vertretern arge Differenzen auszubügeln galt. Auch war ein gefährlicher Konflikt mit England zu befürchten. Ludwig XI. hatte die geplante Eheschließung zwischen einer englischen Prinzessin und seinem Sohn, Karl VIII., zugunsten Prinzessin Margarete von Flandern abgesagt. Der König war für seinen Wankelmut berüchtigt; diese Absage aber galt als Fehdehandschuh, weil sie die sämtlichen bisherigen Abmachungen mit England verrieten, um Frankreich mit der Hilfe Habsburgs zu stärken. England würde bei einer Verbindung Mitspracherechte geltend machen, Flandern aber nur territoriale Vorteile bekommen, keine politischen. Prinzessin Margarete war zu diesem Zeitpunkt drei Jahre alt, Prinz Karl VIII. bereits über zwanzig.

Dom Frollo litt sehr darunter, nichts für Jean tun zu können. Mutter Pauline fürchtete die Inquisition so sehr, vor allem, weil auch ihre Schwestern Leidtragende gewesen wären, dass sie jeglichen Austausch mit ihm ablehnte, solange kein klarer Plan für Jeans Flucht gefasst war. Esmeralda war die Einzige, bei der Claude für wenige Augenblicke alles vergessen konnte. Ihr Anblick versetzte ihn in kindliche Freude. Er zwang sich aber zur Disziplin, mied die Plätze ihrer Darbietungen, versuchte, nicht mehr an sie zu denken. Das Ergebnis solcher Kasteiung waren lebhafte Träume.

Mal sah er sich als schwarzer Ziegenbock, der ihr beim Tanz auf den Rücken sprang, sie dabei zu Boden warf und heftig auf ihr herumhüpfte. Ein anderes Mal war er im Traum ein dicker Mehlwurm, der an ihren Schenkeln emporkroch, mit dem Wunsch, in die Höhle der Wonne zu kriechen und dort auf ewig zu verweilen. Dieser Gedanke ließ ihn dann tagelang nicht los: Wie sah ihre Mitte aus? Überwuchert von dunklem Kraushaar? Oder ein weicher Spalt, bedeckt von wenigen Haaren?

Bei Folterungen hatte er nackte weibliche Körper zu sehen bekommen. Und nicht nur er war gebannt von diesem seltenen, wunderbaren Anblick. Nie hatte er den Wunsch, oder auch nicht den Mut, eine dieser Schönen zu berühren, ihr Anblick allein war Faszination genug. Dann aber miterleben zu müssen, wie diese Unschuldigen gequält und zerstört wurden, verätzte ihm das Herz, zwang ihn zur inneren Starre, um die Schuld, die er dabei empfand, ertragen zu können. Inzwischen war er überzeugt davon, dass es weder Hexerei noch Ketzerei gab. Alles, was den Unglücklichen vorgeworfen wurde, war meist eine Abweichung von starren Kirchenmeinungen, manchmal auch einfach nur Neid. Als Archidiakon in die Hexenprozesse involviert zu sein hatte sein Gemüt zerstört. Es kostete ihn alle Kraft, die verzweifelten Schreie, das Flehen und Bitten der Gemarterten aus seinem Kopf zu verbannen. Esmeralda hatte ihn verhext, er war besessen von ihr, doch das war nicht ihre Hexerei, es war seine verlorene Kindheit, die ihn heimsuchte, ihn nach ihr schmachten ließ. War er selbst der Hexer dieses Wahns, sie sehen zu müssen, und sei es nur im Traum? War die erstorbene Lebendigkeit sein eigener Dämon geworden, der ihn zwang, sich wie im Fieber in sie hineinzwängen zu wollen?

Er gönnte sich jetzt wieder öfter eine Stunde bei Quasimodo, schwieg mit ihm oder blickte auf die Stadt hinab. Sie von oben zu betrachten beruhigte sein Herz ein wenig. Der Glöckner fragte immer wieder nach Jean, doch Frollo hatte nichts Neues zu berichten. Dass er aber wohlauf und in Sicherheit war, galt beiden bereits als Geschenk. Sie standen wieder an der Brüstung und beobachteten das emsige Treiben. Esmeralda tanzte mit Djali. Wie jedes Mal bei ihrem Anblick erstarrte der Priester. Um sie bildeten sich sofort Menschentrauben. Ihr Gesang, ihre lustigen Possen mit dem Ziegenbock und ihr Tanz erfreuten alle, ließen sie, ob arm, ob reich, für einige Augenblicke die Alltagssorgen vergessen. Ganz vorn stand der Hauptmann, dessen Pferd hinter der Menge von einem seiner Untergebenen gehalten wurde. Offenbar nickte die Zigeunerin ihm zu, er jedenfalls verneigte sich. Frollo glaubte, Vertrautheit zwischen ihnen zu spüren. Das durchglühte ihn schmerzhaft. Ohne Abschied eilte er die Wendeltreppen hinab. Vor dem Portal blieb er stehen. Er konnte den ganzen Platz überblicken, sah die Ersehnte, bemerkte auch ihren Schreck, als sie ihn erblickte. Hilfe suchend schaute sie zu Hauptmann Phoebus. Dieser wandte sich zur Kirche und bemerkte den Priester, der dort wie ein bedrohliches Mahnmal stand. Keck nickte er ihm zu und wandte sich wieder zur Tänzerin um. Von diesem Tage an pflegte Dom Frollo den Darbietungen Esmeraldas in Profankleidung, getarnt durch einen weiten Kapuzenmantel aus dunkelgrünem Samt, zu folgen.

Seine Befürchtungen bestätigten sich. Die Zigeunerin hielt ständig Ausschau nach dem attraktiven Hauptmann. Wann immer es sein Dienst erlaubte, stellte der Priester ihnen heimlich nach. Oft begegneten sie einander, wenn bereits zur Nachtruhe ausgerufen worden war. Er küsste ihre Hände, sie ihn sogar auf die Wange. Claude glaubte, bei dem Anblick sterben zu müssen. Wie konnte sie auf diesen Blender hereinfallen? Was ihm aber fast das Herz brach, war die Erkenntnis, dass sie ihn, Claude, niemals mit solchen leuchtend verliebten Augen anschauen würde. Und selbst wenn, was könnte er denn tun als Ordenspriester? Seine Sehnsucht steigerte sich bei diesen Beobachtungen so sehr, dass er für eine einzige Umarmung von ihr sofort seinen Orden verließe. Aber was dann? Würde sie sein Weib werden wollen? Eher nicht. Und falls das Wunder einträfe und sie ihn erhören sollte, wovon würden sie leben? »Welch dumme Träumereien«, schalt er sich. Er sollte sie endlich vergessen, doch je mehr er sich darum bemühte, desto drängender wuchs die Begierde.

Hauptmann Phoebus erfreute sich bereits wochenlang bester Stimmung. Sein Posten in Paris war nicht sehr arbeitsintensiv, dafür aber angesehen. Es gab hunderterlei Möglichkeiten, sich zu amüsieren und ebenso viele Aussichten, ein Edelfräulein mit reicher Mitgift kennenzulernen – oder besser zunächst deren Eltern. Und nun spielte er werbend bereits den ganzen Sommer lang um die Gunst, die unerwartet keusche, dafür aber umso reizvollere Esmeralda zu erobern. Diese lange Pirsch machte das Abenteuer noch verlockender. Sie schmachtete bereits nach ihm, das war deutlich, doch ihren Keuschheitsschwur zu brechen, wäre dann der Gipfel des Erfolges. Es ging dabei wohl um einen rosa Säuglingsschuh, so genau hatte er nicht zugehört, als sie ihm dieses Geheimnis anvertraute. Zu sehr war er von ihrem Busen abgelenkt, unter dem sie das Säckchen mit dem Schuh an einem Band trug. Abgesehen von ihren Reizen machte ihre Keuschheit das Unterfangen zu einer pikanten Herausforderung. Bestimmt würde sie für lange Zeit seine Geliebte bleiben. Phoebus staunte selbst über seine Gefühle, schließlich war sie nichts weiter als eine Zigeunerin.

Mittlerweile hatte sich auch die konkrete, sehr gute Gelegenheit ergeben, in absehbarer Zeit eine adelige und reiche Braut heimzuführen. Baronesse Fleur de Lys war zudem jung und nicht ganz reizlos, allerdings fehlte ihr jegliche Lebendigkeit. Offenbar traf da strengste katholische Erziehung auf ein eher moderates Gemüt. Ihr Aussehen glich ihrem Charakter. Sie war blass, blond und sehr schlank, um nicht zu sagen dünn. Ihre Stimme monoton, dafür hell und zart. Vielleicht sprach sie aber auch nur deswegen immer so leise, damit er ihr sein Ohr recht weit zuneigte. Sie sagte wenig, doch das mit bestimmendem Tonfall, was einen Kontrast zu ihrer scheinbaren Fragilität bildete. Erstaunlich für Phoebus war ihr Blick. Wenn Esmeralda Lachen, Sonne und Jubel aus ihren Augen strahlen lassen konnte, verriet Fleurs Blick nicht einmal dann einen Hauch von Gefühl, wenn sie in höflichem Tonfall sagte:

»Es ist mir eine große Freude, Euch zu sehen, Hauptmann de Châteaupers!« Dieses ernste, kalte Gehabe hemmte selbst ihn, der stets gut gelaunt und gewohnheitsmäßig galant war. Er verkehrte nun oft bei der angesehenen Familie de Lys, deren Palais gegenüber der Kathedrale stand, mit einem beachtlichen Garten dahinter, in dem er abends mit Fleur lustwandeln hätte können. Doch ihre Sitten ließen das nicht zu, was ihm sehr in die Karten spielte, denn so durfte er sich als »wohlerzogen« noch vor Anbruch der Dunkelheit zurückziehen, um Esmeralda zu treffen. Sich mit ihr zu unterhalten erfrischte mehr, als mit Fleur und deren Eltern ein feines Abendmahl mit den besten Weinen zu genießen.

So neigte sich der Sommer Richtung Herbst. Esmeralda war verliebt bis über beide Ohren. Hatte sie ihren Phoebus richtig verstanden? Würde er sie tatsächlich ehelichen wollen? Anders konnte man seine sehnsuchtsvollen Worte doch nicht verstehen, als er sagte:

»Ich will deine Liebe nie mehr missen. Du bist Leben für

mich, du bist eigentlich meine wahre Braut!« Warum »eigentlich«? Und warum fühlte sie sich ihm vom ersten Augenblick an so nah, verwandtschaftlich vertraut? Nie würde sie vergessen, wie er ihr auf dem Place de Grève den Ecu in die Hand gedrückt und sie dabei angestrahlt hatte mit den Worten: »Euer ergebenster Diener!« Mittlerweile redeten sie einander mit dem vertrauten Du an, wenn sie allein waren. Das bedeutete »Familie« für Esmeralda.

Gegen November kam Sophie aufgeregt zum Hof der Wunder.

»Ich habe erfahren, dass der Glöckner von Notre-Dame ein Findelkind sei und der Archidiakon sein Vormund. Er soll ›Quasimodo‹ genannt werden und einen Buckel haben. Die Frau am Markt meinte, er sei unglaublich hässlich. Wie schlimm, dass man so über ihn denkt. Aber das Wichtigste ist, dass ich vielleicht meinen Simon endlich gefunden habe! Oh mein Gott! Mir wird ganz schwindlig bei dem Gedanken!«

Sie war so außer sich, dass Esmeralda es nicht übers Herz brachte, von Phoebus zu erzählen und von ihrer Liebe zu ihm. Seit Langem schon wollte sie den richtigen Zeitpunkt abwarten, um feierlich zu berichten, dass sie die Frau des Hauptmanns werden solle. Mit Gedanken an ihn erwachte sie morgens und schlief abends in Sehnsucht nach ihm ein. Dazwischen war er ihr ständig im Herzen gegenwärtig und oft auch in wahrer Gestalt. Doch Sophies Freude über den wiedergefundenen Sohn hatte Vorrang. Was Esmeralda beunruhigte, war, dass jener Archidiakon womöglich ihr dämonischer Priester war. Neuerdings verfolgte er sie auch in profaner Kleidung. Aber Sophies überschwängliches Glück damit trüben? Nein, all das musste jetzt hintangestellt werden. Es hielt Sophie nicht in der warmen Stube, sie musste den Glöckner sofort aufsuchen. So zogen sie sich biedere und vor allem warme Kleidung an, denn draußen wehte eisiger Wind und nachts gefror bereits das

Wasser in den Pfützen und Regentonnen. Die Truppe war glücklich über ihre Räumlichkeiten im Hof der Wunder.

Esmeralda trug im Gewand versteckt immer einen kleinen Dolch bei sich, wie die meisten Rotwelschen. Die einen, weil sie Beutelschneider waren, die anderen, um sich genau davor zu schützen. Als junge Frau, die auch mal abends allein unterwegs war, wollte sie stets bereit sein, sich zur Wehr setzen zu können. Zwar galt es als strengstes Verbot, Waffen zu tragen, doch ab und zu musste sie den Dolch bereits einsetzen, um zudringliche Betrunkene abzuwehren. Es genügte, ihn zu zücken, und die Männer ließen von ihr ab. Der Dolch steckte in einem ledernen Etui unter ihrem breiten Gürtel. Bei Darbietungen legte sie ihn ab, um sich ungehindert bewegen zu können.

Auch diesmal nahm sie ihn wieder mit. Sie wussten noch nicht, wie sie an den Glöckner herankommen sollten, doch Sophie konnte nicht länger warten. Zunächst betraten sie die Kathedrale. Wie bei anderen seltenen Besuchen staunten beide über den riesigen Bau und dessen Säulen, die bis in den Himmel zu ragen schienen. Durch die große Rosette drang buntes Licht. Von allen Seiten schauten Heiligenfiguren auf sie herab; der Altarbereich, nach Osten ausgerichtet, wirkte wie ein verbotener Blick ins Paradies. Weit und breit war niemand zu sehen. Es gab mehrere verschlossene Türen, die zum Chor, zu den Türmen oder vorn in die Sakristei führten. Esmeralda kannte diese Räumlichkeiten und die liturgischen Riten der Christen kaum. Alles hier duftete ein wenig nach Weihrauch. Da schritten in stummer Prozession Mönche aus der Sakristei zum Chorgestühl im Bereich der Apsis. Der schwarz gewandete gespenstische Aufmarsch schien kein Ende zu nehmen. Beeindruckt und auch etwas eingeschüchtert blieben die beiden Frauen hinter einer Säule stehen, von wo sie zwar nach vorn sehen konnten, selbst aber nicht bemerkt wurden.

Als alle still vor ihrem Platz standen, läutete es feierlich zwölf Uhr mittags. Sophie spürte einen kleinen Stich im Herzen. War das ihr Simon, der die Glocke läutete? Während der letzte Klang verhallte, begannen die Mönche mit der Antiphon zur Mittagsandacht. Es folgten gesungene Psalmen, gesprochene Gebete, alles auf Latein und zum Schluss das Salve Regina. Danach entfernten sich alle wieder in stiller Prozession.

Niemand hatte die Frauen bemerkt. Esmeralda lehnte an der Säule, starrte hinauf zu den Spitzbögen, so unendlich hoch oben. Sie fühlte sich in einer Weise bewegt wie noch nie in ihrem Leben. Was hatte dieser Gesang in ihr ausgelöst? Was war es in ihr, dass sie plötzlich glaubte, an diesen heiligen Raum gefesselt zu sein? Wie kam es, dass sie Angst und gleichzeitig Rührung empfand? Sophie bemerkte ihre Faszination und ließ ihr Zeit. Schließlich sagte sie:

»Nicht wahr? Die gregorianischen Gesänge besänftigen das Herz.« Sie legte ihre Hand auf Esmeraldas Schulter. Diese sagte leise:

»Ich glaube, die Notre-Dame ruft uns etwas zu. Sie umschließt uns mit ihrer Kraft«. Noch immer war sie im Bann des monastischen Gesangs. Etwas Wesentliches hatte sich ihr eröffnet, sie wusste nicht, was es war, fühlte sich aber beschenkt.

»Die Mönche werden jetzt zu Mittag essen. Wir können niemanden fragen, wie wir den Glöckner kennenlernen können.« Sophie war etwas enttäuscht, andererseits fühlte sie, wie nahe ihr Simon endlich war. Wieder zu Hause, versorgten sie zunächst die Tiere. Die anderen hatten einen kräftigen Eintopf mit Kartoffeln, Speck und allerlei getrockneten Kräutern zubereitet. Nach dem Mittagessen planten sie die kommenden Wochen; wer würde regelmäßig für Holz sorgen, wer würde Spielzeug und Holzgegenstände für den Markt herstellen? Wer würde unterrichten? Mittlerweile konnten auch Isabel, Rosa und Miguel den Kindern reicher Bürger das Lesen und Schreiben beibringen. Etienne konnte das ohnehin mit seinen Kenntnissen, allerdings war ihm die Arbeit in der Werkstatt lieber. Wofür man sich auch immer entschied, die Einkünfte für den kommenden Winter waren gesichert. Esmeralda sehnte sich nach Phoebus. Sie hatte ihn seit ihrem letzten Auftritt Ende Oktober nicht mehr gesehen, konnte ihn auch nicht aufsuchen, weil er gemeinsam mit anderen Männern der königlichen Garde in der Bastille untergebracht war. Sophie war ungewöhnlich nervös wegen Simon, deswegen wollte sie der Madre noch nichts von ihrer Liebe zu Phoebus erzählen.

## Kapitel 19
# Das Narrenfest

Die Winterbeschäftigungen, das Gemeinschaftsleben untereinander, ab und zu Trainingseinheiten mit Djali, all das lenkte Esmeralda etwas von ihrer Sehnsucht nach Phoebus ab. Immer wieder suchte sie die Plätze auf, wo sie ihn vermutete. Da sie ihren eigenen Wohnort geheim halten musste, verstand sie seine Abwesenheit. Wie hätte er sie finden können? Sie bezweifelte keine Sekunde, dass er sich ebenso nach ihr verzehrte wie sie sich nach ihm. Sophie dagegen streifte unruhig rund um die Notre-Dame. Es musste doch jemanden geben, den sie nach dem Zugang zum Glockenturm fragen konnte oder danach, wo der Glöckner wohnte. Einmal beobachtete sie erstaunt, wie jener hochgewachsene Priester, den sie schon öfter bei den Darbietungen bemerkt hatte, hinter einem Hauptmann hoch zu Ross hereilte. *Der holt den nie ein! Warum ruft er nicht einfach?*, dachte sie.

Das Jahr neigte sich dem Ende zu. Nach Neujahr blieb die Stadt in Festtagsstimmung, es galt, das Dreikönigsfest gebührend zu begehen. Die Truppe staunte nicht schlecht, dass dies auch ein besonderes Thema für alle Rotwelschen war. Man besprach das Mysterienspiel, welches im großen Saal des Justizpalastes dargeboten werde. Jeder wollte rechtzeitig einen guten Platz einnehmen, einerseits, um viel von dem ganzen Prunk mitzuerleben, andererseits, um »gute Geschäfte« machen zu können.

»Seit wann seid ihr so erpicht auf religiöse Feste?«, fragte Miguel belustigt, als einige sogar begannen, Kostüme für dieses Ereignis zu basteln.

»Das Dreikönigsfest ist uns einerlei, doch sollst du wissen, dass in dieser Stadt am sechsten Jänner auch das Narrenfest gefeiert wird. Darum ist Arm und Reich gleichermaßen berechtigt, sich die Prunkräume und Darbietungen im Justizpalast anzusehen. Anschließend gibt es einen Narrenumzug, Musik und Tanz in allen Straßen, jede Menge Stände für Speis und Trank. Gerade für euch Zigeuner wäre dieser Tag ein Riesengeschäft!« Clopin Trouillefou war ehrlich überrascht, dass die Truppe noch nichts von diesem Großereignis wusste. Esmeralda widerstrebte es, Djali dem zu erwartenden Gedränge auszusetzen. Zu Tanz und Gesang inmitten grölender Feiernder hatte sie auch keine Lust, schon gar nicht, da dieses Jahr mit strengem Frost begann. Auch alle anderen waren mehr auf Wintertätigkeiten eingestellt. So beschlossen sie, dem Fest fernzubleiben und stattdessen die besondere Ruhe im Hof der Wunder zu genießen.

Für König Ludwig XI. war dieses Fest eine gewagte Rochade im Machtspiel mit England. Schon als sein Sohn und Nachfolger Karl VIII. noch ein Knabe war, hatten Vertreter des ewigen Inselkonkurrenten eine Vermählung mit einer Prinzessin aus königlichem Geschlecht in die Wege geleitet, um so die politischen Verbindungen zu festigen, eigentlich zu harmonisieren, denn Unstimmigkeiten gab es ununterbrochen. Beide Reiche strebten die Vorherrschaft zu Wasser und zu Lande an. Frankreich pochte auf Sonderrechte und Privilegien in seinem Territorium und den umliegenden Grafschaften bis weit nach Osten. Im Heiligen Römischen Reich strebte nun zwar auch Friedrich III. nach mehr Macht und Einfluss, benannte seine Gebiete sogar in Deutsches Kaiserreich um, aber es war zu erwarten, dass sich die Kirche Roms dergleichen nicht lange gefallen lassen würde. Mit einer Verschwägerung zwischen Frankreich und England hätte das Inselreich Mitspracherechte einfordern können, was ihre einzige Motivation für dieses Eheherarrangement war. So verhandelte Ludwig XI. kurzerhand einen

Vertrag mit Flandern aus, deren freundliche Gesinnung ihm auch bei Grenzstreitigkeiten mit dem Deutschen Kaiserreich dienlich sein konnte. Als Braut für den Kronprinzen bot man Prinzessin Margarete von Flandern.

So wurde Seine Eminenz, der Kardinal von Bourbon, mit würdigen Vertretern Flanderns zum Mysterienspiel und anschließend zu einem großen Empfang im Louvre erwartet. Allerdings blieb die französische Königsfamilie dem Tumult im Justizpalast fern. Doch die Stadt ließ es sich nicht nehmen, den Gesandten ein unterhaltsames Willkommen zu bereiten. Seit Monaten probte Maître Pierre Gringoire sein eigens dafür gedichtetes philosophisches Werk mit ausgesuchten Darstellern. Er verlangte prunkvolle Kostüme, seine Hauptfigur, Jupiter höchstpersönlich, möge golden strahlen, die Kulissen und die eigens angefertigte Bühne einen Hauch von Elysium beschwören. Alle nannten ihn »den Königsschreiber«, nicht weil er sein Werk für das Fest der königlichen Gesandten gedichtet hatte, sondern weil er wie ein König einherstolzierte und ständig Anweisungen gab, die sich teilweise widersprachen. Vielmehr als alles andere sollte es sein Fest und künstlerischer Durchbruch werden.

Das Gedränge und die Pöbeleien begannen bereits am frühen Morgen. Besäufnisse und verschiedene Vergehen gegen unvorsichtige Mädchen, die sich ohne ausreichenden Schutz in dieses Getümmel gewagt hatten, ließen nicht lange auf sich warten. Zu Dom Frollos allergrößtem Ärger hatte der Stadtvogt ihn genötigt, neben den Gästen und ihm auf der Ehrentribüne zu sitzen.

»Ein Vertreter der Kirche und Vertrauter des Königs darf bei diesem Ereignis nicht fehlen, was würde denn Kardinal Karl von Bourbon von uns denken?«, hatte er argumentiert. Frollo wusste genau, dass er dem Stadtvogt einfach nur als Schutz diente. Beim Narrenfest ging es äußerst derb zu, man warf nicht nur schmutzige Lappen nach verhassten Vertretern der Obrigkeit, sondern auch mitunter Tonkrüge oder Fäkalienbeutel. Da nur an diesem Tag der Pöbel zu solchen Feierlichkeiten zugelassen wurde, konnte man die Schuldigen trotz verstärkter Wachen kaum ausmachen. Zwar prügelten auch diensthabende Soldaten wild in die Menge, Pferde wurden zu gefährlichen Tritten animiert, aber der aufgestaute Groll des Volkes gegen Unterdrückung und Ausbeutung, während die Aristokratie unermesslich reich war, machte sich an diesem Tag dennoch gewaltig Luft. Gegen den Archidiakon wagte man weniger Attacken als gegen den Stadtvogt Robert d'Estouteville.

Claude hatte Quasimodo einen geheimen Durchgang gezeigt, damit er die schönen Kostüme der Darsteller und die Gesandtschaft bewundern konnte, ohne selbst bemerkt zu werden. Maître Pierre kam gewaltig ins Schwitzen, als die Gesandten bereits eine Stunde überfällig waren und das Volk ungeduldig verlangte, das Stück zu beginnen. Erst als man mit Gegenständen nach ihm zu werfen begann, gab der Vogt das Zeichen, nicht länger auf die Gäste zu warten. Die Musiker begannen ihr Spiel. Sofort verstummte der ohrenbetäubende Tumult im Saal. Als Jupiter in schrill buntem Kostüm die Bühne betrat, begann allerdings in manchen Ecken Gekicher.

»Ein Weibmann oder ein Mannweib, wer kann es wissen?«, rief einer. Allgemeines Gelächter. Trotzdem hörte man eine Weile den komplizierten Ausführungen auf der Bühne zu. Dann trat ein weiterer Darsteller auf, es war tatsächlich ein Mann, der eine Frau spielte. Das Volk brüllte vor Lachen. Kaum jemand achtete mehr auf das Stück, man unterhielt sich miteinander wie auf dem Markt. Frollo, der in dieser Moralität eine umgedichtete antike Tragödie erkannte, hätte zuhören wollen, doch die Textpassagen waren umständlich, die Sätze zu verschachtelt und zudem mit wenig Ausdruckskraft vorgetragen. Nach einer halben Stunde endlich kam die Gesandtschaft.

Pierre Gringoire wollte das Stück neu beginnen oder zumindest unterbrechen, während die Wachen den Hochwohlgeborenen einen Weg zur Ehrentribüne bahnten. Ein Ausrufer begrüßte jeden Einzelnen mit Namen und Titel. Kaum jemandem im Saal entging der Affront gegen den König und die Aristokratie durch die Auswahl der Delegierten. Nicht ein einziger Adelsname wurde genannt, abgesehen vom Kardinal de Bourbon. Unter den anderen gab es Stadtschreiber, Schöffen, einen Vogt, und, das war der Gipfel, den Strumpfwirker Maître Jacques Coppenole. Dem nicht genug, spielte er sich noch dazu als Sprachrohr der Delegation auf. In Paris wusste man nicht, dass er in Flandern ein Volksheld war, ein Beschützer der Armen und Waisen. Die politische Elite Flanderns hatte den Plan Ludwig XI. nämlich sofort durchschaut, sie vor seinen Karren spannen zu wollen.

»Spielt ruhig weiter«, rief Coppenole in Richtung Bühne. »Dann haben wir das hoffentlich auch bald überstanden!«

Maître Pierre kochte vor Wut. Er hatte sich durch dieses Werk nicht nur einen Durchbruch erhofft, sondern vor allem auch die Tilgung seiner umfangreichen Schulden. Das Publikum hörte aber längst nicht mehr zu, nicht einmal die Honoratioren auf der Ehrentribüne. Seit dem Einzug der Delegation gab es noch mehr Tumult als zuvor, man verlangte nach Musik und Tanz, was Pierre besonders unerhört fand, schließlich ging es hier um hohe Kunst und nicht um billige Unterhaltung! Zu allem Überdruss stand auch noch dieser ungehobelte Hüne Coppenole auf und schrie mit polternder Stimme:

»Habt ihr schon einen Narrenpapst gewählt?«

Das Volk johlte, der Kardinal lief vor Entrüstung tomatenrot an. Den Brauch, am sechsten Jänner einen Narrenpapst zu wählen, kannte man in Paris nicht.

»Was für eine unverhohlene Beleidigung gegen die Kirche«, alarmierte sich Frollo angesichts der Bezeichnung »Narrenpapst«. Unschuldige wurden bereits für viel weniger grausam gemartert und hingerichtet. Die Menge grölte bedrohlich, jeden Moment konnte die Stimmung kippen. Ein aufgebrachter Mob war gefährlicher als bewaffnete Soldaten. So unauffällig wie möglich spähte er zum schmalen Fenster beim geheimen Durchgang hinüber. Hoffentlich hatte sich Quasimodo schon in Sicherheit gebracht! Und falls man ihm selbst etwas antun wollte, wie könnte er dann jemals Jean eine gute Zukunft ermöglichen, ja, ihn überhaupt endlich aus dem Nonnenkloster herausschmuggeln? Ein Gutes hätte es aber, wenn er an diesem Tag der Heiligen Drei Könige den Tod fände: sein quälendes Verlangen nach der Unerreichbaren hätte endlich ein Ende.

»Was muss ein Papst können? Wie wählt ihr ihn in Flandern?«, rief einer aus der Menge. Alles johlte, denn »Papst« statt »Narrenpapst« zu sagen, war eine weitere Spitze gegen die Kirche. Der Kardinal sah sich Hilfe suchend um, auch der Stadtvogt blickte panisch zu Frollo auf.

»Wer die schrecklichste Grimasse schneiden kann, ist für heute der Narrenpapst und wird von allen Narren und solchen, die sich darum bemühen, hofiert, gefeiert, geehrt«, lachte Coppenole. Seine flämischen Freunde grinsten. Sie hatten die Pariser gut im Griff. Schade nur, dass der feige König dieses besondere Schauspiel versäumte. Pierre Gringoire indessen zog sich so unauffällig wie möglich zurück. Seine versprochene Gage konnte er vergessen, er musste schon froh sein, wenn man ihm nicht die teuren Kostüme und die Kulissen in Rechnung stellte. Im Augenblick galt es nur, heil aus diesem Saal herauszukommen und womöglich etwas von dem Gebäck zu erwischen, das an diesem Tag unentgeltlich an Kinder verteilt wurde.

»Wer wagt sich auf die Bühne? Wer wird unser Narrenpapst?«, schrie Coppenole. Die Reihe der Anwärter auf dieses seltene Amt war unüberschaubar. Jeder gab sein Bestes.

»Streng dich nicht so an, Alter, du bist auch so schon hässlich genug!«, wurde dem Einen zugerufen, »… hier ein Exemplar, dessen Hintern wohl ansehnlicher ist als die Visage!« einem andern. Sowohl die Angesprochenen als auch die Menge klatschte, lachte und amüsierte sich. Durch diese Schau der Hässlichkeit ebbte die zuvor so aggressive Stimmung ab. Die Leute auf der Ehrentribüne wagten aber dennoch noch nicht, sich zu erheben. Wenn doch dieser Coppenole endlich mit einem Narrenpapst hinaus auf die Straßen ziehen wollte!

»Da!«, kreischte eine Frau und zeigte zu dem schmalen Fenster. Schlimmer als alles Gejohle war die gebannte Stille, mit der nun alle zu dem Fenster blickten. Die Leute drängten sich mehr und mehr dorthin.

»Das ist der Glöckner! Der hässliche Quasimodo von Notre-Dame! Ja, Dom Frollos Seelenbild! Gott, ist der hässlich!« Schauriges Flüstern. Niemand bemühte sich, hinter vorgehaltener Hand zu höhnen, im Gegenteil. Claude konnte sich vor Angst um seinen Schützling nicht bewegen. Er glaubte schon, sein Herz zerspringe jeden Moment.

»Heilige Höllenpforte, was soll denn das sein?«, rief Coppenole überrascht und hoch erfreut. In diesem Augenblick schrien alle wie aus einem Mund:

»Unser Narrenpapst! Unser Narrenpapst!«

»Nein! Nicht Quasimodo! Lasst ihn in Ruhe!«, wollte Claude rufen, wollte sich vor seinen Schützling stellen. Doch er saß wie gelähmt da, blickte weder auf noch erhob er sich, als der Stadtvogt überrascht den Schlüssel hervorholte, um die Tür zum Gang zu öffnen und Quasimodo auf die Bühne bringen zu lassen. Dieser war so eine enorme Menschenansammlung nicht gewohnt. Hilfe suchend streckte er die Hände nach Claude aus. Als sich ihr Blick traf, löste sich seine Starre endlich. Er stand auf, ging zu seinem Schützling hin, legte ihm die Hand auf die Schulter und schaute die Menge hasserfüllt an, allen voran den

Stadtvogt. Dieser zog die Schultern ein. Alles verstummte. Gespannt verfolgte der Kardinal die Situation. Er war inzwischen schon tausend Tode gestorben und hatte beim Ruf »heilige Höllenpforte« fast einen Schock erlitten. Die Menge starrte auf Dom Frollo, man wagte kaum zu atmen. Manche glaubten sogar, er zaubere sich jeden Moment samt dem Buckligen unter Schwefelgestank weg.

»Lasst den Glöckner in Ruhe«, sagte der Archidiakon mit tiefer bedrohlicher Stimme. Quasimodo drückte sich näher an ihn, das wirkte grotesk. Der kräftige, klobige Glöckner schmiegte sich Schutz suchend an den unnahbaren, hageren Priester, der die meisten Anwesenden um einen Kopf überragte. Alle brüllten plötzlich vor Lachen. Coppenole, der auf jeden Kirchenmann allergisch reagierte, amüsierte sich dabei, Frollos Versuch, den Krüppel zu schützen, sabotieren zu können. Außerdem hatte er noch nie einen passenderen Narrenpapst erlebt.

»Paris erstaunt mich immer mehr! Es lebe unser Narrenpapst, der Glöckner von Notre-Dame! Wie war noch mal dein Name?« Er starrte den Verängstigten an. Dieser drängte sich noch mehr an seinen väterlichen Freund.

»Hört mit Euren Possen auf und lasst den da in Frieden«, schrie der Archidiakon wütend.

»Hoho! Ihr wollt Spaß und Freude des Volkes beschneiden, wollt unser fröhliches Treiben unterbinden, mon Père? So kennen wir die Kirche! Aber heute beim Narrenfest gelten andere Gesetze«, höhnte der Strumpfwirker, zog Quasimodo mit sich und setzte ihm drei Mützen übereinander auf den Kopf, die er wahllos Männern vom Kopf gerissen hatte.

»Eine würdigere Tiara trägt nicht einmal der Papst in Rom«, rief er. Die Leute johlten vor hysterischem Vergnügen.

Der Kardinal hatte sich mit dem Stadtvogt durch den heimlichen Gang davongemacht. Quasimodo wurde auf einen Stuhl gesetzt und hinausgetragen, Frollo brutal weggedrängt. Er hatte Mühe, auf den Beinen zu bleiben, um nicht niedergetrampelt zu werden. Sobald der Mob mit seinem Papst ins Freie kam, beruhigte sich die aufgeheizte Stimmung etwas. Der Glöckner hatte sich ängstlich an den Stuhl geklammert, doch als er frische Luft schnappen konnte und die vielen lachenden Menschen sah, die ihm fröhlich zujubelten, fand er es aufregend. So nah war er den Leuten sonst nie. Wie kleine Mäuse wuselten sie in der Stadt umher, wenn er von oben auf sie hinabblickte. Nun waren sie nahe und wirklich. Man reichte ihm Kuchen und Wein. Auf einem Platz wurde er abgesetzt. Leute verneigten sich lachend vor ihm, Mädchen und Frauen tanzten, alle waren fröhlich. Für den Glöckner bedeutete es ein Abenteuer. Allerdings war er den vielen Wein nicht gewohnt, den man ihm ständig aufnötigte. Spät abends geleiteten ihn ein paar ebenfalls Betrunkene zur Kathedrale, denn allein hätte er sie nicht gefunden. Während des ganzen Tages war es kaum jemandem aufgefallen, dass Quasimodo nahezu taub war. Die meisten glaubten, er sei nicht richtig im Kopf und spreche deswegen kein Wort. Doch es ging auch nicht darum, was ihr Narrenpapst sagte, sondern darum, sich über ihn zu amüsieren.

Frollo läutete an dem Tag die Stundenglocken und zum Angelus. Er machte sich Sorgen um seinen Schützling, wartete vor dem großen Portal auf ihn, sobald er die Vesper mit den Mitbrüdern gebetet hatte. Als einige singende Gesellen heranwankten, den Glöckner mit sich schleppend, lief er ihnen entgegen. Sicherheitshalber brachte er ihn nicht auf den Turm, die Wendeltreppen waren zu steil. Stattdessen legte er ihn auf seine schmale Liegestatt in der Klosterzelle, den frisch ausgespülten Güllekübel daneben.

*Albert war es so übel wie dem armen Quasimodo. Er hatte beim Ball der Romanisten und Germanisten wohl zu sehr durchein-*

*andergetrunken. Die Stimmung war ausgelassen gewesen, tanzen konnte er auch oft, vorwiegend mit Kolleginnen älteren Semesters, deren anwesende Ehemänner Tanzmuffel waren. Ab und zu ließ er sich aber auch von einer Studentin bitten, doch im Allgemeinen vermied er zu viel privaten Kontakt zu ihnen. Später philosophierte er lange mit zwei Kollegen über Hugos Lebenswerk, Rousseaus »Urzustand« und die Revolution, vor allem über deren Auswüchse. Dabei dürfte er zwischen Wodka und Whisky wohl zu häufig gewechselt oder von beidem einfach zu viel erwischt haben. Sein Kollege Mike bestand darauf, ihn in die Bar einzuladen, weil er es gewesen war, der den vermissten Stoß Arbeiten gemeinsam mit eigenen Unterlagen mit nach Hause genommen und das erst zwei Wochen später bemerkt hatte.*

*»Ich wanke mal nach Hause, morgen kommt mein Sohn, da will ich fit sein«, lallte Albert gegen drei Uhr morgens.*

*»Wann denn genau?«*

*»So gegen zehn, wir wollen eine Radtour machen.«*

*»Da hast du dir ja ordentlich was vorgenommen. Ich für meinen Teil hoffe, den morgigen Tag zu verschlafen«, antwortete Mike.*

*»Mir geht's wie dem Papst in Frankreich«, lallte Albert unzusammenhängend.*

*»Heißt das nicht: wie Gott in Frankreich?«*

*»Mir gehts wie dem Narrenpapst in Frankreich«, korrigierte er sich. Mike schaute ihm verständnislos mit glasigem Blick nach.*

## Kapitel 20
# Pierre Gringoire

Maître Pierre fluchte auf die Welt voller Banausen. Er verfluchte den Stadtvogt, der ihm nur drei Livres Vorschuss gegeben und gemeint hatte, den Rest der Gage nach der Premiere seines fulminanten Werkes zu bezahlen, wobei acht Livres davon für Kostüme und Kulissen zu berappen seien. In seine schäbige Dachwohnung im Universitätsviertel konnte er nicht zurück, weil er fünf Monatsmieten schuldig war und dem Hausherrn versprochen hatte, nach der Premiere alles zu bezahlen. Sein Werk war hervorragend, daran bestand kein Zweifel, nur leider fehlte dem Publikum jegliches Verständnis dafür. Unter tausend Parisern findet man einen großen Geist und das war er selbst. Genies mussten unverstanden und einsam bleiben, was für eine Tragödie! Er hatte seit dem Vortag nichts gegessen, sein Magen schmerzte schon vor Hunger. Die Schuhe wärmten nicht und waren löchrig, der Überzieher leicht wie ein Vorhang. Ihn fror entsetzlich.

Nahe des Place de Grève in der verwinkelten Rue de Mouton roch er Braten, Rauch stieg aus einem der Schornsteine, magisch zog es ihn dorthin. Er überwand ein schweres Tor, das am Pflaster schleifte, durchschritt einen schmutzigen feuchten Durchgang, fand sich plötzlich in einer verlassenen Gasse mit leer stehenden Ruinen wieder, hörte aber dahinter Gelächter, Musik und roch den Braten deutlich. Mittlerweile war es finster geworden. Wieder lehnte er sich an ein Tor, das zwar nicht versperrt, aber offenbar von innen verkeilt zu sein schien. Nach einigem Bemühen überwand er es, gelangte in eine bewohnte Gasse, allerdings mit ebensolchen Ruinen wie zuvor. Nach einigen Minuten des Stolperns im Finsteren wurde er am Kragen gepackt und rüde angeschrien:

»Wie kannst du es wagen, in unser Reich einzudringen? Das soll dich teuer zu stehen kommen!«

Ein streng riechender Hüne, so stark behaart, dass man ihn für einen Werwolf halten konnte, schleifte ihn mit sich. Bald machte Pierre andere Gestalten aus, die aus allen Ecken zu kommen schienen.

»Von welchem Reich sprecht Ihr, Monsieur, ich erblicke hier nur Ruinen. Und was Euer »teuer zu stehen« anbelangt, werdet Ihr Pech haben. Ich besitze nämlich nicht einen Sou, im Gegenteil, Schulden sind alles, was mir geblieben ist. Ihr könnt mich also ruhig wieder loslassen, denn bei mir ist nichts zu holen, außer vielleicht Bildung. Das allerdings stehe Euch nicht schlecht an. Ich gebe gern Unterricht zu erschwinglichen Preisen. Ihr sollt nämlich wissen, wer vor Euch steht: ein hochgebildeter Philosoph und Dichter. Erst heute wurde eines meiner größten Werke vor dem erlauchten Kardinal von Bourbon und der edlen Gesandtschaft aus Flandern aufgeführt.«

Er hätte noch viel zu sagen gewusst, aber der Hüne hob ihn am Kragen zu sich empor, sodass Pierre glaubte, an seinem eigenen Hemd stranguliert zu werden, und schrie ihn an:

»Halt endlich dein dämliches Maul!«

Nach der unsanften Landung auf dem Pflaster und einigen Schrecksekunden fühlte sich Maître Pierre verpflichtet zu sagen:

»Ihr scheint den Sinn meiner Worte wohl nicht ganz verst…«

Weiter kam er nicht. Der Mann holte kurz aus, dann wurde es Nacht um den Philosophen. Als er wieder zu sich kam, lag er auf dem Pflaster eines großen Hofes. Nach dem Bratenduft zu schließen, müsste er sich im Himmel befinden, doch die Gestalten, die ihn umringten und neugierig begafften, waren wohl eher der Kategorie hässliche, schmutzige Teufel zuzuordnen. Er befühlte seine Wange, tastete mit der Zunge nach den Zähnen. Alles noch da, die Wange lediglich geschwollen.

»Warum zum Henker hat mich dieser Unhold so grob behandelt? Ich verwahre mich gegen solch ungebührliches Betragen! Wo bin ich denn hier überhaupt? Wie könnt Ihr so mit einem freien Bürger umgehen?«

»Ich glaube, bevor wir ihn hängen, müssen wir ihm auf der Stelle die Zunge herausschneiden. Den hält ja nicht einmal der stärkste Mann aus«, maulte der Hüne von vorhin. Er stand neben ihm, die Faust bereits bedrohlich erhoben.

»Ich liege vor Euch am Boden! Ihr könnt Euch doch nicht an einem Wehrlosen vergreifen! Wo bleibt denn da die Ehre?«

Langsam setzte sich der unverstandene Philosoph auf. Rund um ihn kreischten einige zahnlose alte Weiber lachend über seine Äußerungen, auf einer Bank weiter hinten saßen einige jüngere, aber auch nicht wesentlich ansehnlichere. Endlich trat Clopin Trouillefou, ein relativ kleiner drahtiger Mann, wohl in der Mitte seines Lebens, an ihn heran und taxierte ihn.

»Du bist hier eingedrungen, das bedeutet den Strick«, war alles, was er sagte. Dann ging er in die Schenke zurück, aus der er gekommen war und von wo es so köstlich duftete.

»Aber Euer Majestät, König der Rotwelschen, Herr über den Hof der Wunder, wollt Ihr nicht Gnade vor Recht ergehen lassen und dem Verurteilten noch die Möglichkeit einer Rettung durch die Liebe einer edlen Maid ermöglichen?«, fragte eine der Alten mit anzüglichem Tonfall.

»Meinetwegen, wenn sich eine von euch alten Schreckensfiguren dazu bereit erkläre, dann möge er diejenige in der heutigen Hochzeitsnacht tüchtig beglücken!«

Er grinste und musterte die Weiber, die besonders nah um den armen Dichter herumstanden oder kauerten. Zum ersten Mal in seinem Leben versagte es Pierre die Sprache, als er hörte, wo er sich befand. Er war ins geheime Innerste der Rotwelschen geraten, war zum Opfer aller Gauner, Mörder und Räuber von Paris geworden. Sein Leben war verwirkt.

»Ihr könntet großen Gewinn durch mich erzielen, Weisheit erlangen, das Lesen und Schreiben erlernen. Lasst mich doch bitte am Leben, ich bin ganz unversehens hierhergeraten und werde niemals irgendjemandem von Eurem Versteck erzählen«, versuchte er es doch noch mal mit seiner wiedergewonnenen, nie enden wollenden Eloquenz.

»Was heißt hier ›Versteck‹? Du Strolch! Wie kannst du unser Königreich so sehr beleidigen«, schrie einer, der hier wohl den Vizekönig machte. Er pflanzte sich vor ihm auf und spuckte auf ihn hinab. Wieder lachten die Weiber kreischend auf.

»Was wäre denn das für ein Gnadenerweis, von dem vorhin die Rede war?«, fragte Pierre kleinlaut, während er sein Halstuch aufband und es benutzte, um die Spucke abzuwischen.

»Wenn sich eine ledige Frau aus unserer Runde dazu bereit erklärt, Euch heute noch zu ehelichen, dürft ihr Euer elendes Leben behalten, weil Ihr dann einer von uns wäret und den Schwur leisten müsstet, Euch an unsere brüderliche Verschwiegenheit zu halten und an unsere Reichsordnung.«

Soviel hatte Guillaume Rousseau, erster Minister im Reich der Rotwelschen, schon lange nicht mehr im Stück gesprochen.

»Ihr habt hier eine Ordnung? Das versteht Ihr aber gut zu kaschieren«, konnte sich Pierre nicht verkneifen zu sagen. Der Hüne holte wieder aus, doch eine Alte, die neben dem Dichter kniete und ungeniert ihre Hand auf seinem Schritt liegen hatte, meinte:

»Na ja, ich würde mich für den Strolch hier schon opfern!«

»Nein!«, entfuhr es ihm. Sie war die Hässlichste der Hässlichen.

»Du willst meine Huld ausschlagen und lieber am Galgen baumeln, statt die Freuden der Liebe mit mir zu teilen?«

Bei dem Gedanken an diese »Freuden« wurde ihm übel und es war nur seinem leeren Magen zu verdanken, dass er sich nicht in ihren Schoß übergab, von dem noch dazu beißender Gestank ausging.

»Dann will ich dich auch nicht«, kreischte die Alte und quetschte mit aller Kraft zusammen, was unter ihrer Hand lag. Pierre quietschte förmlich auf und wand sich dabei. Inzwischen hatte man bereits ein Seil über einen Querbalken geworfen, die Schlinge war geknotet, ein wackeliger Stuhl stand darunter. Zu diesem Schauspiel kamen alle aus der Schenke. Zwar konnte man die Rotwelschen nicht gerade wohlerzogen nennen, aber jemanden zu hängen kam doch eher selten vor. Trotz der Kälte brach Pierre in Angstschweiß aus.

»Seid doch nicht so grausam! Was habe ich Euch denn getan? Ich habe mich ja nur verirrt! Ihr könnt mich doch nicht einfach so hängen! Das widerspräche jeglicher Gerichtsbarkeit! Madame, vielleicht könnten wir ja doch den Bund der Ehe schließen, gibt es hier denn einen Priester?«

Während der Unglückliche versuchte, um sein Leben zu reden, rief Clopin Trouillefou:

»Allein für dein Gefasel gebührt dir der Tod! Wer soll denn so viel Unsinn in so kurzer Zeit ertragen? Die Welt wird ein ruhiger Ort ohne dich!«

»Madame! Erhört mich doch! Seid meine holde Braut«, schrie Pierre verzweifelt. Doch er wurde bereits gefesselt auf den Stuhl gehoben, die Schlinge um seinen Hals gelegt.

»Nichts da! Ihr habt mich verschmäht, Euch kann ich mich nicht mehr reinen Herzens hingeben«, höhnte die Alte. Da meckerte es. Alle wandten sich um. Esmeralda trat aus dem Eingangstor, das zu den Wohnbereichen ihrer Truppe gehörte. Wie so oft wurde sie von Djali begleitet und wie immer bedeutete ihre Erscheinung etwas Besonderes. Sie zu sehen, ihren Gruß zu empfangen, war selbst für die rauen Rotwelschen etwas Kostbares. Den Tumult hatte sie gehört und verband das Ausmisten des Stalles mit einem neugierigen Blick. Sobald sie den Verurteilten am Strang erblickte, schrie sie erschrocken auf.

»Wer ist denn das? Und was hat er verbrochen?«

»Allerliebste Esmeralda, kümmert Euch nicht um dieses Nichts. Es wird uns nicht länger stören«, bekam sie zur Antwort. Die Anrede »allerliebste Esmeralda« klang etwas komisch, wo sie doch gerade Mist hinaus auf die Wiesen karren wollte.

»Der Engel Esmeralda mit seinem unvergleichlich klugen und hübschen Ziegenbock! Euch schickt der Himmel! Wollt Ihr mir die Ehre erweisen und mein Leben retten, indem Ihr mein Eheweib werdet?«, schrie Pierre Gringoire verzweifelt. Der ganze Hof brüllte vor Lachen.

»Du Narr! Wenn nicht einmal die alte Vettel dein Weib werden will, wie könnte sich dann unsere Schönste der Schönen, die allseits begehrte, aber stets tugendhafte Esmeralda herablassen, auch nur daran zu denken?«, lachte Clopin und wollte dem wackeligen Stuhl schon einen Tritt geben.

»Halt!«, rief die Zigeunerin. Alles hielt den Atem an. Alle starrten auf sie. Das Mädchen selbst erlebte einen kalten Schauer. Die rauen Sitten der Rotwelschen waren ihr nicht entgangen, aber würden sie wirklich einen Unschuldigen ohne Zögern erhängen?

»Was hat er verbrochen?«

»Unwichtig! Wir handeln nur nach unseren Gesetzen«, antwortete Trouillefou.

»Und was hat es mit der Idee auf sich, ihn zu retten, indem ich sein Weib werde?«

Man erklärte ihr in kurzen Worten, worum es ging. Mittlerweile hatte sich die ganze Szene zu einem unterhaltsamen Spektakel entwickelt. Das allein war die Sache wert.

Esmeralda konnte es nicht über sich bringen, dem Verzweifelten ihre Hilfe zu verweigern. Sofort aber kam ihr Phoebus in den Sinn. Würde er sie auch lieben können, wenn sie nun diesen Fremden ehelichte?

»Was für ein Bund der Ehe soll denn das sein, ohne Priester und ohne Trauungszeremonie?«, fragte sie.

»Es ist ein Bund mit absoluter Gültigkeit im Reich der Rotwelschen. Kein anderer Mann darf dir nachstellen, wenn du hier einen Ehemann erkoren und gewonnen hast«, erklärte Guillaume Rousseau. Ihr war sofort klar, dass solch eine Trauung also keine Bedeutung für die Welt außerhalb dieser absonderlichen Gemeinschaft hätte.

»Nun gut, bevor dieser Mann seine Arbeitskraft verliert, will ich sie mir sichern«, meinte sie diplomatisch. Wieder brach schallendes Gelächter los, denn jeder erkannte sofort, dass die Schöne ihren künftigen Gatten wohl nicht an sich heranlassen, sondern lediglich retten oder tatsächlich nur zu einem gehorsamen Diener machen wollte. Gringoire verfolgte zitternd das Geschehen. Wie konnte neben all den hässlichen Weibern ausgerechnet die berühmte Schöne seine Rettung sein? War das nur ein Hoffnungstraum seiner angespannten Nerven? Oft hatte er sie und ihren erstaunlichen Djali schon auf verschiedenen Plätzen bewundert. Nun bereute er es zutiefst, ihr nie auch nur einen einzigen Sou hingeworfen zu haben. Sie stellte die Schubkarre ab und trat an den Verurteilten heran, blickte an ihm hoch in die angstgeweiteten Augen.

»Worin besteht die Zeremonie?«, fragte sie in die Runde.

»Ihr wollt diesen Taugenichts wirklich ehelichen? Jeder Junker, Edelmann, ja, die Besten von uns würden alles geben, um Eure Gunst zu gewinnen«, wollte ihr Clopin die Sache ausreden. Tatsächlich war es bereits ewig her, seit im Hof der Wunder unter seiner Herrschaft jemand gehängt worden war, darauf wollte er nicht gern verzichten. Die alten Weiber hatten glänzende Augen – was für ein romantisches Spektakel! Esmeralda in gewissem Sinne als Konkurrentin zu haben schmeichelte ihnen.

»Also ich war mir zu gut für den. Du willst dich doch nicht an so einen verschwenden«, meinte die Alte von vorhin. Irgendwie hatte sie das Gefühl, nun doch etwas zu versäumen, indem sie den Jungspund von sich gewiesen hatte. Da knickte ein Bein des Stuhls ein, auf dem Pierre noch immer zitternd stand. Er johlte auf, der ganze Hof kreischte und klatschte.

»Das Schicksal nimmt die Entscheidung selbst in die Hand«, schrie jemand. Maître Gringoire hatte sich vor Entsetzen eingenässt. Er wimmerte nur noch und versuchte auf dem Stuhl zu balancieren. Auch Esmeralda war erschrocken.

»Ich werde sein Weib!«, rief sie.

Knisternde Spannung. Aller Augen richteten sich auf den Zitternden und seine unerwartete Retterin. Clopin musterte seelenruhig, als hätte er ewig Zeit, den Stuhl, den wimmernden Verurteilten, den Strick und schaute dann die Zigeunerin an.

»Seid Ihr Euch sicher, mein Kind?«, fragte er mit genüsslicher Langsamkeit. Sie nickte. Als er wieder den wackeligen Stuhl betrachtete, der bedrohlich knarrte, lief sie hin, hielt den Mann an den Beinen fest und sagte mit wütendem Blick auf Clopin:

»Holt ihn hier runter!«

Der Hüne nahm ihn wie ein Kleinkind um die Mitte, ein anderer stieg auf einen stabilen Hocker, um ihn von der Schlinge zu befreien. Als Pierre wieder festen Boden unter seinen Füßen hatte, sackte er schluchzend zusammen. Esmeralda achtete nicht weiter auf ihn, wollte endlich den Karren nach draußen schieben. Sie oder jemand von der Truppe machten das immer nachts, denn Mist auf die Wiesen zu kippen war nicht besonders beliebt.

»Was ist mit der Zeremonie?«, riefen alle.

Etwas genervt blieb das Mädchen wieder stehen und schaute fragend in die Runde. Eine der Alten erklärte: »Dein edler Bräutigam muss einen Krug Wein spendieren. Zunächst trinkt ihr daraus, dann unser König und der Vizekönig, dann deine Leute von der Truppe, wenn sie wollen, und dann wir alle. Sobald der Krug geleert ist, wird er von unserem König zwischen euch beiden zerbrochen. Damit seid ihr getraut.«

»Oh mein Gott! Ich besitze nicht einen einzigen Sou! Jetzt muss ich sterben, weil ich nicht mal einen Krug Wein bezahlen kann!« Der soeben Gerettete wand und krümmte sich am Boden, heulte, schrie. Wortlos ging Esmeralda in ihren Schlafraum und holte einen Ecu. Djali nahm sie wieder in sein Nachtquartier mit hinein. Die meisten der Truppe schliefen schon, die anderen wollten nicht mehr hinaus, als Esmeralda unverfänglich fragte:

»Habt ihr Lust, an einem Umtrunk teilzunehmen?«

Großer Jubel, als sie das Geld Clopin aushändigte. Es reichte für mehrere Krüge. Nachdem die Scherben des ersten Kruges zwischen ihnen und dem noch immer völlig Aufgelösten lagen, nahm Esmeralda den Karren endlich wieder und rief ihm zu:

»Begleite mich, ich kann Hilfe brauchen!« Alle grinsten, als er mit gesenktem Haupt und nassen Beinkleidern hinter der zierlichen Tänzerin herschlich. Er überragte sie höchstens um einige Zentimeter.

»Ob das heute eine feurige Hochzeitsnacht wird, wage ich zu bezweifeln«, feixte die Alte, die sich nun ärgerte, den jungen Willigen nicht für sich behalten zu haben. Als die beiden wieder zurückkamen, feierten alle noch laut und ausgelassen. Man ließ bereits den dritten Krug herumgehen. Rasch durchquerte Esmeralda den Hof. Pierre ging mit dem Karren hinter ihr. Auf Anweisung hatte er ihn so gut wie möglich mit Schnee gesäubert. Überrascht blickte sich der Dichter in der großen warmen Tischlerwerkstatt um.

»Ich gebe dir etwas Wasser, ein sauberes Beinkleid und eine Decke. Leg dich vor den Kamin, da ist es warm«, sagte sie müde.

»Und wo schlaft Ihr, meine Gemahlin?« Er hatte das innere Rechtsempfinden, dass sein Platz nun wohl an ihrer Seite sei.

»Wenn du mich je wieder ›Gemahlin‹ nennst, schläfst du von nun an auf dem Hof vor dem Tor, das zu unseren Räumlichkeiten führt! Um dich zu retten, habe ich nicht einmal meine Truppe befragt, ob es recht sei, einen Fremden hier bei uns aufzunehmen. Und du wagst es, womöglich noch Ansprüche zu stellen?« Sie hatte sehr leise gesprochen, aber ihre eisige Stimme und die zornfunkelnden Augen ließen Pierre erneut zittern.

»Natürlich. Verzeiht!« Noch immer starrte sie ihn mit vernichtendem Blick an.

»Ich danke Euch«, fügte er kleinlaut hinzu.

*Dass Esmeralda laut Hugo den ihr unbekannten Dichter ehelicht, verblüffte Albert, seit er das Werk kannte. Dennoch baute er diese Szene nun auch in seine eigenen Notizen ein. Der Gedanke, diese berühmte Geschichte neu zu erzählen, nahm für ihn immer mehr Gestalt an. Sich mit dem großen Literaten zu messen, schien zwar mehr als anmaßend, doch darum ging es gar nicht. Die Schicksale rund um die Kathedrale bewegten ihn. Seinen eigenen Blickwinkel dazu wollte er schildern, Hintergründe beleuchten, Quasimodos Ursprung ergründen. Und über all dem schwelte in seiner Erinnerung der Brand. Er schloss die Augen, sah den schlanken Turm fallen, Flammen loderten meterhoch aus dem Inneren der Notre-Dame, sogar den Rauch konnte er in seiner Erinnerung riechen, die aufsteigenden Tränen spüren. Und neben ihm hockte Leon auf dem Boden, stand dem Erschütterten bei, begleitete den fassungslosen Vater, wie er ihn zuvor in der Kathedrale selbst begleitet hatte, samt den Figuren des Romans.*

*»Egal wie mangelhaft mein Stil noch ist, ich will Victor Hugo die Ehre erweisen, will an den unzerstörbaren Geist der Kathedrale glauben. Der Dachstuhl mag einstürzen, die Mauern bersten, aber das Wesen Notre-Dames wird weiter bestehen.« Unbewusst ballte er die Faust.*

# Kapitel 21
# Ausschau halten

Immer wieder bemühte sich Sophie, an den Glöckner von Notre-Dame heranzukommen. Inzwischen konnte sie erfragen, dass er es gewesen war, den man zum Narrenpapst gewählt hatte. Allen, die sie darauf ansprach, kam nur sein Aussehen in den Sinn. Niemand sah in ihm den Menschen, ihren Sohn. Mitunter wurde in dem Zusammenhang auch der strenge Archidiakon genannt. Manche am Markt waren der Meinung, dass sie beide eine Vision der Hölle seien, Dom Frollo wegen seiner düsteren Ausstrahlung und weil er in den Augen der Leute Hauptverantwortlicher der Hexenprozesse war.

»Wenn man genau hinschaut, erkennt man das Untote, ja sogar Dämonische im Archidiakon. Oft liegen seine Augen schwarz umrandet in tiefen Höhlen – wie bei einem Skelett. Trifft dich sein Blick, läuft es dir kalt über den Rücken. Seine Stimme klingt, als käme sie aus einer Gruft. Seigneur Robert d'Estouteville dagegen wirkt freundlich, direkt volksnah mit seinem Bauch und klein wie er ist. Bestimmt ist er nur der Handlanger von Dom Frollo und muss tun, was dieser sagt. Und dass er als Geistlicher die Inquisition unterstützt, liegt ja wohl auf der Hand«, schilderte der Messerschleifer. Sophie hatte Mühe, ihn wieder loszuwerden, so viel wollte er noch weiter ausschmücken.

Aufgrund dieser Schilderungen wagte es Sophie nicht, den Priester selbst oder einen seiner Mitbrüder zu fragen. Zu tief saß noch der Schrecken in ihr, allein bei dem Wort Inquisition. Sie hatte weder etwas über ihre Mutter noch ihre Schwester Elisabeth in Erfahrung bringen können. Dass ihre Schwester auch an einen Verwandten aus kirchlichen Kreisen verheiratet worden war – wie sie damals –, das vermutete sie nur.

Inzwischen schrieb man bereits Ende März des Jahres 1482. Man gab wieder Vorstellungen. Esmeralda trainierte einen kleinen schwarzen Ziegenbock mit weißem Brusthaar, doch keiner der Kinder Djalis war so talentiert wie er selbst. Die Truppe überlegte, zusätzliche Räume im Hof der Wunder zu mieten, um Stallungen daraus zu machen. Djali war ein ausgewachsener, robuster, weißer Ziegenbock mit dem typisch strengen Geruch geworden. Auch deswegen plante die Truppe den Stall etwas abseits der eigenen Räume. Bei den Darbietungen reagierte das Publikum über seinen Ziegenbockgeruch entweder mit Gelächter oder Nasenrümpfen. Sobald er aber die Kunststücke gemeinsam mit Esmeralda vorführte, waren alle begeistert. Dazu kam, dass die Tänzerin umso zarter wirkte, je mächtiger das Tier neben ihr mit den Hufen auf den Boden stampfte.

Dann gab es da noch Pierre Gringoire, der zunächst von der ganzen Truppe als störend empfunden worden war. Weil er nicht in den Räumen schlafen konnte, die Sophie und Esmeralda belegten und sich weigerte, in der Werkstatt sein Quartier mit Etienne zu teilen, zog er es vor, im Stall ein Lager aus Stroh für sich zu beziehen. Ganz besonders mochte er Djali, nahm sogar ein wenig dessen Geruch an. Für allgemeine Hausarbeiten, die von allen erledigt wurden, war er zu unbeholfen oder spielte das zumindest gekonnt vor. Als Literat hätte er deswegen Unterricht geben können, um zum gemeinsamen Lebensunterhalt beizutragen. Nachfrage gab es genug, aber Maître Pierre schaffte es nicht, etwas verständlich zu erklären und wurde rasch ungeduldig, wenn man seinen weit ausholenden Redefluss unterbrach. Dafür wollte niemand zwei Ecus pro Unterrichtsbesuch zahlen.

Mittlerweile bestand seine vorwiegende Tätigkeit darin, sich um die Tiere und das Ausmisten ihres Stalls zu kümmern. Sobald es das Wetter erlaubte, führte er die Ziegen auf die Wiesen und zog einen Karren mit den Hühnerkäfigen hinter sich her, damit das Federvieh sein Futter im Freien finden konnte. Sie dabei nicht aus den Augen zu verlieren war das Schwierigste daran. Ab und zu begleitete er die Truppe zu den Auftritten, denn auch dabei war sozusagen hinter den Kulissen einiges zu erledigen.

Als er wieder einmal als Letzter den Karren mit Instrumenten, Reifen und Tüchern hinter sich herzog, wurde Dom Frollo auf ihn aufmerksam.

»Maître Gringoire! Seit der Aufführung Eures Theaterstücks habe ich nichts mehr von Euch gehört. Wie kommt es, dass Ihr den Karren der Gaukler zieht?«, fragte er leutseliger als üblich. Es interessierte ihn, was der Dichter mit den Zigeunern zu schaffen hatte.

»Ach, was soll ich Euch sagen, Dom Frollo, mit der Kunst konnte ich mein Brot nicht verdienen, doch es hat sich seitdem viel ereignet, vor allem am Abend, nachdem mein Werk so schmählich und unverdient ignoriert worden war, was ich jenem Strumpfwirker aus Flandern zuschreibe, diesem prahlerischen Banausen!« Pierre schämte sich. Als Philosoph wurde er in seiner momentanen Lebenslage wohl nicht mehr angesehen.

»Ja, tatsächlich, eure Moralität versprach noch viel an Geistreichem zu bieten. Ich war selbst untröstlich, dass es wegen unchristlicher Auswüchse des Pöbels nicht zu Ende gespielt werden konnte.«

Frollo wurde innerlich zappelig. Dieses sinnlose Gerede war schwer zu ertragen, wollte er doch nur in Erfahrung bringen, ob Gringoire etwas mit Esmeralda zu tun hatte.

»Was ist Euch denn an jenem denkwürdigen Dreikönigstag widerfahren, wenn ich so dreist sein darf zu fragen?«

»Ihr dürft, mein lieber Dom Frollo! Eure Anteilnahme ehrt mich!«

Gerade wollte Pierre vom Hof der Wunder erzählen, als er sich in letzter Sekunde des Schwurs zur Verschwiegenheit erinnerte.

»Ich geriet unter Räuber, die mich kurzerhand hängen wollten, weil ich nicht mal einen einzigen Sou besaß. Da kam La Esmeralda mit ihren Leuten und behauptete, ich sei ihr Ehegatte. Vor der Rache einer Zigeunertruppe zogen diese Windbeutel den Schwanz ein. Seitdem bin ich also, wenn Ihr so wollt, der Ehegatte einer der berühmtesten und, wenn ich so sagen darf, einer der hübschesten Tänzerinnen von ganz Paris.«

Er setzte schon zu neuen Ausführungen an, als ihm der Priester mit monotoner Stimme gratulierte. Ihm wurde es regelrecht übel bei dem Gedanken, dass Esmeralda womöglich bereits ihren ehelichen Pflichten mit diesem farblosen Niemand nachgekommen war.

»Ist Euch nicht gut? Ihr wirkt blass.«

»Aber nein, ich bin selten an der Sonne, es ist alles in Ordnung. Ein hochgebildeter Mann wie Ihr ehelicht eine Zigeunerin, da kann man nun wirklich von Liebe sprechen.« Er musste unbedingt mehr darüber erfahren, schlimmstenfalls mit der direkten Frage, ob es dieser kleine Mann gewagt habe, das Mädchen auch nur anzufassen!

»Dom Frollo, Ihr seid doch Priester. Darf ich Euch unter strengster Geheimhaltung etwas anvertrauen?« Pierre hoffte, seine Ehre als Gelehrter wieder herstellen zu können.

»Betrachtet mich als Euren verlässlichen Seelsorger.«

»La Esmeralda ist natürlich nur zum Schein meine Gemahlin. In Wahrheit schlafe ich im Stall bei dem sympathischen Djali. Sobald ich wieder ein Werk zur Aufführung bringe, verlasse ich die Truppe und lebe erneut unter Meinesgleichen. Ihr ahnt nicht, wie sehr mir ein guter intellektueller Austausch fehlt.«

Dem Archidiakon fiel es schwer, seine Erleichterung zu unterdrücken. Dass der Dichter Esmeralda gerade indirekt als dumm bezeichnete, nahm er ihm aber übel.

»Und ich wunderte mich bereits darüber, dass Zigeuner lesen könnten, doch offenbar schafft das nur ihr Ziegenbock!« Sein Sarkasmus galt zwar Gringoire, doch dieser lachte schallend auf. Offenbar fühlte er sich von dem Geistlichen als Gelehrter bestätigt.

»Nun ja, Frauen verstehen es zu blenden. Ein spanisches Lied da, ein aufgeschnapptes lateinisches Wort dort, schon wirkt man gebildet. Alles nur Schein.«

»Also dann, Maître Gringoire, hoffe ich doch, bald wieder eines Eurer Werke auf der Bühne erleben zu dürfen!«

»Verbindlichen Dank, Dom Frollo!«

*Er schläft im Stall, Gott sei Dank!*, dachte Claude und eilte weiter, bevor dem Maître weitere fragwürdige Weisheiten einfallen konnten.

Esmeralda hielt ständig Ausschau nach ihrem Hauptmann. Seit dem letzten Auftritt vor der Winterpause hatte sie ihn nicht mehr gesehen. War er versetzt worden? Gab es Scharmützel an den Grenzen, bei denen er sein Leben aufs Spiel setzen musste? Je prächtiger sich der Frühling entfaltete, desto sehnsüchtiger dachte sie an ihn. Nach wie vor spähte sie auch nach einer Frau, die vielleicht einen Glücksbringer bei sich trug, einen rosa Säuglingsschuh. Ausschau hielt auch Dom Frollo. Wann immer er sich unbemerkt aus dem Kloster stehlen konnte, wanderte er mit Profankleidung durch die Straßen und mischte sich unters Volk, um Esmeralda tanzen zu sehen, ihrer hellen Stimme zu lauschen und erstaunt zu beobachten, wie sie mittlerweile neben dem ausgewachsenen Djali einen fast komplett schwarzen, kleinen Ziegenbock in ihre Possen einbaute. Djali »las«, der Kleine sprang bei jedem vollständigen Wort mit einer halben Drehung in die Luft.

Unauffällig warf Claude am Ende der Vorstellung immer mehrere Ecu zu den anderen Münzen. Die Tänzerin zeigte nicht, dass sie die Großzügigkeit sehr wohl bemerkte. Auch Sophie entdeckte ihn jedes Mal. Zunächst fürchtete sie, er könne ein Spitzel der Inquisition sein. Sie mahnte Esmeralda, möglichst nichts darzubringen, was auch nur im Entferntesten als Hexerei oder Respektlosigkeit gegen die Kirche ausgelegt werden könnte, doch da hätten zunächst die beliebten Kunststücke mit den Ziegenböcken unterlassen werden müssen. Sie zu dressieren konnte bereits als Hexerei betrachtet werden. Sophie beobachtete jeden Blick, jede kleinste Geste des Priesters, wunderte sich ebenso wie Esmeralda über seine hochwertigen Münzen, sie konnten sich keinen Reim darauf machen.

»Wenn ich es nicht besser wüsste, könnte man fast annehmen, er sei ein Verehrer«, schmunzelte die Madre.

Lange nach dem Angelusläuten stand er im Ordensgewand vor dem großen Portal der Notre-Dame. Es war zu spät für Gaukler, auch die Marktstände räumten bereits auf, dennoch spähte er nach ihr. Sein Verlangen ließ ihn nicht zur Ruhe kommen. Sie zu sehen besänftigte den Schmerz der Einsamkeit, wenn er sich nachts schlaflos auf seiner schmalen, harten Liege wälzte. Oft schon hatte er sie in der Dämmerung vom Turm aus beobachtet, wie sie den Platz umrundete und bei jedem Pferd aufschaute.

»Noch immer denkt sie an den Hauptmann! Ob ich ihr sagen soll, dass dieser längst mit Baronesse Fleur de Lys verlobt ist?« Auch darüber wusste Dom Frollo Bescheid. Alles, was auch nur im Entferntesten mit Esmeralda zu tun hatte, interessierte ihn.

Da ging sie wieder! Unerwartet war sie aus dem Schatten eines Hauses getreten, niemand war bei ihr, auch Djali nicht. In einer Seitengasse hörte man mehrere Reiter. Es klang gespenstisch in dieser Stille. Das Mädchen lief in ihre Richtung,

Frollo wandte sich ab. Im Schatten einer Säule des riesigen Hauptschiffes bedeckte er sein Gesicht mit beiden Händen und seufzte. Woher kam diese Gewalt, die ihn fast zwang, hinauszugehen, das Mädchen am Arm mit sich zu zerren und – ja, was und? Was würde er tun, wonach verlangte es ihn so sehr? Er wusste es nicht, fühlte sich getrieben und verwirrt. Quasimodo hatte die Szene beobachtet. Er suchte Claude, den er nach der Vesper zum gemeinsamen Abendbrot erwartet hatte. Vielleicht spürte er deutlicher als Frollo selbst, wie sehr er nach der Nähe der schönen Tänzerin verlangte. Obwohl sich der Glöckner fast nie ohne Begleitung aus der Kirche wagte, lief er nun hinaus. Bald schon entdeckte er sie in einer Seitengasse.

»Komm mit! Mein Freund braucht dich!«, wollte er rufen, doch es klang wie bedrohliches Geschrei. Esmeralda erstarrte vor Schreck. Schon war er bei ihr, fasste sie mit enormer Kraft an der Hand und zog sie mit sich. Da kreischte sie panisch auf, wollte sich losreißen, schlug auf ihn ein, glaubte sich bereits in der Hölle. Im nächsten Augenblick galoppierten drei Pferde heran, Hauptmann Phoebus mit zwei Soldaten.

»Heda, du Unhold! Lass das Mädchen sofort los!«, schrie er. Quasimodo aber hörte ihn nicht, sondern zog die Verzweifelte eilig zur Kathedrale. Im nächsten Moment holte ihn Phoebus' Pferd ein, die beiden Soldaten warfen sich auf ihn und der Hauptmann hob Esmeralda zu sich empor. Sie starrte ihn zunächst wie eine Erscheinung an, er sie allerdings auch.

»Du! Wie habe ich mich nach deinen sprühenden Augen gesehnt, nach … nach dir, meine Schöne«, flüsterte er und drückte sie an sich. Sie schlang die Arme um ihn und schluchzte.

»In den Kerker mit dem Unhold!«, rief er den beiden Soldaten zu und trabte langsam zu einem ihm wohl vertrauten Wirtshaus in der Rue de Mouton, nahe dem Place de Grève. Frollo hatte Quasimodo erst bemerkt, als dieser aus der Kirche lief. Verwundert eilte er ihm hinterher, bog aber zunächst in die falsche Gasse ein. Dann hörte er Esmeraldas Schrei und gleich darauf Pferdegetrappel. Bis er den Geräuschen folgen konnte, war Phoebus schon um die Ecke gebogen. Quasimodo stolperte gefesselt hinter dem Pferd eines Soldaten her.

»Halt! Was habt ihr vor? Lasst den Glöckner sofort frei! Ich bürge für ihn«, schrie Frollo. Die Soldaten beschleunigten ihren Ritt, ungeachtet des Gefangenen. Erst vor dem Justizgebäude hielten sie an. Um diese Zeit trafen sie dort nur Wachen an, die Quasimodo in den Kerker warfen. Endlich erreichte Frollo den Glöckner, der ihn Hilfe suchend anstarrte.

»Was wird ihm vorgeworfen?«, keuchte der Priester.

»Er wollte ein Mädchen entführen!«

Frollo hatte keine Chance, er musste seinen Schützling den Wachen überlassen. Ein kleiner Trost war der Druck seiner Hand auf der Schulter des Glöckners. Vogt d'Estouteville war nicht anwesend oder ließ sich verleugnen. Unverrichteter Dinge und noch unglücklicher als ohnehin schon wanderte der Priester ziellos durch die Straßen. Er fand keine Ruhe, musste in Bewegung bleiben, um den Sturm in seinem Gemüt zu ertragen. Ohne auf den Weg zu achten, stand er schließlich vor einer heruntergekommenen Spelunke in einem Viertel, das er wissentlich kaum aufgesucht hätte. Verblüfft bemerkte er Phoebus' Pferd vor dieser Absteige, aus der es lärmte und stank. Ein zerlumpter Junge bewachte das edle Tier mit dem prächtigen Sattel. Im Priestergewand konnte Frollo diese Schenke unmöglich betreten.

»Pflegt der Hauptmann öfter hier abzusteigen?«, fragte er den Jungen in unbeugsamer Strenge. Dieser brachte vor Furcht keinen Ton heraus. Zunächst hatte ihn ein Hauptmann angesprochen und für die Wache zwei Sou gegeben, eine Auszeichnung, die er hoffentlich noch seinen Enkeln erzählen würde, nun forderte sogar ein Priester etwas von ihm!«

»Hier, mein Junge, wie heißt du denn?«

Frollo gab ihm einen Sol. An den erstaunt leuchtenden Augen erkannte er, dass der Hauptmann ihm für seinen Wachdienst weit weniger gegeben hatte.

»Enzo Lesable, mon Père«, antwortete der Halbwüchsige mit einer schüchternen Verbeugung. Lächelnd reichte Frollo ihm einen weiteren Sol und fragte:

»Ist der Hauptmann allein im Wirtshaus?«

Kopfschütteln. Dann endlich ein schüchtern gestottertes:

»Nein, diesmal ist er mit dem schönsten Mädchen von ganz Paris da, mit der Tänzerin Esmeralda. Doch diese wollte nicht hinauf zur Kammer unter dem Dach. Sie trinken Wein an einem eigenen Tisch im hinteren Bereich der Schenke.«

Für lächerliche zwei Sol war das mehr Information, als Claude erhofft hatte.

»Weil du niemandem von mir erzählen wirst und weil du ein lieber Junge bist, hier, noch eine kleine Belohnung.« Zwei weitere Sol wechselten ihren Besitzer. Enzo konnte sein Glück kaum fassen und verneigte sich fast bis zum Boden. Der Priester verschwand so rasch und unauffällig, wie er gekommen war.

*Das war der beste Handel meines Lebens. Dieser Junge wird mir noch von Nutzen sein*, dachte er zufrieden.

Gleich nach der Frühmesse eilte Dom Frollo zu Seigneur d'Estouteville und verlangte, den Glöckner sofort freizulassen.

»Hauptmann Phoebus de Châteaupers hat mit eigenen Augen gesehen, wie er versuchte, einem jungen Mädchen Gewalt anzutun«, antwortete der Stadtvogt mit deutlicher Genugtuung. Zum zweiten Mal erlebte er den Archidiakon außer Fassung, erst wegen seines Bruders, jetzt wegen des Glöckners.

»Ihr wisst genau, dass Quasimodo niemandem etwas zuleide tun könnte. Wahrscheinlich wollte er die Zigeunerin wegen einer Aussprache zu mir bringen und konnte es ihr nicht erklären, schließlich ist er fast taub!«

»Gar nichts weiß ich über diese Kreatur, die Ihr beschützt, als sei sie Euer eigen Fleisch und Blut. Wo käme man da hin, wenn nur jene Bürger ihre Taten vor Gericht verantworten müssten, die keinen mächtigen Fürsprecher haben?«

Stolz über den doppelten Zynismus erhob er sich. Im Vorbeigehen meinte er süffisant:

»Begleitet mich zum Gerichtssaal, der Glöckner ist heute unser erster Fall.«

## Kapitel 22
# Mutter und Sohn

Quasimodos Auge leuchtete auf, als er Frollo sah. Mit eng gefesselten Händen saß er zwischen zwei Wachmännern, die Schaulustigen staunten über den Glöckner auf der Anklagebank. Er nickte zustimmend, egal was man ihn fragte, dabei suchte er immer wieder Hilfes uchend Frollos Blick.

»Er kann Euch nicht verstehen! Schreibt ihm die Beschuldigung auf eine Tafel«, insistierte der Archidiakon. Dem wurde nicht stattgegeben. Machtlos musste Claude miterleben, wie sein Schützling zu zwanzig öffentlichen Peitschenhieben und anschließendem Pranger bis zum abendlichen Angelusläuten verurteilt wurde. Die Schadenfreude, Dom Frollo endlich persönlich gekränkt zu haben, war so deutlich in d'Estoutevilles Gesicht geschrieben, dass sogar der anwesende Hauptmann Phoebus einwandte, der Glöckner habe das Mädchen zwar mit sich gezerrt, aber man wisse nicht, warum.

»Hattet Ihr dem Angeklagten die Weisung gegeben, das besagte Mädchen zu Euch zu bringen? Wolltet Ihr vielleicht auf eigene Faust eine Hexe entlarven, ohne Euch mit mir darüber abzusprechen?«, bohrte der Stadtvogt nach. Frollo fühlte sich von ihm in die Enge getrieben.

»Es war ein Missverständnis«, versuchte er sich zu rechtfertigen. Tatsächlich hatte er Quasimodo nie einen derartigen Auftrag erteilt, allerdings wusste er, dass der Glöckner seine Sehnsucht gespürt haben musste. Plötzlich fühlte er sich selbst am Pranger und genau das war d'Estoutevilles Absicht.

»Sei es absichtlich oder nicht, der Glöckner hat Gewalt gegen jemanden ausgeübt, das kann nicht ungestraft bleiben!«, schloss der Stadtvogt die Verhandlung. Dass die Betroffene selbst nicht als Zeugin geladen wurde, wunderte niemanden.

Als Frau und vor allem als Zigeunerin hatte ihre Aussage kein Gewicht. Phoebus' Beobachtung und die Interpretation des Vogts waren ausschlaggebend.

Die Truppe frühstückte zeitig, denn an diesem strahlenden Frühlingstag wollte man mehrere Vorstellungen auf verschiedenen Plätzen schaffen.

»Du summst und strahlst heute so fröhlich, mein Kind.« Sophie lächelte Esmeralda erwartungsvoll an. Ihr war nicht entgangen, wie spät sie am Vorabend nach Hause gekommen war.

»Oh Madre! Wo soll ich nur beginnen? Gestern habe ich zum ersten Mal einen Mann geküsst, den Mann meiner Liebe«, platzte sie sofort heraus. Jedes Detail ihres Zusammenseins mit Phoebus in der Schenke kostete das Mädchen im Erzählen noch einmal aus: seine Augen, die Stimme, sogar sein Pferd. Sie schilderte, wie stark seine Arme sie zu sich auf den Sattel gehoben hatten und wie schön es war, sich an ihn zu schmiegen.

»Du sagst, der Hauptmann habe dich auf sein Pferd gehoben? Warum denn das?« Irgendetwas an der Geschichte irritierte Sophie.

»Ach, es ging alles so schnell. Ich spazierte über den Platz vor der Notre-Dame, sah mich ein wenig um, ehrlich gestanden hielt ich nach Phoebus Ausschau. Auf einmal kam da ein Monster auf mich zu, schrie unverständliches Zeug und packte mich an der Hand, zerrte mich mit sich. Er sah fürchterlich aus, ein Dämon mit Buckel, unmenschlichen Zügen und übermenschlicher Kraft!«

Sophie drückte sich die Hand auf den Mund. Sie erblasste, war unfähig, etwas zu sagen.

»Was ist mit dir? Madre! Was hast du?« Es dauerte Minuten, bis Sophie mit dünner Stimme »Simon!« hauchen konnte. Esmeralda verstand nicht, wollte sie umarmen, wurde aber sanft abgewiesen. »Simon«, sagte sie wieder, ließ alles liegen und eilte hinaus, Esmeralda hinter ihr her.

»Wo wollt ihr denn ohne Ziegen und Instrumente hin?«, rief ihnen Isabel nach. Als beide nicht reagierten, beschlossen die anderen, vorläufig die Auftritte zu verschieben.

Zielstrebig hastete Sophie zur Notre-Dame. Die Stundenglocke schlug, die Turmuhr zeigte neun Uhr morgens. Auf dem Platz herrschte bereits reges Markttreiben. Sophie lief zur Kathedrale.

»Darf ich bitte den Glöckner sprechen?«, rief sie quer durch das ganze Seitenschiff, ihre Stimme hallte. Der alte Mönch, der gerade zur Sakristei schlurfte, blieb überrascht stehen und legte den Finger auf den Mund. Als ihn die beiden Zigeunerinnen endlich erreicht hatten, schimpfte er:

»Ihr dummes Weiberpack! Was fällt euch ein, hier im Haus Gottes so herumzuschreien?«

»Verzeiht, mon Père! Ich bitte Euch inständig, darf ich den Glöckner sehen? Bitte!«, flehte Sophie und senkte bescheiden das Haupt. Esmeralda stand neben ihr. Sie ahnte mittlerweile, dass es sich bei dem vermeintlichen Monster vom Vorabend um Sophies verschollenen Sohn handelte. Verwundert über Sophies höfliches Betragen meinte der Benediktiner:

»Quasimodo wurde gestern Abend leider verhaftet. Man wirft ihm vor, ein Mädchen belästigt zu haben. Dom Frollo bat mich, einstweilen den Glöcknerdienst zu übernehmen. Was wollt ihr denn von ihm?«

Ohne auf die Frage einzugehen, bedankten sich die beiden und eilten hinaus. Sie liefen zum Justizpalast, wurden aber nicht mehr zur Verhandlung vorgelassen, weil diese bereits begonnen hatte.

»Morgen ab neun Uhr gibt es wieder Verhandlungen. Und ab zehn Uhr Strafvollzug am Place de Grève«, informierte der Wachmann geflissentlich. Sophie seufzte gequält auf.

»Welche Verurteilung ist denn zu erwarten?« Sie zitterte.

»Das ist verschieden, kann von Pranger über Auspeitschen und Hängen gehen, je nachdem. Entfernt euch jetzt, hier vor dem Amtsgebäude ist das Herumlungern verboten!« Zögernd gingen die Frauen ein paar Schritte bis zur nächsten Gasse.

»Entfernt euch!«, rief der Mann noch einmal. Unfreundlich wollte er eigentlich nicht sein, die beiden gefielen ihm, aber er fürchtete den strengen Stadtvogt. Schweren Herzens gingen sie weg. Nach wenigen Schritten brach Esmeralda in Schluchzen aus.

»Ich bin schuld an der Strafe, die deinen Sohn nun trifft«, jammerte sie. Sophie hoffte inständig, dass Simon zumindest nur Opfer eines Justizirrtums geworden war. Eventuell aber handelte es sich dabei ohnehin um jemand anderen. Doch sie konnte sich des schrecklichen Gedankens nicht erwehren, er sei in falsche Kreise geraten. Aufgrund seines Aussehens könnte er vielleicht Schlimmes erlebt haben, was ihn unberechenbar werden ließ. Zwang er tatsächlich Mädchen, mit ihm zu kommen? Sich das vorzustellen war kaum zu ertragen. Im Hof der Wunder hatte sie so manche Grausamkeit beobachten müssen und an ihren Gatten konnte sie nur mit Schrecken denken. Ob ihr Sohn zu einem kalten Verbrecher geworden war? Ihr Herz krampfte sich zusammen. Andererseits schien er der Glöckner von Notre-Dame zu sein. Als böser Mensch würde er diesen Kirchendienst wohl kaum bekommen haben.

»War der Bucklige brutal zu dir, hat er dich sogar lüstern angesehen?«, fragte sie die noch immer Schluchzende und drückte sie tröstend an sich. Esmeralda schüttelte den Kopf.

»Er hat irgendetwas Unverständliches geschrien, nahm mich sehr fest an der Hand und zog mich mit sich.« Sie dachte an den Abend mit ihrem Geliebten, an seine Blicke, an die kleinen Küsse auf die Hand, auf die Wangen und an die innigen Küsse, eng umschlungen. Nun wusste sie, wie sich Erregung anfühlte,

Verlangen danach, ihn zu umarmen. Natürlich hatte sie über all dem nicht mehr an den Buckligen gedacht, der Vorfall er war nur der Auftakt zum Wiedersehen mit dem Ersehnten gewesen. Doch nun war die Bedeutung verschoben. Nicht mehr Phoebus stand im Mittelpunkt, sondern Sophies Sohn. Fast unbewusst waren sie wieder zur Kathedrale gegangen. Sophie wirkte gebeugt, ganz in sich gekehrt. Langsam stieg sie die elf Stufen empor, durchschritt das Portal, ging durch das ganze Mittelschiff – bis hin zur reich verzierten Absperrung bei der Apsis. Dort kniete sie sich hin und weinte. Esmeralda wagte nicht, sie zu stören, blieb halb hinter einer Säule stehen, den Blick auf die Madre gerichtet – als stille Begleitung ihres Schmerzes.

Schon im Morgengrauen stand Sophie auf. Esmeralda erwachte mit ihr. Die Truppe war auf einen weiteren freien Tag vorbereitet und schlief noch. Niemand wusste, warum die beiden Frauen unbedingt allein zum Place de Grève gehen wollten, doch sie respektierten ihren Wunsch. Etienne begleitete Pierre später mit den Tieren für ein paar Stunden hinaus ins Grüne. Am Place de Grève selbst war es noch still. Gespenstisch stand der Galgen da, daneben der Pranger mit seinem Schandrad, auf dem der Verurteilte festgebunden und zur Belustigung gedreht wurde.

»Hohn meines Schmerzes, Schandmal jeder Tugend, Vermaledeite«, hörte man plötzlich heiseres Fluchen. In der Klause hockte Schwester Gudule. Sobald sie Esmeralda erblickte, konnte sie nicht an sich halten, musste das Mädchen verfluchen, das ihr den Schmerz um die entführte Tochter so deutlich vor Augen führte. Sophie und Esmeralda starrten sie entgeistert an, doch da kamen bereits einige Schaulustige.

»Wisst Ihr, welcher Unglückselige heute bestraft werden soll?«, fragte Sophie mit vor Angst zitternder Stimme den Nächstbesten.

»Was heißt hier ›Unglückseliger‹?«, maulte dieser.

»Da hat sich einer an einem Mädchen vergriffen. Ich finde, dass zwanzig Peitschenhiebe und ein wenig Pranger eine viel zu milde Strafe für so ein Scheusal sind. Hängen sollte man den, noch dazu mit solch einer Fratze! Habt Ihr den Verbrecher gesehen?« Sophie taumelte zurück. Eine ältere Frau aber meinte:

»Aber geh! Das ist doch nur der Glöckner. Der tut niemandem was, ich kenne ihn, seit er noch als hässlicher Zwerg hinter Dom Frollo hergehinkt ist. Erinnerst du dich denn nicht, wie lustig es mit ihm als Narrenpapst war? Schon nach zwei Bechern Wein ist er uns fast vom Stuhl gekippt. Was haben wir gelacht!«

Der Platz füllte sich. Sophie wurde immer blasser. Sie konnte kaum stehen, ihr war übel. Esmeralda hielt sie um die Mitte, ließ sie keinen Zentimeter von sich.

»Seit er mir genommen worden ist, ersehne ich nichts mehr, als meinen Simon wieder bei mir zu haben. Und nun soll ich mit ansehen, wie er gepeitscht und verhöhnt wird?« Selbst zum Weinen war sie zu erschüttert. Lieber hätte sie selbst die Strafe auf sich genommen, als den Ersehnten auf diese Weise wiederzusehen.

Da kamen sie. Voran ritt Hauptmann Phoebus de Châteaupers, begleitet von zwei Soldaten. Esmeralda blieb fast das Herz stehen. Ihr Geliebter war schöner denn je, majestätisch, edel. Aber in welcher Rolle war er hier? Fester als ohnehin schon drückte sie Sophie an sich. Dahinter schritten mit ernsten Gesichtern der Stadtvogt, begleitet von zwei Wachmännern, und ein hochgewachsener, düster dreinblickender Benediktinerpriester in der schwarzen Kukulle mit der Kapuze bis über die Stirn, Dom Frollo.

*Mein böser Dämon!*, dachte Esmeralda bei seinem Anblick. Was für ein Kontrast! Voran ritt der Mann ihres Herzens, dahinter schritt der Mann nagender Ängste.

Und dann kam der Vollzugsknecht mit der Peitsche und dem Strick, mit dem er Quasimodo an das Schandrad fesseln würde. Dieser humpelte gefesselt neben ihm.

»Da ist er! Da ist der Glöckner«, raunte man von allen Seiten. Sophie sackte zusammen, schluchzte nun endlich allen Schmerz hinaus, wollte zu ihrem Simon laufen und hatte nicht die Kraft dazu. Esmeralda kniete sich zu ihr und hielt sie im Arm. Die Leute wunderten sich, machten einen Bogen um die beiden, erkannten Esmeralda, die sonst so kecke Tänzerin.

Vor dem Pranger sprach der Vogt ein paar Worte, dann wurde der Verurteilte kauernd auf das Rad gebunden. Immer wieder rief er nach Dom Frollo, doch dieser stand wie versteinert da, blickte ihn nicht an. Hätte er seinem Schützling etwas erklären können? Warum hatte er ihm nicht mitgeteilt, dass er diesmal machtlos war, zu helfen? Nun war es zu spät. Er musste tatenlos dabeistehen, während der Unschuldige gepeitscht und verhöhnt wurde. Starre Miene! Unnahbarer Blick! Nur keine Schwäche zeigen! Auf keinen Fall vor dem verhassten Vogt weinen! Das hämmerte er sich in Gedanken ein. Krampfhaft versuchte er, alles um sich herum zu ignorieren. Zu Stein wollte er werden, äußerlich und innerlich.

Der erste Hieb schnalzte auf Quasimodos entblößten Rücken. Er schrie wie ein Tier. Claude wollte sich die Ohren zuhalten, doch er blieb die Steinfigur, die er nun sein wollte. Der zweite Peitschenknall. Eine Frau irgendwo in der Menge kreischte gequält auf. Warum wohl? Alle Schaulustigen waren doch zur Unterhaltung hergekommen. Der dritte Schnalzer. Quasimodo schrie nicht mehr. Er hockte da, mit tief gesenktem Haupt, ließ alles über sich ergehen. Die Frau schluchzte:

»Nein! Nein!« Der vierte Peitschenhieb. Die Menge zählte mit jedem Mal lauter, manche klatschten mit. Der fünfte.

»Bitte nicht! Nein, bitte nicht!« Man hörte die Frau wimmern. Plötzlich entwand sie sich der bekannten Tänzerin und stürmte zum Pranger hin. Noch bevor die Wachen sie daran hindern konnten, war sie beim Verurteilten, warf sich über ihn und empfing versehentlich den sechsten Peitschenhieb. Alle schrien auf. Der Vollzugsknecht war vollkommen verdutzt. Ratlos senkte er die Peitsche und schaute zum Vogt hin.

Dieser stand mit offenem Mund da. So etwas war ihm noch nie untergekommen. Es verschlug ihm die Sprache. Dom Frollo hob den versteinerten Blick, trat unwillkürlich auf die Frau zu, legte die Hand auf ihre, die sie schluchzend an Quasimodos Schultern klammerte.

»Mein Sohn! Mein Sohn«, stammelte sie. Alles starrte gebannt.

»Weib! Was wollt Ihr hier?«

»Das ist mein Sohn! Mein Sohn Simon!« Sie rutsche an seine Seite, nahm sein Gesicht in ihre Hände. Quasimodo blickte erst sie an, dann sah er zu Frollo. In der Menge begann es zu rumoren, Gemurmel erhob sich wie der Vorbote eines Gewitters. Konnte es sein, dass Dom Frollo menschliche Gefühle für den Glöckner hegte? Konnte dieser Priester so etwas wie Zuneigung überhaupt empfinden? Sophie schaute ihm in die Augen. Sie spürte, dass dieser Mann gut zu ihrem Sohn gewesen war.

»Was fällt dir ein, Elende? Dies hier ist eine Amtshandlung. Du störst die Gerichtsbarkeit, das sollst du büßen!«

Seigneur d'Estouteville kreischte fast vor Ärger. Zu beobachten, wie die Sympathien der Menge sofort zu diesem unverschämten Weib und dem Archidiakon schwenkten, machte ihn rasend. Sollte sein Triumph gegen ihn ins Gegenteil umschwenken?!

»Fahr mit der Bestrafung fort, andernfalls müssen die zwanzig Hiebe von vorn gezählt werden«, ordnete er an. Das Gemurmel wurde zum bedrohlichen Brummen, ähnlich eines aufgescheuchten Wespenschwarms.

»Was ist das für ein Schmierentheater? Aus der Bestrafung werden Umarmungen?«

»So sieht es also aus, wenn unser Stadtvogt für Recht und Ordnung sorgt?« Die Leute grölten. Solch eine Gelegenheit für Spott gegen die Obrigkeit musste genutzt werden.

»Ja! Unser Narrenpapst ist immer für eine Überraschung gut!«

»Ihr stört eine Amtshandlung! Wollt ihr selbst morgen am Pranger stehen, ihr …!« In letzter Sekunde besann sich d'Estouteville. Dem aufgescheuchten Mob war alles zuzutrauen. Hilfe suchend sah er sich nach dem Hauptmann um. Dieser versuchte, Unruhestifter in der Menge auszumachen. Die Zigeunerin aus Esmeraldas Truppe hatte er sofort erkannt. Zwar war ihm nicht klar, warum sie sich der Gefahr aussetzte, wegen Störung des Gerichts verurteilt zu werden, doch gegen sie einschreiten wollte er nicht. Seine Gespielin würde es ihm übelnehmen, und das kurz vor ihrer Kapitulation. Es konnte nicht mehr lange dauern, bis sie seinem Werben erlag.

»Weitermachen!«, schrie der Vogt planlos, als er den Hauptmann mit den Soldaten untätig sah. Hier die Überhand zu verlieren wäre eine nicht wiedergutzumachende Schande. Der Vollzugsknecht suchte Unterstützung beim Vogt, der vor Wut leicht zitterte. Dom Frollo stand noch immer bei der Frau und dem Verurteilten am Pranger.

»Sofort weitermachen!« D'Estouteville hatte endgültig jegliche Contenance verloren, er stampfte auf, ballte die Fäuste. Halbherzig hob der Knecht die Peitsche, schon warf sich Sophie wieder über den Rücken ihres gefesselten Sohnes. Der Lederriemen schlug auf sie nieder.

»Madre!« Mit einem geschmeidigen Sprung landete nun auch Esmeralda auf dem Pranger.

»Ah!«, war alles, was man hörte und dann ein jubelndes: »La Esmeralda!« Man klatschte. Sie war nahe daran, sich zu verbeugen.

Frollo entfuhr ein entzückter Schreckensschrei und Sophie wusste inmitten dieser dramatischen Lage sofort, was er für ihre Ziehtochter empfand. Hatte Frollo sie schon vorhin überrascht, als er sich Simon zuwandte, so verblüffte er sie nun vollends, denn er war gebannt, geblendet von Esmeraldas Nähe. Diese bemerkte von alldem nichts, sah nicht einmal, dass auch Phoebus überrascht näher an den Pranger heranritt.

Wieder zauderte der Knecht. D'Estoutevilles Gesichtsfarbe ging fast schon ins Violette über. Mit energischer Geste schwang er den rechten Arm zum Zeichen, dass die Bestrafung fortgesetzt werden solle. Ein weiterer Schnalzer landete auf Sophies Rücken. Der nächste allerdings auf Esmeraldas, die sich schützend auf ihre Madre warf.

»Was für eine Tiara! Unser Narrenpapst ist selbst die Krone«, schrie einer aus der Menge.

»Narren und Heuchler! Kindesentführer und Folterknechte! Betrüger und Mörder! Das sind die Menschen. Alle sind böse! Alle!«, erklang es heiser aus der Klause. Hauptmann Phoebus wusste nicht, was er von dem Schauspiel halten sollte.

»Eine echte Farce!« Und doch musste er lächeln. Sein Püppchen, die süße Esmeralda, schaffte es wieder, alle Blicke auf sich zu ziehen. Sie schaffte es, aus dem Pranger eine Bühne zu machen. Er musste sie besitzen! Unverhohlen lachten einige aus der Menge, denn hier fühlten sie sich geschützt, fast so frei wie beim Narrenfest.

»Hauptmann de Châteaupers! Tut etwas! Schafft mir diese Hexen vom Verurteilten herunter!«, kreischte d'Estouteville außer sich. Der Knecht hatte die Hiebe wieder unterbrochen. Phoebus spielte auf Zeit. Er ritt um den Pranger herum, zwinkerte Esmeralda verstohlen zu. Sie errötete. Dann blieb er vor dem Priester stehen.

»Ihr solltet Euch einige Schritte von dem Vollzugsgeschehen entfernen«, ordnete er an. Frollo strafte ihn mit einem Blick, der den Selbstgefälligen kurz schaudern ließ. »Haltet lieber Ihr Euch von unschuldigen Kindern fern«, zischte der Priester. Phoebus stutzte. Was war denn in Dom Frollo gefahren?! Woher dieser Hass? Und was meinte er eigentlich?

»Wenn ich bitten darf, Mesdames«, säuselte er und reichte Esmeralda die Hand. Die Menge lachte und applaudierte. Phoebus hatte die Geste ernst gemeint, allerdings das Groteske daran übersehen, schließlich passte seine Galanterie schlecht zum Pranger.

»Nein danke, Monsieur, wir bleiben lieber«, antwortete die Tänzerin jedoch, so laut sie konnte. »Vielleicht später«, versuchte sie zu flüstern, doch es war für die vorn Stehenden hörbar. Wieder brach schallendes Gelächter aus. Quasimodo, der alles nur sah, hatte das Gefühl, es handle sich nun doch wieder um ein verwirrendes Narrenfest.

Claude glaubte fast, den Verstand zu verlieren. Um ihn spielte die Welt verrückt: Sein gutmütiger Schützling sollte ausgepeitscht werden, dann erschien wie aus dem Nichts eine Zigeunerin mit dem Gehabe einer edlen Dame. Dem nicht genug trabte um dieses unwirkliche Geschehen auch noch der Gockel Phoebus, während sein Widersacher d'Estouteville fast wie eine überreife Tomate zersprang. Und als wäre sein Herz nicht schon verwirrt genug, legte sich auch noch seine Liebe, seine Sucht, seine Lebendigkeit, Esmeralda, auf das ganze Durcheinander, und zwar im wahrsten Sinne des Wortes.

»Die Peitsche!«, kreischte der Vogt.

»Zehn«, murmelte der Knecht lustlos, hob die Hand und ließ den Lederriemen relativ leicht auf Esmeralda nieder.

»Elf, zwölf.«

»Mein Kind! Bitte, ich will deinen Schmerz nicht«, rief Sophie.

»Und ich will deinen nicht!«

»Dreizehn!« Dieser Hieb traf halb die Madre, halb die Tänzerin. Auf ihrem Oberarm entstand sofort eine dicke rote Schwiele.

»Wer wird denn jetzt eigentlich bestraft? Die Weiber oder

der Bucklige?«, schrie eine Frau. Grölendes Gelächter. Wieder senkte der Knecht die Peitsche, blickte Hilfe suchend zum Vogt, dem Schweiß übers Gesicht rann.

»Hauptmann! Schleift die Weiber vom Pranger! Andernfalls beginnt die Bestrafung von vorn!«

»Vierzehn, fünfzehn.« Der Knecht wollte seine Arbeit so schnell wie möglich vollenden. Drei Leute auf dem Schandrad, das machte ihm Angst.

»Hau drauf, wenn es die Weiber unbedingt wollen«, rief jemand.

»Halts Maul, du Taugenichts«, kreischten einige der Zuschauerinnen und prügelten auf den Rufer ein.

»Ja wirklich! Ist schon der Glöckner unschuldig, so sind es die Weiber da oben erst recht!«

»Wie willst du das wissen? Vielleicht wollte er sich wirklich mit Gewalt eine Schöne gefügig machen!«

»Doch nicht der Glöckner!«

»Gerade der!« Im Pöbel erhob sich Tumult, man war nah dran, sich zu prügeln. Der überforderte Knecht bemerkte, dass sich der Vogt entkräftet auf einen Wachmann stützte, und hieb rasch drei weitere Male locker auf die übereinander Kauernden ein. Je rascher dieser Albtraum beendet sei, desto besser. Beim neunzehnten Hieb verhedderte sich der Riemen mit Esmeraldas Haaren. Sie kreischte schrill auf.

»Mein Kind«, rief Sophie. Sowohl Phoebus als auch Frollo eilten herbei. Schallendes Gelächter in der Menge.

»Zwanzig«, rief der Knecht erleichtert, als er sah, dass sich der Vogt resigniert abwandte und mit dem Hauptmann so unauffällig wie möglich den Platz verließ. Phoebus wäre gern noch geblieben, doch d'Estouteville zu begleiten zählte zu seinen Pflichten. Endlich war diese Posse vorbei.

»Es ist gut! Alles ist gut. Ich werde bei dir bleiben«, rief Claude Quasimodo ins Ohr. Dieser lächelte ihn an.

»Ich werde dich auch nie wieder verlassen«, rief Sophie ihm ebenfalls ins Ohr.

»Es tut mir leid, was du hier aushalten musstest«, rief nun auch Esmeralda und schaute ihm lange in die Augen. Der Gefesselte wusste gar nicht, wie ihm geschah. Er lächelte verwirrt.

»Madre, ich habe einen Bruder!« Sophie liefen Tränen über die Wangen. Frollo schaute sie der Reihe nach an: Quasimodo, die Zigeunerin, Esmeralda. Welche Welt eröffnete sich ihm plötzlich?

Die besondere Stimmung zwischen den Personen am Pranger hielt lange an. Feierlich wie bei einem Gottesdienst wagte niemand zu stören. Alle nahmen Anteil an Quasimodos Schicksal und dem der Frauen bei ihm.

»Wasser«, stöhnte er inmitten dieser Stille. Es war das Signal zum Festakt. Sofort eilte man, ihm frisches Wasser zu bringen.

»Bindet ihn los«, bat Sophie. Frollo und Esmeralda bemühten sich, die Stricke an den Füßen zu lösen, Sophie löste die an den Händen. Ein kurzer Blick zwischen dem Priester und dem Mädchen. Auch das löste einen Knoten, einen inneren. Da war nichts Dämonisches in seinen Augen. Es war aber etwas, das sie bedrängte. Als der Glöckner endlich wieder aufrecht sitzen konnte, fiel er Claude um den Hals, sie wollten sich gar nicht mehr lösen. So hatten die Leute Dom Frollo noch nie erlebt.

»Darauf müssen wir einen heben«, rief jemand aus der Menge. Es war der Wirt einer nahen Schenke. Da der Glöckner aber den Pranger nicht verlassen durfte, holte man kurzerhand ein paar Krüge. Frollo bestellte dazu auch Brot mit Schinken und versprach, später alles zu bezahlen. Das ließ sich der Wirt nicht zweimal sagen. So wurde aus dem Tag am Pranger ein kleines Volksfest. Sogar Schwester Gudule vergaß ihren Hass für ein paar Stunden und prostete den Leuten zu, aß mehr als sonst in einer ganzen Woche und war nach wenigen Tropfen Wein, den man extra für die magere Frau verdünnt hatte, stockbesoffen. Sie begann in ihrer Klause kleine Tänze aufzuführen, sang dazu und rief:

»Seht! La Chantefleurie tanzt und singt wieder! Sie weiß nicht, ist sie die Mutter oder ist sie eine tanzende Tochter!« Wie meistens achtete man kaum auf sie.

## Kapitel 23
# Die Schenke

*In der Bäckerei waren nur wenige Gäste an den Tischchen. Selma servierte gerade, ihre Kollegin bediente an der Theke. Albert bezahlte. Beim Hinausgehen lächelte er zu den Tischen hinüber, sie lächelte zurück. Schon fühlte er sich beschwingter. Was ein Lächeln bewirken konnte! Und das, obwohl er von ihrem Freund wusste.*

*In der U-Bahn dachte er über den Fortgang seiner Quasimodo-Interpretation nach. Wird sich zwischen ihm und seiner Mutter eine Beziehung entwickeln können? Kann er ohne den Turm und seine Glocken glücklich sein? Und Frollo mit seiner unentwickelten Fähigkeit zu begegnen, Liebe zu erfahren, Erotik, die gibt und empfängt, wie konnte man das weitererzählen? Was erwartete seine Charaktere in dieser Geschichte? War es legitim, ihr Schicksal in andere Bahnen zu lenken als bei Hugo? Beim Schreiben entfalteten sich die Figuren nach ihrer eigenen Dynamik. Albert fühlte sich fast als Ghostwriter, und genau das faszinierte ihn. Seine Station kam. Er ließ den grübelnden Albert in der U-Bahn sitzen und wandte sich seinen Vorlesungen zu. Irgendwie hatte es etwas Beruhigendes, im Job zu funktionieren, ohne Entscheidungen über Schicksale treffen zu müssen.*

Kurz bevor Frollo den Platz verlassen musste, um die Vesper in der Ordensgemeinschaft zu singen, bat er Sophie um einen Besuch in seinen Räumlichkeiten in Josas. Hier beim Pranger konnten sie einige Worte wechseln, die Sophie vorläufig beruhigten. Sie vertraute Frollo. Ihre grundsätzlichen Vorbehalte gegen Geistliche, vor allem gegen die Inquisition, sah sie bei ihm nicht bestätigt. Esmeralda war begeistert davon, Simon endlich kennenzulernen, unterhielt sich so gut wie möglich mit ihm und verstand es schnell, seine Taubheit zu überwinden, indem sie in Zeichen und Gesten erzählte. Nach den Schrecken des Kerkers, der Peitschenstrafe und des Prangers lachte sich Quasimodo die ganze Anspannung von der Seele. Esmeralda war ähnlich witzig und erfrischend wie Jean, den er sehr vermisste.

»Ich freue mich so, dass wir dich endlich gefunden haben, mein lieber Bruder«, rief sie ihm ins Ohr. Die Leute konnten es kaum fassen, dass die beiden Geschwister sein sollten, aber an diesem Tag war alles irgendwie verwirrend. Festtagsstimmung und freier Ausschank samt Verpflegung nach einer Prangerstrafe, die auch noch sehr ungewöhnlich war, das würde noch lange Gesprächsstoff geben. Frollo registrierte erleichtert, dass Esmeralda abgelenkt war, denn in ihrer Nähe fiel es ihm trotz der Aufregung dieses Tages schwer, seine Gefühle im Zaum zu halten. Sich dermaßen unkontrolliert zu erleben beunruhigte ihn sehr. Künftig wollte er jegliche Art spiritueller Bußübungen und Askese einhalten, um seinen Seelenfrieden wiederzufinden. Doch zu viel war an diesem Tag passiert. Er konnte kaum klar denken.

»Ich werde Anweisung geben, dass man Euch Zugang zum Turm gewährt, damit Ihr Quasimodo jederzeit besuchen könnt«, versprach er Sophie.

Dann erklärte er dem Glöckner, dass er für die Wachen pro forma wieder angebunden werden müsse. Natürlich zog man die Fesseln nicht mehr so eng. Die beiden Männer, welche den Verurteilten vom Pranger binden und damit offiziell die Strafe als vollzogen bestätigen sollten, waren platt, als sie den Place de Grève in Volksfeststimmung vorfanden. Man bot ihnen fröhlich einen Becher Wein und wies auf die noch immer reich gedeckte Platte neben dem Schandrad. Die Wachen nahmen das Angebot gern an, nachdem sie sich umgesehen hatten, ob Vorgesetzte in der Nähe waren.

»Dürfen wir den Gefangenen schon befreien?«, fragte Esmeralda mit neckischem Blick, während sie ihnen nachschenkte. Erfreut nickten sie.

»La Esmeralda höchstpersönlich!«

»Das ist schließlich ihr Bruder da auf dem Pranger«, rief einer der Umstehenden. »Was? Ihr scherzt«, lachten die Wachmänner.

Inzwischen hatte Sophie die lockeren Fesseln gelöst. Da die Wachen keinen Befehl hatten, den Glöckner zum Stadtvogt zurückzubringen, feierten sie mit den anderen bis spät in die Nacht, denn der Wirt bemühte sich um ständigen Nachschub. Für ihn war es das Geschäft des Jahres. Ein wenig Bange hatte er schon, ob der Priester Wort hielte, doch Frollo suchte ihn gleich nach der Frühmesse des folgenden Tages auf. Er musste allerdings nach dem Mittagessen wiederkommen, weil der Wirt selbst ordentlich mitgefeiert hatte. Der sonst so düstere Archidiakon war bester Dinge und gab zum verlangten Betrag noch drei Ecu drauf mit den Worten:

»Ich danke Euch vielmals für das gestrige Fest zu Ehren meines Quasimodo!«

Sophie und Esmeralda begleiteten den Glöckner zum Turm. Er hatte noch nicht ganz verstanden, warum ihm diese beiden Frauen so zugetan waren, doch ihre Zuwendung machte ihn euphorisch. Mehrmals hatte Sophie ihm am Pranger ins Ohr gerufen:

»Ich bin deine Mutter! Du bist mein Sohn Simon!« Das schien ihm wie ein Spiel zu sein, etwas, das nichts mit seiner Person zu tun hatte. Er war der Glöckner, Schützling des mächtigen Dom Frollo. Er war der Hässliche. Nur in seinem Turm fühlte er sich sicher und geborgen. Alles andere war seinem Leben so fern wie die Menschen unten auf dem Platz. Die Grotesken oben an der Brüstung, die Gargoyles an den reich verzierten Außenmauern, sie waren seine Freunde. Die Tauben, und die verschiedenen Glocken, jede mit eigenem Klang, den er hören konnte, jede mit einem eigenen Namen, den er ihr gegeben hatte, sie waren seine Familie. Und Familie waren auch Dom Claude Frollo und Jean Frollo. Die beiden Frauen aber, so schön und freundlich, die seine Welt hoch oben besuchten, konnten nicht zu seinem Leben gehören. Auch wenn sie sich interessiert zeigten, viel lachten, ihn an der Schulter, den Händen, sogar an der Wange berührten, waren sie doch Fremde.

»Gebt Eurem Sohn Zeit. Er kann Euch vorläufig nicht als Mutter wahrnehmen. Bisher hatte er nur einen vielbeschäftigten Vormund und später einen jüngeren Bruder«, versuchte Frollo zu erklären, als ihn Sophie in Josas besuchte. Sie war überglücklich, Simon in den vergangenen Jahren so gut versorgt zu wissen. Dass sie ihm nun fremd war, verstand sie zwar, doch es bedrückte sie sehr.

»Einen jüngeren Bruder?«, fragte sie. Frollo wurde verlegen. Wem durfte er trauen? Ein falsches Wort, und sowohl Jean als auch die Klarissen wären in Gefahr.

»Man hat meinen jüngeren Bruder der Hexerei beschuldigt. Irgendwie konnte er vor der Inquisition fliehen – Gott sei Dank! Doch ich weiß nicht, wo er sich verborgen hält.« Er senkte den Blick. In diesem Moment entstand in ihr eine zarte Zuneigung zu diesem distanziert wirkenden Priester. Sie spürte, dass er ihre Nöte, ihren übergroßen Verlust verstehen würde. Als hätten die Worte nur darauf gewartet, endlich ausgesprochen zu werden, erzählte sie bei diesem ersten Besuch alles – ab dem Zeitpunkt, da ihr Vater mit den Bildern aus Rom zurückgekehrt war. Sie redete und redete, streifte die Schrecknisse ihrer Ehe zwar nur, doch Frollo ahnte, was sie andeutete. Dann der Kindestausch. Sie schwieg, kämpfte mit den Tränen. Nach wie vor hatte sie diesen Schmerz nicht überwunden.

»Täglich habe ich gebetet, Gott möge mein Kind beschützen

und einem guten Menschen anvertrauen. Das war mein einziger Wunsch, wenn ich Simon schon nicht bei mir haben konnte. Und nun bin ich so reich beschenkt. Ihr, Dom Frollo, habt ihn wie einen Sohn aufgenommen. Ich danke Euch so sehr!« Nun ließ sie die Tränen fließen. Claude saß wie versteinert vor ihr. Was musste diese Frau alles ertragen!

»Quasimodo, also Simon, war für mich immer ein Lichtblick, eine Freude. Dass er durch den Glöcknerdienst das Gehör verloren hat, tut mir sehr weh. Ich mache mir Vorwürfe deswegen. Aber, Madame Paloma, nennt mir bitte noch mal den Namen Eurer Familie.«

»Ich bin Sophie de Mortain. Mein Vater war der Comte Simon de Mortain. Er endete wegen seines freien Geistes und einiger lächerlicher Bilder auf dem Scheiterhaufen. Was aus meiner Mutter und Schwester geworden ist, das weiß ich leider nicht.«

»Quasimodo ist Simon de Mortains Enkel?« Nun hatte auch Frollo Tränen in den Augen. Er erzählte von seinen Begegnungen mit Sophies Vater, als er junger Priester war.

»Es gibt nur einen Mann, den ich so sehr verehrt habe wie Euren Vater, Madame de Mortain, und das war mein Vorgesetzter, Bruder Bernard.« Sie schauten einander lange an.

»Wer ich bin, muss unser Geheimnis bleiben, Dom Frollo. Ich fürchte die Inquisition, aber auch meinen Gatten de Sanslieu noch immer.«

»Selbstverständlich! Mir geht es wegen meines Bruders genauso«, beruhigte er sie. Mittlerweile waren Stunden vergangen, Trotzdem fiel es ihm schwer, den Besuch zu beenden. Auf ihn warteten andere Pflichten, die er nicht verschieben konnte.

»Ich freue mich auf weiteren Austausch, wenn es Euch recht ist, Madame!«

»Ich freue mich auch. Segen mit Euch, Dom Frollo!«

Erst als sie gegangen war, fiel ihm auf, dass er während des ganzen Gesprächs kein einziges Mal an Esmeralda gedacht hatte. Er brannte darauf, zu erfahren, ob sie Sophies leibliche Tochter sei und wer ihr Vater war. Doch war nicht sie das ausgetauschte Kind? Die Begegnung mit Sophie de Mortain berührte ihn so sehr, dass er sich außerstande fühlte, seinen Pflichten nachzugehen. Bei Verhandlungen im Justizpalast blieb er wortkarg und entfernte sich, sobald es möglich war. Er musste allein sein, seine Gedanken ordnen. Über eine Stunde vor der Vesper setzte er sich auf seinen Platz im Chorgestühl und verharrte in Gebetshaltung. Hier würde ihn bestimmt niemand stören.

Nach dem Chorgebet ging Claude nicht zum Abendessen ins Refektorium. Er holte eine Flasche vom besten Roten aus dem Klosterkeller, ließ sich vom Küchenbruder die feinsten Speisen einpacken und ging hinauf zu Quasimodo, zu Simon de Mortain. Für ihn würde er zwar immer Quasimodo bleiben, doch dass er nun Familie hatte, freute Claude zutiefst. Nie würde sein Schützling ein Sanslieu sein, nie sollten er oder Sophie von diesem Scheusal je wieder bedroht werden. Das war ihm so wichtig wie die Sicherheit Jeans, wichtiger jedenfalls als sein eigenes Leben. Er lebte für die Menschen, die er liebte. Dass seine eigene Existenz leer wäre ohne Quasimodo, ohne Jean und ohne Esmeralda, wurde ihm an diesem Abend deutlicher bewusst als je zuvor. Und es war ihm egal, solange es den Seinen gut ging. Zu den kulinarischen Köstlichkeiten hatte er auch Papier, Feder und Tinte gepackt. Alles wollte er seinem Schützling erzählen, wollte die Liebe und Sorge seiner Mutter in den hellsten Farben schildern. So würde es der Glöckner immer wieder nachlesen können, sich mit dem »Familienzuwachs« nach und nach vertraut machen. Es war ein schöner Abend voller Staunen, aber auch Tränen. Simon nippte nur ganz wenig am Wein. Claude schlief später oben in seiner Kammer, der Abstieg wäre etwas gefährlich für ihn geworden.

Frollo musste zwar von Amts wegen immer wieder mit dem Stadtvogt zusammenarbeiten, aber nach der ungewöhnlichen Bestrafung Quasimodos ging ihm dieser zum Glück möglichst aus dem Weg. Nach Langem gönnte sich der Archidiakon wieder etwas Zeit, den Klostergarten aufzusuchen. Überall spürte er Bruder Bernards Gegenwart. Die Düfte erfüllten ihn deutlicher, als er es in Erinnerung gehabt hatte, sie regten ihn an, machten ihn fast ein wenig trunken. Am liebsten hätte er sich ausschließlich in die Garten- und Kräuterkunde gestürzt – wie damals als junger Mönch. An der südlichen Seite der Mauer standen einige Rosenstöcke neben einem großen Blumenbeet. Der Kirchenschmuck, aber auch Repräsentationsräume wurden ausschließlich durch den eigenen Garten abgedeckt. Bis dahin hatte sich Claude kaum für Blumen interessiert, außer im Sinne von daraus herstellbaren Essenzen. Nun schienen sie nach ihm zu rufen mit ihren Farben, Formen ihrer offenen Pracht und ihrem Duft.

Die Kelche der Lilien, die Margeriten mit den Sonnengesichtern, die verspielten Nelken, ihr intensives Parfum, alles regte ihn freudig an, erinnerte ihn an etwas Schönes. Er lächelte, ohne es zu merken, blickte sich um, ob ihn jemand beobachte, und bückte sich dann immer wieder, um an den Blüten zu riechen. Gerade steckte er wieder die Nase in eine halb offene hellrote Rose, als er überrascht aufseufzte. Diese zarten Blätter, die ineinander geordnet waren, sich ihm öffneten, es waren Lippen, nach denen er sich verzehrte, köstliche Lippen, die er küssen und kosten wollte wie süße Früchte. Ein Bild wirbelte immer wieder quer durch seine Gedanken; das Mädchen, Räder schlagend, lachend, die Beine in der Luft gespreizt. Die Mitte dieser geliebten Beine; schönste Rose, zarteste Köstlichkeit! Gierig ergriff er die Rose, wollte sie bei sich haben, die Blüte fest an seine Lippen und an seine Nase drücken. Da wurde er jäh ins Jetzt zurückgerufen. Er war der Rose dankbar dafür, drei blutende Warnstiche erhalten zu haben. Was war plötzlich in ihn gefahren? Irritiert über seine unerwartete Erregung eilte er aus dem Garten.

»Du böse süße Lust! Du böses süßes Mädchen!« In seiner Zelle hob er die Ordensroben in die Höhe und betrachtete das seltene Phänomen.

*Ich bin ein schlechter Mensch, ein noch schlechterer Priester!*, dachte er. Doch je mehr er dieses gewaltige Zeichen seiner Männlichkeit wieder zähmen wollte, desto hartnäckiger behauptete es seinen Willen. Es war zum eigenständigen Dämon geworden, welches sich gegen ihn, gegen sein Gelübde und seinen Frieden erhob. Etwas neugierig nahm er es in die Hand, wollte dem Dämon zeigen, wer das Sagen hatte. Doch ein Zauberbann lag auf dieser Berührung. Sobald sich die Finger um den Widerborstigen schlossen, unterlagen sie einem Zwang. Sie tanzten dem Dämon zu willen in wildem irrwitzigem Ritt auf und nieder. Seine Gedanken blockiert, sein Handeln beherrscht, musste er dem fremden Willen folgen.

Da! Jemand schrie wie ein Stier, wie Satan höchstpersönlich, der aus der Hölle fährt, um seine Macht über die Menschheit zu ergießen. Claude sackte zusammen. Er saß auf der Kante seiner Liege, von seiner Rechten tropfte es weiß, dickflüssig. Es duftete nach gebackenem Käse mit Walnüssen. Minuten vergingen, bis er seine Gedanken wieder beisammen hatte. So also war es, wenn sich jemand »anfasste«. War es Teufelswerk? War es schändlich? Oder war es einfach »die Natur«, wie Bruder Bernard es ausgedrückt hatte? Warum dachte er gerade jetzt in diesem peinlichsten Moment mit schmerzlicher Sehnsucht an Esmeralda?

Das Leben hatte sich verändert. In Sophie fand Dom Frollo eine Freundin, wie er es sich zuvor nicht vorstellen hätte können. Sie verbrachte viel Zeit mit Simon, der aufblühte, wieder ein wenig zu sprechen begann, seitenweise schrieb, um sich ihr mitzuteilen. Esmeralda kam auch oft mit hinauf. Claude glaubte zu bemerken, dass sie Simon absichtlich zu Zeiten besuchte, an denen er nicht anwesend sein konnte. Sie fürchtete sich vor ihm, das spürte er und es tat ihm weh, vor allem, weil er das Gefühl hatte, dass sie seinen bösen Dämon der Lust erkannte. Wie konnte er ihn besiegen, wie ihre Liebe gewinnen?

Inzwischen hatte er herausgefunden, dass sie Hauptmann Phoebus abends manchmal in jener Schenke traf. Wusste Esmeralda denn nicht, dass er verlobt war? Wusste sie nicht, dass er nur mit ihr spielte, sie nur pflücken und dann wegwerfen wollte? Bei diesem Gedanken raste sein Herz, er glaubte, sogar zu einem Mord fähig zu sein, um sein liebes Mädchen vor diesem hohlen Gockel zu schützen. Was aber konnte er ihr bieten? Für ihre Liebe würde er alles verlassen, das Kloster, alle Ämter, Sicherheiten. Doch er hatte bereits Sicherheit geschaffen, um ihr ein gutes Leben zu bieten. Bei dem Gedanken, mit ihr auf seinem bescheidenen Landgut zu leben, fühlte er sich wie neu geboren, als befände er sich an der Schwelle seiner Jugend mit tausend Freuden, die das Leben für ein glückliches Paar bereithielt. Tatsächlich schaffte er regelmäßig Geld beiseite, zunächst für Jeans Zukunft, dann aber auch mit der verschämten Hoffnung auf Esmeraldas Liebe.

Er vereinbarte mit dem Bettlerjungen Enzo Lesable, ihn zu verständigen, sollte die Tänzerin je mit Phoebus in die Dachstube hinaufgehen. Für das Schweigen darüber, an welches Fenster er dabei beim Kloster klopfen musste, bekam der Junge drei Ecu. Großzügig wie er war, hatte er längst das Herz des ärmlichen Burschen gewonnen. Als es dann tatsächlich zaghaft an dem Fenster klopfte, erschrak Claude. Er zog seine Profankleidung über und steckte ein Messer in den Gürtel; jene Gegend war ganz und gar nicht vertrauenerweckend.

In der Schenke war nicht viel los. Verstohlen fragte er die

Wirtin nach der Möglichkeit, unbemerkt zu beobachten, was sich in der Dachkammer zutrug. Enzo hatte ihm gesagt, dass Männer oft nur fürs Zuschauen einige Münzen springen ließen. Der Junge wusste offenbar mehr über die Belange der Lust als er selbst. Ohne sich zu wundern, geleitete ihn die Alte zu einem kleinen Raum, der nur durch einen Holzverschlag von der besagten Kammer getrennt war. Seiner Kleidung nach zu schließen, verlangte sie das Dreifache von dem, was andere Voyeure bezahlten: drei Sol, eine Kleinigkeit für den Priester. Durch die Ritzen im Holz konnte er beobachten, wie Phoebus Esmeraldas Brüste streichelte. Sie schloss die Augen, liebkoste seine Haare, seufzte glücklich.

»Entkleide dich, bitte! Du Schönste der Schönen, lass mich dich bitte ansehen«, flehte er.

»Ihr schwächt meine Tugend. Was, wenn Eure Liebe wortbrüchig wird? Dort, wo ich wohne, gibt es zahlreiche Frauen, die ehrbar waren und den falschen Schwüren eines Mannes glaubten, der sie in Schande stürzte.«

»Mein Leben hat keinen Wert ohne deine Liebe, Esmeralda! Dich zu verlassen hieße, meine Lebenslust zu verlassen!« Er küsste ihre aufgerichteten Nippel, die sich durch das Mieder drückten. Frollo bebte, konnte kaum feststellen, ob vor Wut oder vor Begierde.

»Bitte!«, raunte Phoebus unter weiteren Küssen auf ihren Busen, ihren Hals, die Wangen, schließlich auf den Mund. Sie grub ihre Hände in sein Haar, erwiderte leidenschaftlich den Kuss, seufzte wohlig. Da zog er ihr das Tuch aus dem Mieder. Zwei kleine Brüste, hell mit rosigen Knospen, kamen zum Vorschein. Phoebus gab einen grunzenden Laut von sich, umschloss einen Nippel mit seinen Lippen, streichelte zart die andere Brust. Frollo zitterte hinter seinem Verschlag. »Nein!«, wollte er schreien.

Da rutschte ein Band in den Mund des Hauptmanns. Er

wollte ihr das Halsband abnehmen, an dem ein grünes Säckchen hing. Das holte Esmeralda wieder aus ihrer Verzückung.

»Mein Talisman«, sagte sie erschrocken.

»Ach du Dummchen! Talisman!« Lächelnd legte er ihre Hand auf seinen Schritt. Sie wich erschrocken zurück. Frollo konnte deutlich das erregte Glied des Hauptmanns sehen, welches sein Beinkleid ausbeulte.

»Was ist denn jetzt, du liebst mich doch! Ich flehe dich an, Geliebte! Lass mich nicht in der Not meiner Sehnsucht allein«, säuselte er.

»Aber ich bin ja da für dich mit meiner ganzen Liebe!« Sie bedeckte sein Gesicht mit kleinen Küsschen, strahlte ihn an und griff nach dem Busentuch, das am Boden lag.

Er nahm es ihr wieder aus der Hand, warf es zur Seite, ließ seine Finger an ihren Beinen hochgleiten, kniete nun vor ihr, vergrub sein Gesicht in ihrer Mitte, schob die Röcke hoch, wollte küssen, was sich darunter verbarg. Sie stand wie erstarrt. Irritiert, aber auch fasziniert wusste sie nicht, wie sie reagieren sollte.

»Was tut Ihr da, Phoebus? Das ist nicht recht, auch wenn Eure Hand so wunderbar mit mir verfährt«, flüsterte sie nahe der Kapitulation. Das war zu viel für den Priester. Sein Verstand war machtlos gegen die verzweifelte Wut, die ihn überwältigte. Mit einem einzigen Tritt überwand er den Holzverschlag und stürzte sich auf den Hauptmann, der geschickt dem Messer auswich, das auf ihn niedersauste. So verletzte es ihn an der Schulter statt am Hals, dabei schlug er aber hart gegen eine Kiste mit Eisenbeschlag. Esmeralda war so entsetzt, dass sie nicht einmal zu schreien vermochte. Mit wahnsinnigem Blick starrte sie der Priester an, packte ihren Arm und wollte sie mit sich zerren. In der Rechten hielt er noch das blutige Messer. Ohnmächtig sackte das Mädchen zusammen. Vor der Tür hörte man aufgeregte Stimmen.

»Ich habe es deutlich krachen gehört! Da ist ein Verrückter neben der Dachkammer«, kreischte die Alte.

»Der kommt uns nicht aus!« Es stapften wohl mehrere Männer mit der Wirtin die Holzstufen hoch. Planlos schwang sich Frollo aus dem Fenster. Dann wurde alles still und langsam.

*So einen unrühmlichen Tod hatte ich nicht erwartet*, dachte er; fiel und fiel. Es war mehr ein Schweben, das endlos zu dauern schien, so lange jedenfalls, bis er damit einverstanden war: »Endlich Ruhe!«

# Kapitel 24
## Im Kerker

Das ist mein Ende! Ein erstochener Hauptmann in meiner Schenke, das bedeutet Kerker, vielleicht sogar den Strick!« Die alte Wirtin jammerte und klagte.

»Schaffen wir ihn lieber woanders hin«, schlug einer der Gäste vor, die mit in die Dachstube gekommen waren.

»Und das Mädchen?« Ein anderer beugte sich über Esmeralda.

»So arg blutet der Hauptmann gar nicht«, kam es von der Wirtin. Inzwischen drängten sich mehrere Gäste in den kleinen Raum. Alle wussten von der Dachkammer, manche von dem Nebenraum, aber die wenigsten hatten je einen Blick hineinwerfen können. Das Vergnügen war ihnen einfach zu teuer.

»Holt den Bader!« »Holt die Wachen!«, riefen sie durcheinander.

»Nein! Keine Wachen! Schlimm genug, wenn mir der beste Gast in Zukunft wegbleibt, doch die Wachen verderben mir das Geschäft gleich noch mehr!« Verärgert trat sie der Zigeunerin in die Seite.

»Das Mädchen hat geseufzt«, rief jemand.

»Es trägt einen kleinen Dolch unter dem Gewand!«

»Was? Das Mädchen trägt einen Doch bei sich?«

»Da! Schau selbst!« Als der Gast den Dolch aus dem Gürtel ziehen wollte, schlug Esmeralda verwirrt die Augen auf.

»Sie erwacht! Das Mädchen erwacht!«

»Das ist ja Esmeralda, die Tänzerin!«

»Also ich habe das sofort bemerkt.«

»Wer ist das Mädchen?«

Alles redete durcheinander, die Blicke auf sie gerichtet, und neben ihr Phoebus, wie leblos. Fast wäre sie gleich wieder in Ohnmacht gefallen.

»Hast du auf deinen Freier eingestochen? Du blödes Miststück! Musst du das ausgerechnet in meiner Schenke tun?« Die Alte wollte der Entsetzten gerade eine Ohrfeige verpassen, doch ein Mann hielt sie zurück.

»Ihr Dolch ist sauber.« Er zog die Waffe aus dem Lederetui an ihrem Gürtel.

»Oh mein Gott! Ist mein Phoebus tot?« Über ihn geneigt untersuchte sie seine Wunde an der Schulter, die nicht tief war. Jemand reichte ihr einen alten Lappen, damit die Blutung gestoppt werden konnte, doch sie warf das schmutzige Teil von sich.

»Kocht Wasser ab und gebt mir sauberes Leinen«, ordnete sie an.

»Wo soll ich denn sauberes Leinen herbekommen? Und heißes Wasser kannst du auch vergessen, Püppchen, das Feuer ist längst heruntergebrannt«, maulte die Wirtin. Sie fand die Zigeunerin anmaßend und schrieb den ganzen Schlamassel ausschließlich ihr zu.

»Tretet zur Seite! Zur Seite!«, rief ein Mann im Befehlston. Alles verstummte. Zwei Wachen traten ein, schoben jeden unsanft weg, der ihnen den Weg versperrte, ergriffen das Mädchen und führten es ab. Unten wurde die Zigeunerin von einem weiteren Wachsoldaten gefesselt und zum Justizgebäude gebracht. Dann liefen die beiden wieder hoch und trugen den Hauptmann hinunter, legten ihn auf sein Pferd und ritten vorsichtig davon.

»Wenn das kein böses Nachspiel hat«, murmelte die Wirtin und fragte Enzo, der gern in der Hoffnung auf einen kleinen Verdienst vor ihrer Schenke herumlungerte: »Wo kommen denn diese blöden Wachen plötzlich her?« Er zuckte mit den Schultern.

»Die sind schon öfter vorbeigeritten, wenn der Hauptmann da war. Ich dachte, sie wollten ihn beschützen, aber heute sagte einer: ›Die Baronesse de Lys will bestimmt wissen, was ihr Bräutigam immer wieder hier treibt. Gehen wir einfach hinein und schauen nach.‹«

»Ah, bloß Spitzel seiner Angetrauten oder Verlobten. Das beruhigt mich!«

»Ist der Hauptmann tot?«

»Eher nicht. Ich glaube, der hat sich nur heftig den Kopf angeschlagen.«

»Und was ist mit dem Mann im Nebenraum der Dachkammer? Wo ist er denn hin verschwunden?«

»Bist du verrückt? Willst du mir noch mehr Schwierigkeiten aufhalsen als ohnehin schon? Diesen Nebenraum hat es nie gegeben und einen Mann darin schon gar nicht! Untersteh dich, etwas davon zu erwähnen, falls dich die Wachen befragen!«

Enzo nickte ergeben. Er war froh, hinter der Schenke einen Unterstand gefunden zu haben und wollte es sich mit der Wirtin nicht verscherzen. Doch um den großzügigen Priester sorgte er sich. Hatte es sich dabei doch um den Teufel gehandelt, der nach dem Verbrechen in die Hölle gefahren war? Nur Schwefelgestank solle er zurücklassen, sonst pflegte Satan einfach zu verschwinden, so die Mär. Der Junge bedauerte sehr, sich in dem Priester getäuscht zu haben. Sein Aussehen wirkte zwar nicht einladend, aber seine Art, ihn, den Bettlerjungen, wie eine echte Person anzusprechen und vor allem seine Großzügigkeit glichen eher einem verkleideten Engel.

Esmeralda wurde in den Kerker geworfen, bis der Stadtvogt und eventuell der zuständige Geistliche Zeit fanden, sich ihres Falls anzunehmen. Sie zitterte vor Kälte und Angst. Auch die Sorge um Phoebus quälte sie.

»Bitte, ihr Mächte im Himmel, lasst ihn nicht tot sein! Gebt mir meinen Geliebten wieder!« Immer wieder versuchte sie, sich an das Geschehene zu erinnern. Bilder, die in ihr aufblitzten, waren so absurd, dass sie sich keinen Reim darauf machen konnte. Eher glaubte sie an die Strafe des Schicksals wegen unkeuschen Verhaltens als an das, was wirklich vorgefallen war. Vielleicht gab es den Höllenfürsten tatsächlich, der ihre Lust bei Phoebus' Berührung zum Anlass nahm, ihn zu töten. In der Gestalt des dämonischen Priesters kam vielleicht Satan persönlich und erdolchte ihren Geliebten, um ihre unkeuschen Gefühle zu rächen. Es schauderte sie bei dem Gedanken.

»Wenn er nur nicht tot ist!«

»Was winselst du da herum? Hast du Angst vor der Folter? Glaub mir, die hast du mit Recht. Egal ob unschuldig oder nicht, du entkommst der peinlichen Befragung nicht. Dein Leben ist verwirkt, Kindchen. Selbst wenn du die Befragung überlebst, wird sie dich doch für immer zeichnen. Ich rate dir, nimm den Strick, solange du noch kannst!«

Entsetzt schrie Esmeralda auf. Es war nicht nur feuchtkühl im Kerker, sondern auch stockdunkel. Durch ein Mauerloch hoch oben drang etwas Mondlicht herein. Esmeralda merkte erst jetzt, dass mehrere andere auf fauligem Stroh in dem Verlies ausharrten, bleiche Gesichter.

»Ich bin bereits seit Wochen da, wurde zweimal befragt, kann nicht mehr ohne Hilfe gehen, du weißt, die spanischen Stiefel … und auch Brandmale über den Körper verteilt.«

»Und warum bist du noch nicht auf dem Scheiterhaufen verbrannt? Was wirft man dir denn vor?«, unterbrach eine ältere Frauenstimme den grausigen Bericht.

»Die glauben, ich hätte das Kind meiner Herrschaft verhext. Es verschluckte sich an einer Fischgräte und erstickte. Ich bin doch nur die Küchenhilfe! Den Fisch habe ich nicht mal angerührt, das macht unsere Hauptköchin. Jetzt wollen die Priester aus Rom und der Stadtvogt, dass ich weitere Namen nenne, alle, die an der Verschwörung gegen meine Herrschaft beteiligt sind, alle, die sich mit Satan eingelassen haben. Dabei weiß ich nicht einmal, wie dieser Satan aussieht! Nie würde ich mich mit ihm einlassen! Warum glauben die das nur von mir? Lieber würde ich sterben, als noch einmal befragt zu werden! Wo ist der Strick? Wo ist der Balken, der meiner Not ein Ende setzt?«

Resigniert schaukelte sie vor und zurück. Alle hier schienen sich vom Leben bereits verabschiedet zu haben. Als Hüllen des Schreckens saßen sie verteilt am Boden. Mittlerweile hatten sich Esmeraldas Augen an die Dunkelheit gewöhnt, gespenstische Figuren starrten vor sich hin. Das Entsetzen lähmte sie. Jegliche Gedanken waren eingefroren, kein Gefühl erreichte ihr Bewusstsein. Irgendwann musste sie vor Erschöpfung eingeschlafen sein.

Ein Wachmann zerrte sie wortlos aus dem Kerker und brachte sie vor den Stadtvogt. Nur er und zwei Dominikaner der Inquisition saßen ihr als Tribunal gegenüber. Es war heller Vormittag, für Esmeralda grell nach dem düsteren Verlies.

»Bist du Esmeralda? Bist du es, die mit einem satanischen Vieh in der spanischen Zigeunertruppe tanzt, geleitet von einer gewissen ...«, er schaute in seine Unterlagen, »... einer gewissen Madame Paloma?«, fragte Seigneur d'Estouteville streng. Sie nickte unschlüssig. Das »satanische Vieh« hatte sie verwirrt.

»Sprich laut und deutlich«, schrie er sie an. Jetzt brachte sie erst recht kein Wort heraus. Da meckerte es vertraut vom Eingang her.

»Djali«, rief Esmeralda, als sei nun alles wieder gut.

»Diesen verdächtigen Ziegenbock konnten wir heute Morgen auf einer Wiese sicherstellen. Ein gewisser Pierre Gringoire bestätigte, dass du schwarze Magie mit ihm betreibst.«

»Aber nein! Djali kann nur einige Kunststücke!« Er strebte zu ihr hin, sobald ihre vertraute Stimme zu ihm drang. Der Wachmann hatte Mühe, den starken Ziegenbock zu bändigen. Sein penetranter Geruch erfüllte sofort den Vernehmungsraum.

»Du sprichst nur, wenn du gefragt wirst!«

Ein Bote hätte auch Dom Frollo zur Vernehmung bitten sollen, doch dieser war nicht auffindbar gewesen. Das erste Mal versäumte der Archidiakon einen Pflichttermin. So fühlte sich der Vogt weniger streng beobachtet, fühlte sich mächtiger und genoss es umso mehr, die berühmte Tänzerin in seiner Gewalt zu haben.

»Das Tier soll ein Kunststück zeigen, dann sofort entfernt werden«, schlug einer der beiden Dominikaner vor. Esmeralda wollte Djali »Apfel« lesen lassen. Er trug das Futteral mit den Buchstaben meist an einem breiten Band um den Hals. Doch sobald die Holzkarten geordnet vor ihm lagen, klopfte er ohne Signal ihrerseits mit dem Huf auf P, dann auf H, O, E B, U, S. Alle drei Vorsitzenden starrten mit offenem Mund auf das Wort, das ein Diener aus dem Alphabet genommen und auf den Tisch gelegt hatte.

»Ein deutlicheres Zeichen der Hexerei kann es gar nicht geben. Mit Hilfe dieses Teufelsbocks hast du den Hauptmann verhext, dir in die Schenke zu folgen, um ihn dann zu berauben und zu töten!«

Dem Vogt versagte fast die Stimme, so schaurig fand er die Macht der Magie, mit der die Tänzerin ihre Opfer offenbar in ihren Bann zog. Sie hätte gern erklärt, wie sie den Namen Hunderte Male im Winter von Djali finden ließ, um wenigstens auf diese Weise ihrer Sehnsucht Ausdruck zu verleihen. Doch man verbot ihr zu sprechen und brachte sie gemeinsam mit dem Tier wieder in den Kerker.

»Du kommst mit Satan höchstpersönlich vom Verhör zurück?«, versuchte sich eine der Mitgefangenen in einem Scherz. Der Ziegenbock meckerte wie zur Begrüßung.

»Warum warst du so schnell fertig? Gab es keine peinliche Befragung?«, fragte die Küchengehilfin.

»Man ist überzeugt davon, dass ich eine Hexe sei.« Esmeralda glaubte sich in einem Albtraum gefangen.

»Du Glückliche! Das erspart dir die Folter. Bald schon wirst du der Welt Adieu sagen können – oder müssen.«

Ihr wurde eisig kalt. Doch es gab wohl kein Entrinnen. Angesichts ihrer Leidensgenossinnen schien der rasche Tod tatsächlich die bessere Variante zu sein. Djali spürte ihre Not und legte sich dicht zu ihr. Auch für ihn bedeutete Esmeraldas Nähe Vertrautheit in diesem finsteren, feuchtkalten Verlies. Sie lehnte sich an ihn, atmete seinen Geruch ein, hoffte mit jedem Atemzug ein Stück mehr aus diesem Schrecken zu erwachen und einfach wieder bei ihren Leuten im Hof der Wunder zu sein.

Völlig außer Atem lief Pierre zur Notre-Dame. Sophie war wie so oft bei ihrem Sohn auf dem Turm. Es dauerte ewig, bis er die Erlaubnis bekam, hinaufzugehen. Oben hielt er an und verschnaufte erst mal, dann versuchte er, sich in dem Labyrinth von Gängen und Türen zurechtzufinden. Plötzlich ertönte die Stundenglocke elfmal. Er wäre fast übers Geländer gestürzt bei dem Lärm. Doch nun konnte er sich orientieren. Als er auf einen Steg hinaustrat und Paris von oben sah, verstummte plötzlich jede Eile, jede Sorge. Was für ein Anblick!

»Wo, wenn nicht hier, kann man Meisterwerke verfassen«, rief er den Grotesken auf der Brüstung zu.

»Pierre! Wie kommst du da herauf?« Sophie war überrascht, aber auch amüsiert, ihn hier Selbstgespräche führen zu sehen.

»Etwas Schreckliches ist passiert! Man hat Djali verhaftet«, verkündete er betroffen. Jetzt lachte Sophie laut auf.

»Man hat Djali verhaftet? Was erzählst du da?«

»Nun ja«, setzte Pierre an »Ich freute mich nicht weniger als die Tiere selbst, bei diesem herrlichen Wetter wieder einmal auf die Wiesen von Saint Germain des Près zu gehen. Gerade die Morgenbrise erfrischt Körper und Geist. Und die Hühner erst! Wie possierlich sie einen Wurm nach dem anderen aus dem Gras ziehen!«

»Pierre! Ich bitte dich, was ist mit Djali?« Sophie funkelte ihn wütend an. Bisher hatte sie ihn meist verteidigt, wenn die anderen ihn mieden, weil er anstrengend und wenig einfühlsam war. Nun aber hätte sie ihn am liebsten geschüttelt, damit er bei der Sache blieb. In ihr stieg eine unbestimmte Sorge hoch, sie fühlte, dass sich etwas Schlimmes anbahnte.

»Du sollst wissen, dass ich den Ziegenbock ganz besonders mag. Er ist in vieler Hinsicht vielschichtig und intelligent.« Sie warf ihm einen ungeduldig wütenden Blick zu.

»Na gut, ich war gerade dabei, mir Gedanken zu einem Werk zu machen, das die Freundschaft zwischen Mensch und Tier, man sollte eher sagen: zwischen Tier und Mensch, beschreibt. Das wäre doch mal etwas ganz Neues. Und zwar meine ich es nicht als Metapher oder als Fabel …«

Sophie fasste sein Halstuch und zog ihn zu sich heran. Ihr Blick sagte alles. Simon stand dabei und fand den Gaukler komisch, allerdings auch Sophie. Er hatte sie noch nie wütend erlebt.

»Also, um zum Wesentlichen zu kommen: Auf einmal preschten zwei Soldaten heran, fragten mich, welche der Ziegen jene mit Namen Djali und Begleiter der Tänzerin Esmeralda sei. Natürlich wollte ich wissen, warum sie mich das fragten, da meinten sie, es sei ein Teufelstier und Helfer schwarzer Magie, die Esmeralda angeblich anwende. So ein Blödsinn! Aber die Leute sind einfach zu dumm, um diesen haarsträubenden Aberglauben zu erkennen. Aufklärung tut Not, Bildung!«

Sophie war – schneeweiß im Gesicht – zusammengesackt. Da erst bemerkte Pierre, dass sie sein Bericht erschüttert haben musste. Simon eilte herbei und brachte sie zu einem Stuhl, schenkte ihr einen Becher Wasser ein.

»Ich glaube nicht, dass man Djali etwas antun wird. Dom Frollo kann sich bestimmt für ihn einsetzen. Wir sollten ihn unverzüglich informieren.«

»Du Narr! Merkst du denn nicht, dass Esmeralda in höchster Gefahr schwebt? Ist sie gestern Nacht heimgekommen? Oh! Hätte ich doch bloß nicht auf dem Turm übernachtet! Wo ist sie, Pierre? Wo?«

Er legte den Finger an die Lippen, schaute zum strahlend blauen Himmel und dachte nach.

»Seit gestern Nachmittag, wo sie aufgetreten ist, habe ich sie nicht mehr gesehen. Heute Morgen auch nicht. Ich dachte, sie schläft vielleicht noch oder ist schon weg. Du stehst ja auch oft früh auf, um hierherzukommen, Paloma. Aber eigentlich dachte ich mir gar nichts über Esmeralda. Mir war es nur wichtig, den Tieren diesen herrlichen Tag nicht vorzuenthalten.«

Sie winkte ihm kraftlos ab, er möge gehen, möge sie endlich mit seinem Gebrabbel verschonen. Doch er übersah die Geste, lehnte sich über die Brüstung und beobachtete fasziniert den Platz.

»Dom Frollo soll so schnell wie möglich kommen!«, schrieb sie für Simon auf die Tafel. Er eilte hinunter. Sophie schloss die Augen, schlang die Arme um sich und betete. Wie ein Kind schaukelte sie dabei leicht hin und her. Sie betete in Gedanken zu Gott, zu Maria, zu allen Heiligen und Engeln. Dann verstummte ihr Geist. Er wanderte zu Esmeralda und verharrte dort, wo immer sie auch war.

## Kapitel 25
# Enzo Lesable

Frollo fiel höchstens zwei Sekunden lang, bis er in den eisigen Fluten der Seine landete. Für ihn fühlte es sich an, als schwebe er entrückt dem Tode zu. Dann der kalte Schock, die reißende Strömung. Er war wie gelähmt, trieb ab und wunderte sich darüber, nicht auf dem Pflaster vollkommen zerstört sein Ende zu finden, sondern in den kalten Fluten zu ertrinken. Sein Umhang verhedderte sich in einem Sammelsurium aus abgebrochenen Ästen, zersplitterten Brettern und Sonstigem, das dazu angetan war, ihn aufzuspießen, denn er war Spielball der Flut geworden. Sie warf ihn wie dürres Laub herum. Doch auch hier fand Dom Frollo nicht den Tod. Äste eines schiefen Baumes peitschten in die Wellen. Mit fast übermenschlicher Kraft hielt er sich daran fest, kämpfte sich ans Ufer und sackte dort vollkommen erschöpft zusammen. Nur wenige Augenblicke später begann sein ganzer Körper heftig zu schlottern, die Zähne klapperten grotesk aneinander, er konnte nichts dagegen tun. Die Seine hatte wohl seine Lebenskraft verschluckt.

Seine Gedanken hatten sich ausgelöscht, als er panisch aus dem Fenster gesprungen war, ohne auch nur eine Sekunde lang zu überlegen, wohin dieser Sprung führte. Ab da erwartete er sein Ende, das war alles, was er registrieren konnte.

»Heda! Was treibst du da im Schlamm mit deinem schönen Gewand?«, hörte er es lallen. Ein paar Gesellen, vielleicht sogar von der Schenke in der Rue de Mouton, torkelten weiter oben. Sie kamen zu ihm ans Ufer, rissen ihm das nasse, doch tatsächlich teure Gewand samt Stiefel vom Leib und gaben ihm ein paar Fußtritte, warum auch immer.

Frollo wünschte sich, er wäre längst ertrunken. Das heftige Zittern ließ etwas nach. Er raffte seine letzte Kraft zusammen, um zur Straße hinaufzukriechen. Barfuß und nur mit seinem dünnen, nassen Unterhemd bekleidet, ging er auf die Lichter der Stadt zu. Sehr bald schon schien ihm die Gegend vertraut. Er befand sich auf der Rückseite der verhängnisvollen Schenke. Drinnen hörte man die Alte herumjammern, Männer lallten lautstark. Da bemerkte er unter einem Holzverschlag eine Bewegung im Dunkeln.

*Ihr Heiligen, habt Mitleid! Das sieht nach einem riesigen Hund aus. Sollte ich mein Ende durch dieses Tier finden?*, alarmierte er sich.

Auf einmal richtete sich der vermeintliche Hund auf und lief auf ihn zu. Es war das Straßenkind Enzo Lesable, der hier seinen Unterschlupf hatte.

»Mon Père! Was ist Euch geschehen?«, rief er besorgt.

»Dich schickt der Himmel!« Frollo bat ihn um eine trockene Decke und Geleit zum Kloster. Enzo überließ ihm seinen einzigen Besitz, eine unglaublich staubige und löchrige Pferdedecke. Sofort streifte der Priester das nasse Hemd ab, ungeachtet seiner Nacktheit, darauf konnte er im Augenblick keine Rücksicht nehmen. Achtlos warf er es zu Boden.

»Was für ein feines Linnen! Ich werde es mitnehmen, für Euch später säubern und trocknen!« Enzo befühlte das in seinen Augen kostbare Hemd.

»Mein Freund, du sollst reich belohnt werden, wenn du mir heute hilfst, in der Klosterküche etwas Warmes zu kochen.« Enzo konnte vor Staunen nicht antworten. Frollo hatte ihm das liebevollste Angebot gemacht, das er je erhalten hatte. Er durfte für ihn in einer echten Küche etwas kochen. Vielleicht durfte er dann die Teller und Töpfe mit dem Holzlöffel ausschaben, selbst etwas Warmes zu sich nehmen.

Da dem Priester neben dem Gewand auch die Schlüssel abhanden gekommen waren, musste er den Bruder Pförtner herausklopfen. Sehr überrascht, aber zu müde, Fragen zu stellen, ließ er ihn mit dem Bettlerjungen herein und händigte auch den Küchenschlüssel aus. Dort war Glut im Kamin, die Mönche achteten darauf, dass diese nie ganz erlosch. Es war wohlig warm. Erstaunlich versiert bereitete Enzo rasch eine Hafersuppe zu. Inzwischen hatte sich der Priester in seiner Zelle winterlich angezogen, dann holte er aus dem Novizenfundus mehrere Kleidungsstücke für den Jungen und einen Reisesack. Sollte er dieses Abenteuer überleben, würde er für Enzos Zukunft sorgen, ihn vielleicht sogar bei einem Zunftmeister unterbringen.

Es duftete wunderbar, Claude holte zwei Gedecke, dann schlug er rasch das Kreuz und löffelte die heiße Suppe gierig in sich hinein, schnitt zwei große Stücke Brot vom Laib und legte eines davon neben den noch leeren Teller. Der Bursche stand beim Kamin und beobachtete alles.

»Iss, Junge!« Dem liefen Tränen über die Wangen. War das ein schöner Traum?

»Darf ich wirklich?«, fragte er ängstlich.

»Ich bitte dich darum!« Claude stand auf, nahm den leeren Teller, füllte ihn eigenhändig und stellte ihn auf den Tisch. Dann holte er für sich Nachschub. Nach der Suppe schnitt er etwas Schinken und Käse ab.

»Ich habe in meinem ganzen Leben noch nie so viel und gut gegessen.« Der Junge strahlte übers ganze Gesicht.

»Es ist zwar absolut verboten, aber wenn du willst, kannst du heute in meiner Zelle übernachten. Vielleicht weißt du ja, was sich in der Schenke mit der Tänzerin und dem Hauptmann zugetragen hat. Ich wäre sehr froh, morgen etwas darüber zu erfahren. Im Augenblick fallen mir einfach die Augen zu.« Augenblicklich fiel sein Kopf auf die Unterarme. So schnarchte er bei Tisch, während Enzo alles wieder fein säuberlich wegräumte. Dann weckte er den Priester. Um Schinken, Käse und Brot wickelte Claude ein Küchentuch und steckte es samt Messer in den Reisesack. Dann wankte er zu seiner Zelle. Ein paar Decken auf dem Boden und sein Winterumhang zum Zudecken waren für Enzo. Er selbst fiel auf seine Liegestatt und schlief bis zum Abend des folgenden Tages.

Enzo erwachte, als die Glocken achtmal schlugen. Er wusste aber, dass er leise sein und in der Zelle bleiben musste. Hinter einem Schrank fand er den Gülleeimer mit einem schweren Holzdeckel darauf. Ein Krug war gefüllt mit Wasser, daneben stand ein Becher und in dem Sack fand er Brot, Schinken, Käse und verschiedene vornehme Kleidungsstücke in seiner Größe, auch ein paar Schuhe. Er wagte es, sie anzuziehen und staunte darüber, wie rasch solch ein Gewand den Körper wärmte. Dieser Tag in der Zelle neben einem schnarchenden, schnupfenden und bald auch hustenden Mann, ohne Sonne, ohne Gespräch, war dennoch einer der schönsten seines Lebens. Er fühlte sich geborgen.

Zu jeder vollen Stunde hörte man die nahen Glocken der Notre-Dame. Wenn er früher durch die Straßen wanderte, auf der Suche nach Speiseresten unter den Marktständen oder im Hinterhof eines Wirtshauses, freute er sich immer über ihren schönen Klang. Die Glocken läuteten für Arm und Reich. Nun fühlte er sich ihnen nahe. Sie mahnten ihn, gut auf den Priester achtzugeben, der ihm wohltätig begegnet war. Dass er noch am Vortag überlegt hatte, ob dieser Mann Satan sein könnte, beschämte ihn nun. Er befühlte Frollos Stirn, sie glühte. Sein Husten klang trocken und schwach. Als die Glocke sechs Uhr nachmittags schlug, weckte er ihn und reichte ihm den Becher. Der Kranke trank etwas Wasser.

»Ich brauche den Bruder Medicus. In der Tischlade findest du Papier, Feder und ein Tintenfass. Bring mir den Stuhl her und lege alles darauf.« Mit großer Mühe setzte sich Frollo auf und schrieb ein paar Zeilen.

»Bring das zum Glockenturm und gib es Quasimodo. Er

weiß dann, was zu tun ist. Wenn dich jemand aufhält, zeig ihm mein Schreiben. Man wird dich damit zum Turm durchlassen.« Der Junge wollte gerade leise schauen, ob jemand in der Nähe sei, denn er sollte die Zelle möglichst unbemerkt verlassen, als Frollo schwach anmerkte:

»Enzo, das Gewand steht dir gut!« Der Blick des Jungen lächelte, die Lippen vermochten es nicht. Zu lange hatte ihn niemand mehr mit seinem Namen angesprochen.

Das Kloster entpuppte sich als Labyrinth, doch irgendwann stand der Junge auf der Gasse hinter der Kathedrale. Sie zu betreten hatte er bisher nie gewagt. Nun konnte er sich an der Weite und Höhe, an den Säulen, Statuen und den Rosetten gar nicht mehr sattsehen. Nach langem Staunen erinnerte er sich seines Auftrags und suchte nach jener unscheinbaren Tür, die der Priester ihm beschrieben hatte. Er fand sie unverschlossen, begann unendlich scheinende Wendeltreppen nach oben zu steigen, zuerst aus Stein, dann in schmalerer Ausführung aus Holz. Plötzlich hörte er Schritte und erschrak heftig, denn er fühlte sich als Eindringling. Allein schon die Kirche zu betreten schien ihm zu erhaben für seinesgleichen, und nun stieg er zum Glockenturm empor, der für Besucher geschlossen war. Hinunter konnte er nicht fliehen, von da kamen nämlich die Schritte, so eilte er hinauf. Die neuen Lederschuhe klapperten etwas.

»Simon?«, rief eine überraschte Frauenstimme. Er blieb stehen. Die Schritte kamen näher. Er eilte weiter nach oben.

»Dom Frollo?«, kam es wieder von der Frau. Er eilte schneller weiter.

An einem Absatz, an dem er einen langen Gang überwinden musste, um dann den letzten Teil der Wendeltreppe zu nehmen, holte ihn die Frau ein. Sie war schön wie eine Statue in der Kirche, hatte rote Wangen vom raschen Aufstieg, strahlend blaue Augen, blondes Haar und trug ein Gewand, das sauber und geschmackvoll wirkte. Nach einer Bürgerin sah sie nicht aus, eher nach Künstlerin, einer Zigeunerin. Beide starrten einander an, bis Enzo ihr wortlos das Schreiben reichte. Sie überflog es, wirkte besorgt.

»Komm mit!« Er eilte hinter ihr her, die einen großen Korb mit Lebensmitteln trug.

»Darf ich helfen?«, fragte er auf der engen Treppe. Sie musterte ihn kurz, dann bekam er den Korb.

»Danke«, sagte sie lächelnd. Er errötete. Seit er den Priester kannte, schien er sich in einer neuen Welt mit neuen Menschen zu befinden; man war höflich und lächelte.

Oben empfing ihn das strahlendste Lächeln überhaupt. Der Glöckner begrüßte die schöne Frau mit Küsschen auf beide Wangen. Sie ihn auch. Enzo hatte schon viel von dem »Glöcknermonster« gehört, ihn aber wie die meisten Pariser nie zu Gesicht bekommen. Nun aber war die Stimmung, die Gegenwart der Frau, das Bewusstsein, dass er dem Priester helfen wollte, all das, so überwältigend, dass er das entstellte Gesicht des Glöckners gar nicht wahrnahm. Für ihn war die Freundlichkeit, die hier üblich zu sein schien, wie ein einziges schönes Märchen.

Als Simon das Schreiben gelesen hatte, sah er den fremden Jungen fragend an. Sophie formulierte für beide:

»Wer bist du? Woher kennst du Dom Frollo?«

»Le Père ist ins Wasser gefallen und hat sich erkältet. Ich habe ihm geholfen, eine warme Suppe zu kochen«, erklärte er so knapp wie möglich. Er wusste, dass kein Ehrenmann im Zusammenhang mit der Schenke in der Rue de Mouton genannt werden wollte.

»Weißt du etwas über die Tänzerin Esmeralda?« Die Frau wirkte nun äußerst besorgt. Sie spürte, dass hinter diesem Jungen mehr steckte als eine warme Suppe. Simon gab ihr durch

Zeichen zu verstehen, dass er nach dem Bruder Medicus suchen wollte. Sie stand sofort auf und umarmte ihn.

»Pass auf dich auf«, rief sie ihm ins Ohr. Enzo staunte. Jetzt wurde ihm der äußerliche Unterschied zwischen den beiden erst deutlich. Und warum schrie sie ihm ins Ohr? Er hatte die ganze Zeit nicht gesprochen. War er taub?

»Übrigens, ich bin Madame Paloma und Esmeralda ist meine Tochter. Weißt du etwas über ihren Verbleib? Bitte sag mir alles, was du weißt!«

Enzo, der als Straßenkind ein feines Gespür dafür entwickelt hatte, wem er vertrauen durfte, wusste, dass er hier bisher nur ehrlichen Menschen begegnet war. So erzählte er alles, was er wusste, verschwieg auch Frollos Versuche nicht, dem Hauptmann nachzuspionieren. Sophie war sich darüber nicht ganz klar, was den Priester an Hauptmann Phoebus so sehr interessierte, doch sie ahnte, dass es sich dabei mehr um Esmeralda handelte. Das ergab Sinn. Ihr fiel der denkwürdige Tag am Pranger ein. Da glaubte sie seine Leidenschaft für ihre Tochter besonders deutlich bemerkt zu haben. Nachdem er aber Simon in all den Jahren ein guter Vormund gewesen war, widerstrebte ihr jeder negative Gedanke über ihn. Andererseits ekelte es sie regelrecht bei der Vorstellung, er stelle Esmeralda nach, die um fast zwanzig Jahre jünger war als er. Doch im Augenblick konnte sie nur daran denken, wie es ihr wohl erging und was sie erwartete.

»Meine Tochter wurde also in der Nacht von Wachmännern zum Justizgebäude gebracht? Und der Hauptmann ist nicht getötet worden?« Enzo nickte. Sophie wollte zum Kerker eilen, sobald Simon zurück sei. Grübelnd starrte sie vor sich hin.

»Darf ich mal runterschauen?«, fragte Enzo schüchtern.

»Natürlich! Bediene dich bitte auch aus dem Korb. Ich habe Früchte und etwas Kuchen besorgt.«

Sie blickte gar nicht auf. Die Sorge um ihre Tochter nagte als Schmerz in ihrem ganzen Körper, blockierte ihr Denken. Enzo starrte sie ungläubig an. Sich aus dem Korb bedienen? Durfte er das wirklich? Da lagen Erdbeeren, Marillen, ein heller Kuchen. Er nahm ein wenig von allem. Wie unglaublich gut es schmeckte! Am Abend die Suppe, gemeinsam mit dem ehrwürdigen Priester bei Tisch, der Schinken, der Käse. Und nun hier himmlische Köstlichkeiten, und er durfte sich einfach bedienen. Hatte der Himmel ihm alle Pforten geöffnet? Er wagte nur ein wenig zu kosten, das war ohnehin Seligkeit genug. Dann bestaunte Enzo die Aussicht über Paris, beobachtete die kleinen Gestalten unten am Platz.

»Eindeutig! Ich bin im Himmel«, stellte er laut fest. Sophie lächelte, stand auf und legte ihm den Arm um die Schulter.

»Du bist ein lieber Junge, Enzo«, sagte sie. Er schluckte.

Simon kam aufgeregt zu ihnen. Er schrieb eilig etwas auf Papier.

»Dom Frollo hat hohes Fieber, vielleicht eine Lungenentzündung, doch er wird bereits vom Medicus behandelt. Er bittet mich, dich zunächst in der Truppe aufzunehmen. Ich soll für dich sorgen«, erklärte Sophie in Richtung Enzo. Sie lächelte ihm zu. »Möchtest du?« Nun gab es kein Halten mehr. Schluchzend nickte er. Simon legte ihm die Hand auf die Schulter. Eilig kritzelte Sophie eine Notiz für ihren Sohn hin, dass sie sofort zu Esmeralda müsse, die bestimmt im Kerker sei, er möge Enzo einstweilen bei sich beherbergen, vielleicht in Frollos Kammer. Abgesehen von der Sorge um ihre Tochter, musste sie im Hof der Wunder für jedes neue Mitglied der Truppe anfragen und einen Eintrittspreis zahlen, keine große Summe, aber diese Regel zu umgehen könnte Clopin Trouillefou verärgern. Und das wollte niemand.

# Kapitel 26
## Asyl

Wie befürchtet, durfte Sophie die Gefangene nicht besuchen, doch sie erfuhr zumindest, dass sie mit Djali im Kerker sei. Einer der beiden Wachmänner beim Justizgebäude meinte auch, man habe sie noch nicht in den Folterkeller gebracht.

»Ich glaube, sie wird sowieso hingerichtet. Befragt werden ja nur Gefangene, deren Schuld noch nicht ganz feststeht«, sinnierte er und bekam einen Seitenstoß von seinem Kumpan.

»Nur keine unnötige Aufregung, Madame. Ihr könnt morgen zur öffentlichen Urteilsverkündigung kommen. Vielleicht ist Eure Tochter gar nicht bei den Betroffenen«, versuchte er, Sophie wieder etwas zu beruhigen. Sie war aschfahl geworden und hatte Mühe, sich auf den Beinen zu halten.

Dass Esmeralda verhaftet worden war und vielleicht sogar als Hexe hingerichtet werden sollte, verbreitete sich wie ein Lauffeuer. Fleur de Lys ließ sich den Markttratsch diesbezüglich von ihren Dienerinnen berichten. Oft schon hatte sie die zierliche Tänzerin beobachtet, die mit viel Witz und Charme alle begeisterte. Das Palais ihrer Eltern stand gegenüber der Notre-Dame, so war es ihr nicht entgangen, wie eingenommen auch Phoebus von ihr war. Er hatte dort und beim Justizpalast oft Dienst und nutzte jede Gelegenheit, der Zigeunerin zu begegnen und sogar in aller Öffentlichkeit mit ihr zu sprechen. Voller Ärger darüber ließ sie ihn seit Wochen bespitzeln. Wie besessen kreisten all ihre Gedanken nur darum, die Konkurrentin aus der Welt zu schaffen. Das hatte der Hauptmann wunderbar begünstigt ... Sie verachtete seine Dummheit, sich in der berüchtigten Schenke mit der Zigeunerin zu treffen. Ab nun sollte er keinen Schritt mehr ohne ihr Wissen tun, das schwor sich die gekränkte Braut. Er wurde in eigenen Räumlichkeiten des Palais de Lys medizinisch versorgt. Ihr Vater hatte in der Bastille Meldung gemacht, dass der Hauptmann beim mutigen Einsatz gegen Betrunkene, die eine Jungfrau schänden wollten, verletzt worden wäre und nun auf Kosten des Hauses Lys versorgt würde.

Esmeraldas Festnahme war überall Gesprächsthema. Auch Schwester Gudule hörte davon und jubelte, dass der Zigeunerin endlich Gerechtigkeit widerfahren sei.

»Aber Klausnerin! Habt Ihr nicht verstanden? Unsere fröhliche Tänzerin soll hingerichtet werden«, zeigte sich eine Frau betroffen, als sie ihr gerade ein Stück Brot zur Nische brachte. Alle bedauerten Esmeralda. Schwester Gudule aber murmelte:

»Ihre Lebendigkeit, ihr Tanz und ihre schöne Stimme zeigten mir deutlicher denn je, was man mir entrissen hat. So sang ich einst und so sollte meine Agnès singen und tanzen. Stattdessen ist es eine Zigeunerin, die das Leben genießt, eine jener Teufel, die mir mein Kind geraubt haben. Verflucht seien sie alle! Ich lobe den Tag, da Esmeralda hingerichtet wird!« Zu ihrem Glück achtete keiner richtig darauf, sie murmelte oft unverständliches Zeug vor sich hin. Niemand hätte ihr je wieder Almosen zur Klause gebracht, wären diese Worte gehört worden.

Seigneur d'Estoutevielle wollte die Zigeunerin so rasch wie möglich hinrichten lassen. Vom Kloster hatte man ihm mitgeteilt, dass der Archidiakon an einer Lungenentzündung erkrankt sei und in den nächsten Wochen seinen Dienst nicht verrichten können würde. Man schickte als Ersatz einen jungen schüchternen Priester, der bereits beim Anblick der Folterwerkzeuge fast in Ohnmacht gefallen wäre. Wie sollte er dann bei den Verurteilten nach der peinlichen Befragung die Beichte hören? Aber das sollte nicht sein Problem sein, wichtig war Dom Frollos Abwesenheit. Erhobenen Hauptes und mit geschwellter Brust waltete er seines Amtes. Bevorstehende Urteile wurden diesmal vom Balkon des Justizpalastes aus verkündet. Der Saal wäre bei dem Andrang wegen Esmeralda zu klein gewesen. Auch kam es nicht oft vor, dass ein Tier im gleichen Maße wegen Hexerei verurteilt wurde. Es galt in solch einem Fall als von einem Dämon oder gar von Satan selbst besessen. Die Leute hofften, bei einer Hinrichtung miterleben zu können, wie dieses böse Geistwesen vor ihren Augen aus dem Tier herausfuhr.

»Morgen ab neun Uhr wird die Tänzerin Esmeralda – gemeinsam mit ihrem Buhlen, dem Ziegenbock Djali – als Büßerin vor der Kathedrale zu Notre-Dame sieben Stunden lang stehen. Die beiden dürfen weder angesprochen werden noch darf man ihnen zu essen oder zu trinken reichen. Das Volk darf aber als Genugtuung für die schwarze Magie der Verurteilten dieselbe samt ihrem Buhlen verspotten und die beiden auch mit Unrat bewerfen. Allerdings dürfen sie dabei nicht zu Tode kommen, denn das obliegt der Gerichtsbarkeit. Nach Ablauf der Büßerfrist werden Hexe und Ziegenbock auf dem Place de Grève gehängt. Das läuternde Feuer des Scheiterhaufens, das dazu dient, Böses von den Hexen wegzubrennen, damit ihre Seelen vielleicht doch zu Gott aufsteigen können, ist der Esmeralda samt ihrem Buhlen versagt, da sie sich ganz und gar dem Teufel verschrieben haben.«

Danach wurden noch zwei andere Urteile verkündet. Die ganze Truppe, auch Enzo, hatte sich eingefunden. Sophie brach endgültig zusammen, man musste sie vom Platz wegtragen. Als sie wieder halbwegs zu sich kam, zitterte sie am ganzen Leib.

»Bringt mich bitte zu Simon«, bat sie schwach. Enzo und Etienne begleiteten sie hinauf, denn man fürchtete, sie könnte auf den Stufen wieder einen Schwächeanfall erleiden. Simon war erschüttert, aber gefasster als die anderen. Er grübelte, ging ein paarmal hin und her, verschwand in seiner Kammer und kam mit einigen Schriften zurück, die ihm Frollo einmal zum Studieren dagelassen hatte. Niemand sprach. Fieberhaft blätterte der Glöckner in den Schriften, schließlich zeigte er auf eine Passage. Sophie las laut:

»Asyl erhält ein Verurteilter der weltlichen Gerichtsbarkeit, wenn er sich in den geweihten Raum der heiligen Kirche begibt. Er darf nicht in die Gewalt der Justiz gebracht werden, solange er sich auf geheiligtem Boden befindet.«

Sie schluchzte laut auf und fiel ihrem Sohn um den Hals. Alle Angst und Anspannung heulte sie an seiner Schulter aus. Er drückte sie an sich. Sofort begannen sie einen Plan zu schmieden. Etienne und Enzo liefen anschließend hinunter und verbreiteten ihre Ideen, so gut sie konnten. Beide wussten genau, wem sie sich anvertrauen durften. Dass Enzo vor allem Kinder und Jugendliche einweihte, diente dem Vorhaben. Seine Kumpels der Straße erkannten ihn in dem feinen Gewand kaum wieder. Als sie hörten, dass es um Esmeraldas Leben ging, wollten alle ihr Möglichstes geben. Niemand hatte sie Hunger und Einsamkeit so gut vergessen lassen wie diese Tänzerin. Ihre Blicke und ihr Lächeln galten jedem von ihnen, auch wenn sie wusste, dass sie keine Münzen hatten. Ihre Kunst war für alle da, das vergaßen die Straßenkinder nicht.

Der Stadtvogt ließ sich von vier Wachmännern begleiten. Er fühlte sich wie ein König. Erst jetzt merkte er, wie klein ihn Dom Frollos Gegenwart immer machte. Jeder seiner Blicke wirkte wie ein Tadel, jede Geste wie eine Demütigung. Zuweilen zog der Archidiakon bei Ansprachen des Vogts öffentlich die Augenbrauen hoch, verhöhnte ihn durch Mimik und hämisches Grinsen.

*Möge er sein elendes Mönchsleben aushusten und nie wieder im Justizpalast auftauchen!*, wünschte sich Robert d'Estouteville. Die Gefangene trug ein raues Büßerkleid aus Jute, das Haar war ihr abgeschnitten worden, die Hände am Rücken gefesselt, sie ging barfuß. Um ihren Hals lag ein dicker, eng gezogener Stick. Djali wurde von einem Wachmann geführt. Als sie auf den Platz hinaustraten, glaubten sie, ihren Augen nicht trauen zu können. Dicht an dicht standen die Menschen beieinander. Sie gaben den Weg erst frei, als die Wachmänner ihren Lanzenstiel gegen sie einsetzten. Die Prozession führte durch eine Gasse, Notre-Dame lag keine fünfhundert Meter entfernt. Doch auch hier drängten sich die Massen.

»Diese Idioten! Warum versperren sie den Weg, der Büßerort ist doch vor der Kathedrale«, maulte der Vogt mit hochrotem Gesicht. Als sie aber endlich den Platz erreichten, entfuhr allen Wachmännern ein Ruf des Staunens. Esmeralda blickte dankbar auf, zum ersten Mal auf diesem schweren Weg. Man hätte meinen können, dass in ganz Paris nicht so viele Menschen leben konnten, wie sich hier tummelten. Zu allem Überfluss liefen auch noch Kinder ständig hin und her. Djali wurde unruhig und zerrte immer heftiger am Strick. Endlich gelangte man zu den Stufen der Notre-Dame. Der Vogt schritt empor und wollte eine Mahnrede halten. Doch die Menge stimmte Esmeraldas Lied an:

*»Die Sehnsucht meiner Seele kennt der Wind allein.*
*Träume, zärtliche Worte, trägt er hin zu dir.*
*Ich weiß, du wirst einmal bei mir sein,*
*wirst Freiheit und Freude mit mir teilen.*
*Sie werden wachsen, Früchte tragen,*
*alle sollen davon kosten.*
*reiheit und Freude, unser Bekenntnis.*
*Liebe kennt keine Furcht und kein Ende.«*

Immer wieder stimmten sie das Lied an. Von allen Ecken und Enden ertönten Instrumente. Man sang auch andere jener Lieder, die Esmeralda immer wieder bei ihren Aufführungen dargeboten hatte.

»Du Verführerin des Volkes! In sieben Stunden wirst du

hängen! Wenn es nach mir ginge, sollte man dich sofort aufknüpfen! Und ihr, Wachen, sorgt dafür, dass diese Hexe mit ihrem Teufelsvieh um vier Uhr nachmittags am Place de Grève ist, dort werde ich sie erwarten«, schrie der Vogt und wollte sich einen Weg durch die Menge bahnen. Doch man ließ ihn nicht durch. Die Leute standen dicht an dicht, dennoch wuselten ständig Kinder kreuz und quer herum, allgemeine Verwirrung. Man sang, wiegte sich im Takt, niemand beachtete den Vogt. Der Kreis rund um Esmeralda wurde immer kleiner. Den Wachmännern hätte man ins Gesicht spucken können, so nah standen ihnen die Leute bereits. Plötzlich rief einer:

»Der Ziegenbock ist weg!« Pierre hatte noch vor dem vereinbarten Signal die Verwirrung genutzt und seinen Freund Djali vorsichtig durch die Menge gezogen. Er wollte nicht riskieren, dass ihm etwas zustoße. Alle vier Wachmänner suchten nach dem Tier, als das Signal kam:

Quasimodo rief mit dröhnender Stimme:

»Asyl!«, und alle auf dem Platz wiederholten es. Ganz Paris schrie: »Asyl!«

Im Nu waren die Wachmänner umringt, Quasimodo hob Esmeralda hoch und rannte mit ihr die Stufen hinauf. Sobald er das Portal überschritten hatte, schrie er noch einmal:

»Asyl!«

Erst dann befreite er die Zitternde von dem schweren Strick und den Fesseln. Sicherheitshalber gingen sie gleich zum Turm hinauf und versperrten den Zugang von innen. Das Mädchen zitterte am ganzen Leib. Es schluchzte, sackte zusammen, als es mit Simon am Turm angekommen war.

*Warmer Sud zur Beruhigung, Baldrian. Warme Decken und viel Schlafen!*, dachte er und stöberte in seinen Vorräten herum, fand aber nur Kamillenblüten. Rasch entzündete er Feuer in seinem kleinen Ofen und setzte Wasser auf. Dann brachte er sein warmes Ersatzgewand, damit das Mädchen das kratzige

Jutekleid endlich ausziehen konnte. Alle Decken, die er fand, nahm er auch mit. Sie saß schlaff auf einem Stuhl in seiner Kammer. Er legte alles auf sein Bett und brachte den Krug mit dem heißen Kamillensud. Sie zog sich um, als er gegangen war, und trank in kleinen Schlucken.

Er ging zur Brüstung und beobachtete das Treiben auf dem Platz. Noch immer tummelte sich dort eine unüberschaubare Menschenmasse. Einige starrten zum Turm empor und winkten, als sie den Glöckner erblickten. Er winkte zurück. Stadtvogt und Wachmänner waren nicht mehr zu sehen. Sophie besaß inzwischen als einzige »Kirchenfremde« einen Schlüssel zur Turmtür. Wenn sie also kommen wollte, war ihr das immer möglich. Hoffentlich war sie nicht verhaftet worden, um dadurch Esmeralda zu erpressen, aus der Kirche zu kommen. Simon dachte über die Aufregungen der letzten Tage nach, über sein Leben, seine Mutter, seinen Ziehvater Dom Frollo. Er dachte daran, wie es war, als er noch gut gehört hatte. Auch an seine geliebten Glocken dachte er.

Langsam zerstreute sich die Menge unten. Instrumente spielten auf, man plauderte in Grüppchen, noch immer tanzten und liefen überall Straßenkinder herum. Jemand hatte geröstetes Brot gebracht, jemand anderes ein kleines Fass Wein. Bei denen, die am Platz geblieben waren, entstand spontan ein Fest. Längst hätte es Mittag läuten sollen. Simon hatte keine Lust dazu. Zum ersten Mal versäumte er absichtlich seinen Dienst, schaute lieber nach Esmeralda. Die Hälfte des Suds war ausgetrunken. Sie schlief dick eingewickelt auf seinem Bett. Er lächelte und schenkte sich einen Becher Sud ein.

Schwester Gudule wartete gespannt auf die Hinrichtung der berühmten Zigeunerin. Sie bedauerte es, deren schmachvolle Bußzeit nicht miterleben zu können. Man hatte erzählt, dass die Tänzerin gehängt und nicht am Scheiterhaufen verbrannt werden würde. Zu diesem Urteil gehörte bei einer Hexe die siebenstündige Bußzeit, um dem Volk die Möglichkeit zu geben, Unbill durch Hexerei mit Verhöhnungen oder kleinen Wurfattacken abzureagieren. Nun gut, sie würde die Schöne hängen sehen, das reichte ihr. Gemeckere ließ sie hochschrecken. Wie zum Spott schaute Esmeraldas Ziegenbock durch das Gittertor der Klause. Auch das rundliche Gesicht eines Mannes starrte respektlos herein. Die Klausnerin drückte wie zum Schutz den schmuddeligen Kinderschuh an ihre Lippen.

»Sonderbar«, sagte der Mann.

»Meine Gemahlin hat genau so einen Schuh, allerdings rosa und allerliebst bestickt in ihrem Talismanbeutel«, sagte er beiläufig und wollte schon weitergehen. Schwester Gudule war zu bestürzt, um gleich reagieren zu können. Als Pierre mit Djali schon fast außer Reichweite war, rief sie ihm plötzlich panisch hinterher:

»Guter Mann! Guter Mann! Bitte! Bitte kommt zurück!«

»Ich muss unbedingt ein paar schwarze Tintenflecke auf diesen Ziegenbock malen. Er muss sich tarnen«, antwortete er und ging weiter. Die Klausnerin fasste sich ans Herz. Fast schwanden ihr die Sinne. Konnte es sein, dass ihre Agnès noch lebte? War sie mit diesem komischen Kauz verheiratet? Und warum führte er Esmeraldas Ziegenbock spazieren? Aber wie auch immer, Ihre Agnès lebte! Sie lebte! Womöglich sogar ganz in ihrer Nähe! Bald würden sie einander sehen können. Das Glück raubte der Überglücklichen fast den Atem.

Mit Gewand, Decken, Esmeraldas Schuhen und einem kleinen Bündel, das um Djalis Hals gebunden war, eilte Sophie zur Kathedrale. Am Platz davor herrschte Feststimmung, man musizierte, Kinder spielten, bekamen Brot geschenkt, Leute unterhielten sich, tranken Wein, einige tanzten. Weit und breit kein Wachmann, geschweige denn der Stadtvogt. Sophie wurde von Enzo begleitet, der einen Essenskorb mit sich schleppte. Er strahlte übers ganze Gesicht. Als Mitglied der Truppe hatte er das Gefühl, endlich einem Lebensziel zu folgen, statt Tag für Tag im Einerlei zu überleben.

Oben war es unerwartet still. Nicht nur, weil der Lärm vom Platz nicht bis hinauf drang, sondern die ganze Stimmung strahlte Stille aus. Simon lehnte an der Brüstung und lächelte entrückt, als Sophie ihn an der Schulter berührte. Esmeralda schlief wie ein Stein. Das war gut. Die sonst so besonnene Sophie holte Wein aus dem Korb und verteilte Becher.

»Auf unsere glückliche Zukunft«, rief sie und trank den Wein in einem Zug aus. Dann tanzte sie kichernd, fiel Simon um den Hals und brach plötzlich in Schluchzen aus. Sie weinte sich alle Sorgen und jegliche Anspannung von der Seele. Er hielt sie, streichelte sie, vergoss Tränen des Glücks über diese Mutter, über die gerettete Schwester. Enzo konnte sich nicht sattsehen an so viel Nähe und Vertrauen.

*Seit Wochen schon kam Albert nicht mehr zum Schreiben. Sobald er seine spontanen Notizen »Roman« genannt hatte, war der Schwung dahin. In die Fußstapfen Victor Hugos zu steigen war ohnehin Blödsinn gewesen, wobei er diesen Aspekt zunächst gar nicht mitbedacht hatte. Eine Geschichte weiterspinnen, die ihn berührte, war seine einzige Motivation gewesen. Doch dabei hatte er sich verzettelt. Immer mehr Details und immer mehr Nebenfiguren entstanden. Er kannte sich selbst nicht mehr richtig aus. Würde er sich als Professor an der Uni nicht lächerlich machen, wenn er seine Version des Glöckners veröffentlichte?*

*Aber davon war er ohnehin noch Lichtjahre entfernt. Seine bisherigen Ergüsse mussten erst mal chronologisch geordnet, von Logikfehlern befreit und durch geschichtliche Fakten ergänzt werden. Dann erst hieß es am Stil zu feilen, Spannungsbögen zu entwerfen, Cliffhanger einzubauen und, und, und. Irgendwie war die Luft raus. Krank und schwächlich wie Frollo lag jegliche*

*Ambition brach. Dabei sollte es jetzt erst so richtig spannend werden. Esmeralda schwebte in höchster Gefahr und der Autor machte schlapp. Gar nicht gut!*

## Kapitel 27

# Des Priesters Fall

Drei Wochen lebte Esmeralda nun mit Simon und Sophie bereits auf dem Turm. Die beiden Frauen schliefen in Frollos Kammer, kochten auf Simons kleinem Ofen und bekamen täglich Besuch von Enzo, der frische Lebensmittel brachte und erzählte, wie die Stimmung bei den Leuten war. Natürlich tobte der Stadtvogt, auch die Vertreter der Inquisition waren sehr verärgert darüber, dass eine Hexe durch das kirchliche Gesetz des Asyls entkommen konnte. Sie setzten alles daran, die Geflohene direkt in der Kathedrale verhaften zu können. Doch auch als Geistliche war ihnen das nicht ohne päpstliche Erlaubnis gestattet.

Seit die Dominikaner ihre Untersuchungen in der Stadt durchführten, fühlte sich Seigneur d'Estouteville nicht mehr nur von Dom Frollo beobachtet und bevormundet, sondern nun auch von diesen selbsternannten Göttern in ihrer schwarz-weißen Ordenstracht. Auf ihn wirkten sie noch arroganter als die Benediktiner. Dass man ihm allein die Schuld an dem peinlichen Vorfall zuschrieb, verursachte ihm Magenschmerzen. Tatsächlich hatte er überstürzt gehandelt, weil er Frollos Abwesenheit nutzen wollte. Durch die Hinrichtung der frechen, viel zu beliebten Zigeunerin hatte er gehofft, bei den Dominikanern zu punkten. Aber das genaue Gegenteil war passiert! Man rechnete jeden Moment mit der Antwort aus Rom, die den Zugriff in der Notre-Dame erlaubte. Allerdings könnte sich dann die Inquisition diesen Triumph an die Fahnen heften, nicht der Stadtvogt. D'Estouteville tobte innerlich.

Esmeralda war nur noch ein Schatten ihrer Selbst. Die von der Folter gezeichneten Frauen im Kerker und die Vorstellung, nach der Bußzeit gehängt zu werden, hatten sie verstört. Zwar freute sie sich über Sophies und Simons Nähe, aber ein echtes Lächeln huschte ihr nicht mehr über die Lippen. Mit den langen Haaren schien auch ihre fröhliche Lebendigkeit verschwunden zu sein. Es berührte sie nicht einmal, Phoebus mit seiner Verlobten am Balkon gegenüber zu beobachten. Wie Schuppen fiel es ihr von den Augen, dass er nie eine bleibende Liebe mit ihr im Sinn gehabt hatte. Im Nachhinein kam sie sich dumm vor, je daran geglaubt zu haben. Dass er bei dem Anschlag aber nur leicht verletzt worden war, freute sie dennoch. Was in der Dachkammer der Schenke tatsächlich passiert war, konnte sie noch immer nicht klären oder auch nur die Erinnerung daran ordnen. Ihre Gedanken weigerten sich, die Vorkommnisse rund um ihre Verhaftung wiederzugeben. Alles, vor allem das tragische Schicksal der Frauen im Kerker, wollte sie aus der Erinnerung löschen, es war zu schrecklich. Das kleine Bündel, das man Djali umgebunden hatte, enthielt ihr Gewand und ihren Talisman, alles, was sie bei der Verhaftung bei sich hatte. Bloß der kleine Dolch war schon am Tatort beschlagnahmt worden. Er blieb als Beweismittel ihrer bösen Absichten bei Gericht. Die restlichen Habseligkeiten hätte man nach der Hinrichtung an Arme verteilt, so wollte es der Brauch. Abgesehen von der Schaulust war auch das der Grund, warum die Leute gern Hinrichtungen beiwohnten.

Dass Djali gerettet worden war, beruhigte sie, doch ewig konnte sie nicht im Turm bleiben, die Inquisition würde einen Weg finden, sie sogar in der Kathedrale zu verhaften, das hatte Dom Frollo warnend gesagt. Er war tags zuvor das erste Mal nach seiner Erkrankung zum Turm gekommen, um Jahre gealtert, noch dünner und fahler als ohnehin schon. Und noch dämonischer als je zuvor hatte sie sein Blick gestreift, obwohl er sich nur mit Sophie unterhielt. Auch ihn wollte sie aus dem Gedächtnis drängen, wollte irgendwohin, weit weg von der

Kirche, vom Kerker, von der Stadt. Ob es einen Ort der Freiheit und Freude gab, wie sie es in ihren Liedern oft besang? Sie wünschte es sich, gleichzeitig konnte sie sich zurzeit keine Zukunft vorstellen. Ihr ganzes Denken war blockiert, alles in ihr war zum Stillstand gekommen.

Selbstvergessen nahm sie den Talisman in die Hand, den sie nun wieder am Hals trug. Nicht einmal die Suche nach ihrer leiblichen Mutter interessierte sie. Alles war unwichtig geworden. Fast schämte sie sich dafür, dass sich so viele Menschen um ihre Rettung bemühten, denn ihr Leben hatte im Kerker jeglichen Sinn eingebüßt. Da oben am Turm pfiff der Wind stärker als unten. Sie fröstelte. Sophie war unterwegs, um auszukundschaften, wie Esmeralda aus der Kathedrale fliehen könnte. An allen Ausgängen standen Wachmänner. Simon kletterte gerade bei Lisa, der Stundenglocke, herum, da das Seil ausgetauscht werden musste. Offenbar hatten es Mäuse angenagt, nun drohte es zu reißen. Als Esmeralda Schritte hörte, glaubte sie, es sei Sophie. Doch im nächsten Augenblick stand Dom Frollo in der Tür zu seiner Kammer, die sie mit der Madre nun bewohnte. Das Mädchen allein anzutreffen, erschreckte ihn offenbar mehr als sie selbst.

»Guten Tag, Esmeralda, wie geht es Euch?«, fragte er verlegen.

»Es geht mir gut, dank der Hilfe so vieler lieber Menschen.« Er wusste nichts zu sagen, schaute sie an.

»Meine Mutter kommt bestimmt gleich wieder, falls Ihr sie sprechen wollt. Und Simon ist bei Lisa. Ihr Seil muss erneuert werden«, plapperte sie drauflos, um die bedrückende Stimmung aufzulösen, die von ihm ausging.

»Ja. Gewiss.« Er ging nicht, bewegte sich nicht von der Tür weg. Sie fühlte sich eingesperrt, sein Blick ließ sie noch mehr frösteln.

»Erlaubt, dass ich mich ein wenig mit Euch unterhalte, bis

Madame Paloma zurück ist.« Sie zuckte mit den Schultern, blickte zu Boden, zog die Beine an, denn sie saß auf der Liegestatt, die sie mit Sophie teilte. Nach kurzem Zögern setzte er sich auf den Stuhl daneben.

»Ich hoffe von Herzen, dass man Euch beim Verhör kein Leid zugefügt hat«, versuchte er ein Gespräch. Sie schüttelte den Kopf.

»Die gekürzten Haare lassen Euch noch jünger erscheinen, als Ihr ohnehin seid.«

Sie errötete, wollte nicht, dass er ihr Aussehen beachtete, wollte von ihm gar nicht angeschaut werden, noch dazu in der Weise, wie er es tat, so gierig. Am liebsten hätte sie ihn gebeten zu gehen, wagte es aber nicht. Plötzlich stand er auf und eilte hinaus. Sie seufzte erleichtert. Doch im nächsten Augenblick stand er wieder im Türrahmen, starrte sie mit irrem Blick an, lief wieder weg. Sie hörte ihn die Treppen hinuntereilen, hörte aber auch, wie er plötzlich wieder stehen blieb. In ängstlicher Vorahnung zog sie sich die Decke bis ans Kinn, verkroch sich an das Eck der Liege, wollte die Tür schließen, doch er stand plötzlich wieder da, atmete schwer, zog die Tür hinter sich zu.

»Esmeralda, erlöst mich von meinem quälenden Feuer, bitte! Erlöst mich«, stammelte er, kniete sich ans Bett, umfasste ihre Füße und küsste sie durch die Decke. Sie zog sich noch mehr zusammen, kauerte wie gelähmt im Eck.

»Geht weg! Bitte!«, hauchte sie.

»Du!«

Er wühlte unter die Decke, befühlte ihre Beine. Unwillkürlich musste sie an Phoebus' Berührung denken, wie schön es gewesen war, seine Finger an den Innenseiten ihrer Schenkel zu spüren und weiter hinauf. Doch dieser Dämon von einem Priester verbrannte ihre Seele mit seiner Berührung. Seine Hand pirschte sich bis zu ihrer Mitte vor, befühlte, was nur ihr gehörte, nahm sich ihre innerste Empfindlichkeit und lähmte sie, versetzte sie in Angst und Entsetzen. Kein Ton kam über ihre Lippen. Sie starrte ihn an und konnte nicht einmal denken, nicht empfinden und schon gar nicht handeln. Er zitterte, war außer sich, am liebsten hätte er sie überall gleichzeitig berührt. Die Decke lag längst auf dem Boden, ihr Gewand hatte er ihr mit roher Gewalt über den Kopf gestreift, ohne es auch nur bewusst zu registrieren. Der nackte junge Körper, ihre aufgerissenen Augen, der trockene, halb offene Mund und ihre von ihm auseinandergespreizten Beine lösten eine Feuersbrunst in ihm aus, die alles beherrschte. Unkontrollierbar und gewaltig war das, was ihn trieb.

Wie ein Verdurstender grub er seine Lippen, seine Zunge in ihre köstliche Mitte, die ein Brunnen des Lebens war. Von selbst strebten die Hände nach ihren festen Brüsten, kneteten diese zärtlich, trotz der Gewalt, die ihn trieb. Sie rang nach Luft, wollte ihn wegdrücken, er nahm es nicht wahr. Sie zu kosten, mit ihr zu verschmelzen, war sein Lebenskampf. Ein Ertrinkender war er, sie der rettende Halt. So gern hätte er sie stundenlang geküsst, gekostet, doch ein Gewaltiger zwang ihn, voranzuschreiten in diesem Kampf. Er, der das ganze Leben lang schweigen musste, hatte jetzt das Sagen. Der Dämon seiner Lenden war hier Herrscher. Lippen und Zunge wurden vom süßen Lebensborn weggedrängt, denn nun kam der Herr. Als Sieger drang er ins Paradies ein, jubelte in tausend Wonnen, feierte in wiederholtem zustoßendem Triumph. Wie von Ferne hörte er sich glückselig stöhnen, hörte sie verzweifelt wimmern und musste weiterjubeln, weiterfeiern, einen Gipfel der Ekstase erklimmend, bis hin zur Erlösung.

Befreit von aller Last dieser Welt ließ er sich endlich auf sie fallen, fühlte ihre nackte Nähe, küsste, was immer seine Lippen erreichen konnten, hielt sie fest und wollte sie nie wieder loslassen. Wohlige Nässe verband sie beide. Seine Liebe schwamm darin. Der Herr seiner Lenden wurde wieder Kind, weich und zufrieden in diesem Urmeer. Endlich schaute er auf, wollte das Gesicht seiner Angebeteten sehen, seine Augen sehnten sich nach ihr, nachdem durch sie all seine Sinne gesättigt worden waren. Welch ein Entsetzen aber holte ihn ein! Ihre Züge waren verzerrt, wie erstarrt in einem stummen Schrei, ihr Gesicht grau, die Augen leer.

»Geliebte! Was ist dir?«

Er streichelte ihr über die Wangen. Sie waren eiskalt, die Lippen fahl. In ihrem Gesicht erkannte er seine Tat. Auf einmal wusste er, was er getan hatte, erkannte auch im gleichen Moment, dass er nicht Herr seiner Handlung gewesen war. Ein Verbrecher, der sich nicht unter Gewalt hat, war er. Der Liebe seines Lebens hatte er Leid zugefügt. Seine Lust war zum hämischen Satan geworden. Panisch rannte er hinaus, lief zu den Grotesken, schwang sich auf die Brüstung und wollte sich hinabstürzen. Nicht eine Sekunde wollte er länger in diesem Leben als Verbrecher ausharren.

Ob es eine Ewigkeit war, eine Stunde oder nur wenige Minuten, hätte Esmeralda nicht sagen können. Sie lag zusammengekauert wie eine verkrampfte Kugel auf dem Bett, nackt, beschmutzt, blutig. Als Sophie kam und die Kammer betrat, erkannte sie sofort die Situation, sah sich selbst in ihrer Pein unter der Gewalt ihres Gatten. Als erstes legte sie die Decke über ihre Tochter, kuschelte sich an sie, umarmte sie und summte Wiegenlieder. Als sie merkte, dass sich Esmeraldas Anspannung etwas löste, begann Sophie, die Verängstigte vorsichtig zu streicheln, sich noch mehr an sie zu schmiegen, bis diese einschlief.

Sie legte eine zweite Decke über das Mädchen, schloss die Tür und sackte dann zusammen. Dass Simon das Unsagbare verbrochen hatte, konnte und wollte sie sich nicht vorstellen. Aber wer sonst? Enzo war die ganze Zeit mit ihr am Markt gewesen, bald würde er mit dem Abendessen kommen. Er konnte es also nicht gewesen sein. Ob einer seiner Freunde hier eingedrungen war? Ob sich ein Mönch an ihrer Tochter vergriffen hatte? Da! Auf einmal erfasste es sie wie ein Blitz: Dom Frollo! Konnte es sein? Nein! Niemals! Sie hörte Esmeralda durch die Tür gequält stöhnen. Sofort ging sie hinein. Das Mädchen schwitzte, jammerte in Fieberträumen.

Sophie lief alle Gänge ab, schaute in den Glockenschacht, wollte Hilfe von Simon, doch er war nirgends zu finden. Mit Grauen erkannte sie, dass sie ihren Sohn zwar über alles liebte, jedoch kaum kannte. Als Kleinkind hatte man ihn ihr entrissen, nun war er ein erwachsener Mann.

»Oh Gott! Wer immer der Verbrecher ist, lass es bitte nicht Simon sein«, flehte sie.

## Kapitel 28
# Mutter und Tochter

Schwester Gudule verließ nach Jahren ihre Klause. Sie wollte den Ehemann ihrer Tochter finden, wollte ihre Agnès finden. Wie ein Gerippe mit langen verfilzten Haaren wandelte sie durch die Straßen.

»Seht den lieblichen Kinderschuh! Seht unser Erkennungszeichen! Meine süße Agnès! Wo bist du? Wo ist der Zwilling zu diesem Schuh? Meine Agnès lebt! Sie ist da! Ich muss sie sehen«, rief sie und starrte vor sich hin. Ihre Schritte schienen kaum das Pflaster zu berühren. Die Leute bekreuzigten sich, wenn sie wie ein Geist an ihnen vorüberzuschweben schien. Am Abend kehrte sie in ihre Klause zurück, drückte das schmuddelige Knäuel an ihre Lippen, der einst ein rosa Seidenschuh gewesen war.

Mutter Pauline übergab dem Bruder Pförtner ein unversiegeltes Schreiben für Dom Frollo. Sie bat darin um eine kurze Besprechung wegen der bevorstehenden Messe zu Saint Joseph, die ihr Konvent wieder traditionsgemäß in der Notre-Dame zelebrieren wollte, und hoffte, damit wenig Aufsehen zu erregen. Nach wie vor befürchtete sie, von Spitzeln der Inquisition beobachtet zu werden, und mied daher den Kontakt zum Archidiakon. Doch über Schwester Madeleine musste gesprochen werden. Längst war Frollos junger Bruder nicht mehr das Milchgesicht, das er ein Jahr zuvor gewesen war, hatte auch nicht mehr die helle Sopranstimme. Eine Flucht aus dem Klarissenkloster war also hoch an der Zeit.

Der alte Pförtnerbruder fühlte sich fast überfordert, als kurz darauf ein Dominikaner das mit dem Papstwappen versiegelte Schreiben für Dom Frollo brachte. Wenn er nur bald auftauchte, der umtriebige Archidiakon! Dieser lag in Simons Armen und rührte sich nicht. Dem Glöckner liefen Tränen über die Wangen. Was war in seinen väterlichen Freund gefahren? Natürlich wusste er nichts von Frollos Panik, seiner Flucht vor dem eigenen Verbrechen. Doch auf der Brüstung hatte er gezaudert. Unter ihm war ein Dachvorsprung mit breiten Regenrinnen. Womöglich würde er dort landen und zappelnd um Hilfe schreien, statt am Pflaster vor der Notre-Dame zu zerbersten. Er sprang wieder auf den Innensteg und lief zur nächsten Figur, an der er sich hinaufschwingen konnte, um sich in die Tiefe zu stürzen. Unter ihm der Platz voller Menschen, ein Kind lief hinter seiner Mutter her. Was, wenn er auf solch ein Kind fiel? Sein Leben hatte er verwirkt, aber konnte er deswegen anderer Leben gefährden? Wieder sprang er von der Brüstung auf sicheren Untergrund, spähte nach unten, ob es vielleicht Winkel gab, die für Passanten unzugänglich waren. Da fiel ihm Jean ein. Gerade hatte er so einen Winkel gefunden, als ihn der Gedanke zögern ließ, wer sich um seinen Bruder kümmern sollte, wenn er nicht mehr war. Nach dem Verbrechen konnte er jedoch nicht mehr weiterleben. Nein! Er musste springen. Selbst wenn diese Vergewaltigung je verziehen werden könnte, wusste er nicht, ob sein innerer Dämon ihn nicht aufs Neue in seine Macht zwingen und er der Schönen abermals Gewalt antun würde.

In diesem Moment fiel es ihm wie Schuppen von den Augen, was Mutter Pauline angedeutet hatte. Konnte es wirklich sein, dass seine eigenen Mitbrüder Nonnen das Gleiche angetan hatten wie er seiner geliebten Esmeralda? Ihn schauderte. Nun gab es erst recht kein Zurück mehr, sein Leben war verwirkt. Schon stand er oben, schaute noch, ob auch wirklich niemand unten ging, setzte zum Sprung an und wurde im gleichen Moment so heftig zurückgerissen, dass sein Kopf hart an eine Mauerkante schlug und er die Besinnung verlor.

»Hil eeee!! Hil eee!«, schrie der Glöckner mit donnernder Stimme. Sophie eilte auf ihn zu.

»Dood! Er is doood«, heulte Simon und wiegte den blassen, blutenden Frollo in den Armen. Sie legte die Finger auf den Hals des Verletzten und schüttelte den Kopf, um ihren Sohn zu beruhigen.

»Verband und Wasser«, schrie sie ihm ins Ohr und kniete sich zu dem Priester auf den Boden. Sofort eilte Simon los.

*Gott sei Dank! Mein Sohn war es bestimmt nicht!*, dachte sie erleichtert und hob Frollos Augenlider. Er lag in Ohnmacht, daran bestand kein Zweifel. Es dauerte lange, bis Frollo fähig war, auf Simon gestützt in dessen Kammer zu wanken und sich dort auf die Liege zu legen.

»Warum?«, schrie der Glöckner unter Tränen. Sophie umarmte ihn, streichelte ihm übers Haar, flüsterte:

»Alles gut! Alles gut!«, auch wenn er ihre Worte nicht hören konnte. Inzwischen ahnte sie, was geschehen war, die Zeichen sprachen für sich. Hatte sie Esmeralda zu wenig geschützt? War dieser weitere Schmerz ihrer Tochter ihre Schuld?

»Pass auf Dom Frollo auf. Ich muss nach Esmeralda sehen, es geht ihr nicht besonders«, schrieb sie für Simon auf die Tafel.

»Bleib mein Schutz«, schien sein Blick zu sagen. Sie küsste ihn auf die Stirn und eilte zur Kammer am Ende des Ganges hoch über Paris. Esmeralda erwachte, bald nachdem sich Sophie an ihr Bett gesetzt hatte. Die beiden Frauen hielten sich an der Hand. Mehr brauchte es nicht.

Frollo war noch nicht aus seiner Ohnmacht erwacht, als ein Benediktinerbruder zum Turm hochkeuchte. Das kam selten vor. Nachdem er den Archidiakon verletzt und unansprechbar sah, überreichte er die beiden Schreiben dem Glöckner und ging so schnell wie möglich wieder hinunter. Die Höhe und Stimmung da oben waren ihm ganz und gar nicht geheuer, dabei hatte er gar nicht bemerkt, dass in einer weiteren Kammer zwei Frauen gemeinsam trauerten.

Spät abends erwachte Frollo. Stundenlang schon hatte der

Glöckner keinen Dienst versehen. Er wollte seinen väterlichen Freund nicht eine Sekunde aus den Augen lassen. Enzos Essenskorb stand schon den ganzen Nachmittag auf einem Stuhl draußen auf dem Steg. Niemand interessierte sich dafür. Endlich öffnete der Priester die Augen.

»Wie gut, dich zu sehen, du Lieber«, sagte er schwach. Simon lächelte. Er spürte Frollos Worte. Nachdem sich der Verletzte aufgerichtet hatte, reichte ihm der Glöckner einen Becher lauwarmen Kamillensud. Erst als dieser geleert war und der Priester wieder etwas gesammelt wirkte, gab ihm Simon die beiden Schreiben. Das von Mutter Pauline überflog er und legte es zur Seite, schwieg danach aber lange. Seit Monaten schon zermarterte er sich den Kopf, wie er Jean zur Flucht verhelfen konnte. Zwar hatte die Äbtissin natürlich nichts davon erwähnt, doch das Schreiben allein verriet, was sie besprechen wollte, denn für das Fest Saint Joseph allein hätte sie ihm nicht geschrieben.

Der Brief aus Rom erschütterte ihn so sehr, dass seine Kopfwunde sofort wieder zu bluten begann. Überrascht holte Simon weitere Leinenbinden. Kaum war er notdürftig versorgt, eilte der Priester zur anderen Kammer. Vor der Tür hielt er inne.

*Lass mich zu Staub zerfallen, Gott!*, dachte er und zögerte weiterhin.

»Wer ist da?«, hörte er Sophie streng rufen, die seine Schritte gehört hatte.

»Bitte lest das Schreiben, das ich vor die Tür lege«, sagte er und floh in Simons Kammer zurück. Dieser wunderte sich, ging hinaus und sah vor der Kammer der Frauen das wichtige Schreiben liegen. Ihre Tür aber blieb verschlossen. Ratlos schaute er Claude an. Dieser saß auf der Liege, die Hände vor dem Gesicht und schaukelte unruhig hin und her. So hatte Simon seinen Priesterfreund noch nie gesehen. Nach kurzem Überlegen ging er zu den Frauen, klopfte an die Tür, öffnete sie einen Spalt und streckte das Schreiben durch. Sobald Sophie es an sich nahm, eilte er wieder zu Claude.

Einen Augenblick später riss Sophie Simons Tür auf.

»Morgen früh stürmen die Dominikaner Notre-Dame! Alle Durchgänge sind bewacht! Wie bringen wir Esmeralda in Sicherheit?«, schrie sie. Frollo saß noch immer mit den Händen vor dem Gesicht auf der Liege. Er wagte nicht, Sophie anzublicken. Zwischen den Fingern lugte er jedoch hervor.

»Was immer Ihr getan habt, besprecht es mit Eurem unerreichbaren Gott. Jetzt aber ist es Eure verdammte Pflicht, alles zu tun, um meiner Tochter zu helfen«, schrie sie und riss ihm die Hände vom Gesicht. Er schaute sie an, als würde er sie nicht sehen. Für Sophie schien er eine Ewigkeit hohl vor sich hin zu stieren. Schon wollte sie verzweifelt auf ihn einschlagen, als er langsam sagte:

»Wartet hier.« Damit ging er hinunter, zwar recht wackelig, aber zielstrebig. Simon schaute Sophie fragend an. Sie reichte ihm das Schreiben der Inquisition. Kurz darauf kam Frollo mit der Kleidung eines jungen Mönchs zurück, auch Sandalen hatte er mitgebracht.

»Esmeralda soll das anziehen, die Kapuze über dem Kopf! So kann ich sie hoffentlich ins Kloster schmuggeln. Dann sehen wir weiter.« Sophie eilte damit in die Kammer, aber das Mädchen lehnte jede weitere Bemühung ab.

»Mein Leben ist dahin, alles sinnlos. Wie kann ich an Flucht denken, wenn Unschuldige gequält und entstellt werden? Welches Recht habe ich, als Hexe zu überleben, wenn andere für weniger als für einen Tanz mit dem Ziegenbock verbrannt werden? Außerdem, was soll mir das Leben noch bringen, wenn mich Dämonen heimsuchen und schänden? Was?« Sie saß auf der Liege und starrte ins Leere. Dann summte sie vor sich hin.

Sophie starrte sie entgeistert an, wusste keine Antwort, aber sie wusste, dass Esmeralda leben sollte. Im nächsten Moment schallten links und rechts eine Ohrfeige auf die blassen Wangen des Mädchens und noch ehe diese recht wusste, wie ihr geschah, hatte ihr die Madre schon das Mönchsgewand übergeworfen. Doch mit Frollo hinunterzugehen und sich als junger Mönch verkleidet zum Kloster zu schleichen war nicht mehr möglich. Früher als angekündigt stürmten dutzende Anhänger der Inquisition die Kathedrale, auch den Turm.

Frollo hörte die ungewohnt lauten Schritte vieler Stiefel und eilte ihnen entgegen. Simon stürmte in die Kammer der Frauen, fasste die Verkleidete an der Hand und zerrte sie mit sich. Seine starken Arme hielten sie dann um die schmale Taille, er schwang sich an Gargoyles vorbei, Dachrinnen entlang bis hin zu einem schmalen verzierten Durchgang ins Innere der Kathedrale. Von dort ging es auf engen Stegen zum oberen Bereich, der nur für Ordensmitglieder mit besonderem Schweigegelübde vorgesehen war. Hier sollten sie dem Gottesdienst beiwohnen, ohne gesehen zu werden oder jemandem zu begegnen. Der Staub und die Spinnweben bewiesen, wie selten dieser Bereich genutzt wurde. Das bedeutete aber auch, dass man ihre Spuren erkennen konnte. Simon versuchte, sie zu verwischen, da hörte man schon, wie Männer, Laien und Klerikale, jeden Winkel der Kathedrale durchsuchten.

»Wer da?«, schrie jemand und leuchtete mit der Fackel zu dem Gang hinauf.

»Dort oben ist jemand«, schrie man, als niemand antwortete. Da erschien Simon und zeigte sich verdutzt.

»Es ist nur der Glöckner.«

»Und wenn er die Hexe bei sich versteckt?«

Mehrere Männer eilten hinauf, was allerdings dauerte, denn es war nicht leicht, den Zugang zu finden. Dann aber wurden alle Durchgänge und Nischen genau untersucht. Quasimodo tat sehr überrascht und deutete auf den Turm, dann machte er mit den Armen eine Glockenbewegung nach.

»Es ist fast sechs Uhr abends, Zeit für die Vesper«, meinte einer der Dominikaner. Man ließ den Glöckner gehen. Bald darauf erklang Lisas wunderschöner Ton. Im Chorgestühl erschienen wortlos die Benediktiner und begannen den Psalmengesang. Auch Frollo war unter ihnen.

»Aus der Tiefe rufe ich, Herr, zu dir! Herr, höre mein Flehen!«, erklang es im Wechselgesang. Respektvoll zog sich die Suchmannschaft zurück.

Esmeralda hatte sich, an einen Wasserspeier geschmiegt, bei der Außenmauer versteckt. Nach der Vesper reihte sie sich dann in die Prozession der Benediktiner ein. Zwar spürte sie die Irritation unter den Mönchen, aber diese waren zu fromm, um in der Kirche etwas zu äußern. Mit geneigtem Haupt schritten sie langsam zum nahen Kloster. Dort huschte die Flüchtende in den Schatten eines Erkers. Sie sah die Wachmänner beim Eingang zur Sakristei auf der Rückseite der Notre-Dame auf und ab patrouillieren, drückte sich an die Wand und hielt den Atem an. Als einer der Wachen ihr wieder den Rücken zuwandte, huschte sie weiter, bis sie endlich das Ende des Klosters und die angrenzende Gasse erreichte. Dort lief sie um ihr Leben in Richtung Rue de Mouton, nahe dem Hof der Wunder.

Doch bevor sie den erreichte, musste sie über den Place de Grève. Schaurig mahnte der Galgen. Eigentlich sollte sie vor Wochen dort ihr Ende gefunden haben.

»Wer schleicht hier herum? Wer sucht wie ich seinen Schatz? Wer teilt meine unruhige Sehnsucht? Wer sagt mir, wo ich die Tochter finde, die liebe?«, hörte sie eine gespenstische Gestalt am Fuße des Galgens singen. Spinnweben gleich wehte der Wind ihr das wirre Haar ins Knochengesicht.

»Ein Mönch? Ein Geistermönch?«, hauchte Schwester Gudule erschrocken, als sie Esmeralda am anderen Rand des Platzes entdeckte. Diese blieb stehen.

»Schau, du Mönchlein, hier ist mein kostbarer Schuh, doch wo ist der Zwilling dazu?« Ihr Singsang klang wirr, sie selbst schien verrückter denn je. Ein kleines graues Knäuel drückte sie immer wieder an die Lippen.

»Der Schuh meiner süßen Agnès, er wird sie mir wiederbringen.« Unwillkürlich näherte sich Esmeralda. Obwohl sie befürchtete, die Klausnerin würde wieder in lautes Fluchen ausbrechen und sie womöglich sogar verraten, konnte sie die Neugierde nicht bezähmen. Etwas an dem Ding in ihrer Hand zog sie an. Als sie nah genug war, erkannte die Klausnerin Esmeralda.

»Erscheinst du mir nun als Mönchsgespenst, Zigeunerin? Ich weiß, dass du vor Wochen mit deinem grässlichen Ziegenbock gehängt wurdest, und dann sah ich den Ziegenbock doch. Alles ein Rätsel! Wenn du meine Seele willst, um mit ihr in die Hölle zu fahren, so ist das dein gutes Recht. Ich habe dich verflucht, nun holst du mich in die Schlucht der Flüche, ins Reich Luzifers. Doch, geduldiges Gespenst, das meinem Gebrabbel lauscht, erhöre mich bitte. Lass mich zuvor meine Tochter finden. Ich weiß, dass sie hier in der Nähe lebt. Sie will ich noch einmal sehen, dann darfst du mich gern in die verdiente Hölle mitnehmen.«

Bei diesen Worten streckte sie Esmeralda das Ding entgegen, an dem ein Perlmuttherzchen hing. Bei genauem Hinsehen konnte man etwas Goldstickerei erkennen. Sprachlos zog Esmeralda ihren Talisman hervor, öffnete ihn und entnahm den rosa Seidenschuh, goldbestickt und mit einem Perlmuttherz. Ob es ein Augenblick war oder Hunderte Minuten des staunenden Schauens, war nicht auszumachen. Jedenfalls hörten sie plötzlich nahes Pferdegetrappel, wütende Männerstimmen.

»Sie muss uns entwischt sein! Wir haben die ganze Kathedrale durchsucht. Bestimmt ist die Hexe durch einen Schornstein geflogen und treibt sich hier irgendwo herum!« Mit erstaunlich festem Griff fasste die Klausnerin das als Mönch verkleidete Mädchen am Arm, stieß es in einen Winkel der Klause und schloss das Gitter von innen. Esmeralda stand mit dem Gesicht zur Wand, die schwarze Kapuze über dem Kopf. Sie war Teil des Schattens. Schon hörte sie Phoebus sagen:

»Ist da jemand?« Es waren auch andere Reiter bei ihm.

»Natürlich ist hier jemand! Ich bin immer da«, krächzte die Klausnerin mit ihrer verbrauchten Stimme.

»Hast du die Zigeunerin gesehen?«

Phoebus' Ton klang gebieterisch. Esmeralda hatte sich damit abgefunden, dass seine Liebe nicht so tief gewesen war wie ihre. Doch ihn unbarmherzig nach ihrem Leben trachten zu hören, erschütterte sie. Mit größter Mühe beherrschte sie sich und wagte kaum zu atmen. Der Winkel, an den sie gelehnt stand, war von draußen zu sehen, allerdings im Schatten.

»Die mit dem grässlichen Ziegenbock?«, fragte Schwester Gudule mit ihrer gewohnt hasserfüllten Stimme.

»Genau die«, gab der Hauptmann zynisch zurück.

»Die ist doch vor Wochen gehängt worden, oder habe ich da etwas falsch verstanden?«

»Die Alte ist doch verrückt. Wir vergeuden hier nur unsere Zeit!«, meinte einer von Phoebus' Soldaten. Bald darauf war der Platz wieder still. Esmeralda wagte es trotzdem noch nicht, sich zu rühren. Tränen liefen still über ihre Wangen. War es wirklich Phoebus gewesen, der sie so grausam verfolgte?

»Mein liebes Kind! Gott beschenkt mich damit, dich zu sehen, mich an deiner Schönheit zu erfreuen. Wie konnte ich dich jahrelang verfluchen, was habe ich alles versäumt! Wirst du mir verzeihen? Ich kann es mir selbst nicht. An deinen Tänzen und Liedern hätte ich die Tochter erkennen müssen. Aber nein! Den Tod habe ich dir gewünscht. Meine allerliebste Agnès! Wie konnte ich nur!«

Schwester Gudule sprach nicht wie sonst in ihrem wirren

Singsang. Jedes Wort war klar, mit bitterem Ernst gesprochen. Endlich wagte Esmeralda sich umzuwenden und aus dem Schatten zu treten.

»Da, die beiden gehören zusammen.« Sie reichte der Klausnerin den makellosen Seidenschuh.

»Weinen möchte ich vor Freude! Aber all meine Tränen sind längst vergossen«, antwortete diese und küsste den rosa Schuh.

»Du bist der schönste Engel! Du bist meine Freude!« Bewundernd betrachtete sie das Mädchen von oben bis unten, als sähe sie die Tänzerin das erste Mal.

»Wenigstens haben dich die Zigeuner nicht aufgefressen.«

»Was? Wie kommt Ihr denn auf so etwas? Ich bin bei Zigeunern aufgewachsen. Sie haben mich immer gut behandelt!« Trotz allem grinste sie etwas über die Klausnerin.

»Wer einer Mutter das Kind stiehlt, dem ist alles zuzutrauen.«

Für Esmeralda war es kaum vorstellbar, dass ausgerechnet ihre ärgste Widersacherin die gesuchte Mutter sein sollte. Diese Begegnung nahm ihr aber einiges ihrer Anspannung.

»Du hast einen edlen Vater und auch ich war in jungen Jahren schön, talentiert und beliebt«, erzählte Schwester Gudule.

»Hauptmann de Châteaupers war nicht nur ein stattlicher Mann, er liebte mich auch ehrlich, wollte mich zu seiner Mätresse machen. Doch seine missgünstige Gattin hat alles zerstört. Weißt du, ich heiße Paquette, man nannte mich ›la Chantefleurie‹.«

Die arme Paquette sprach und sprach, wollte ihrer Tochter alles mitteilen und vergaß darüber, sie zu fragen, wie es ihr selbst in all den Jahren ergangen war. Auch merkte sie nicht, wie still das Mädchen wurde, als es den Namen ihres Vaters erfuhr.

»Hatte der Hauptmann Söhne?«, fragte sie nach langen Minuten.

»Er hatte zwei Töchter, doch das jüngste Kind war ein Sohn, sein ganzer Stolz, sein Name klang ungewohnt.

»Phoebus?«

»Ja!« Paquette lachte. »Wie kommst du darauf, meine kluge Agnès?«

»Der Hauptmann von vorhin war Phoebus de Châteaupers.«

»Oh! Na so was!« Paquette konnte gar nicht alles erfassen, was so plötzlich in ihr Leben strömte. Dass die hübsche Esmeralda ihre Agnès war, beglückte und verwirrte sie. Fast die ganze Nacht blieben die beiden beisammen.

»Was kann ich tun, um dich vor deinen Verfolgern zu retten?«

»Ich wollte zur Rue de Mouton. Was ratet Ihr mir?«

»In verrufenen Gassen sucht man dich am ehesten. Wo aber bereits alles durchkämmt worden ist, bist du vielleicht sicher«, meinte die Klausnerin, die in ihrem Mutterglück eigentlich keine mehr war.

»Ihr meint, ich soll mich in der Kathedrale verstecken?«

»Das passende Gewand hast du ja schon. Gottes Segen mit dir, mein liebes Kind und hoffentlich auf ein Wiedersehen noch in diesem Leben!«

Damit gab Paquette ihrer Tochter einen Kuss auf die Stirn. Sie schauten einander an, dann ging ein junger Mönch gesenkten Hauptes und gemessenen Schrittes zur Notre-Dame und versteckte sich hinter dem Hochaltar. Von den Benediktinern durfte sich die Zigeunerin nicht sehen lassen. Die Wachen allerdings hatte sie täuschen können.

# Kapitel 29
# Zuflucht

Dom Claude Frollo bestand nur noch aus der Hülle seiner bisherigen Pflichten und Gewohnheiten, ausgelöscht war seine Person. Hatte es diese denn überhaupt je gegeben? Nicht einmal als schlechten Menschen nahm er sich noch wahr. Ein Nichts kann sich nicht spüren, kann nicht planen, nicht sehnen, sich auch nicht wirklich erinnern. Alles war nur Schein, verpufft wie ein übler Furz, sein Leben nur Windhauch von schlechtem Geruch. Sich aus der Welt zu stehlen wäre Erleichterung gewesen, doch da gab es die geflüchtete Esmeralda und Jean, der nicht länger Schwester Madeleine spielen konnte, ohne sich und alle Klarissen in Gefahr zu bringen. Sobald diese beiden geliebten Menschen in Sicherheit sein würden, könnte er den feigen Weg gehen. Er dachte an Erhängen. Das schien ihm sicher und würde niemand anderen gefährden.

Die Tage vergingen als einzige Qual, ein brennendes Geschwür in seiner Seele war der Frevel. Als Damoklesschwert hing über Claude die Angst, womöglich wieder solch ein Verbrechen zu begehen. Von jemand anderem unterdrückt und genötigt zu werden war wohl ein schlimmes Los, ein viel schlimmeres aber, sich selbst nicht mehr trauen zu können. Damit konnte kein Mensch leben.

Er las die Frühmesse. Nur wenige Gläubige nahmen daran teil, aber natürlich alle Mitbrüder. Das Hochgebet las er teilnahmslos und, wie liturgisch vorgesehen, mit erhobenen Armen, dem Rücken zur Gemeinde, mit dem Blick zum Altar und dem Evangeliar. Da schauten ihn plötzlich zwei Augen an. Es waren Relikte seiner Kindheit, die Augen jenes Zigeunermädchens, das er getroffen hatte, kurz bevor er nach Paris aufgebrochen war, um Mönch zu werden. Nie hatten diese Augen, dieses Kind, sein Herz verlassen. In seiner Erinnerung waren sie Lebendigkeit und Freude. Alles andere seiner täglichen Mühen bedeutete nur Pflicht und Schuld. Ja, er war mitschuldig an den Gefolterten, an Urteilen über Menschen, die einfach ihren Verstand frei einsetzten. Menschen wie Comte de Mortain waren verurteilt worden von Menschen wie ihm.

Die Schuld, die er an Esmeralda begangen hatte, schwemmte alle anderen Sünden an die Oberfläche. Schaute ihn das beglückende Bild seiner Kindheit deswegen mitten im Hochgebet an, um ihm zu zeigen, dass dieses Elend bald ein Ende haben und ihn der erlösende Strick in ersehnte Leere stürzen würde? Ohne auf den Inhalt der Gebete zu achten, murmelte er sie auf Latein weiter, den Blick auf jene Vision gerichtet, die ihm plötzlich zuzwinkerte. Diese Augen waren nicht schwarz und nicht von einem Kind. Esmeraldas grüne Augen starrten ihn zwischen zwei Ornamenten des Hochaltars an. Sie stand offenbar genau vor ihm, allein durch die Schnitzereien und den Tabernakel getrennt. Zwischen Altar und Mauerwerk befand sich ein schmaler Hohlraum. Für einige Sekunden starrte er in diese Augen und alles, was er empfand, war das beglückende Gefühl, dass Esmeralda ihm die Gnade erwies, ihr zu helfen. Mit Tränen in den Augen zwinkerte er endlich zurück. Sofort verschwand die Vision wieder. Das Mädchen hatte sich offenbar auf den Boden gekauert. Zu groß war die Gefahr, womöglich auch von anderen gesehen zu werden.

Unter dem Vorwand, noch im Evangeliar zu lesen, blieb Claude länger in der Sakristei als der Cozelebrant und die beiden Novizen, die als Ministranten am Altar gedient hatten. Sobald er allein war, holte er Esmeralda aus ihrem Versteck, wischte Spinnweben und Staub von ihrem Mönchsgewand und ging ihr wortlos voran in seine Zelle, alles in gemessenen ruhigen Schritten, um keinen Verdacht zu erregen. Rund um Notre-Dame patrouillierten mehrere Wachposten. Von den Mitbrüdern hätte die beiden allerdings niemand sehen dürfen, das Mädchen wäre sofort entlarvt worden. Doch es war Frühstückszeit, alle saßen im Refektorium. In der Zelle suchte Frollo nach Worten, sich zu entschuldigen, fand aber keine.

»Mein Verbrechen an Euch ist unverzeihlich«, sagte er nach längerem Ringen, ohne sie anzublicken. Seinen Blick nicht ertragen zu müssen, keine erneuten Angriffe zu befürchten, schien ihr im Augenblick bereits so etwas wie Erleichterung. Nur zu gut erinnerte sie sich daran, was ihr Sophie vor langer Zeit über ihren Gemahl berichtet hatte.

»Dürfte ich bitte etwas Wasser und Brot bekommen?«, fragte sie leise.

Da sank Claude auf die Knie und schluchzte laut. Lange konnte er sich nicht beruhigen, es schüttelte ihn am ganzen Körper. Die Schuld spie sich in hemmungslosem Heulen heraus. Sehr überrascht beobachtete ihn das Mädchen. Endlich wischte er sich übers Gesicht und verließ die Zelle, um bald darauf mit reichlich Essen, Früchten und frischem Wasser wieder zu kommen.

»Vielleicht müsst Ihr bis morgen hierbleiben. Ich werde unterdessen im Turm übernachten, doch verhaltet euch so leise wie möglich«, mahnte er, ohne den Blick zu heben. Rasch verließ er dann die Zelle und eilte sofort zum nahen Klarissenkloster. Für Jean hatte er noch immer keine Lösung gefunden, stattdessen kam er mit einer erneuten Bitte. Mutter Pauline war sprachlos, als er sie bat, nun auch Esmeralda als Nonne zu verstecken. Der Augenblick wäre günstig, da der ganze Konvent am folgenden Tag ohnehin in der Kathedrale die Festmesse feiern würde.

»Wisst Ihr, was Ihr da von mir verlangt, Dom Frollo?«, fauchte die sonst so beherrschte Äbtissin. »Wenn das auffliegt, sind wir alle ein Opfer der Inquisition!«

Die prall gefüllte Geldkatze voller Ecous d'Or, die er ihr auf den Tisch gelegt hatte, wischte sie wütend auf den Boden. Frollo stand verzweifelt vor ihr. Wie bei Esmeralda wagte er keinen Blickkontakt mit der selbstbewussten Frau. Seine Schultern begannen zu zucken, er bedeckte das Gesicht in den Händen und schluchzte aufs Neue los. Nichts erinnerte mehr an den selbstbeherrschten, überheblich wirkenden Archidiakon. Er war zu einem heulenden Bündel Elend geworden. Mehr als überrascht bat die Äbtissin ihn, sich zu setzen.

»Verzeiht bitte, ehrwürdige Mutter.«

Nach einigen Minuten, in denen er sich wieder beruhigt hatte, sagte sie:

»Euer Bruder ist ein Sonnenschein. Zwar muss ich ständig fürchten, dass meine Nonnen ihr Herz zu sehr an ihn verlieren, doch er verhält sich tadellos – bis auf die Disziplin. Schweigen und gesenkter Blick sind nicht seine Stärke.« Sie lächelte in sich hinein. Frollo schämte sich in Grund und Boden, doch die Tränen liefen ihm wie Bäche über die Wangen beim Gedanken an Jean.

»Anscheinend ist für Euch die Zeit des Weinens angebrochen. Kohelet ist bekanntlich ein großer Weiser mit seinen schönen Versen: ›Alles hat seine Zeit, es gibt eine Zeit des Lachens und eine des Weinens.‹ Tränen können inneres Gestrüpp hinwegschwemmen. Wer nicht zu weinen versteht, kann auch nicht wirklich fröhlich sein. Und das Leben aus Gottes Hand zu empfangen ohne dankbare Fröhlichkeit, ist Frevel.

Wenn ich es mir recht überlege, fällt mir soeben eine Lösung für Eure Zigeunerin ein, die auch Jean helfen könnte. Wartet kurz.«

Sie stand auf, um gleich wieder mit einem Bündel wiederzukommen.

»Das soll Euer Flüchtling anziehen und sich uns unbemerkt anschließen, wenn wir morgen bei der Messe die heilige Kommunion empfangen. Da ist am meisten Bewegung, sodass es hoffentlich nicht auffällt. Und sie soll sich um Gottes willen bescheiden verhalten! Bei den vielen Wachen, die ihretwegen herumstehen, könnte schon ein zu hastiger Schritt in der Prozession die Tarnung auffliegen lassen! In diesem Fall aber soll sie sich als Schwester – mal überlegen – als Schwester Agnès ausgeben, sicher ist sicher.«

Frollo fiel auf die Knie und küsste den Saum ihres Habits. Sie ließ es zu.

Mit dem Bündel unter der weiten Kukulle eilte er in seine Zelle zurück. Dort erklärte er Esmeralda in kurzen Worten den Plan, beschrieb ein paar wichtige Verhaltensregeln der Nonnen und versprach, sie rechtzeitig in der Besenkammer neben der Sakristei zu verstecken. Dann summte er ein Lied, bei welchem sie sich möglichst unauffällig in den Kirchenraum begeben solle, um sich den Nonnen während der heiligen Kommunion anzuschließen.

»Alles Weitere werden wir sehen. Wichtig ist nur, dass Ihr zunächst bei den Klarissen sicher seid«, schloss er den Bericht. Er hatte sich die ganze Zeit an die Wand gedrückt, sie nicht angesehen. Ihr Dasein erfüllte den kleinen Raum mit Licht und Wohlgeruch. Seins hingegen verbreitete den Gestank der Sünde. Da er sie nie anblickte, konnte sie ihn unbefangen beobachten. Furchterregend wirkte er nicht mehr auf sie, doch ekelerregend.

»Ihr tut viel für mich, habt mir bei meinen Darbietungen auch immer reichlich Geld zugeworfen«, sagte sie, weil die Stille mit ihm, sein verschämtes Ausharren unerträglich für sie wurden. Er errötete und stahl sich rasch aus dem Raum. Erst oben auf dem Turm konnte er wieder aufatmen und erst jetzt bemerkte er seinen Hunger. Aber da einige Pflichten auf ihn warteten, berichtete er Sophie und Simon nur rasch, wie sich Esmeralda am folgenden Tag des Saint Joseph, dem 19. März, bei der Messe den Nonnen anschließen würde.

»Sie wird Jean treffen!«, schrieb Simon strahlend auf die Tafel.

»Tatsächlich!«

Zum ersten Mal seit Langem lächelte Claude wieder. Was es damit auf sich hatte, sollte Simon seiner Mutter aufschreiben, dann aber unbedingt wieder wegwischen. Frollo jedenfalls hatte Besprechungs- und Gerichtstermine.

*Ich sollte all meine Ämter niederlegen!*, wurde ihm zum ersten Mal ganz deutlich bewusst.

Notre-Dame war voller Menschen, der heilige Josef wurde als Handwerker vor allem von den sogenannten »kleinen Leuten« verehrt. Außerdem kamen die Nonnen nur zu diesem Fest in die Kathedrale. Sie im Wechselgesang mit den Benediktinern psalmodieren zu hören, war ein Kunstgenuss, oder, für die Frommen, ein besonderes spirituelles Erlebnis. Und die anschließende schweigende Prozession zu ihrem Kloster glich einem mystischen Schauspiel. Man stand Spalier, alles schwieg ehrfürchtig, wenn die Nonnen vorbeizogen, und das war für Pariser außergewöhnlich.

Sophie und die anderen der Truppe blieben schweren Herzens dem Gottesdienst fern. Zu verdächtig wäre ihre Anwesenheit gewesen. Dom Frollo zitterte und schwitzte vor Sorge, ob alles gut gehen würde. Bevor er sich von Simon verabschiedete, kam Sophie und schaute ihn lange an. Sie wollte etwas sagen, einen Dank, einen Vorwurf, doch nach wenigen Augenblicken wandte sie sich wieder ab. Mehr schwankend als schreitend eilte er dann zu seiner Zelle, um Esmeralda in der Besenkammer zu verstecken. Langsam öffnete er die Tür. Zu klopfen wäre verdächtig gewesen, sollte gerade ein Mitbruder in der Nähe sein. Vor ihm stand eine wunderschöne Nonne, die verschmitzt lächelte. Offenbar kam sie sich im Ordensgewand albern vor. Starr vor Freude über das Lächeln und wegen der großen Veränderung, die so ein Habit ausmachte, wusste er zunächst nichts zu sagen. Dann fielen ihm doch noch einige Ermahnungen ein: den Blick stets gesenkt zu halten, nur langsam zu schreiten, keine Gestik oder ruckartigen Kopfbewegungen. Eine Nonne war die Contenance schlechthin. Esmeralda kicherte.

»Wer sucht sich denn so ein Leben aus?« Ihre kindliche Unbeschwertheit schien sich wieder langsam Bahn zu brechen, vielleicht aber waren auch nur ihre Nerven überreizt. Die Zeit drängte, sie zu verstecken, da fiel ihm noch ein:

»Falls etwas schiefgeht und Ihr nach Eurem Namen gefragt werdet, dann seid Ihr Schwester Agnès!« Sie drückte sich mit einem überraschten kleinen Schrei die Hand vor den Mund.

»So heiße ich tatsächlich!«

Zu gern hätte er erfahren, was es damit auf sich hatte, doch bald würden die Mitbrüder in die Sakristei kommen, er musste sich beeilen. Sie aber hielt ihn kurz am Arm fest. Er spürte die Berührung wie einen glühenden Blitz durch sein ganzes Sein fahren. Esmeralda wollte ihn bitten, Sophie möge Schwester Gudule aufsuchen, andererseits konnte man der Klausnerin die nötige Diskretion nicht zutrauen. Einige Sekunden überlegte sie, Claude hätte den Moment ihrer vertrauten Berührung am liebsten ewig hinausgezögert. Fast gleichzeitig sagten sie aber:

»Wir sollten gehen.«

Ein kurzer Blick, fast ein Lächeln, dann schaute er, ob die Luft rein war. Sie trug über dem Nonnenhabit eine Benediktinerkukulle. Einige Schritte, er voran, sie hinter ihm, dann waren sie bei der Tür auf der Rückseite der Kathedrale. Auch da vergewisserte sich Frollo, ob nicht vielleicht der übereifrige Bruder Mesner bereits seinen Dienst versah. Nein, zum Glück war niemand in der Sakristei. Fast eine Stunde würde Esmeralda in der engen Kammer neben Kübeln, Besen und staubigen Tüchern, abgestellten großen Kerzenständern und Kisten voller Kerzen warten, bis die Messe beginnen sollte. Sie wusste genau, wie oft dann die Altarglocke läuten musste und welche Melodie das Kommunionlied hatte. Das war ihr Signal, mit ruhigen Schritten durch die seitliche Sakristeitür in den Kirchenraum zu kommen, wo die Nonnen rechts im Mittelschiff saßen und sich anschickten, nach vorn zur Kommunion zu gehen.

*Albert war nicht gerade ein Kirchgänger, darum fiel es ihm einigermaßen schwer, die richtige Terminologie und Orientierung zu finden, um liturgische Abläufe und Begriffe auch für kirchenferne Leser anschaulich zu beschreiben. Ging er damit nicht zu sehr ins Detail oder eher zu wenig? Sollte er mit der Erzählung nicht auch fachliches Wissen transportieren? Doch da ging der Lehrende mit ihm durch. Belletristik konnte ruhig Tiefgang haben, er selbst erwartete das beim Lesen, doch belehren musste eine Geschichte nicht, oder doch? Wieder einmal verunsicherte ihn das Projekt, von dem er einerseits nicht wirklich lassen konnte, an das er aber nicht so recht glaubte.*

*Leon bewunderte seinen Vater, als dieser von seinem Roman erzählte, und wollte sofort etwas davon lesen. Das aber setzte Albert unter Druck. Wie empfindlich er war, wie lächerlich. Die besten Kritiker sind Familienmitglieder, weil sie sich kein Blatt vor den Mund nehmen. Es wäre unreif, Leon nur seine Schokoladenseiten zeigen zu wollen. Als er sein Frühstück in der Bäckerei kaufte, erzählte Selma ihrer Kollegin gerade lang und breit, wie machohaft sich ihr Freund verhielt und dass sie nach einigen Streitereien mit ihm Schluss gemacht habe. Sie erzählte es in seiner Hörweite, lächelte ihm dann zu, zumindest schien es ihm so. Ihm wurde heiß, er lächelte etwas steif zurück.*

*Über einen Phoebus zu schreiben, der von Esmeralda als unwürdig erkannt wird, war bei Weitem einfacher, als sich selbst in die Hochschaubahn verliebter Träume zu begeben.*

Ohne Zwischenfälle erreichte die feierliche stille Prozession der Klarissen nach der Festmesse ihr Kloster. Esmeralda befand sich in einer vollkommen fremden Welt. Schwarz-braun gekleidete Frauen glitten wie Gespenster aneinander vorbei, keine Blicke wurden ausgetauscht, die Bewegungen wirkten verhalten. Nach der Messe verschwanden alle in ihren Einzel- oder Sammelzellen, eine ältere Schwester geleitete die Neue und legte beim Weggehen den Finger auf die Lippen. Dies war der einzige Moment eines Blickkontakts. Sie bekam eine Einzelzelle, was ein Privileg bedeutete. Allerdings ging es hierbei darum, die anderen Nonnen durch Esmeralda nicht in ihrer Stille zu stören. In der Zelle befanden sich eine schmale harte Liege, ein Stuhl und ein schlichtes Holzkreuz an der Wand. Das kleine vergitterte Fenster mit dickem, grauem Vorhang an zwei Haken hatte keine Butzenscheiben, nur Außenbalken.

Sie streckte sich auf der Liege aus, ließ die vergangenen Ereignisse Revue passieren; die Nacht mit der Klausnerin, ihr ging es nicht in den Kopf, dass diese Frau ihre leibliche Mutter sein sollte. Dann das Versteck hinter dem Altar, ein Wunder, dass sie nicht entdeckt worden war. Als ausgerechnet Dom Frollo die Morgenmesse las, gab es nur einen Gedanken:

»Trotz allem ist er der Einzige, der mir helfen kann.«

Seine schreckliche Tat schwieg in ihrem Gemüt. Sie durfte nicht da sein, musste dem Moment weichen, der ohnehin voller Gefahren war. Sich zu retten hieß, sich ihm anvertrauen, selbst wenn er ihr wieder etwas angetan hätte. Doch er tat es nicht. Weiter über Dom Frollo nachzudenken, ließ sie nicht zu, denn dazu hatte sie nicht die Kraft. In seiner Zelle hatte sie endlich schlafen und alles vergessen können. Die Liege roch nach ihm. Doch sie war zu erschöpft gewesen, um sich daran zu stören. Und nun befand sie sich in dieser sonderbaren Welt schweigender Frauen. Doch es bedeutete Rettung. Sie musste annehmen, was kam.

Eine zarte Glocke läutete, jemand klopfte an ihre Tür und öffnete. Überrascht, sie auf der Liege zu sehen, deutete die alte Schwester von vorhin an, mitzukommen. Man versammelte sich in der Kapelle. Ein beruhigender Wechselgesang lullte Esmeralda ein, doch bevor sie zu dösen begann, erhoben sich die Schwestern und schritten in stummer Prozession zu einem Speisesaal, über dessen Eingang mit verschnörkelten Goldbuchstaben »Refektorium« stand. Wegen des heiligen Josef gab es ein fürstliches Mahl, das schweigend eingenommen wurde. Anschließend trat Mutter Pauline vor die Tischreihen. Auch dabei hob niemand den Blick, um der Sprecherin ins Gesicht zu sehen. Alle saßen mit gesenkten Augen da und lauschten. Allein sie und eine andere Schwester schauten sich verstohlen um. Jene, deren blaue Augen ihr sonderbar bekannt vorkamen, zwinkerte ihr sogar lächelnd zu. Wie überaus freundlich, vor allem in dieser unwirklichen Atmosphäre.

»Schwestern im Herrn. Ich danke Euch, wieder einmal so viel Loyalität bewiesen zu haben, um einem unschuldigen Menschen zu helfen. Wie ich euch heute früh in aller Eile mitgeteilt habe, ist Schwester Agnès wohlbehalten bei uns eingetroffen und wird von mir in den wichtigsten Angelegenheiten unterrichtet werden. Euch allen ist bewusst, dass ihre Errettung für uns Gefahr bedeuten könnte. Möge uns Gott den guten Willen anrechnen, auch wenn wir damit einige Regeln brechen. Gebote und Gesetze sind Gottes Wegweiser, mitunter aber auch einengendes Menschenwerk. Hier die Geister zu unterscheiden erfordert Demut, Gebet, aber auch Klugheit. Schwester Agnès ist die zweite dieses Namens in unserer Gemeinschaft, doch ich habe ihn bewusst gewählt, weil unser Neuzugang sehr bald schon einer Aufgabe zugeführt wird, die sie unser Haus verlassen lässt, was zudem ihrer Sicherheit dient. Wir sind eine Zwischenstation auf ihrem bestimmt gottgefälligen Weg. Schwester Madeleine wird unsere neue Schwester Agnès nach der Mittagsandacht in mein Arbeitszimmer geleiten. Ich danke euch und segne euch!«

Damit faltete sie die Hände, schloss die Augen und beschrieb nach einigen Augenblicken ein Kreuz in Richtung der stummen Schwesternschar, die sich, ohne aufzublicken, synchron bekreuzigte, bis auf Esmeralda. Diese beobachtete das Schauspiel mehr als staunend. Mutter Pauline hatte über sie in der dritten Person gesprochen, obwohl sie vor ihr saß. Kein einziges Mal schaute sie zu ihr hin. Was für eine sonderbare Gruppe, die sich Gemeinschaft nannte!

Die Mittagsandacht konnte jeder nach Belieben in der Kapelle, im Garten wandelnd oder in seiner Zelle verbringen. Esmeralda staunte über den prächtigen Garten und am liebsten wäre sie herumgelaufen, hätte sich ins Gras gelegt. Sie dachte an Djali. Schwester Madeleine war jene, die ihr vorhin zugelächelt hatte. Sie gesellte sich sofort zu ihr.

»Ich bin auch am liebsten im Garten«, flüsterte sie unauffällig. Etwas Verschmitztes war ihr eigen und ihre Stimme klang rau.

»Sprecht ihr nie miteinander?«

»Doch. Wöchentlich gibt es einige Zeiten, wo wir uns leise unterhalten dürfen, außerdem nimmt man es bei gemeinsamen Arbeiten mit der Stille nicht so genau.« Einige Schwestern schauten tadelnd zu ihnen hinüber. Schwester Madeleine kicherte verhalten.

»Was für ein Wunder, dass du da bist, Esmeralda!«

»Oh, hat Mutter Pauline gesagt, wer ich bin?«

»Nein, nur mir. Es wird ein Plan überlegt, uns beiden zu helfen, denn ewig kann uns die Äbtissin hier nicht verstecken. Außerdem hält so ein Klosterleben ja kein normaler Mensch aus.«

Perplex starrte sie Schwester Madeleine an. Diese kicherte wieder, ungeachtet der anderen stumm Wandelnden, von denen aber einige herüberblinzelten.

»Erkennst du mich nicht? Du, die mit dem Ziegenbock tanzt? Ich bin Jean Frollo, der vor urdenklichen Zeiten um deine Hand angehalten hat.«

»Was?«, rief Esmeralda in voller Lautstärke.

Sämtliche anderen Schwestern erstarrten mitten in der Bewegung und schauten zu ihnen hin.

»Später erzähle ich dir mehr. Zwar ist es verboten, aber ich werde mich in deine Zelle schleichen, vielleicht morgen Abend. Heute wirst du bestimmt noch streng überwacht. Dann können wir reden. Ich freue mich sehr, dass du da bist!«

Sie brachte keinen Ton über ihre Lippen. Jetzt, da sie es wusste, erkannte sie den Jungen. Bald ertönte wieder die kleine Glocke und Jean geleitete sie zu Mutter Pauline.

## Kapitel 30

# Das Testament

Schwester Gudule säuberte ihre Klause und schnitt sich das Haar so weit ab, dass es ihr noch über die Schultern fiel. So konnte sie es mit viel Mühe endlich durchkämmen und sogar eine passable Frisur zaubern. Allerdings trugen die meisten Frauen ohnehin bunte Schleier. Sie bettelte einige Sous zusammen, die man ihr für die abenteuerliche Geschichte über den zweiten Schuh gern gab. Allein ihn und den schmuddeligen Zwilling zu sehen, war einigen bereits einen Sou wert. Mit dem Geld ging sie in ein Badehaus, dann kaufte sie beim Tauschhändler Gewand und Schuhe. Dennoch war sie noch immer fahl wie die Wand und dünn wie ein Gerippe. Sie zog von Platz zu Platz und verkündete überglücklich von ihrer schönen, edlen Tochter, die allerdings in einem Schloss wohne und von ihrem vornehmen Gemahl nicht die Erlaubnis bekam, sie, die leibliche Mutter, zu sich zu nehmen. Dazu zeigte sie den makellosen rosa Schuh herum. Die Leute, die beide gut kannten, die Klausnerin und ihren Kinderschuh, freuten sich ehrlich mit ihr. Es regnete Münzen.

»Wo wohnt denn Eure Agnès und warum unterstützt sie Euch nicht, wenn sie doch in einem Schloss wohnt«, wollten allerdings manche wissen.

»Das ist ein politisches Geheimnis«, gab Paquette, wie sie sich wieder nannte, kryptisch zurück. Zigeunern ging sie nach wie vor aus dem Weg, aber niemals hörte man sie mehr Verwünschungen gegen sie aussprechen. Noch wusste sie nicht, ob ihre Agnès den Verfolgern hatte entkommen können, da man sie aber nach wie vor suchte, war sie diesbezüglich guter Dinge. Als sie wieder einmal stolz die beiden ungleichen kleinen Schuhe in die Höhe hielt, zuckte Sophie zusammen, sie stand gerade an einem Marktstand. Gebannt hörte sie sich die Geschichte mit dem Schloss an, dann ging sie hin.

»Ihr seid die Mutter des Mädchens, das diesen Schuh bei sich trug?«, fragte sie vorsichtig.

»Ja! Und ich Unwürdige bin die glücklichste Frau der Welt, meine Agnès gesund und so schön wiedergesehen zu haben, selbst wenn sie meiner Nähe wieder entrissen wurde.«

»Entrissen?«

»Nun ja, durch Konventionen, Ihr wisst. Ehemänner führen mitunter ein strenges Regiment. Da kann die Gattin eben nicht immer machen, was sie möchte. Meine Agnès würde mich liebend gern zu sich auf ihr Schloss holen, jedoch erlaubt das der strenge Gatte nicht.«

»Soso, erzählt doch mal. Wie ist Euch denn das schreckliche Unglück passiert, Euer geliebtes Kind zu verlieren?«

Paquette schilderte ausführlich von dem hübschen Säugling, den bösen Zigeunern und dem schrecklichen Tausch.

»Und was ist aus dem armen Knaben geworden?«

»Armer Knabe? Das war eine Ausgeburt der Hölle, ein Monster. Vielleicht hat ihn der Teufel wieder zu sich geholt, was weiß ich? Kaum in Paris, war er plötzlich nicht mehr da. Wie könnte ich mich auch um diesen Balg kümmern, wo doch mein Herz voller Schmerz um meine Agnès war?«

»Und wenn eine andere Frau das Gleiche über Euer Töchterchen gedachte hätte? Wenn die Mutter jenes Knaben gesagt hätte, ich kümmere mich nicht um das Gör, denn man hat mir meinen Sohn gestohlen?«

Paquette schaute die vornehm wirkende, schöne Frau eingeschüchtert an.

»Worauf wollt Ihr hinaus, edle Dame?«, fragte sie argwöhnisch.

»Ich bin keine edle Dame und möchte Euch die Freude nicht trüben. Doch denkt bitte einmal darüber nach, dass auch jener

Knabe eine Mutter hat, die ihn schmerzlich vermisste und darum betete, es möge ihm gut gehen.«

»Glaubt Ihr, dass jemand diese Kreatur geliebt hat?«

Sophie ging wortlos weg. Auf dem Turm umarmte sie Simon und ließ ihn lange nicht los. Er drückte sie an sich.

»Mama«, sagte er.

Am Abend kam Dom Frollo hinauf. Seit dem Vorfall mit Esmeralda hatte er den Turm gemieden. Simon spürte die Barriere zwischen ihm und Sophie. Ihm war bewusst, dass es mit seinem unverständlichen Versuch zusammenhing, vom Turm zu springen. Wenn er Sophie fragte, wandte sie sich ab. Das Thema sollte also nicht zur Sprache kommen. Wie so vieles nahm es der Glöckner einfach so hin, wie es war und hoffte, dass sich die Knoten des Ungesagten einmal von selbst entwirren würden.

»Darf ich Euch bitte sprechen, Madame Paloma?«, bat Frollo.

Sie setzte sich zum Zeichen, dass sie bereit war zuzuhören.

»Es gibt keine Vergebung für mein Verbrechen an Eurer Tochter, so etwas erbitte ich gar nicht erst. Aber es ist mir ein großes Bedürfnis, Euch meine tiefste Reue zu bekunden. Esmeralda genießt im Kloster Sicherheit, das ist mein sehnlichster Wunsch, so sehr ich auch wünsche, meinen Bruder in Sicherheit zu wissen. Doch ich muss ehrlich mit Euch sein: Falls ich erkennen sollte, dass mein innerer Dämon mich je wieder in solche Raserei bringt, einem Mädchen Gewalt anzutun, dann will ich diese Erde lieber verlassen, als noch mehr Schuld auf mich zu laden. Darum setze ich Euch, Madame Paloma, Esmeralda, meinen Bruder Jean und Simon als Erben über mein Vermögen und meinen Besitz ein, sollte es jemals dazu kommen. Ihr müsst wissen, dass ich – trotz meines Gelübdes der Armut – als Archidiakon dennoch ein beträchtliches Vermögen mein Eigen nennen darf.

Mein Orden will diesen Besitz nicht annehmen, weil er damit an den Geschäften des Stadtvogts und auch der weltlichen Macht beteiligt wäre, aber das ist eine andere Geschichte. Außerdem gibt es in Montereau mein Heimathaus mit einigen Ländereien, das Jean erben soll. Auf meinem kleinen Landsitz bei Le Mans, welches ich zusätzlich erworben habe, lebt die Familie Bonpiers, die Simon als Kleinkind betreute. Diese Familie hat dort Wohnrecht auf Lebenszeit, aber das Anwesen bietet Platz für viele Personen. Zudem verfüge ich über einiges an Geldmitteln.«

Damit reichte er ihr ein Pergament, auf dem sein amtsgültiges Testament niedergeschrieben war. Sophie, die seit der Begegnung mit Paquette besonders dankbar darüber nachgedacht hatte, wie liebevoll Dom Frollo Simon begegnete, war fassungslos. Sie erinnerte sich an seinen Versuch, vom Turm zu springen, erinnerte sich aber auch an sein Vergehen gegen Esmeralda. Das Mädchen würde diese Wunde wohl ein Leben lang nicht heilen können. Außerstande, auf Dom Frollos Worte zu reagieren, bat sie um Bedenkzeit. Der Priester entfernte sich. Während er aber die Wendeltreppen hinabstieg, bedrängte ihn ein so starkes Grauen darüber, etwas Wesentliches zu verabsäumen, dass er sein Testament am liebsten sofort Paloma oder Simon aufgenötigt hätte. Fast in Panik lief er die Treppen wieder hinauf und sah seinen Quasimodo zur Glöckner-Plattform steigen. Andächtig lehnte er sich an eine Steinsäule und lauschte den Glockenschlägen, wie sein Schützling es als Kind immer getan hatte. Taub war er geworden wegen der Liebe zu den mächtigen Klängen. Und er selbst? Unberechenbar war er geworden wegen seiner Liebe.

*Wegen meiner Liebe? Oder wegen meines Unvermögens, maßvoll damit umzugehen? Ist lebenslange Entsagung das richtige Maß? Unbeherrschtheit und Vergewaltigung sind jedenfalls ein satanisches Unmaß.‹*

Solche Gedanken schwirrten durch seinen Kopf. Antworten oder Auswege kamen darin nicht vor. Etwas klirrte, als er weitergehen wollte. Ein Nagel lag am Boden. Frollo hob ihn auf und schaute sich um, von wo er wohl herausgefallen sein könnte, fand aber nichts. Wie von fremder Macht geführt, wandte er sich zur Säule um, bei der er stand. Es drängte ihn, wenigstens hier sein Vermächtnis hineinzuritzen.

*Mein Leben ist besiegelt. Meine Zukunft wäre ein Schaden für die Welt. Alea iacta est. Lieber sterbe ich, als je wieder zu schänden, wen ich liebe*, dachte er und kratzte das Wort SCHICKSAL mit griechischen Lettern tief in die Säule. Als wäre damit sein schwerer Weg beendet, der Tod besiegelt, fühlte er sich nun leichter. Den Nagel steckte er wie ein kostbares Kleinod in seine Gewandtasche.

Jean schritt mit verschmitztem Lächeln zügig voran, Esmeralda folgte ihm verunsichert. So betraten die beiden Mutter Paulines Arbeitszimmer. Vier Stühle standen im Kreis vor ihrem Schreibtisch. Auf zweien erwarteten sie die Äbtissin und eine junge Schwester, die Jean bisher noch gar nicht richtig registriert hatte. Sie war schmal, blass und wirkte sehr in sich gekehrt. Auch jetzt hob sie nicht den Blick. Jean spürte, dass es nicht an der diesbezüglichen Regel lag, sondern wohl ein Wesenszug dieser jungen Nonne war.

»Nehmt bitte Platz!«

Überrascht setzten sich die beiden und schauten der Äbtissin erwartungsvoll in die Augen.

»Das ist meine Nichte, Schwester Agnès. Sie kam als Zehnjährige zu mir ins Kloster, damit ich sie in frommer Weise auf die Ehe mit dem Duc de Valois vorbereite. Ab und zu kommt es vor, dass Mädchen, die schon in früher Kindheit einem Adeligen des königlichen Geschlechts versprochen sind, in unsere Obhut gebracht und gottgefällig erzogen werden. Allerdings zeigte sich bei Agnès schon bald eine mystische Verbindung mit dem Allerhöchsten. Darum stellte ich es ihr frei, in den hohen Adel einzuheiraten oder eine Braut Christi zu werden. Es gab keinen Zweifel, wofür sie sich entschied. Ihr Herz brannte nach der Hingabe in Keuschheit, Armut und Gehorsam. Allerdings fühlte ich mich verpflichtet, meiner Schwester und deren Gemahl, also Agnès' Eltern, ebenso wie den Duc de Valois von dieser Entscheidung in Kenntnis zu setzen. Mein Schwager zürnte mir sehr und ordnete an, diese prestigeträchtige Ehe vorzubereiten und mich an die ursprüngliche Abmachung zu halten. Raphael de Valois allerdings ließ mir ausrichten, dass er sich ebenso gut eine andere Braut suchen könne.«

Schwester Agnès' Kopf neigte sich noch tiefer, als wolle die junge Nonne in ein imaginäres Schneckenhaus kriechen. Die Vorstellung, von ihrer Familie, aber auch dem Duc de Valois, wie Vieh verschachert zu werden, krümmte sie regelrecht. Esmeralda spürte ihr Unbehagen.

»Zehn Jahre sind seitdem vergangen«, fuhr Mutter Pauline fort.

»Meine Nichte hat längst die ewigen Gelübde abgelegt, da überreichte mir ein Bote vor einigen Wochen das Schreiben der Mutter des Duc, Veronique de Valois, dass die Eheschließung mit meiner Nichte umgehend vollzogen werden solle, denn die älteren Brüder und somit Haupterben sind leider verstorben. Wie ich in Erfahrung bringen konnte, dürfte der jüngste, Raphael, einen nicht sehr konventionellen Lebenswandel führen, was sogar in hohen Kreisen nicht ohne Missbilligung bleibt. Außerdem hofft das Geschlecht de Valois auf einen baldigen Erben nach der Vermählung, der Duc zählt bereits dreiunddreißig Lenze. Dazu kommt, dass mein Schwager mit seiner Familie in finanzielle Not geraten ist, was durch diese Eheschließung auch abgefangen werden könnte. Der langen Rede kurzer Sinn, ich habe die Absicht, eine andere für Agnès auszugeben, denn die spirituellen Gaben meiner Nichte zählen meines Erachtens mehr als materielles Streben und Machtkalkül. Du, Esmeralda, sollst in den nächsten Wochen intensiv in höfischem und auch bescheidenem Verhalten ausgebildet werden. Leider können wir in der kurzen Zeit keine intellektuellen Fähigkeiten in dich hineinzaubern, doch soweit mir Dom Frollo berichtete, weißt du dich geschickt auszudrücken und verwendest keine vulgäre Sprache.«

Sie musterte die völlig Überrumpelte, die nicht, wie bei Nonnen üblich, die Hände sittsam unter dem breiten Skapulier verbarg, die Füße unter dem Habit versteckte und kerzengerade mit gesenktem Haupt dasaß. Sie lehnte mit einem Arm über der Lehne und den Beinen nach vorn gestreckt auf ihrem Stuhl.

»Nun ja«, meinte Mutter Pauline angesichts dieser Haltung. Jean saß spaßeshalber übertrieben manierlich da.

»Ich denke, dass wir in ungefähr zwei Monaten zum Herzogtum de Valois reisen werden, kaum zwei Tage von hier, bei Chartres. Dort in der Nähe findet sich bestimmt auch ein Meister, der Jean, dann endlich wieder als Junge, bei sich aufnehmen und ausbilden wird. Ich werde bis zur Hochzeit bleiben und du, Esmeralda, bist dann Gemahlin eines Duc aus königlichem Geschlecht.«

»Welchen unkonventionellen Lebenswandel führt der Duc denn?«, fragte die Angesprochene. Sie befürchtete einen Ehemann, wie Sophie ihn erleiden musste. Ihr wurde ganz übel bei dem Gedanken. Dom Frollo stand ihr vor Augen, wie er sich als halb Wahnsinniger über sie hergemacht und sie vollkommen in seine Gewalt gebracht hatte. Mutter Pauline schien erstaunlich gut zu spüren, was in ihr vorging.

»Keine Sorge, Raphael de Valois wird dir nichts zuleide tun, eher im Gegenteil. Es wird ihm schwerfallen, sich dir so weit zu nähern, um Nachkommen zu zeugen, doch genau darum geht es. Nachkommen sind Zweck und Bedingung dieser Ehe!«

»Werde ich meinen Bruder und Quasimodo wenigstens wiedersehen dürfen, bevor ich abreise?«, fragte Jean, hörbar traurig. Mutter Pauline schaute ihn liebevoller an, als man es ihr zugetraut hätte.

»So leid es mir tut, lieber Jean, aber ich bin mir sicher, dass sowohl Dom Frollo als auch das Kloster bespitzelt werden. Es ist zu gefährlich.« Den stets heiteren Jean in seiner Nonnentracht weinen zu sehen, rührte sogar die Äbtissin. Sie stand auf und umarmte ihn kurz. Da hob ihre Nichte zum ersten Mal die Augen. Esmeralda verstand nun, was über sie gesagt wurde. Dieser kurze Blick strahlte Tiefe und Güte aus.

Erfreut und überrascht stellte Mutter Pauline in den folgenden Tagen fest, wie gebildet die Zigeunerin war und dass sie durchaus höfische Manieren beherrschte, wenn auch in spaßig übertriebener Weise. Esmeralda erzählte, wie dieses Nachäffen von vornehmem Verhalten vor Jahren zu einem Teil der lustigen Darbietungen gehörte. Die Zeit mit der großen Truppe unter José de Cuenca schien ihr so weit weg, als sei es das Leben einer anderen.

Vom Kloster wurde umgehend Nachricht zum Schloss de Valois gesendet, dass einer Eheschließung mit Comtesse Agnès de Blancheforet, Nichte der ehrwürdigen Äbtissin der Klarissen von Paris, nichts im Wege stand. Etwas Kopfzerbrechen bereiteten Mutter Pauline Esmeraldas abgeschnittene Haare. Langes Haar galt als besonders verführerisch und war die Zierde jeder ehrbaren Dame, auch wenn die kunstvolle Frisur meist von Schleiern bedeckt wurde. Konnte dem Duc der schulterlange Pagenkopf seiner Neuvermählten gefallen? Es blieb ihr nichts andres übrig, als Raphael de Valois von konkreten Absichten der Braut zu erzählen, sich als Nonne ganz der spirituellen Liebe zu Christus aufzuopfern, nachdem der Duc die Heiratspläne so lange hinausgezögert hatte. Als angehende Nonne habe sie sich dann natürlich die Haare schneiden lassen. Gleich beim ersten Gespräch nach der Ankunft wollte sie das erwähnen. Auf der Reise sollte Jean unterwegs Kleidung eines edlen Bürgers erhalten, für die junge Braut gab es bestimmt genug vornehmes Gewand im Fundus ehemaliger Novizinnen.

Zwei Wochen nach ihrer Flucht fühlte sich Esmeralda schon etwas sicherer innerhalb der stillen klösterlichen Welt. Hier konnte sie mehr nachdenken und in sich hineinspüren als jemals zuvor. Kaum etwas lenkte sie ab. Die Arbeiten, zu denen auch sie eingeteilt wurde, waren einfach; Böden wischen, Kartoffeln schälen, Unkraut jäten. Am liebsten mochte sie alles, was im Freien zu erledigen war. Die Vögel schienen hier lauter zu zwitschern als anderswo, die Blumen dufteten stärker, der Wind erfrischte angenehmer. Leider fühlte sie es nur im Gesicht, denn wie alle Nonnen war sie vom Scheitel bis zur Zehenspitze in Gewand gehüllt. Als es an einem Abend an ihre Tür klopfte, sprang sie sofort auf. Sie hatte sich wieder einmal angezogen auf der Liege ausgestreckt, was Nonnen aber nie tun würden. Man saß aufrecht, oder kniete betend. Nur zum Schlafen legte man sich hin.

»Ich freue mich so über deinen Besuch, Jean!«

»Ich mich auch!«

Sie setzten sich auf die Liege. Obwohl sie seine Identität längst kannte, fiel es ihr schwer, ihn als Jungen zu sehen. Die Nonnentracht wirkte einfach zu überzeugend.

»Bitte erzähle mir von meinem Bruder Claude und von Quasimodo! Ich vergehe vor Sehnsucht nach ihnen! Und ich sehne mich nach dem fröhlichen Leben draußen, nach der Musik, den Gesprächen, dem Treiben auf dem Markt! Zwar bin ich hier vor der Inquisition sicher, aber lang halte ich dieses Leben der sittsamen Stille nicht mehr aus.« In kurzen Worten erzählte er von seiner Verhaftung und der Flucht.

»Und dir hat man vorgeworfen, dass du mit einem Ziegenbock tanzt, der zu lesen versteht? Oder hast du sonst auch noch etwas verbrochen?«

Seine lebenssprühende Art steckte an. Allerdings wusste sie nicht, was sie über Dom Frollo erzählen sollte. So berichtete sie von ihrer Madre, die eigentlich Quasimodos Mutter war. Von der Klausnerin sagte sie nichts. Ihr war diese Frau nach wie vor fremd, doch ihre leibliche Mutter nun zu kennen, beruhigte sie auf seltsame Weise. Jean hörte gebannt zu. Er fand es traurig, diese Freude nicht miterlebt zu haben, wie Quasimodo seine Mutter kennenlernen durfte.

»Und? Wie geht es Claude? Hat er sich nun mit euch allen von der Zigeunertruppe angefreundet? Erlebt ihr ihn auch so gütig und großzügig wie ich?«

Auf ihren erstaunten Blick hin lachte er verhalten. Man durfte ja nicht einmal wissen, dass sich zwei Personen in derselben Zelle befanden und schon gar nicht, dass sie hemmungslos miteinander plauderten.

»Ich vermisse seine Nähe, die Gespräche!« Wieder wich sie aus, erzählte von Enzo und dass er nun Mitglied der Truppe sei.

»Weißt du, ich habe Dom Frollo selten getroffen, er ist ja sehr beschäftigt. Allerdings hat er sich wirklich bemüht, mir bei der Flucht zu helfen und dass er Simon väterlich erzogen hat, finde ich nobel von ihm.« Dabei schaute sie Jean nicht an. Es war fast eine kleine sinnliche Freude, einander die ganze Zeit direkt anzusehen. Der klösterlich gesenkte Blick fiel beiden schwer. Nun aber richtete sie die Augen auf einen unbestimmten Punkt am Boden.

»Du magst ihn nicht besonders, stimmts? Viele können meinen Bruder nicht leiden, weil er nach außen hin so streng wirkt. Doch ich weiß, wie er ist. Geht es ihm wenigstens gut? Ist er gesund? Hat er von mir gesprochen?«

»Wie gesagt, ich weiß kaum etwas über ihn und über Persönliches habe ich ihn auch nie sprechen hören.«

»Bis zur Komplet sind es noch zwei Stunden, wir sollten etwas Schlaf bekommen, sonst kippen wir bei den Psalmen um. Ich habe tatsächlich einmal singend geschlafen, was in brummendes Lallen überging, bis mich eine Schwester mit dem Ellenbogen anstieß und damit weckte.« Er kicherte.

*Warum musste ich das ertragen? Warum hat mich dieser eklige Priester befleckt, mir Gewalt angetan? Ich dachte, er verehrt mich, doch in Wirklichkeit hat mich seine Gier aufgefressen. Lieber hätte ich mich dem unehrlichen Phoebus hingegeben, wenn ich meine Unversehrtheit schon verliere, ohne jemandes ehrbares Eheweib zu sein. Frollo hat mir meine Seele geraubt. Ich bin leer, in mir ist etwas zerbrochen.* Solche Gedanken und Träume quälten sie, bis die zarte Gebetsglocke zur Komplet in die Kapelle rief.

*Aus dem Papiersack von der Bäckerei entnahm Albert sein Pausenbrot. Der Vormittag war anstrengend gewesen. Nun wollte er im Park der Uni etwas essen und für sich sein. Schon steuerte er dem Mistkübel zu, um den Sack hineinzuwerfen, als er etwas Hartes fühlte. Er entfaltete den Papierknäuel und entnahm ihm überrascht ein Schokoladenherz, in grüne Folie gewickelt. Selma hatte ihn bedient. Konnte es sein, dass sie ihm das Herz zur Bestellung gelegt hatte? Ihm wurde heiß, schon überlegte er, wie er nach der Uni auf sie zugehen würde, um sie zu fragen, wann er mit ihr ausgehen könne. Das Ganze wirkte allerdings fast etwas kindisch. Und wenn er sich täuschte, wenn es nur ein Werbegeschenk war, das jeder bekam? Es könnte sich um den St. Patricks Tag handeln. Die Gedanken wirbelten in seinem Kopf nur so herum. Er googelte: 17. März, St. Patrick, tatsächlich.*

*»Ich benehme mich total lächerlich!«, ärgerte er sich. Nach der Uni eilte er an der Bäckerei vorüber, ohne auch nur einen Blick hineinzuwerfen.*

*Am Abend hatte er endlich wieder einen guten Lauf. Auch*

*das ganze Wochenende über schrieb er wie aufgezogen, die Ideen sprudelten nur so hervor, obwohl es noch gar keinen Plot für diesen Teil der Geschichte gab, die längst den Inhalt von »Notre-Dame de Paris« verlassen hatte. Die Hauptcharaktere blieben, entwickelten sich aber weiter, veränderten sich. Zu schreiben bereicherte Albert in jeder Hinsicht. Mittendrin fiel sein Blick aber immer wieder auf das kleine, grün verpackte Schokoladenherz, das wie ein Schmuckstück auf dem Schreibtisch lag.*

*Er freute sich darauf, Leon später das Manuskript zum Testlesen zu geben. Erstaunlich eigentlich, dass sich der Junge so sehr dafür interessierte. Ob Selma gern las?*

# Kapitel 31
# Aufbruch

König Ludwig XI. hatte Dom Frollo mehrere Wochen nicht mehr zu sich gebeten. Obwohl die Gespräche mit diesem hoch gebildeten, besonnenen Priester stets bereichernd waren, machten sich im Monarchen Zweifel breit. Immer, wenn er jemandem zu lange oder zu sehr traute oder sogar freundschaftliche Ambitionen hegte, begannen sich Vorbehalte und Ängste im König zu entwickeln, der Vertraute könne diese Nähe gegen ihn verwenden. Dieses Gefühl hatte etwas Zersetzendes. Jemanden zu mögen bedeutete, die Deckung aufzugeben, sich preiszugeben. In königlichen Kreisen hieß das Gefahr. Das Dilemma war, den Priester einerseits zu vermissen, ihm aber gerade deswegen nicht mehr trauen zu können. Einem Mann mit dem Verstand des Archidiakon müsste es leichtfallen, die Schwächen des Monarchen zu erkennen und für sich zu nutzen, womöglich sogar gegen ihn, den König selbst, einzusetzen.

Er musste ihn auf die Probe stellen. Sollte er sich als loyal und uneigennützig dem Stadtvogt gegenüber erweisen, obwohl ihn dieser nicht schätzte, könnte der König weiterhin an eine Verbundenheit mit dem Priester glauben. Bestünde er die Prüfung aber nicht, würde er ihn beseitigen lassen müssen. Zu viel schon hatte er direkt, noch mehr aber zwischen den Zeilen von sich und seinen Sorgen verraten. Als er den Priester wiedersah, erschrak der König aber.

»Ihr seid um Jahre gealtert, werter Dom Frollo. Wart Ihr krank oder drücken Euch Sorgen? Man sagt, dass Euch der Stadtvogt nicht gerade gewogen ist. Und wie Ihr wisst, halte ich diesen Mann für ungeeignet auf seinem Posten. Er ist ein Querulant und Opportunist, findet Ihr nicht auch?«

»Tatsächlich bin ich erst kürzlich von einer schweren Lungenentzündung genesen, Eure Majestät. Es ehrt mich, dass Ihr mir so viel Aufmerksamkeit entgegenbringt, das zu bemerken.« Er neigte dankend den Kopf.

»Mir ist auch zu Ohren gekommen, dass d'Estouteville vor Monaten Euren Bruder der Hexerei beschuldigte. War es dabei zu einer peinlichen Befragung gekommen? Ist das für Euch als Angehöriger nicht schrecklich, solche Qualen beim eigenen Bruder miterleben zu müssen? Noch dazu dieser schreckliche Vorwurf, wo doch Euer eigener Lebenswandel über jeden Verdacht der Unlauterkeit erhaben ist!«

Es beunruhigte Claude, wie gut der König informiert war. Dieser lehnte sich zurück und beobachtete mit Genugtuung, wie der ohnehin fahle Gesichtsausdruck Frollos einen Grauton annahm, als er den Blick senkte.

»Eure Majestät. Mein Bruder Jean ist ein ehrlicher Junge, lebendig und vielleicht manchmal vorlaut, aber mit Sicherheit kein Hexer oder Ketzer. Tatsächlich hat der Stadtvogt diesbezüglich voreilig geurteilt, doch konnte er die Sache ohnehin nicht verfolgen, weil Jean verschwand. Ich gebe zu, dass es mich unsagbar quält, nicht zu wissen, was aus ihm geworden ist.« Der sonst so selbstbewusste Priester saß vor dem König wie ein Häufchen Elend.

»Ich darf Euch doch vertrauen, Dom Frollo?« Ludwig XI. neigte sich in seinem gepolsterten Sessel vor und schaute sein Gegenüber eindringlich an. Dieser erwiderte den Blick überrascht.

»Natürlich, Eure Majestät!«

»Mir ist zugetragen worden, dass d'Estouteville gegen mich intrigiert. Darum ließ ich ihn ein wenig beobachten. Die Sache mit Eurem Bruder ist mir unter anderem dadurch bekannt geworden. Sagt mir aufrichtig, Dom Frollo, hat sich der Stadtvogt jemals abfällig gegen mich geäußert? Hat er Bestrebungen erwähnt, die meinen Zusammenschluss mit den Flamen torpedieren wollen?«

In den Augen des Königs war d'Estouteville so gut wie tot, denn die Berichte kamen von einem seiner verlässlichsten Spitzel. Doch würde auch der Archidiakon beseitigt werden müssen? Ludwig XI. hoffte es nicht, aber gerade diese Sympathie machte den Priester verdächtig. Wenn Frollo den Stadtvogt nun ins schlechte Licht rückte, was schon wegen der Verurteilung Jeans verständlich wäre, hätte der König keinen Skrupel, ihm einen unauffälligen Vollstrecker zu schicken, wie er es schon mehrmals mit Vertrauten machen musste, die in Ungnade gefallen waren. Würde der Priester d'Estouteville aber decken wollen, müsste man ihn als Komplizen einstufen, denn an den Beschuldigungen gab es keine Zweifel mehr. Welche Antwort bekam der König also auf seine Frage? Gab es in diesem Zusammenhand überhaupt eine unverfängliche Reaktion?

Frollo selbst kannte den König gut. Dabei war ihm schon seit Langem aufgefallen, dass er den Stadtvogt nicht schätzte. Was man d'Estouteville hier vorwarf, bedeutete Amtsenthebung, vielleicht sogar Schlimmeres. Hatte er endlich die Chance, den unliebsamen Kontrahenten loszuwerden? Es würde genügen, die Aussagen des Königs zu bestätigen, schon wäre der Vogt Geschichte. Vielleicht hieße das auch, Jean wieder zu rehabilitierten. Er sehnte sich so sehr nach dem fröhlichen kleinen Bruder. Eventuell könnte man auch die Unruhe rund um den Stadtvogt nutzen, um Esmeralda sicher in eine andere Stadt bringen zu lassen. Gedanken und Hoffnungen stürmten auf ihn ein.

»Ihr schweigt dazu, Dom Frollo?« Dieser blickte erschrocken auf.

»Wüsstet Eure Majestät denn einen geeigneten Ersatz für die wichtige Aufgabe des Stadtvogts?«

»Wie wäre es mit Euch?«

Der König lächelte und erhob sich.

»Kommt, mon Cher, ich möchte Euch etwas zeigen.«

Sie durchschritten mehrere Räume, Gänge, stiegen Stufen hinab und gelangten in einen großen, leeren Saal. In dessen dunklem Eck stand ein Eisenkäfig mit breiten Streben, die eng aneinandergefügt waren. So drang kaum Licht hinein, man konnte von der Ferne auch nicht durchschauen.

»Wie geht es Euch heute, Eure Eminenz?«, fragte Ludwig XI. mit zynischer Fröhlichkeit. Frollo schauderte es. Bei näherem Hinsehen erkannte er einen Greis in scharlachroten Lumpen im Eck kauern.

»Eure Majestät! Ihr wisst, dass ich unschuldig bin! Bei allen Heiligen im Himmel flehe ich Euch an, gebt mir die Freiheit wieder! Ich werde mich beim Papst persönlich für Euch verwenden! Nach vier Jahren in diesem Käfig könnt Ihr doch nicht länger an mir zweifeln!«

»Jetzt mehr denn je, schließlich hättet Ihr mittlerweile Grund für Euren Groll gegen mich. Und was den Heiligen Vater in Rom betrifft, so pflege ich mit ihm ohnehin gute Kontakte.«

Ohne ein weiteres Wort verließ der König den Raum wieder, gefolgt von dem erschütterten Archidiakon.

»Es gibt mehrere solcher Käfige«, meinte der Monarch wie nebenbei.

Drei Wochen noch, dann sollten sie ins Herzogtum de Valois aufbrechen. Jean und Esmeralda waren einerseits froh, aus der Gefahrenzone Paris entfliehen zu können, andererseits konnten sie sich nicht vorstellen, ihre Lieben ohne Abschied verlassen zu müssen, kein Schreiben durfte hinterlegt werden. Dazu kam die Sorge, ob die Abfahrt überhaupt reibungslos gelinge. Mutter Pauline, Esmeralda und Schwester Madeleine sollten gleich nach der Prim um drei Uhr morgens in der vierspännigen gedeckten Kutsche aufbrechen. Der Kutscher war zwar ein Vertrauter des Hauses, wusste aber nichts von der Identität der beiden jüngeren Schwestern.

»Und wenn meine Madre verständigt wird? Sie könnte am Kloster vorbeigehen und ich winke ihr vom Fenster aus zu«, bat Esmeralda.

»Gute Idee! So gern möchte ich Claude noch einmal sehen! Bitte!«, bettelte auch Jean. Doch Mutter Pauline blieb unerbittlich. Gleich zwei verdächtige Momente, das hieße wirklich das Schicksal herausfordern.

»Bedenkt, dass jede einzelne Schwester in Gefahr kommt, wenn ihr auffliegt. Sie alle decken euch, also gefährdet sie nicht!«

Esmeralda wurde es plötzlich übel. Sie schaffte es gerade noch zu einem Fenster, welches in den Garten hinausführte.

»Darf ich ein wenig an die frische Luft? Ich fühle mich nicht wohl.«

Gemeinsam mit Schwester Ruth ging sie still im Garten umher, lauschte dem Vogelgezwitscher, sog tief den Duft der Nelken und Rosen ein, freute sich über die weiche Wiese. Am nächsten Morgen erlitt sie wieder Übelkeit. Man brühte einen Sud mit beruhigenden Kräutern auf und entband sie der Gebetspflichten. Schwester Ruth blieb wieder bei ihr.

»Mit Gottes Segen werdet ihr alle drei gut im Herzogtum de Valois ankommen und dein künftiger Ehemann wird dich bestimmt gut behandeln«, redete sie beruhigend auf Schwester Agnès, Esmeralda, ein. Diese streifte unter dem Skapulier über ihre Brüste.

»Ich glaube, ich bekomme Fieber. So wie es seit Kurzem schmerzlich in meinen Brüsten zieht, so schmerzt auch meine ganze Haut, wenn ich Fieber habe«, meinte das Mädchen, das sich nach wie vor in dem Ordensgewand eingeengt fühlte. Die andere, eine Frau vom Land, Jüngste einer neunköpfigen Familie, horchte auf.

»Dir wird morgens übel und deine Brüste schmerzen?«, fragte sie nach. Die Küche war der einzige Ort, an dem auch Nonnen gern plauderten, wenn nicht gerade eine darunter war, die das Schweigegebot überwachte.

»Liebe Schwester, erlaube mir eine Frage.«

»Natürlich, sprecht.«

»Versprich mir aber, meine Frage nicht als Kränkung oder gar Beleidigung zu verstehen.«

Esmeralda zögerte, doch ihre Neugierde war geweckt. Sie nickte.

»Hast du schon einem Manne beigewohnt? Kann es sein, dass dir dieser sehr, also wirklich sehr nahegekommen ist?« Esmeralda schloss die Augen und presste die Lippen aufeinander. Tränen liefen ihr die Wangen hinab.

»Mir hat jemand fürchterliche Gewalt angetan! Ich konnte nicht einmal schreien vor Entsetzen!«

»Liebes, armes Kind! Es ist dir also so ergangen wie manch einer hier, wenn die Benediktiner über sie herfielen. Mutter Pauline und wir alle haben schon bittere Tränen deswegen vergossen und es erzwungen, dass zumindest eine Findlingskrippe eingerichtet wird, damit die Säuglinge unserer Nonnen wenigstens Aussicht auf eine gute Zukunft erhoffen dürfen. Wenn Frauen geschändet werden, ist das wirklich ein Verbrechen, aber dass ausgerechnet Männer Gottes die Täter sind, halte ich für unaussprechlich böse! Der Archidiakon, Dom Frollo, hat sich dafür eingesetzt, dass kein Priester mehr allein mit den Nonnen die spirituellen Gespräche und Beichten leitet. Er ist wohl ein besonders weiser und guter Priester. Das betont auch sein Bruder Jean, also unsere Schwester Madeleine.« Schwester Ruth kicherte.

»Seit Jean als Säugling zu uns kam, ist das Leben hier viel fröhlicher. Ach, hätten wir doch alle Kinder der geschändeten Nonnen behalten können! Aber du, Schwester Agnès, sollst

Freude an deinem Kind haben. Ich glaube, es wäre gut, wenn dein künftiger Gemahl gar nicht merkt, dass es nicht von ihm ist. Manchmal müssen wir Nonnen Regeln übertreten, um Unheil abzuwenden. Diese Notlüge soll zum Wohl deines Kindes und zu deinem eigenen Wohl gereichen.«

Sie strahlte die Fassungslose an, berührte sanft ihr Skapulier auf Bauchhöhe und sprach ein Segensgebet. Esmeralda verwirrte, was diese Nonne in so kurzer Zeit von sich gegeben hatte, nach all der Stille im Kloster schien ihr Redeschwall wie ein Wasserfall auf sie herabzustürzen und sie zu erschlagen.

*Ich kann nicht schwanger sein! Nein! Das darf nicht sein!*, hämmerte es in ihr. Fast hätte sie die Besinnung verloren, doch Schwester Ruth fing sie auf, hielt sie im Arm und wiegte sie ein wenig. Dann geleitete sie die Zitternde auf ihre Zelle und versprach, Mutter Pauline vorbeizuschicken. Diese kam bald mit der Schwester Medicus. Im Beisein der Äbtissin deckte sie die Ordensröcke hoch, bis nur noch das dünne Unterhemd Esmeraldas Körper bedeckte. Mit behutsamem Druck wurde ihr Bauch abgetastet, dann sogar ihre Scheide von innen untersucht, sachte gegen den Muttermund gedrückt. Zuvor und danach wusch sich die Schwester gründlich die Hände mit Seife, was einen Luxus darstellte.

Dann nickte sie bejahend in Richtung Mutter Pauline.

»Du lieber Gott! Gegen diese Überraschung sind deine abgeschnittenen Haare ja geradezu eine Kleinigkeit! Sag ehrlich, Mädchen! Hattest du einen Buhlen?«

Die Äbtissin schäumte geradezu vor Ärger. Beschämt schob Esmeralda ihr Gewand wieder zurecht und schüttelte mit Tränen in den Augen den Kopf, ahnte aber, dass man ihr vielleicht nicht glauben würde. Zigeunern sagte man allerhand nach.

»Stimmt es, dass dir jemand Gewalt angetan hat?«

Sie nickte und zog die Beine an, verbarg den Kopf unter den weiten Ärmeln, zog sich den schwarzen Schleier darüber, wollte sich am liebsten verkriechen. Es fiel ihr gar nicht gleich auf, dass sich Mutter Pauline zu ihr auf die Liege gesetzt und ihr die Hand beruhigend auf die Schulter gelegt hatte.

»Wer war es denn? Jemand von deiner Truppe? Ein Soldat? Ein Fremder, der dir in einer Gasse aufgelauert hat? Sprich dich aus. Je mehr Not du dir jetzt von der Seele redest, desto besser können wir dein Kind dem Duc, nun ja, schenken. Er sollte sich ohnehin längst schon um einen Erben bemühen. Den kannst du ihm bereits geben, wenn du es geschickt anstellst.«

Die Äbtissin wollte das Mädchen aufmuntern. Vor allem aber wollte sie, dass ihr Plan aufging. Andernfalls müsste sie sich an die Abmachung halten und die eigene Nichte dem Duc als Braut zuführen. Lange blieb sie bei Esmeralda, die längst auf das harte Kissen gesunken und eingeschlafen war. Vorsichtig entfernte Mutter Pauline die Nadeln vom schwarzen Schleier, zog ihr die Schuhe aus und deckte sie mit zwei Decken zu. Einer Eingebung folgend fragte sie die Schlafende:

»Wer ist über dich gekommen und nun der Vater deines Kindes?«

»Dom Frollo«, lallte diese, ohne zu erwachen.

Fassungslos blickte die Äbtissin auf das Mädchen, dann verließ sie die Zelle.

Der Archidiakon betrachtete für eine Sekunde das seltsame Lächeln des Königs. Dieser bizarre Besuch beim Eisenkäfig ließen alle Warnglocken in ihm schrillen. Kurz zuvor war ihm wie eine verlockende Frucht das Amt des Stadtvogts angeboten worden. Was Ludwig XI. aber offenbar falsch einschätzte, war, dass Frollo gar kein Interesse an diesem Amt hatte, ganz im Gegenteil. Urteile zu sprechen, eng mit der Inquisition zusammenzuarbeiten, war das Letzte, was er wollte. Ihn drückte bereits die Last seiner eigenen Pflichten in gerichtlichen Belangen. Am liebsten wäre er ein Klausner, weit weg von der unruhigen Stadt mit den vielen Versuchungen, Verleumdungen und dem Lärm. Weit weg auch vom Ort seiner Schuld. Er spürte das Lauernde im König.

»Mit Eurer Umsicht und spirituellen Reife könntet Ihr nicht nur Stadtvogt werden, mein lieber Frollo«, nahm der Monarch den Gesprächsfaden wieder auf.

»Eure Majestät. Ich fühle mich durch Euer Vertrauen zutiefst geehrt! Jedoch beobachte ich seit meiner Zusammenarbeit mit dem Stadtvogt, dass sein Amt eine große Last der Verantwortung bedeutet. Soweit ich es beurteilen kann, begegnet er dieser Last, so gut er es vermag. Ich allerdings fühle mich, nicht zuletzt durch meine Erkrankung, müde. Als Mönch sehnt sich meine Seele nach Einkehr und Gebet. Tatsächlich trage ich mich schon länger mit dem Gedanken, meinen Abt um ein Jahr des Rückzugs zu bitten. Ich denke, dass eine Klausur weitab von den Menschen für mich zurzeit das Beste wäre. Dort will ich darum beten, meinen Bruder einmal wohlbehalten wiedersehen zu können und dass mein Schützling, der Glöckner, von seiner leiblichen Mutter gut versorgt werden kann.«

»Die Mutter des verkrüppelten Glöckners ist aufgetaucht?! Na so was!«, rief der König ehrlich überrascht und fügte an:

»Ich glaube, Engel Gottes begleiten Euer Geschick, Dom Frollo. Es würde mir zwar leidtun, Euch für so lange Zeit zu missen, aber angesichts Eurer gerade überstandenen Lungenentzündung, die Euch sichtlich geschwächt hat, denke ich, dass die Klausur im Moment wohl das Beste wäre. Gebt mir Bescheid, wer stattdessen die Ämter in Josas übernehmen wird und meldet Euch zurück, wenn Ihr wieder in Paris seid. Gottes Segen!«

Nach einer tiefen Verneigung entfernte sich der Archidiakon. Nun hatte der König persönlich die Klausur abgesegnet, das konnte er nicht unbeachtet lassen, selbst wenn er gewollt hätte. Ganz unverhofft war aus einem vagen Wunsch Wirklichkeit geworden.

Rasch vergingen die Tage. Man packte alles für die Abreise. Ein Blick noch auf die düstere Notre-Dame gegen vier Uhr morgens. Den Pferden hatte man Filz über die Hufe gebunden, der nach spätestens einer Stunde vollkommen durchgescheuert sein würde. Erst nach Paris atmete Mutter Pauline auf. Zwar gab es auch auf dem Land Spitzel der Inquisition, aber zumindest waren sie hier außer Reichweite des Stadtvogts, der in dieser Kutsche gleich zwei seiner entflohenen Gefangenen hätte vorfinden können. Sowohl Esmeralda als auch Jean saßen Mutter Pauline mit bangen Gesichtern gegenüber. Kein Abschied, keine Nachricht an die Lieben und auch noch unterwegs in eine ungewisse Zukunft, das bedrückte beide.

»Kann ich nicht mit Esmeralda im Schloss bleiben, als ihr Diener oder so?«, bat Jean zum wiederholten Mal. Allein als Lehrling in der Fremde zu leben, ohne Claude und Quasimodo, ohne die mütterlichen Schwestern, ohne Esmeralda, die ihm mittlerweile vertraut schien, als sei er mit ihr aufgewachsen, das machte ihm Angst.

Die junge Schwester neben ihm war schneeweiß im Gesicht und übergab sich immer wieder mal in einen Kübel mit gut dichtendem Holzdeckel, den man eigens dafür mitgenommen hatte. Wann immer sie an einem Bach vorbeikamen, wuschen sie den Kübel aus und auch die Tücher, mit denen sich Esmeralda abwischte.

»Ich möchte diesen Harnisch von Ordenstracht ausziehen und in etwas Leichterem reisen, sonst ersticke ich!«

»Sei nicht so zimperlich«, lächelte die Äbtissin. Sie kamen auf eine Landstraße mit vielen Schlaglöchern und Spurrinnen.

»Das Problem in meinem Bauch löst sich womöglich von

selbst auf dieser Fahrt. Es ist, als wolle man das Kind aus mir herausschütteln«, klagte Esmeralda und presste beide Hände auf ihren Bauch. Sie war grünlich im Gesicht mit tiefen Ringen unter den Augen. Jean hatte von ihrer Schwangerschaft gehört, aber noch nicht mit ihr darüber reden können. Man munkelte im Kloster nur, dass sie vergewaltigt worden sei. Noch nie war er so besorgt um jemanden gewesen.

»Wenn ich erfahre, wer dir das angetan hat, ich töte ihn«, presste er plötzlich zwischen den Zähnen hervor. Beide Frauen erstarrten.

»Daran solltest du nicht einmal denken«, schalt ihn die Äbtissin strenger als je zuvor.

»Ihr wollt doch wohl kein Scheusal verteidigen, das einem Mädchen aus purer Gier Gewalt antut!« Zum ersten Mal in seinem Leben erlaubte er sich einen frechen Ton gegen die Äbtissin.

»Das Verbrechen ist eine Sache, aber einen Menschen zu töten eine andere. Gott allein soll darüber urteilen, und wenn es dem Allmächtigen gefällt, wird Er den Schuldigen auch einer irdischen Strafe zuführen. Passiert das nicht, wird sich die Schuld ins Herz des Gewalttätigen fressen und ihn von innen her zerstören. Nicht wir haben darüber zu bestimmen.« Jean schwieg verbissen. Er mochte frömmelnde Reden nicht, auch nicht, wenn sie von der ehrwürdigen Mutter Pauline kamen. Als diese etwas döste, flüsterte er Esmeralda zu:

»Sag mir, wer dich geschändet hat, und ich werde ihn aufspüren und töten!«

Sie sah ihn seltsam traurig an. Es schwang etwas in ihrem Blick mit, was ihn schaudern ließ. Langsam schüttelte sie den Kopf.

»Bete lieber darum, dass ich fähig sein werde, dem fremden Kind in mir eine Mutter zu werden, wie meine Madre es für mich war. Der Erzeuger dieses kleinen hilflosen Wesens spielt keine Rolle mehr. Ich aber muss es schaffen, es lieben zu lernen, auch um meiner selbst willen.«

»Hätte ich doch Reichtum und Einfluss, dann wärst du meine Königin und das Kind unser Schatz«, schwärmte er. Sie lächelte schwach.

»Bleibe mein Freund, Jean, das ist in unserer Situation wie ein wenig Heimat, die uns schützt.« Er griff nach ihrer Hand und drückte sie leicht. Zwei Nonnen in der wackeligen Kutsche, die keine Nonnen waren, sie lächelten einander zu.

In ihrer Zwischenstation im Schwesternkloster zu Yvliens bei Versailles tauschte Esmeralda den Habit gegen vornehme Kleidung einer Edeldame. Für Jean wurden Gewänder eines Junkers besorgt. Die beiden wirkten wie ein junges Paar aus vornehmem Geschlecht.

»Könntest du mich lieben, wenn ich die Mittel hätte, dich und dein Kind zu versorgen?«, fragte er unverhofft, als sie im Klostergarten ein wenig Erholung suchten.

»Vielleicht weiß ich nicht wirklich, was Liebe ist, aber, mein lieber Jean, du wärst mir als Bräutigam bestimmt tausendmal lieber als ein fremder Duc, der sich eine Braut holt, um Erben zu bekommen.« Sie küsste ihn auf beide Wangen.

Auf der Weiterreise instruierte Mutter Pauline Esmeralda in verschiedenen Belangen ihrer künftigen Rolle als Gattin des hochnoblen Duc de Valois.

»Er ist sehr gebildet und man sagt ihm Eitelkeit nach. Geselligkeit schätzt er nicht, seine Kontakte beschränken sich auf einige Berater und …« Sie stockte und rang nach der richtigen Formulierung.

»Und Frauengeschichten. Es ist doch immer dasselbe mit diesen Adeligen. Sie kennen keine Moral, keine edlen Gefühle«, unterbrach Jean. Mutter Pauline zog die Stirn in Falten.

»Zunächst gilt es, das Kind zu legitimieren. Agnès, der Duc sollte unbedingt bereits in der Hochzeitsnacht seinen ehelichen

Pflichten nachkommen! Bald wird sich dein Bauch abzeichnen. Das Kind muss noch in der möglichen Zeugungszeit des Duc zur Welt kommen.« Der Name Agnès war für Esmeralda nach wie vor sehr ungewohnt.

»Kennt Ihr den Duc persönlich? Ist er von gewalttätiger Natur?«, fragte sie. Ihre Stimme versagte ihr fast vor Angst. Die Äbtissin lächelte.

»Nein, persönlich kenne ich ihn nicht, aber wie schon erwähnt, wird er dir bestimmt nichts zuleide tun. Seit ich meine Nichte auf diese Ehe vorbereiten soll, gelang es mir, mehrere Diener in sein Schloss zu bringen, die mir regelmäßig Nachrichten durch Boten zukommen ließen. Raphael de Valois ist bestimmt kein böser Mensch, etwas wunderlich vielleicht in seinen Vorlieben.«

»Womöglich ist er so wie mein Bruder Claude. Den hält auch jeder für düster, manche sogar für einen schwarzmagischen Dämon. In Wirklichkeit aber ist er ein gutmütiger, einsamer Mönch, der außer seinen Büchern, Quasimodo und mich niemanden zu lieben gelernt hat.« Jean grinste vor sich hin, schwelgte in Erinnerungen.

»Ich vermisse ihn so sehr!«, flüsterte er unerwartet traurig. Beide Frauen waren überrascht. Mutter Pauline beobachtete, wie Esmeralda erblassend den Blick senkte.

Bevor sie aus Yvliens abfuhren, suchte Mutter Pauline einige Zunftmeister auf, um Jean als Lehrling unterzubringen. Doch die wenigen, die Interesse bekundeten, sagten der Äbtissin nicht zu. Sie ließen keinen Zweifel daran, den Jungen für niedere Dienste ausnutzen zu wollen und dafür auch noch Lehrgeld im Voraus zu verlangen. Jean war nicht ortsansässig und wurde zudem von einer Äbtissin protegiert, das wirkte nicht vertraueneinflößend für die Meister. Ohne es sich eingestehen zu wollen, empfand die Nonne mütterliche Gefühle für den

Jungen. Ihn ihrem unmittelbaren Schutz zu entreißen und einem fremden Lehrherrn auszuliefern, brachte sie nicht übers Herz.

»Schlimmstenfalls kehrst du als Schwester Madeleine nach Paris zurück«, scherzte sie. Jean fiel ihr um den Hals und weinte. Sie drückte ihn liebevoll an sich. Es war ihr nicht entgangen, wie verloren er sich bei dem Gedanken fühlte, das erste Mal ohne Beistand durch den Bruder oder die Schwestern zu leben.

»Hört zu. Morgen Abend erreichen wir das Herzogtum de Valois. Jean begleitet uns als dein Cousin zweiten Grades, Agnès. Ich hoffe nicht, dass man Nachforschungen anstellen wird. Mein Schwager, Baron de Blancheforet, ist Vater von zwei Töchtern und zwei Söhnen. Die Jüngste ist Agnès, deren Identität du ab jetzt verkörperst. Niemand aus dem Hause Valois hat sich je die Mühe gemacht, die künftige Gemahlin des Duc auch nur auf einem Bild sehen zu wollen. Agnès, du bist ab nun die Cousine von Jean de Bouget, dem Sohn meiner Cousine. Zum Glück leben meine Familie und die meiner Schwester in der Provence und sind im Hochadel nicht wirklich bekannt. Wir sagen einfach, dass du unbedingt mit Verwandtschaft reisen wolltest. Schön langsam sollten wir uns die vielen Schwindeleien notieren, um nichts durcheinanderzubringen! Armer Duc de Valois, du wirst hintergangen, bevor wir dich kennenlernen!«

Mutter Pauline lachte fröhlich auf; sehr ungewöhnlich. Sie konnte ihre Freude darüber, Jean doch noch irgendwie in Reichweite zu behalten, nicht verbergen.

»Wir bleiben später aber durch Boten in Kontakt«, bat Esmeralda.

»Das möchte auch ich gern, aber es ist unsicher. Boten sind nicht immer verlässlich, außerdem könnten sie überwältigt werden. Darum sollt ihr schriftlich niemals eure wahre Identität preisgeben!«

*»Na toll! Jetzt bekommt Jean Frollo auch noch eine dritte Identität, wo ohnehin schon die meisten Hauptfiguren mit mehreren herumjonglieren!«, ärgerte sich Albert und fuhr für diesen Sonntagabend den Computer runter. Aber er war froh, Frollos kleinen Bruder weiterhin in der Handlung zu belassen. Längst fühlte er sich nicht mehr als Schöpfer der Geschehnisse, eher als Chronist einer eigenständigen Entwicklung.*

*Später beim Fernsehen döste er ein. Der Monitor flimmerte, wurde zu einem mannsgroßen Spiegel, dessen Fläche allerdings ein Wasserfall war. Es rauschte, das Wasser schien bereits auf den Boden zu fließen, die Wohnung zu überschwemmen, als ein Mann durch die Fluten stieg. Augenblicklich stoppte die Sturzflut, der Spiegel war wieder glasglatt. Doch der Fremde stand im Wohnzimmer, schaute sich erstaunt um, versuchte, Albert wachzurütteln. Endlich öffnete dieser die Augen. Auf seinen irritierten Blick hin reichte ihm der Fremde beide Hände:*

*»Ich suche die Stille, um mich zu finden. Helft mir! Ich muss meine Schuld sühnen.«*

*In diesem Augenblick zuckte Albert hoch. Sein Herz raste, er war sich sicher, Frollo in seinem Wohnzimmer zu treffen. Es dauerte mehrere Sekunden, bis ihn sein Hier und Jetzt wiederhatte. Dann aber schaltete er den Fernseher aus, lehnte sich zurück und kostete die Erinnerung aus, dem Priester begegnet zu sein. Sein Aussehen, auch seine Ausstrahlung standen so deutlich vor ihm, dass er ein Phantombild anfertigen hätte können. Dieser Traum wärmte ihn wie die Begegnung mit einem lang gesuchten Freund.*

# Kapitel 32
# Raphael de Valois

Das königliche Geschlecht de Valois prägte die politische Landschaft Frankreichs nicht nur seit Jahrhunderten, es hatte auch durch die Gründung des Befreiungsordens der Trinitarier Ende des zwölften Jahrhunderts weltweite Kontakte geknüpft, was den wirtschaftlichen Horizont erweiterte und die Beziehungen zu Spanien stärkte. Felix de Valois gründete mit Jean de Matha den Orden, um gefangene Kreuzritter freizukaufen. Ihr weißer Habit mit dem großen rot-blauen Kreuz auf dem Skapulier erinnerte an das weiße Kleid Neugetaufter der ersten Christengemeinden. Das wirkte vertrauenerweckend auf das einfache Volk. Man spendete, was man hatte »für die Freiheit der Gefangenen und zur Ehre der Allerheiligsten Dreifaltigkeit«, so die Ordensmaxime.

Subtil fädelten die Trinitarier Geschäfte mit den gebildeten Mauren und Arabern ein, tauschten sich auf dem Gebiet der Alchemie, Mathematik und Philosophie aus. Adelige lieferten Unmengen an Gold für die Freilassung ihrer inhaftierten Söhne, die allerdings manchmal gar kein Interesse mehr hatten, in die Heimat zurückzukehren, nachdem sie mit Konkubinen, einer Schar von Dienern und den köstlichsten Speisen gut versorgt worden waren. Natürlich gab es auch inhaftierte Kreuzritter niederer Herkunft. Die Trinitarier bemühten sich oft auch um diese, allerdings selten so erfolgreich wie im Zusammenhang mit Verträgen über Handelsabkommen oder Lösegeldzahlungen.

Die glorreiche Vergangenheit seines Geschlechts und ihre verwandtschaftliche Nähe zum Königshaus lasteten schwer auf Raphael de Valois, der ein Schöngeist und Träumer war. Seine Erziehung unterstützte den musisch Begabten und literarisch Interessierten, denn er war der Jüngste von vier Söhnen, so kam er als Thronfolger nicht in Betracht. Außerdem wirkte er weder ritterlich noch autoritär genug, um sein Herzogtum als Oberhaupt zu regieren. Der Vater war ein ehrgeiziger Mann, der keine Anstalten machte, seine Macht dem Ältesten zu überlassen, solange er selbst noch gerade auf dem Thron sitzen konnte. Maxime de Valois, ältester der Söhne und somit Thronerbe, verstarb aber mit einunddreißig Jahren an einer Blutvergiftung, nachdem er eine kleinere Jagdverletzung zu lange ignoriert hatte. Er hinterließ eine Witwe, die kinderlos geblieben war. Raphael studierte damals Griechisch und Latein, außerdem beschäftigte er sich mit Mythen aus aller Welt; die Bibliothek der Valois suchte ihresgleichen. Er hatte Maxime immer bewundert, verglich ihn insgeheim mit Odysseus. Seine Brüder reisten gern. Ihre Abenteuer dabei wurden rasch zu beliebten Heldenerzählungen im ganzen Herzogtum, aber auch darüber hinaus. Über Raphael erzählte man sich, er sei ein Wechselbalg der Elfenkönigin, zu weltfremd wirkte er neben den ritterlichen Brüdern.

Zwischen den beiden nachfolgenden Brüdern entbrannte nach Maxims Tod ein erbitterter Machtkampf, obwohl der Vater noch viele Jahre lang den Thron behaupten wollte. Zwar sprach man von einem Unfall, doch alle Welt wusste, dass der zweite Sohn bei einem Duell tödlich verletzt worden war. Raphael flehte den dritten Bruder, André, an, auf seine Gesundheit zu achten, denn das Letzte, was er wollte, war, sich den Pflichten eines Thronerben zu unterwerfen.

André de Valois blieb entspannt und erwartete die Thronfolge erst in späteren Jahren. Politisch vertrat er klare konservative Inhalte und vermied es, öffentlich mit dem jüngsten Bruder gesehen zu werden, der seines Erachtens wenig Respekt einflößte. Dann kam die Pestepidemie aus Spanien heraufgezogen, vermutlich von Händlern eingeschleppt. Der außenpolitisch sehr aktive Vater erlag als einer der Ersten dieser tückischen Krankheit, die keinen Unterschied zwischen Arm und Reich machte.

Sehr unglücklich wirkte André darüber nicht. Jegliche Kontakte mit Gesandten aus Spanien vermied er und sonderte sich so lange ab, bis die Pest nach dem strengen Winter ausgerottet schien. Dann aber erkrankte und verstarb als eine der letzten Andrés Gemahlin, ohne ihm einen männlichen Erben zu hinterlassen. Das bedrückte den sonst eher schroffen, sachlichen Duc André de Valois sehr. Er regierte zwei Jahre lang das Herzogtum, ohne sich um eine neue Gemahlin umzusehen. Die beiden Töchter versprach er gewinnbringend an Brautwerber des Hochadels. Da er seinen jüngsten Bruder Raphael nicht als Konkurrenten empfand, schob er die Notwendigkeit eines eigenen Erben vor sich her, die Trauer um seine verstorbene Gemahlin saß tiefer, als er sich eingestehen wollte. Jedoch ignorierte er auch die Schwächeanfälle, an denen er zunehmend litt. Bald konnte er nicht mehr ohne Stock gehen, schließlich war ihm auch das zu anstrengend. Sein Körper magerte immer mehr ab. Am Aschermittwoch 1482 erlag der Duc seiner geheimnisvollen Krankheit.

Raphael war wie vor den Kopf gestoßen. Er zählte bald zweiunddreißig Jahre, hatte sich stets geweigert, die Baronesse de Blancheforet zu ehelichen, die ihm schon seit ihrer frühesten Kindheit bestimmt war und eigens für ihn streng klösterlich erzogen wurde. Am liebsten würde er sie dort belassen, doch seine Mutter ließ keinen Aufschub mehr zu. Sie drängte darauf, die Braut aufs Schloss zu holen und innerhalb eines Jahres zu ehelichen. Nun näherte sich das fromme Kind bereits mit der Äbtissin. Boten berichteten, sie seien nur noch eine Tagesreise entfernt. Es gab kein Entrinnen mehr. Schon seit Wochen instruierten ihn Priester, weise Frauen, ältere Verwandte und wohlmeinende Freunde, wie er sich als künftiger Ehemann zu verhalten habe und dass er um Himmels willen so rasch wie möglich einen Erben zeugen solle, nachdem auf der Familie offenbar ein Fluch laste. Wie er das alles hasste! Mit jedem Eremiten hätte er lieber getauscht. Seinen engsten Freund, Julien de Bonarbre, bat er, einen Doppelgänger zu suchen, der ihn bei den ehelichen Pflichten vertreten möge.

»Es genügt, deine Gemahlin nur im Dunkeln zu besuchen – oder eben besuchen zu lassen«, scherzte Julien.

Am Abend ihrer Ankunft ließ sich der Duc entschuldigen. Die Gäste wurden von Dienern bestens versorgt und konnten sich bis zum Nachmittag des Folgetages eingewöhnen.

»Sehr ungewöhnlich, aber tatsächlich angenehmer, als verstaubt und müde dem Duc zu begegnen«, meinte Mutter Pauline. Auch Esmeralda war froh, sich erst mal von den Strapazen erholen zu können. Am allerschönsten fand sie den großen Zuber mit heißem Wasser, in dem sie ein Bad nahm und von einer Dienerin eingeseift, abgetrocknet und sogar mit edlen Ölen massiert wurde. Danach schlief sie wie ein Säugling bis spät in den Vormittag. Als sie erwachte, brachte man sofort einen Fruchtsaft und Speisen in ihr Gemach.

»Was für ein Leben«, entfuhr es ihr und bedankte sich. Die junge Zofe errötete, knickste und eilte aus dem Raum. Auf einem Tischchen stand eine kleine Glocke, das erinnerte Esmeralda sowohl an ihre Fußschellen, die sie beim Tanzen getragen hatte, als auch an die Gebetsglocke im Kloster. Neugierig läutete sie, es klang sehr hell, etwas schrill. Sofort kam die Zofe und fragte leise: »Ihr wünscht, Madame?«

Perplex stammelte sie: »Ist Mutter Pauline schon wach?«

»Schon seit den Morgenstunden. Sie wandelt im Park und wartet auf den gnädigen Herren, der aber erst am Nachmittag erscheinen wird. Euer Cousin besichtigt gerade die Pferde auf der Koppel.«

»Danke. Ich frühstücke zunächst mal, muss meine Gedanken ordnen. Später komme ich auch hinunter in den Park.«

Wieder errötete das junge Mädchen und senkte den Blick.

»Ich komme dann, wenn Ihr läutet, um Euch beim Waschen und Ankleiden behilflich zu sein.«

»Warum denn das?«, wollte Esmeralda schon rufen, doch die Zofe hatte durch diese Bemerkung bereits gezeigt, dass sie erkannt hatte, wie wenig Höfisches und Abgehobenes an der jungen Herrin war. Noch mehr Blöße wollte sie sich lieber nicht geben. Ein weiteres »Danke« konnte sie sich aber nicht verkneifen. Die Zofe errötete noch mehr, lächelte aber leicht.

»Hier sind Dienerinnen besser gekleidet, als ich es jemals war, wie kann ich da eine Adelige spielen?« Sie nahm etwas von dem Fruchtsaft, musste sich aber sofort übergeben. Zum Glück grenzte an ihr Schlafgemach eine Art Waschraum, in dem der Zuber stand, aber auch einige Kübel, Wasserkrüge und Schüsseln. Auf Regalen lagen verschiedene Leinentücher, auf einem Tisch Kämme, Bürsten, Spangen, sogar wohlriechende Seifen. Ein großer Spiegel hing an der Wand. Was für ein Mysterium! Sie hatte noch nicht oft einen Spiegel gesehen und noch nie einen in solcher Größe. Lange bestaunte sie sich darin, fuhr sich oft durch die Haare, die ihr nur knapp bis zur Schulter reichten. Was die Dienerin wohl über eine Frau dachte, die abgeschnittenes Haar trug? Sie aß eine Kleinigkeit, wusch sich das Gesicht und kleidete sich an. Um den Schleier elegant am Kopf zu befestigen und die Bänder des edlen Kleides am Rücken zu schnüren, läutete Esmeralda dann doch nach der Zofe.

»Wie heißt du?«

»Anouk, Madame.«

Im Park traf sie auf Mutter Pauline und Jean, der überschwänglich von den edlen Pferden und dem prächtigen Schloss sprach.

»Hoffentlich ist der Duc halbwegs erträglich, denn dann haben wir hier den Himmel auf Erden«, schwärmte er.

»Ach du! Noch ist nicht klar, ob du hier auf dem Schloss eine

Anstellung bekommst, auch wenn du der Cousin von Madame bist«, lachte die Äbtissin. Alle fühlten sich ausgeruht und etwas aufgekratzt.

Eine Stunde nach dem köstlichen Mittagsmahl führte sie ein Diener in den Empfangsaal des Schlosses. Dort saß Duc Raphael de Valois auf einem gepolsterten Sessel, neben ihm auf einem gleichen Sessel ein Adeliger, ungefähr im selben Alter. Sobald die drei den Saal betraten, erhoben sich die beiden und der Duc eilte auf die Äbtissin zu, verneigte sich tief und dankte für ihr Kommen. Dann verneigte er sich vor Esmeralda.

»Ich freue mich, Euch willkommen zu heißen, Madame Agnès de Blancheforet.«

Vor Jean neigte er nur leicht den Kopf und musterte ihn.

»Wie schön, auch den Cousin meiner Braut hier begrüßen zu dürfen. Ich hoffe, es ist alles zu Eurer Zufriedenheit.«

»Ganz großartig«, stammelte Jean etwas ungehobelt. Ein winziges Lächeln huschte über das Gesicht des Duc.

»Darf ich vorstellen, das ist einer meiner engsten Berater, Baron Julien de Bonarbre.« Damit wies er zu dem Mann, der sich tief verneigte.

»Zu Euren Diensten!«

Man setzte sich, bekam Erfrischungen serviert, sprach über die Reise. Esmeralda beobachtete nur. Sie fand ihren Bräutigam hübsch. Er hatte volle Lippen, dichtes dunkelblondes Haar. Ab und zu traf sie sein Blick. Seine Augen lächelten, die Gestik wirkte weich, die Stimme sanft.

*Ich wünschte, das Kind in mir wäre von ihm!*, ging ihr durch den Kopf.

»Da ich hier als Vormund meiner Nichte fungiere, würde ich sehr gern die ehelichen Vereinbarungen mit Euch besprechen«, fiel die Äbtissin unerwartet direkt mit der Tür ins Haus.

»Hat das denn solch eine Eile? Meine Mutter weilt zurzeit bei Verwandten in Valencia. Vor Sommeranbruch wird sie nicht zurück sein. Dann bleibt noch genug Zeit für solche Verhandlungen. Bei den Feierlichkeiten wird außerdem der halbe Hochadel des Landes erwartet. So etwas muss monatelang vorbereitet werden. Wir können uns dadurch näher kennenlernen, findet Ihr nicht auch, Madame Agnès?«

Er wandte sich ihr ganz zu, Wohlwollen in seinem Blick. Esmeralda fand keine Worte. Sie spürte, dieser Mann würde ihr kein Leid zufügen. Dankbar nickte sie.

»Ich bin verpflichtet, der Vermählung beizuwohnen, kann mein Kloster in Paris aber nicht monatelang allein lassen. Eine baldige Eheschließung wäre angebracht, Monseigneur. Ihr hattet seit über zehn Jahren Zeit, Euch darauf vorzubereiten.«

Mutter Paulines Ton ließ keinen Widerspruch zu.

Hilfe suchend wanderte Raphaels Blick zu Julien. Dieser betrachtete gerade Jean, der wiederum große Augen bekam angesichts des prunkvoll ausgestatteten Saales.

Claude Frollo bekam die ganze Nacht kein Auge zu. Er wusste nichts von den Plänen der Äbtissin, ahnte nicht, dass Jean und Esmeralda wegreisen würden, hatte zudem noch immer keine Möglichkeit gefunden, seinen Bruder in Sicherheit zu bringen, geschweige denn die Zigeunerin. Ihn beunruhigte auch, dass er sein Testament noch nicht bei Sophie hinterlegen konnte. Und nun, in all den unerledigten Sorgen, musste er selbst weg. Er sehnte sich nach Stille und dem Alleinsein, doch der mehr oder minder ausgesprochene Befehl des Königs, die Klausur zu suchen, kam vollkommen überraschend. Überhaupt schien er etwas bedrohlich Lauerndes in den Andeutungen Ludwigs XI. bemerkt zu haben.

Sobald wie möglich wollte er mit dem Abt reden, wollte sich selbst um seinen Nachfolger als Archidiakon bemühen und diesen gut auf die Tücken des Stadtvogts vorbereiten. Blieb dafür Zeit? Hätte er das Angebot nicht lieber doch annehmen sollen, zu seinen bisherigen Ämtern auch das des Vogts zu übernehmen? Damit wäre sein Handlungsspielraum um vieles erweitert geworden. Durch seine Kontakte zum Königshof könnten dann auch die Vertreter der Inquisition nicht ohne seine Zustimmung über Menschen entscheiden. Vielen wäre damit geholfen, aber er selbst würde zunehmend in ein falsches Licht geraten, seine aufklärerischen Tendenzen kämen immer mehr zutage. Nein, der Rückzug war das Beste, auch wenn ihn dort sein ärgster Feind erwartete und bestimmt bedrängen würde: die eigene Schuld.

Nachdem der Abt ihm seinen Segen zu einem Jahr Einsiedelei gegeben hatte, berichtete er schweren Herzens Simon und Sophie von diesen Veränderungen. Das war bitter. Auch dass Mutter Pauline gerade nicht in Paris zu sein schien, um etwas über Esmeralda zu berichten, drückte die Stimmung. Ohne Frollo kämen Simon und Sophie zu keinerlei Informationen.

»Vielleicht liegt die Klause nicht allzu weit entfernt. Den Standort bestimmt mein Orden. Hoffen wir, in Kontakt bleiben zu können«, meinte er, um die untröstliche Sophie zu beruhigen. Sie dachte nur daran, wie sie an die Klarissen herankommen konnte, ohne Verdacht zu erregen. Simon umarmte seinen väterlichen Freund, als wolle er ihn nie wieder loslassen.

»Ich bitte Euch, Madame Paloma, Madame Sophie, nehmt mein Testament in Verwahrung, es wäre mir leichter ums Herz«, flehte der Priester regelrecht. Sie trat einen Schritt zurück. Ihr Blick war vernichtend. Auch Simon bemerkte das und fasste Frollo unwillkürlich am Arm.

»Wollt Ihr Euch so feige aus jeglicher Verantwortung ziehen, Dom Frollo? Schlimm genug, dass Ihr uns nun ohne Euren Schutz lasst und ohne die Möglichkeit, mit Esmeralda Kontakt aufzunehmen, gebt Ihr mir auch noch indirekt zu verstehen, dass Ihr Euch vielleicht einfach so aus der Welt schleichen wollt? Ich spucke auf Euch, wenn Ihr das tut! Ich spucke auf Euch – für das, was Ihr Esmeralda angetan habt!«

Sie wandte sich ab und lehnte sich über die Brüstung. Tief betroffen senkte Frollo das Haupt. Simon blickte besorgt zwischen ihm und Sophie hin und her.

»Spuckt auf mich, Madame Sophie. Ihr tut das mit vollem Recht. Doch bitte, um Eurer beider Kinder willen, nehmt dieses Pergament samt der Geldkatze, die Ihr nach Eurem Ermessen verwenden sollt. Ich werde mein Leben schütztzen, möchte es Simon und Esmeralda weihen, das verspreche ich Euch.«

»Erwähnt nicht den Namen meiner Tochter!«

Er reichte ihr das Pergament und legte die schwere Geldkatze neben sie auf den Boden.

»Ich bitte Euch! Bitte nehmt das an! Nehmt es für Simon, für die Truppe, für Enzo, vielleicht auch einmal, um ... um Eure Tochter zu unterstützen.« Sie nahm das Dokument ohne aufzublicken. Er drückte Simon noch einmal an sich und ging.

Innerhalb von zwei Wochen machte der Abt eine vakante Klause in der Bretagne aus. Bereits Monate zuvor hatte man um geistliche Unterstützung für diese einschichtige Gegend gebeten, in der vorwiegend Fischer lebten. Von Paris war das eine mehrtägige Reise.

Mutter Pauline hatte durchgesetzt, dass die Hochzeit mit dem örtlichen Geistlichen in der Kathedrale zu Chartres drei Wochen nach ihrer Ankunft gefeiert werden solle. Mit dieser kurzen Vorbereitungszeit würde es nur ein schlichtes Fest geben, die große Feier könnte man ja im Nachhinein begehen. Der Hochzeitstag wäre dann für Esmeralda in der elften Schwangerschaftswoche. Eile war geboten, wolle man nicht den Vorwurf der Unzucht riskieren, was unter Umständen den Tod von Mutter und Kind bedeutete, eventuell auch die Verbannung der Äbtissin.

Esmeralda selbst wandelte wie in Trance, als gäbe es keinerlei Gefahr. Vielleicht lag das an der besonderen Stimmung werdender Mütter oder daran, dass sie nach den Aufregungen der vergangenen Wochen einfach für alles zu erschöpft war. Es konnte aber auch daran liegen, dass sie gern mit Raphael im Park spazieren ging oder sich in der Bibliothek mit ihm über tausenderlei Themen austauschte. Zwar begleitete fast immer Julien de Bonarbre die beiden, aber im Großen und Ganzen registrierte die Äbtissin mit Erleichterung eine gute Stimmung zwischen den Brautleuten. Esmeraldas morgendliche Übelkeit ließ nach. Anouk servierte ihr zum Aufstehen immer einen Sud zur Beruhigung, wie sie sich überhaupt liebevoll um ihre Herrin kümmerte, die ihr zum ersten Mal in ihrem Leben das Gefühl gab, eine Person zu sein.

Jean war wieder ganz er selbst, ein Sonnenschein. Sowohl der Duc als auch Baron Bonarbre schlossen ihn sofort ins Herz und freuten sich, ihn als Schreiber im Schloss behalten zu können. Am glücklichsten darüber war aber die junge Herrin. Jean war ihr wie ein Bruder und das einzig Vertraute, das sie aus Paris hatte mitnehmen können.

»Spätestens zehn Tage nach eurer Vermählung muss ich abreisen. Wenn der Duc auch nur eine einzige Nacht bei dir verbracht hat, ist alles gut. Ich bete für euch und erbitte reichen Segen für dich, Jean und das Kind.« Mutter Pauline hielt Esmeraldas kalte Hände. Überhaupt war sie blass und wirkte schwach.

»Könnt Ihr nicht länger bleiben? Bitte! Ich fühle mich so verlassen«, jammerte sie.

»Aber dein Bräutigam ist doch sehr freundlich zu dir. Überhaupt scheint er ein guter Mensch zu sein, zwar nicht gerade ritterlich imposant, aber freundlich, darauf kommt es an! Höre, mein Kind, versuche, ihm jetzt schon Appetit auf dich zu machen. Trage Kleider mit weitem Dekolleté, hebe deine Röcke etwas höher als nötig, benetze deine Lippen mit der Zunge, wenn ihr plaudert. Kurz, tu alles, damit er dir so bald wie möglich beiwohnt. Denn wenn er merkt, dass wir ihn hintergehen, wird womöglich auch aus einem sanften Lamm ein reißender Wolf.«

Nachdenklich blickte die Äbtissin ins Leere. Esmeralda wunderte sich über ihre Ratschläge. Zum ersten Mal wurde ihr bewusst, dass diese Nonne wohl nicht immer klösterlich gelebt hatte. Der Druck, Raphael zum Vollzug der Ehe zu locken, belastete sie sehr. Zwar fand sie ihn attraktiv, schätzte ihn, bewunderte sein Wissen, seine feine Empfindung für Schönheiten der Natur oder der Kunst, doch so wie damals für Phoebus konnte sie nicht für ihn empfinden. Nach dem Hauptmann hatte sie sich verzehrt, Raphael hingegen schien ihr – wie Jean – ein lieber Bruder zu sein oder sogar wie eine Freundin. Ihn sinnlich zu locken widerstrebte ihr. Um ihn nicht zu hintergehen, hätte sie ihm am liebsten von der Vergewaltigung erzählt, doch die Ehre einer königlichen Familie so sehr zu kränken, konnte natürlich nur schwerste Bestrafung nach sich ziehen, auch für die Äbtissin. Sie zitterte.

»Kind! Bitte beruhige dich! Je gelöster du wirkst, desto besser gelingt dein Vorhaben!«

»Anouk soll mir den Morgensud aufbrühen, der tut gut.« Die beiden Frauen tranken davon. Tatsächlich fühlten sie sich bald darauf heiter und entspannt.

# Kapitel 33
# Vermählt

In der Kathedrale von Chartre übermannte Esmeralda fast unbezähmbare Sehnsucht nach ihrer Madre, nach der Truppe, nach Paris. Die Atmosphäre des weiten Raumes hier war zwar ganz anders als in der Notre-Dame, dennoch glaubte sie Quasimodo im Turm, als die Hochzeitsglocken läuteten. Lieber hätte sie dieses mächtige Gotteshaus allein durchwandert, seine Stille erspürt, als hier die Braut zu sein. Von einer schlichten Feier war die Rede gewesen, nun bemühten sich über zweihundert Leute vornehmster Herkunft und prächtigst ausstaffiert, einen Blick auf sie zu erhaschen. Wie aus dem Nichts war sie aufgetaucht, nachdem der Duc jahrzehntelang eine Braut nicht einmal erwähnt hatte. Man staunte unverhohlen über die jugendliche Schönheit, die nicht wirklich etwas Klösterliches ausstrahlte, doch auf alle Fälle etwas sehr Vornehmes. Die eher unpersönlichen Worte des Priesters rauschten wie ein Bächlein an ihr vorüber. Ihr Gemahl schien ebenso nervös zu sein wie sie selbst. Beide atmeten erleichtert auf, als die Zeremonie endlich vorbei war.

Die Hochzeitsnacht fand nicht statt, denn man feierte bis in die Morgenstunden. Agnès hatte sich bald nach Mitternacht zurückgezogen und Anouk gebeten, bei ihr zu wachen, bis sie schlief. Der nächste Tag war ausgefüllt mit Gesprächen und Begegnungen. Die hochnoblen Gäste musterten mehr oder weniger diskret die neue Duchesse de Valois. Man war zufrieden, einige sogar besonders angetan von ihr.

»Sie ist liebreizend wie die Knospe einer Pfirsichblüte«, schwärmte ein Großonkel. So mancher fand, dass Raphael gar nicht genug zu schätzen wisse, was er an seiner Gemahlin habe, denn er unterhielt sich mit allen und jedem, stets begleitet von seinem Schatten, Baron Bonarbre, doch seine frisch Vermählte ignorierte er fast. Ja, er schien sich sogar mehr für ihren Cousin zu interessieren als für sie. Todmüde zog sich Agnès de Valois auch nach diesem ersten Tag ihrer Ehe gegen Mitternacht zurück. Raphael unterhielt sich angeregt mit einigen Verwandten, denen er selten begegnete. Sie zogen sich in die Bibliothek zurück und blätterten bis zum Morgengrauen in kostbaren Werken, teilweise reich illustriert.

»Heute Nacht muss es geschehen! Unbedingt! Bitte bemühe dich! Sobald das erledigt ist, kannst du dich von den vergangenen Strapazen erholen, Agnès, doch jetzt geht es um alles. Wenn du den Duc nicht bald in dein Gemach lockst, war alles umsonst! Du bist des Todes, sollte jemand erfahren, dass du bereits bei der Anreise schwanger warst!«

So nervös hatte Esmeralda Mutter Pauline noch nie erlebt.

»Alles ist langsam um mich herum, meine Kraft aufgebraucht. Am liebsten würde ich einfach im Gras liegen und in die Wolken schauen, sonst nichts. Ich kann nicht mehr kämpfen und jemanden spielen, der ich nicht bin! In mir ist alles leer«, sagte sie leise und monoton.

»Eben nicht! Du trägst Verantwortung für ein hilfloses Wesen, das Gott dir anvertraut hat! Doch ich beobachte schon seit einigen Tagen eine unnatürliche Schwäche an dir. Hoffentlich wirst du nicht krank, denn für diese eine Nacht brauchst du all deine Energie, deine Lebendigkeit und sonstigen Charme.«

In dem weitläufigen, gepflegten Park zu lustwandeln, beruhigte die Äbtissin etwas. Esmeralda vermisste natürlich gewachsene Wälder und Haine, sagte aber nichts. Vor einem Brunnen saßen Jean und Baron Bonarbre. Sie unterhielten sich angeregt, der Baron legte dabei immer wieder seine Hand wie zufällig auf das Knie des Jüngeren oder auf dessen Schulter. Irritiert beobachtete Mutter Pauline die beiden, schüttelte ihre ungeordneten Gedanken jedoch ab und wandte sich wieder Agnès zu.

»Auch einen Becher Sud zur Beruhigung?«, fragte Anouk, die gerade servierte.

»Gern! Etwas Beruhigung kann ich im Augenblick gut gebrauchen.«

Sie nahm den Becher, zauderte, roch daran und fragte:

»Was sind das für Kräuter?«

»Ich kenne ihren Namen nicht, aber die Patres haben vor langer Zeit welche aus Spanien mitgebracht. Sie gedeihen prächtig und werden von vielen getrocknet und als Heilsud verwendet, vor allem bei Schlafstörungen oder anderen nervösen Leiden. Ihre Blüten lassen sich auch gut in Süßspeisen verarbeiten.

»Wirklich?«

Die Äbtissin, wie fast alle Nonnen recht bewandert in der Kräuterkunde, ahnte, um welches Kraut es sich hier handelte. Zu dritt gingen sie in den Garten, der an die Küchenräume grenzte. Tatsächlich gab es da in der Sonne ein riesiges Beet Hanf. Die Pflanzen hatten verschiedene Reifungsgrade.

»Bei allen Heiligen, das nenne ich ein Beet! Darf ich mir einige Samen für unseren Klostergarten mitnehmen?«

»Ganz gewiss! Bedient Euch, ma Mère!«

Schmunzelnd sammelte die Äbtissin, so viel das Küchentuch tragen konnte, das Anouk eilig geholt hatte.

»Bitte nur noch ganz selten einen Becher für die Herrin«, ordnete sie dann an.

Die Dienerin senkte den Blick. Sie hatte sich gefreut, der jungen Herrin mit dem Sud so gut helfen zu können. Doch sie würde andere Liebenswürdigkeiten finden. Noch nie hatte sie so gern gedient wie unter Agnès de Valois, die ihr wie eine Freundin begegnete.

»Ma Chère! Trink bitte von diesem Sud nur noch in äußerster Not eine Tasse, es könnte sich sonst vielleicht schlecht auf dein Kind auswirken. Die Kräuter sind verlockend, aber womöglich einflussreicher als Wein, den du in deinem Zustand natürlich auch meiden solltest!«

Agnès verzagte noch mehr.

»Dieser Sud war wie ein Zaubermittel. Wenn ich ihn nicht mehr habe und Ihr auch weg seid, bin ich verloren!«

»So kenne ich die fröhliche Zigeunerin ja gar nicht«, versuchte Mutter Pauline sie aufzuheitern.

»Das ist es ja! Ich bin weder Esmeralda noch Agnès!«

»Du bist eine tapfere Frau, die dem kleinen Geschöpf, das Gott dir schenkt, eine ebenso gute Mutter sein wird, wie es Madame Paloma für dich war.«

Da endlich liefen Tränen über Agnès' Wangen.

»Nichts, überhaupt nichts ist so, wie es scheint. Ich habe zwei Namen und bin keine dieser Personen und meine Madre hat zwei Namen und kann ihre Herkunft nicht leben, muss Scheinwelten erfinden. Ihr Sohn ist der Glöckner und eigentlich ein Marquis. Die Welt ist ein riesiges Durcheinander! Das macht mir Angst. Und was mein Kind betrifft, es war kein Gott, der es mir zugemutet hat, es war Satan!«

»Ma Chère! Ich verstehe deine Not, glaub mir, ich verstehe sie besser, als mir lieb ist. Doch jetzt geht es nicht um dich und nicht um Satan oder deinen Gemahl. Es geht allein um das wehrlose Geschöpf in dir, das dich braucht. Sei großherzig, wie Paloma es war. Dein Lohn wird ein ewiger sein.« Esmeraldas Tränen wollten gar nicht versiegen, sie waren ein Dammbruch nach den Strapazen der vergangenen Wochen.

»Madame! Was muss ich sehen? Was bedrückt Euch denn? Wie kann ich Euch trösten?«

Raphael war zu ihnen gekommen. Er hatte sie von seinem Fenster aus im Garten beobachtet.

»Es ist alles gut. Ich danke Euch. Ein wenig Heimweh, Gedanken des Abschieds, weil uns Mutter Pauline leider bald wieder verlassen wird, das ist alles.«

Sie lächelte ihren attraktiven Gemahl an. Er verneigte sich galant. Warum nur konnte sie nicht für ihn empfinden wie einst für Phoebus? Wie oberflächlich war dessen Liebe gewesen und wie bedingungslos ihre für ihn. Sie fühlte sich einfältig. Plötzlich fiel ihr ein, dass Raphael vielleicht Anstoß an ihren kurzen Haaren nehmen könnte, wenn er sie bei der nächtlichen Begegnung ohne Schleier und Kopfschmuck sehen sollte. Nun zweifelte sie noch mehr daran als ohnehin schon, ihn rechtzeitig ins Ehebett locken zu können. Seine eigenen Ambitionen diesbezüglich ließ er nicht einmal durch kleinste Andeutungen erkennen, obwohl er so freundlich war. Agnès schien es sogar, als sei die Freundlichkeit eine Art Barriere, ihr näher kommen zu müssen.

Dann war es so weit. Als sie sich gegen elf Uhr nachts zurückzog, nahm sie ihren Gemahl kurz beiseite und flüsterte scheu:

»Wollt Ihr mir später einen freundlichen Besuch abstatten, Monseigneur?« Er lief rot an, blickte sich nervös um, ob es jemand bemerkt habe, und antwortete:

»Madame! Ihr seid in einem Kloster erzogen worden. Wollt Ihr nicht etwas Contenance bewahren? Wir haben das ganze gemeinsame Leben vor uns. Es wird zu den nötigen Begegnungen kommen, keine Sorge. Ich selbst stehe diesbezüglich unter Druck, man erwartet umgehend einen Erben. Aber seht, das Haus ist voller Gäste, Ihr seid erst seit Kurzem hier. Lasst uns beiden doch bitte etwas Zeit!«

Damit neigte er sich tief und küsste ihre Hände. Jetzt erst wurde den beiden bewusst, dass der ganze Saal verstummt war und sie beobachtete.

»Liebesgeflüster und die heiß ersehnte Hochzeitsnacht! Raphael, Ihr seid ein beneidenswerter Glückspilz«, rief einer seiner Freunde aus. Man klatschte, der Geistliche lächelte und prostete ihnen zu. Da sie aber wie vom Donner gerührt in die Menge blickten, ging er zu ihnen hin, breitete die Hände über sie und sprach einen Segen.

»Möget Ihr mit gesunden, glücklichen Nachkommen gesegnet werden, und möge Eure Liebe zum Wohl Eurer Untertanen gereichen. Das gewähre Euch der allmächtige Gott, der Vater, der Sohn und der Heilige Geist!«

Er beschrieb das Kreuz über dem Paar. Dieses und alle Anwesenden bekreuzigten sich und antworteten: »Amen.«

Unter fröhlichem Applaus entfernten sich danach die beiden zutiefst Beschämten.

»Mir wäre mehr Diskretion lieber gewesen, Madame«, fauchte er sie auf den Stufen an. Sie schäumte. Was bildete sich dieser Langweiler eigentlich ein?! Zunächst unterstellte er ihr mangelnde Contenance, dann provozierte er mit seiner wortreichen Absage die Aufmerksamkeit aller und nun schob er das auch noch ihr in die Schuhe! Wäre sie nicht unter Zeitdruck, würde sie den Ignoranten überhaupt nie an sich heranlassen! An diesem Abend aber war ohnehin nichts mehr zu erwarten, darum rannte sie die Stufen hinauf, immer zwei auf einmal nehmend, sobald sie außer Sichtweite der Gäste waren und knallte die Tür hinter sich zu. Mehr als verdutzt starrte ihr Raphael hinterher.

»Ich glaube, mir hilft nur noch dein Teufelssud, wenn du so weitermachst! Willst du dein Leben riskieren, nur weil du dich zierst, mit deinem Mann das Lager zu teilen?« Mutter Pauline war außer sich. Gut nur, dass sie im Park spazierten, wo sie niemand hören konnte.

»Er verweigert sich mir, nicht umgekehrt!«

»Kaum zu glauben! Ganz Paris begehrt dich, dein Mann aber nicht? Du musst dich eben mehr anstrengen!«

»Und wie?«

»Was weiß ich, bitte ihn in dein Gemach, entblöße deine springenden Zicklein für ihn, lass dein Haar … ach herrje, das auch noch! Gut, dann musst du eben direkter werden!«

Agnès blieb abrupt stehen. Ihr Blick war eine einzige Frage.

»Meine springenden Zicklein?«

»Ach, womöglich hast du die Bibel nicht gelesen, das Hohelied voller Sinnlichkeit. Du weißt schon ...« Mutter Pauline bekam einen schwärmerischen Ton und zwinkerte in Richtung Esmeraldas Dekolleté. Diese schaute an sich herab.

»Ah! Springende Zicklein nennt Ihr die beiden?« Sie kicherte.

»Die Myrrhe eurer Liebe möge fließen, euch vereinen. Ein Apfelbaum unter Waldbäumen soll dir dein Gemahl sein, also zumindest in dieser einen Nacht.«

»Myrrhe? Apfelbaum? Wie kann ich den Duc damit locken?«

»Aber Kindchen, versteh doch, das sind poetische Vergleiche. Du musst ihn verzaubern, seinen männlichen Trieb heraufbeschwören, ihm zeigen, dass du für ihn die Lilie unter den Disteln bist.«

»Ich habe keine Lilien im Garten entdeckt, aber Rosen könnte ich in mein Gemach bringen, falls das hilft.«

»Wie kann ich dir weiterhelfen, ausgerechnet ich? Und wenn du dich dreist verhältst, ihn anfasst? Aber nein, das ginge dann doch zu weit. Ihr Heiligen, steht den Vermählten bei!«

»Die stelle ich mir lieber nicht in meinem Schlafgemach vor, das Ganze ist auch ohne sie schon unsagbar peinlich, Ma Mère! Aber sagt, wie könnte ich ihn anfassen, damit dieses Problem endlich erledigt ist?«

Die Äbtissin lief rot an. In welche Rolle war sie da geraten, einem jungen Mädchen zu erklären, wie sie ihren Ehemann dazu verführen soll, ihr beizuwohnen!

»Kind, ich beschwöre dich! Dein Leben hängt davon ab, dass du den Duc in ehester Zeit zwischen, also dorthin bekommst, wo er – ach, wenn er mal in deinem Gemach ist, wird sich alles Weitere weisen. Mögen euch die Engel des Himmels beflügeln! Obwohl, ich weiß gar nicht, ob gerade die hier zuständig sind.« Grübelnd betrachtete sie das üppige Gras, auf dem sie gingen.

Jean wollte sich den beiden gerade anschließen, war zwar bereits in Hörweite, aber hinter einer Wegbiegung und von Sträuchern verdeckt. Mehr als überrascht blieb er stehen, konnte zunächst nicht glauben, was die Äbtissin gerade von sich gab. Doch dann fiel ihm ein, in welch bedrohlicher Lage sich Esmeralda befand.

»Das Schwein, das meine Freundin geschändet und geschwängert hat, werde ich aufspüren und töten«, schwor er sich. Bedrückt schlenderte er zum Schloss zurück.

»So nachdenklich?« Raphael gesellte sich zu ihm. Jean erschrak. Falls der Duc nach seiner Gemahlin suchte, sollte er lieber nichts von den Inhalten mitbekommen, die sie gerade mit der Äbtissin besprach.

»Monseigneur! Hier zu sein ist paradiesisch! Dennoch denkt man an Vergangenes, an Menschen in der Ferne.«

»Eure Cousine vermisst wohl auch die abgeschiedene Sicherheit im Kloster. Andererseits wartet sie seit Jahren darauf, mein Weib zu werden. Aber sie kennt ja fast nichts, außer die strengen klösterlichen Sitten. Womöglich hat Madame Agnès noch keine ausgedehnten Spaziergänge durch Weingärten gemacht oder durch schattige Wälder. Das alles möchte ich ihr gern bieten. Sie ist bezaubernd. Ehrlich gestanden hatte ich befürchtet, eine langweilige, nonnenhafte Gemahlin zu bekommen. Mir graute vor der Ehe und ihren Pflichten. Doch nun habe ich ein gebildetes, selbstbewusstes, wunderschönes Weib an meiner Seite. Ich kann mich glücklich schätzen.«

Jean wunderte sich, dass ihn sowohl der Duc als auch sein Berater, Baron Bonarbre, als Gesprächspartner auf Augenhöhe betrachteten. Das schmeichelte und ermutigte ihn.

»Monseigneur, ich kenne meine Cousine wie eine Schwester. Darf ich bitte etwas erwähnen, ohne dass Ihr mir zürnt?« Erstaunt, aber auch erwartungsvoll blieb der Duc stehen.

»Meine Cousine glaubt, sie sei in Euren Augen nicht begehrenswert genug, denn trotz der strengen Klostererziehung hat man sie seit Jahren darauf vorbereitet, vor allem so bald wie möglich Mutter Eurer Kinder zu werden. Nun muss sie feststellen, dass Ihr daran wenig Interesse zeigt. Ohne unverschämt sein zu wollen, aber ein kleiner Besuch bei ihr würde sie wieder beruhigen. Seit sie Euch kennt, dankt sie dem Herrn im Himmel täglich, einen so edlen, liebenswerten Gemahl zu haben. Man hört ja mitunter von Adeligen so manche Unschicklichkeit gegenüber ihren Gemahlinnen.«

»Holla, junger Freund! Welch direkte Worte!«

Der Duc konnte sich nicht genug wundern. Jean wurde es fast übel, denn er dachte schon, mit seinem vorlauten Mundwerk mehr zerstört als gedient zu haben. Raphael de Valois jedoch fasste ihn mit beiden Händen an den Schultern und schaute auf ihn herab. Der Junge reichte ihm gerade mal bis zur Schulter.

»Ich danke Euch für Eure Ehrlichkeit und Euer Vertrauen. Glaubt mir, was immer meiner Gemahlin guttut, will ich ermöglichen. Sie ist mir lieb und teuer!« Jean war unsagbar dankbar, aber knieweich nach dem Schrecken. Der Blick des Adeligen aber beunruhigte ihn und auch seine Berührung. Beides schmeichelte auf eine Weise, die er nicht deuten konnte.

Zartes Klopfen gegen Mitternacht. Anouk war längst weggeschickt worden, darum öffnete Agnès, dachte schon, Mutter Pauline wolle etwas mit ihr besprechen. Vor ihr stand Raphael. Er lächelte. Wortlos ließ sie ihn ein, fasste sich aber gleichzeitig ans Haar und senkte beschämt den Blick.

»Na so was!« Er streichelte ihr über den Kopf und lachte kurz auf.

»Hübsch! Wahrhaftig, es gefällt mir. Ihr wolltet wohl Nonne werden, nachdem ich so lange kein Interesse an unserer Ehe gezeigt hatte?«, fragte er vergnügt und setzte sich auf ihre Liegestatt. Sie nickte nur, fand ihn schön wie ein Bild. Vielleicht würde sie ihn nach und nach lieben und begehren lernen. Für den Augenblick aber genügte es, dass er ihr beiwohnte und ihrem Kind eine Legitimation gab. Er betrachtete sie erfreut.

»Ihr seid wirklich ein sehr hübsches Mädchen, ma Chère!«

Unschlüssig stand sie noch bei der Tür. Er kam auf sie zu, streichelte ihr Haar, trat hinter sie, legte seine Hände auf ihre Schultern.

»Erlaubt Ihr mir ein kleines Spiel?«, flüsterte er ihr ins Ohr. Wieder nickte sie nur. Das Herz sprang ihr fast aus der Brust. Was würde ihm nun alles einfallen? Würde er ihr Schmerzen zufügen? Zwischen ihren Beinen spürte sie einen stechenden Krampf. Bilder zuckten vor ihr auf: der Priester in Raserei, unkontrolliert über ihr, in ihr, schnaufend, wild. Die Tür schnappte zu, Raphael war hinausgeeilt. Irritiert setzte sie sich. Da kam er wieder.

»Voilá!«, rief er fröhlich und breitete einige Kleidungsstücke auf der Liege aus. »Ich bitte Euch, zieht das an!«

Sie schaute zwischen ihm und den Gewändern hin und her, glaubte sich in einem wirren Traum, nahm aber alles und ging damit in den Nebenraum.

Dann trat sie vor den Spiegel, sah einen Jüngling vor sich. Raphael hatte ihr Beinkleider, ein weißes Hemd, eine enge Weste mit Goldknöpfen und sogar eine Jagdkappe gebracht. Mit den kurzen Haaren und in dieser Tracht hätte sie sich selbst für einen Jungen halten können.

»Meine wunderschöne Gemahlin!«

Er stand wieder hinter ihr, umarmte sie sanft und küsste ihren Hals. Sie sank fast in die Knie, so schön war diese Berührung seiner weichen Lippen. Fast unwillkürlich griff sie nach hinten, berührte seinen Oberschenkel, wollte ihn streicheln.

»Erlaubt Ihr mir bitte noch eine Kleinigkeit, ma très Belle?«

Sie nickte, war ganz im Bann seiner sanften Stimme, seiner liebevollen Augen. Verschämt kichernd öffnete er ihre Kleidertruhe, entnahm einen weiten Mantel, ein grünes Seidentuch, das er sich gekonnt als Schleier am Kopf befestigte. Spangen dafür hatte er bereits in seiner Westentasche mitgebracht, zog auch eine winzige Dose hervor, tauchte den Finger hinein und rötete mit einem kompakten Ölbalsam seine Lippen.

»Lippenrot, die neueste Erfindung der Mauren. Unsere Patres bringen oft Erstaunliches aus fernen Ländern mit«, begeisterte er sich.

Stolz wanderte er im Zimmer herum, betrachtete sich im Spiegel, holte sie zu sich, die wie ein Jüngling neben der Edeldame wirkte.

»Vertauschte Rollen. Ist das nicht aufregend?«

Wieder nickte sie nur. Sein Spiel, seine unschuldige Fröhlichkeit gefielen ihr sehr, wäre da nicht die Sorge, ihn zu etwas nötigen zu müssen, das ihn offenbar nicht interessierte.

»Darf ich immer auf Eure Diskretion hoffen?«, fragte er plötzlich.

Sie nickte.

»Und Ihr werdet niemals irgendjemandem davon erzählen?«

Kopfschütteln.

»Also denn, ma très Chère, ich liebe es, eine Frau zu sein und finde es immer befremdlich, ein Mann sein zu müssen. Doch diese Rolle ist mir auferlegt. Das Schicksal hat sich irgendwie in mir geirrt. Ich bin kein Duc und kein Mann, aber leider auch keine Künstlerin, wie ich es so gern wäre. Nichts in meinem Herzen steht am rechten Fleck.«

Mit aufgerissenen Augen und offenem Mund saß sie da.

»Nichts ist wie es scheint. Das ist ein Fluch«, hauchte sie.

»Oh, ich bin gesegnet, Euch an meiner Seite zu wissen, Agnès! Ihr seid der einzige Mensch, der mich versteht, außer vielleicht mein Freund Julien.«

»Ich bin verloren«, hauchte sie und schluchzte verzweifelt auf.

»Madame!« Enttäuscht erhob er sich. »Ich dachte, in Euch eine Vertraute zu finden, dabei geht es Euch nur um die Wollust, mich auf Euer Lager zu locken?«

Sie verneinte heftig, konnte aber nicht sprechen, so sehr wurde sie von immer heftigerem Schluchzen geschüttelt. Er setzte sich wieder zu ihr und wartete. Verschwommen konnte sie ihrer beider Spiegelbild durch die offene Tür sehen und musste nun doch ein wenig schmunzeln. Der hochgewachsene Duc in einem Frauenmantel und Schleier, sie in Beinkleidern und Jagdkappe. Nachdem sie sich etwas beruhigt hatte, nahm sie allen Mut zusammen.

»Auch wenn es vielleicht meinen Tod bedeutet, muss ich ebenfalls etwas bekennen. Glaubt mir, Monseigneur, ich wollte Euch ganz bestimmt nie hintergehen, doch kurz vor unserer Abreise aus Paris geschah etwas, das leider hin und wieder sogar im Kloster vorkommt. Ein Priester überwältigte mich, tat mir Furchtbares an und hinterließ wie zum Hohn ein Wesen in mir, das nun heranwächst und dem ich verpflichtet bin, obwohl ich alles darum geben würde, es nicht empfangen zu haben.«

Nun war es endlich heraus. Trotz der eventuellen Folgen fühlte sich Esmeralda so erleichtert wie schon sehr lange nicht mehr. Zusammengekauert saß sie neben ihrem Gemahl und war auf alles gefasst. Die Stille schien eine Ewigkeit zu dauern. Da hörte sie etwas, das kaum wahr sein konnte. Sie blickte auf, sah Raphael tränenüberströmt, beide Hände auf den Mund gepresst, die Augen liebevoll, aber auch schuldbewusst auf sie gerichtet. Dann schlang er die Arme um sie und drückte sie an sich.

»Du Leidgeprüfte! Wie habe ich dir Unrecht getan!«

Sie glaubte zu träumen.

»Du schenkst mir ein Kind, zwingst mich nicht, Pflichten nachzukommen, die ich vielleicht gar nicht erfüllen kann, und bist mir wohlgesonnen, bist meine Vertraute«, flüsterte er ihr ins Ohr, küsste dieses Ohr, die kurzen Haare, nahm ihre Hand und küsste diese freundschaftlich. Sie blieben noch lange beisammen, sprachen wenig, waren beide einfach erleichtert und froh.

Als Agnès am folgenden Morgen erwachte, erfüllte sie Lebensfreude und unendliche Energie. Mutter Pauline schaute sie später erwartungsvoll an, sobald sie aber ihr strahlendes Lächeln erblickte, seufzte sie erleichtert auf. Es war nicht nötig, Details der Begegnung zwischen den Ehegatten zu berichten, nur die gesicherte Zukunft zählte. Als sich Raphael zu ihnen gesellte, war so etwas wie sprühende Verliebtheit in der Luft. Zwischen den beiden aber huschte ein verschmitztes Lächeln von ihr zu ihm, von ihm zu ihr.

Seigneur Robert d'Estouteville saß gerade verärgert hinter seinem riesigen Arbeitstisch. Pater Matteo aus Rom hatte sich darüber beschwert, dass mehrere beschuldigte Frauen bereits seit Monaten im Kerker saßen und noch immer keine Verurteilung in Sicht war.

»Was macht Ihr mir Vorwürfe? Kann ich etwas dafür, dass unser Archidiakon so wenig Interesse an dieser wichtigen Angelegenheit zeigt? Lieber verbündet er sich mit weltlichen Machthabern!«

»Ihr spielt doch wohl nicht auf unseren König an, der in bestem Einvernehmen mit dem Heiligen Vater steht?«

Schon wieder ein Fettnäpfchen! Man brauchte Dom Frollo

nur zu erwähnen, schon suchte einen der Ärger förmlich heim! Kaum war der Pater endlich gegangen, erschien der Vielgehasste, sah aus wie der Gruft entstiegen und ließ sich unaufgefordert auf einen Stuhl sacken.

»Was verschafft mir die seltene Ehre?«

D'Estoutevilles zynischer Unterton triefte nur so von Gift.

»Ich werde in den nächsten Tagen als Eremit für mindestens ein Jahr in die Bretagne gehen. Mit meinem Abt, aber auch mit unserem König ist alles besprochen. Wer mein Nachfolger sein wird, kann ich leider nicht mehr selbst entscheiden, darum bitte ich um Nachsicht, dass ich denjenigen auch nicht unterweisen werde. Bestimmt wird Euch mein Abt aber den fähigsten Mitbruder zur Seite stellen.«

Damit stand er auf, verneigte sich halbherzig und ging wieder. Der ganze Auftritt hatte keine drei Minuten gedauert. Der Stadtvogt war nicht einmal zu einer Antwort gekommen, hätte auch vor Verblüffung nichts zu sagen gewusst, außer vielleicht: »Halleluja!«, was allerdings unschicklich gewesen wäre. Er brauchte drei Glas Wein, bis diese Nachricht ganz gesickert war. *Frollo verschwindet!* Ohne Aufwand war er plötzlich weg aus seinem Umfeld! Vor Vergnügen tanzte er einige Schritte durch das geräumige Arbeitszimmer. Um seiner guten Laune Ausdruck zu verleihen und weil er inzwischen alleinige Vollzugsmacht hatte, verkündete er tags darauf gleich drei Todesurteile. Die von Pater Matteo erwähnten Hexen sollten gehängt werden, was fast einer Erlösung gleichkam, weil die Betroffenen weitere peinliche Befragungen kaum ertragen hätten. Und dass der Scheiterhaufen die Seelen läutere, der Strick aber nicht, daran glaubte d'Estouteville ohnehin nicht.

Ein paar Tage später stellte sich Pater Gregoire von den Benediktinern bei ihm vor. Er hatte die Juristerei studiert, war ein naher Verwandter des Königs und tauschte sich mit diesem und dessen Beratern wöchentlich aus. Sein Blick war kalt und unpersönlich, seine Gestalt eine Mischung aus Stier und Bär, die Stimme wie Donnergrollen. Der Stadtvogt reichte ihm gerade mal bis zum Oberarm. Dieser erste Eindruck von Pater Gregoire täuschte allerdings. Seine Stimme mochte wie Donner dröhnen, das Erscheinungsbild unübersehbar anmuten, doch die Gesinnung des Ordenspriesters aus königlichem Geschlecht war heimtückisch wie eine Viper. Nie hätte er es geglaubt, aber der Stadtvogt sehnte Dom Frollo zurück.

# Kapitel 34
# Klause

Agnès war im siebenten Monat, als Raphaels Mutter aus Spanien zurückkehrte. Veronique de Valois galt als strenge, kühle Frau. Der Verlust ihrer drei älteren Söhne und des Ehemannes nahm ihr auch noch die karge Freude, die sie ihrem Leben bis dahin abgerungen hatte. Nach den drei Söhnen wollte sie damals keine weiteren Kinder, jede Geburt galt als Kampf ums Überleben. Zudem lag sie danach für Wochen schwach darnieder, während eine Amme das Neugeborene versorgte. So entstand nie viel Bindung zwischen Mutter und Kind. Und dann kam auch noch ungewollt der vierte Sohn als Nachzügler.

Für sie bedeuteten Kinder und auch deren Zeugung eine notwendige Pflicht. Jedes Mal fürchtete sie sich neun Monate lang vor der Geburt, bei der sie viel Blut verlor und schwere Risswunden erlitt. Sie selbst war zart gebaut und klein, ihr Gatte ein Hüne, so wie ihre Söhne. Nicht genug damit, benahm sich dieser jüngste ungebetene Spross auch noch weibisch, empfindlich, rührselig, mit einem Wort unangemessen – für einen de Valois. Man ließ ihm aber seine Marotten, denn sein Rang war der vierte, also unbedeutend. Außerdem hatte er keine Ambitionen, gesellschaftlich zu trumpfen, oft erschien er nicht einmal zu Familienfesten, die natürlich immer eine Zusammenkunft des hohen Adels waren. So blieb der Familie das peinliche Getuschel über den weibischen Duc erspart. Da er die Stille in der Natur liebte, hoffte man, aus ihm einen Mönch machen zu können. Das lehnte er aber glücklicherweise ab, denn in diesem Fall wäre nach dem Tod der drei Söhne Cousin Martin de Grandlac Erbe geworden.

Durch Boten hatte die Duchesse schließlich von der Vermählung mit der von ihr selbst gewählten Comtesse Agnès de

Blancheforet erfahren und sich sehr gewundert. Nach Jahren der Verweigerung überstürzt zu heiraten und das gesellschaftlich so wichtige Ritual dadurch ungenutzt zu lassen, war diplomatisch ein echter Fauxpas! Von ihrer Schwiegertochter erwartete sie nichts, wie auch, erzogen im Kloster durch die Äbtissin und eigene Tante. Frömmigkeit schön und gut, aber besonders herzeigbar konnte man die grauen Mäuse klösterlich geprägter Töchter des Adels nicht nennen.

Nun verneigte sich die junge Duchesse trotz des deutlichen Bauches tief vor ihr, ließ das Haupt gesenkt, bis Veronique die Hand zum Kuss reichte.

»Seid willkommen, Agnès.«

Auch Raphael grüßte sie nur knapp und zog sich dann zurück. Die Reise war strapaziös gewesen, ein näheres Kennenlernen konnte auch am nächsten Tag stattfinden. Sicherheitshalber hielt sich der unentbehrliche Freund Julien de Bonarbre in diesen Tagen fern. Veronique de Valois schätzte den allzu innigen Umgang zwischen ihm und ihrem Sohn gar nicht, darum sollte sie das Eheglück jetzt so überzeugend wie möglich präsentiert bekommen. Zwischen den frisch Vermählten hatte sich Freundschaft entwickelt, im Grunde gab es ein Viergespann: Raphael, Agnès, Julien und Jean ergänzten sich sowohl in Entscheidungen bezüglich der Verwaltung als auch in Gesprächen zu vielerlei Themen.

Erst zum gemeinsamen Mahl am Tag nach ihrer Ankunft begegneten Veronique de Valois, Raphael und Agnès einander wieder.

»Ihr wirkt gar nicht, wie ich Klosterzöglinge sonst erlebe«, stellte die Duchesse unverblümt fest.

Agnès erschrak, ließ es sich jedoch möglichst nicht anmerken.

»Das finde ich auch und freue mich darüber«, bemerkte Raphael dazu. Er berührte die Hand seiner Gemahlin, lächelte ihr zu.

»Erstaunlich, wie feurig Eure Liebe offenbar ist. Ich erkenne meinen Sohn kaum wieder. Und auch gleich schwanger! Alle Achtung.«

Agnès glaubte Argwohn aus ihren Worten zu hören. Tatsächlich fiel es La Duchesse schwer, die plötzlichen Veränderungen im Schloss zu verstehen, aber bisher hatte sie Raphael nichts zugetraut und sich in Gesellschaft immer für ihn geniert. Nun war er Gemahl einer gebildeten, schönen Frau, die auch noch ein Kind von ihm erwartete. Sie musste ihr angeborenes Misstrauen jedem Menschen gegenüber vorläufig hintanstellen. Dass irgendetwas mit der überstürzten Vermählung nicht stimmte, schien ihr zwar offensichtlich zu sein, aber die Situation kam ihren Plänen so sehr entgegen, dass sie bereit war, alle Zweifel zu ignorieren.

*Ende gut, alles gut. Zwar galt das nicht für die Protagonisten in Hugos »Glöckner«, doch Albert hätte es sich für seine Neufassung gewünscht. Er schrieb bereits seit Monaten daran, wollte nur die Kerngeschichte rund um Quasimodo erzählen und stand nun vor einer fast unüberschaubaren Menge an Personen, die es miteinander zu verbinden galt. Konflikte gehörten gelöst, Andeutungen geklärt, aufkeimende Empfindungen, aber auch Ressentiments und schwelende Sehnsüchte zufriedenstellend abgeschlossen. All das fehlte noch, vielerlei hatte er angerissen, nichts konnte er nun beenden. Wie sooft beschlich Albert das Gefühl des Scheiterns. Das Schreiben war ihm Innenschau und Selbstunterhaltung geworden. Das sollte es auch für andere sein: Unterhaltung. Doch gehörte dazu nicht ein befriedigendes Ende? Albert lehnte sich zurück. Plötzlich breitete sich ein Lächeln auf seinem Gesicht aus und ließ sämtliche Zweifel vorläufig verschwinden: Er hatte die Geschichte geschrieben!*

Claude Frollo ließ sich viel Zeit, ging den ganzen Weg bis in die Bretagne zu Fuß und ließ es sich nicht nehmen, die Städte unterwegs ein wenig kennenzulernen. Im wahrsten Sinn des Wortes war ihm der Weg das Ziel. Er wollte sich so bewusst wie möglich von Paris entfernen, nicht nur räumlich. Sogar Jean und vor allem Esmeralda, aber auch Simon wollte er dort lassen. Er selbst, seine Vergangenheit, die antiken Schriften, die er so sehr liebte, Abhandlungen zur Alchemie, Mythologie, all sein Reichtum des Wissens gehörten einer anderen Zeit an. Leer, aber befreit sollte sein neuer Weg sein. Damit hoffte er, die drückende Schuld nach und nach abstreifen zu können, die täglich neue Erinnerungen aus dem Vergessen an die Oberfläche schwemmte. Im Schlaf hörte er die Gefolterten schreien, bei Tagesanbruch sah er ihre roten Wunden klaffen. Und er stand dabei, hörte die sogenannte Beichte von Menschen, die wenige Stunden zuvor noch kerngesund gewesen waren und nun kaum noch sprechen konnten vor Schmerz, Angst und Entsetzen.

Wie hatte er sich vom gehorsamen, frommen Mönch zu diesem unbarmherzigen Monster entwickeln können? Ein Monster, das in diesen Grausamkeiten nichts weiter sah, als eine zu erfüllende Pflicht. Er wusste doch, dass all diese Menschen unschuldig waren! Und selbst Schuldige sollte man nicht so quälen! Doch er hatte geschwiegen, sein Amt nicht niedergelegt. Würde er die Schreckensbilder je tilgen können? Gab es nach alldem noch Aussicht auf Frieden für sein Herz? An Esmeralda und sein Verbrechen gegen sie wagte er gar nicht erst zu denken. Immer wenn diese Erinnerung aufflammte, suchte er krampfhaft einen anderen Gedankeninhalt. So vertiefte er sich regelrecht in die zermürbende Schuld, die er als Archidiakon auf sich geladen hatte.

Von den Aufgaben eines Klausners erwartete er gar nichts. Seelsorge für schlichte Fischer, die ihn vielleicht ab und zu aufsuchten und für die er sonntags die Messe las, das klang überschaubar. Der Rest war Stille, Buße in dieser Stille, die ihn jetzt schon anklagte. Er war unterwegs zu seiner inneren »peinlichen Befragung« durch den Foltermeister, der Schuld hieß und in ihm wohnte, ein allzu treuer Bewohner. In einem Dorf saß vor dem Pfarrhof, in dem er übernachtet hatte, ein Junge von etwa zwölf Jahren. Er war wirr im Kopf, wippte fortwährend vor und zurück, brummte und jammerte. Claude setzte sich zu ihm, wollte spüren, wie sich der Junge fühlte. Dieser schaute ihn kurz überrascht an und wippte dann unberührt weiter. Könnte er seinen Geist doch auch ausschalten wie dieser Junge und damit das Klagende, Nagende in sich zum Schweigen bringen!

Erstaunlich gut tat ihm auch das Gehen. Zwar schmerzten ihm die Füße, weil er solche Strapazen nicht gewohnt war, aber je müder er nachmittags wurde, desto ruhiger wurde es in ihm. Natürlich hätte er mit der Kutsche reisen können, zu gehen aber war das Gebet des Klausners. Es blieb ihm als einzige Wahrheit, weil es ohne Worte auskam. Jegliches Wort, sei es aus der Bibel oder der Liturgie, hatte seine Lauterkeit verloren, seit ihn die Furien der Schuld heimsuchten. Kopfschweigen wie jener Junge es vermochte, das gewährten ihm ansatzweise nur seine mühsamen vielen Schritte. Erschöpfter Schlaf war der einzige Balsam, den er noch fand.

Endlich in der Bretagne umfing ihn so etwas wie Frieden. Die Klause war nur wenige Meter vom Meer entfernt, welches ihm seine unendliche Melodie schenkte. Das Rauschen der Wellen sang ihm ein immer wiederkehrendes Wiegenlied. Es erfrischte, sprach zu ihm, beruhigte wie eine Mutter ihr Kind. Die Menschen begrüßten ihn mit einem schlichten Mahl, danach segnete er sie. Seine Holzhütte bestand aus zwei Räumen. In dem Moment, da er sich auf der harten Liege ausstreckte, überfiel ihn der Schlaf.

Bei Tagesanbruch pflegte er eine Stunde am Strand spazieren zu gehen. Das waren seine Prim, Laudes und auch seine Morgenmesse. Als Liturgie reichte die Sonntagsmesse mit der Gemeinde. Durch das Gehen hatte er gelernt, jegliche Naturgeräusche wahrzunehmen, die Gedanken dabei verstummen zu lassen. Das waren nun seine Gebete; nicht denken, lesen, sprechen, nur hören und schauen, was die Natur ihm schenkte. So gingen die Wochen dahin, Claude lernte es, sich in seiner unmittelbaren Umgebung aufzulösen, das Ich darin zu verwurzeln, den Kopf immer mehr zu verlassen. Wenn ihn jemand besuchte, hörte er zu, sagte selbst wenig und merkte kaum, dass diese Haltung, diese Zurückhaltung für die Menschen am hilfreichsten war. Sie fühlten sich wohl mit dem stillen Klausner.

Eines Morgens erwachte er mit Worten. Sie verlangten, festgehalten zu werden. In seiner Hütte befand sich nur das Nötigste, kein Papier, Feder und Tinte. Die Worte klopften an seinen Geist wie eingesperrte Kinder, er konnte sie nicht ignorieren. Da griff er nach einem spitzen Stein, schrieb auf ein Brett, das als Treibgut angeschwommen kam. Brennholz sollte es hinter der Hütte unter dem Dach werden. Nun wurde es zu einem Gedicht.

*Tiefste Finsternis – Fratze meines Herzens*
*Kahle Einsamkeit – Gifthauch meines Atems*
*Sterbend vor Hunger tötete dich meine Gier*
*Kleine Flamme Hoffnung*
*Du*

Er las die Worte mehrmals. Mit jedem Mal wurde er ruhiger. Sie zeigten ihm eines der Gesichter seiner Furien. Das schmerzte und wirkte dennoch lindernd. Zwar nahm er sich nicht vor, weitere Gedanken oder Gedichte zu schreiben, doch sollten wieder Worte aus seiner Seelentiefe hochsteigen, um befreit zu werden, wollte er vorbereitet sein. So ging er ins Dorf und kaufte nicht nur Brot, Obst und Fisch, sondern auch Schreibzeug. Mit kindlicher Freude hielt er das Papier in Händen.

Auf dem Schloss de Valois schien der Friede Ehrengast zu sein. Agnès dachte kaum noch an die Schrecken in Paris zurück. Ihre Sehnsucht nach Sophie mischte sich mit der mütterlichen Vorfreude. Das Kind im Bauch strampeln zu spüren, Raphaels liebevolle Hand, der entzückt war von den kleinen Stößen, seine sanfte Freundschaft, Jeans Fröhlichkeit, all das erfüllte sie. An ihre Zeit als tanzende und singende Zigeunerin mit Djali als Begleiter dachte sie gern und stolz zurück, doch es schmerzte nicht, dass sie vorbei war. Das jetzige Leben schien ihr wie ein Heimkehren in eine Welt, die auf sie gewartet hatte.

Auch La Duchesse Veronique de Valois hatte ihre harte Schale etwas aufgeweicht. Herzlichkeit und liebevolle Nähe waren ihr zwar nach wie vor nicht zu eigen, doch es beruhigte sie ungemein, ihren einzig übrigen Sohn nun als würdigen Duc zu erleben. Gemeinsam mit Agnès, Julien und dem jungen Schreiber Jean erledigten sie auch komplizierte Verhandlungen, sei es wegen Wegerechte, der Forstverwaltung oder ungerecht Verurteilter, um die sich Jean und Julien mit vollem Einsatz kümmerten. In geschäftlichen Angelegenheiten wurde zwar nach wie vor keine Entscheidung ohne sie gefällt, doch sie konnte getrost kleinere Reisen unternehmen oder einen längeren Aufenthalt in Spanien planen, ohne sich um das Wohl des Herzogtums sorgen zu müssen.

Es nahte die Zeit der Niederkunft für Agnès. Laut Vermählung hätte sie zwar noch mindestens vier Wochen, doch so genau konnte man das nie sagen, vor allem bei einer Erstgebärenden. Die beste Wehmutter des Herzogtums wohnte bereits seit einem Monat im Schloss, in einem Gemach neben dem der werdenden Mutter. Raphael und Jean fühlten sich mindestens so aufgeregt wie Agnès selbst. Auch Madame Veronique war in Sorge. Schaudernd dachte sie an ihre vier Geburten. Sicherheitshalber bat sie auch einen Medicus ins Schloss. Dann, an einem stürmischen Tag in der ersten Adventwoche begannen die ersten Wehen.

Sofort wurde der Kamin in Agnès' Gemach stärker geheizt, Wasser aufgekocht, saubere Tücher vorbereitet. Raphael, Jean und auch Julien blieben nervös in der Nähe und standen dabei den Mägden und der Wehmutter im Weg herum, während Madame Veronique im Saal wartete und sich immer wieder berichten ließ, wie es der Gebärenden ging. Agnès selbst wusste nicht, ob sie sich in ihrer Situation über so viel Aufmerksamkeit freuen sollte oder nicht. Von Stunde zu Stunde wurden die Schmerzen schlimmer. Die Wehmutter kontrolliere den Muttermund, sobald die Wehen im Minutentakt auftraten und Agnès nicht mehr anders konnte, als sie aus voller Kehle hinauszuschreien. Madame Veronique eilte herbei.

»Meine Liebe, haltet durch! Haltet durch«, hauchte sie leichenblass. Raphael legte seiner Mutter staunend, aber auch dankbar den Arm um die Schulter. Dann standen alle vor dem Gemach, das nur noch die Wehmutter, Anouk und zwei Mägde betreten durften. Agnès' Geschrei wurde verzweifelter, klang dunkler, die Presswehen hatten eingesetzt. Raphael konnte es nicht ertragen, drückte beide Hände gegen seine Ohren und begann zu beten. Jean sackte bleich und still auf einen Stuhl und Julien hastete wie ein wildes Tier im Käfig vor der Tür hin und her.

»Man könnte meinen, das Kind habe drei Väter«, witzelte eine Magd leise. Madame Veronique saß bleich und unbewegt neben Jean. Endlich der erlösende Schrei. Raphael stürzte ins Gemach, erstarrte aber angesichts des Blutes, der sonderbaren

Nabelschnur und des verschmierten rötlichen Kindes, das zwischen den gespreizten Beinen seiner Gemahlin lag. Sie aber lächelte ihn glücklich an. Dann legte ihr die Wehmutter das Kind – so wie es war – auf den Bauch, wo Agnès es liebevoll mit den Händen umfing. Wie versteinert betrachtete Raphael dieses Wunder. Mehr Ehrfurcht konnte man gar nicht haben, als er für seine Gemahlin empfand. Endlich erwachte er aus der Starre, ging zu ihr und küsste sie auf die verschwitzte Stirn.

»Mein wunderbares, geliebtes Weib«, flüsterte er.

Obwohl die Angehörigen für gewöhnlich erst ins Gemach durften, nachdem Kind und Mutter etwas gesäubert und vor allem die Nachgeburt mit den Schüsseln voll blutigen Wassers weggebracht worden waren, betraten nun schon alle verfrüht den Raum. Rasch warf Anouk ein Leinentuch über die junge Mutter.

Da standen sie wie die Hirten vor der Weihnachtskrippe und staunten das noch immer blutverschmierte Kind an, welches zufrieden und ruhig auf dem Bauch seiner Mutter lag.

»Tapfere Agnès«, flüsterte Madame Veronique lächelnd.

Respektvoll, aber doch bestimmt bat die Wehmutter nach einigen Minuten die Angehörigen, das Gemach zu verlassen, damit Mutter und Kind zur Ruhe kommen konnten. Sie setzten sich im Saal zusammen, lächelten selig vor sich hin und nippten an dem Rotwein, den Madame Veronique zur Feier der Geburt kredenzen ließ. Der Medicus war nicht gerufen worden, man wollte ihn nur zur Sicherheit im Schloss wissen. Seine Gemächer lagen im Nebenflügel nahe der Bibliothek, in der er sich gern aufhielt. Nun gesellte er sich zu den anderen.

»Oh! Man darf also gratulieren?«, freute er sich, als er die Gruppe so zufrieden fand.

»Ja, allerdings! Alles ist gut verlaufen, habt Dank«, antwortete die Duchesse.

»Und darf man fragen, ob es ein kleiner Stammhalter ist

oder ein entzückendes Mädchen, Ebenbild der jungen Mutter?«, fragte er freundlich.

Alles hielt den Atem an, dann entlud sich die Spannung in schallendem Gelächter.

»Das wissen wir nicht einmal! Wir haben gar nicht danach gefragt«, rief Raphael.

Rasch lief er hinauf, klopfte zaghaft an die Tür und trat ein. Wie ein Engel saß Agnès im Bett und strahlte ihr Kind an. Beide waren gesäubert worden, das Kind lag in warmen Tüchern und blickte der Mutter aufmerksam ins Gesicht, als wolle es ihr allerhand mit dem Blick eines Weisen erzählen.

»Geliebte Freundin! Wie geht es Euch?«, flüsterte er, konnte die Augen aber nicht von dem Gesichtchen des Säuglings wenden.

»Habt Dank, Raphael! Besser könnte es mir nicht gehen.«

Er wagte nicht, nach so etwas Nebensächlichem zu fragen wie dem Geschlecht des Kindes. Der Moment war heilig, jede taktische Überlegung würde stören.

»Euch hat mir der Himmel geschenkt«, sagte er nur und küsste sie wieder auf die Stirn, setzte sich an ihr Bett und versank im Betrachten.

»Hat Eure Mutter den Wunsch, unsere Tochter nach ihr zu benennen?«

Er schaute wie aus einem Traum zu ihr auf.

»Oh! Eine Tochter! Ich bin so dankbar! Gebt ihr einen Namen, der Euch viel bedeutet.«

Wieder schwiegen sie, kosteten es aus, dem Kind zuzusehen, wie es nach einigem Blinzeln die Augen schloss und einschlief.

»Ich hätte nie geglaubt, dass so viel Glück möglich ist. Nichts auf dieser Welt liebe ich mehr als dieses Engelchen hier in meinen Armen. Und dass Ihr ihm der beste Vater sein werdet, bedeutet mir alles. Es wäre schön, wenn wir unsere Tochter Sophie Claudine nennen könnten, was meint Ihr?«

Raphael schmunzelte.

»Geheimnisvolle wunderbare Freundin! Soviel ich weiß, heißt Eure Mutter weder Sophie noch Claudine, auch nicht Eure Ahnen. Wer die beiden auch immer sind, sie seien gesegnet, weil sie Euch offenbar viel bedeuten. Sollte meine Mutter dem Kind auch ihren Namen geben wollen, wäre das für Euch in Ordnung?«

Sie nickte lächelnd.

Er bat Anouk und die Wehmutter, unbedingt bei seiner Gemahlin und seiner Tochter zu bleiben und ging zu den anderen hinunter.

»Sonderbar, ich dachte, enttäuscht zu sein, falls es ein Mädchen wird, aber es gelingt mir nicht. Die Freude über das gesunde Kind und die gelungene Geburt sind einfach zu groß«, meinte die Duchesse gut gelaunt.

»Wie wollt ihr es denn nennen?«

»Wenn es Euch recht ist, Madame, wäre uns Sophie Claudine – Veronique angenehm.«

Raphael war zwar ein Freigeist, aber von der Autorität seiner Mutter fühlte er sich nach wie vor eingeschüchtert. Ihren Namen nicht vorzuschlagen, schien ihm zu verwegen.

»Sophie Claudine Veronique. Niemand in ihrer Ahnenreihe hat solche Namen, soweit ich unterrichtet bin, aber Veronique finde ich schön. Es sei also, zur Ehre der Allerheiligsten Dreifaltigkeit möge mein Enkelkind drei Namen haben und beim zweiten gerufen werden. Sophie heißt nämlich meine Schwester, deine Tante, Raphael, und der gönne ich diese Freude nicht. Meinen Namen allerdings ständig zu hören, wenn das Kind später im Park herumläuft, ist mir auch ein sonderbarer Gedanke. Claudine klingt gut, wer auch immer die Verwandte oder Heilige ist, die unsere Agnès so sehr verehrt, ihr erstes Kind nach ihr zu benennen.«

Er ging hinauf, um von der Entscheidung seiner Mutter zu

berichten, doch sie schlief mit dem Kind im Arm. Neben dem Bett wachte Anouk. In den Tagen danach gab es keine andere Priorität als die kleine Claudine. Sehr bald schon stand Agnès auf, lehnte eine Amme ab und kümmerte sich auch vorwiegend selbst um die Pflege ihrer Tochter. So hatte sie es bei den Zigeunern gesehen und nur so fand sie es richtig. Man ließ ihr diesbezüglich erstaunlich viel Entscheidungsfreiheit, was im Hochadel unüblich war. Dort galt die Amme als ein Muss, Pflege und auch die Erziehung wurden Dienerinnen des niederen Adels überlassen. Oft hatten Schwiegermütter mehr Einfluss auf die Nachkommen als die eigenen Mütter, die meist sehr jung zur Ehe verpflichtet worden waren.

Jean war sehr gerührt, als er Claudine das erste Mal im Arm halten durfte.

»Weißt du eigentlich, dass mein Bruder Claude heißt? Was für ein schöner Zufall!«, sagte er, als sie allein waren. Agnès senkte den Blick. Angenehm war ihr die Bemerkung nicht. Sie wusste selbst nicht genau, warum ihre geliebte Tochter ausgerechnet diesen Namen tragen sollte. Doch gemäß des magischen Denkens der Zigeuner hoffte sie, damit allen Schrecken wegen Claude Frollo verbannen zu können. Diese Eingebung hatte sie erlebt, sobald das Kind geboren war und Agnès vor Glück und Dankbarkeit am liebsten die ganze Welt umarmt hätte.

## Kapitel 35
# De Profundis

Das erste Jahr in der Bretagne ging allzu rasch vorüber. Claude sandte dreimal einen Bericht an seinen Abt, den er Boten mitgab. Der letzte enthielt die Bitte, weiterhin in der Klause bleiben zu dürfen. Mit diplomatischem Geschick schilderte er dabei, wie rege der spirituelle Zulauf in der Bevölkerung sei und dass man den Gläubigen einen gerade erst vertraut gewordenen Geistlichen nicht so rasch wieder entziehen durfte, wollte man hier eine blühende Gemeinde entstehen lassen.

In Wahrheit hielt sich das Interesse der Bretonen an Gebet und kirchlichen Zeremonien in Grenzen. Der Austausch mit ihnen war von karger Natur, dafür aber immer herzlich und direkt. Claude erinnerte sich nicht daran, je einen so unverblümten, wahrhaftigen Menschenschlag getroffen zu haben. Hier gab es weder Diebstahl noch Verleumdung. Jeder bestritt sein Leben, so gut er konnte, keiner neidete dem anderen etwas, weil alle gerade genug hatten, um über die Runden zu kommen. Bei einem Leck im Boot oder undichten Dach halfen alle zusammen. Claude wurde freundlich zu kleinen Festen eingeladen und zur Sonntagsmesse kamen immer wieder einige Leute, doch niemand fühlte sich dazu verpflichtet.

Der Priester hütete sich, über Sonntagspflicht oder moralische Werte zu predigen, denn so hilfsbereit und offenherzig, wie diese Menschen lebten, war das Wort Sünde einfach fehl am Platz, auch wenn die meisten Paare ohne kirchlichen Segen ihre Kinder bekamen. Es gab einfach kein Geld für eine Hochzeit. Claude glaubte ohnehin längst nicht mehr an einen strafenden Gott oder an die Existenz der Hölle samt seinen teuflischen Bewohnern. An den liebenden Gott, der ihn kennt und ihm vergibt, hätte er aber gern geglaubt. Ab und zu entstand ein Gedicht als Bild seines Seelenzustandes. Wieder einmal saß er vor dem Blatt Papier und las zum wiederholten Mal, was ihm aus der Feder geflossen war:

*Aus der Tiefe rufe ich.*
*Herr, höre mein Flehen.*
*Rufe du mit lauter Stimme!*
*Ich will an dich glauben*
*und kann es doch nicht.*

*Bestrafe mich, Herr,*
*damit ich dich wieder spüre.*

Hier am Meer mit seinem wiegenden Rauschen, in seiner kleinen Hütte, hier erlebte er Frieden. Gleichzeitig tat sich ihm aber auch der gähnende Abgrund seiner inneren Leere auf. Er wusste nicht, wovor ihm mehr graute: vor seiner nagenden Schuld oder dieser aushöhlenden Leere. Das Einzige, was sein Leben noch zusammenhielt, war die Hoffnung auf ein Wiedersehen mit Jean, vielleicht sogar einmal eine Information darüber, ob es Esmeralda gut ging.

Es beruhigte ihn, beim Abschied sein Testament Sophie überlassen zu haben. Hier lebte er von dem, was er mitgebracht hatte, er brauchte wenig. Eines seiner Schätze, die er über all die Jahre aufbewahrte, war das rote Band des Zigeunermädchens seiner Kindheit. Diese kurze Begegnung von damals blieb wie ein kleiner Lichtstrahl in seiner Erinnerung. Für die Menschen hier wäre seine Geldkatze ein wahrer Schatz, doch sie bildete nur den Bruchteil dessen, was er besaß. Der Orden finanzierte ihn nicht, denn Einsiedler lebten von Spenden der Bevölkerung, aber wäre er in Not, könnte er jederzeit nach Paris ins Kloster zurückkehren.

Schön langsam begann Claude wieder Interesse an philosophischen Werken und neuen Erfindungen zu entwickeln. Die Tatsache, dass der Buchdruck Wissen an alle Menschen bringen konnte, faszinierte ihn. Es galt nun, die weitreichenden Möglichkeiten, welche damit einhergingen, überall anzuwenden, was die Kirche allerdings mit Vehemenz zu verhindern suchte. Der zweite Schritt wäre dann, alle Menschen das Lesen und Schreiben zu lehren. Bei solchen Überlegungen spürte er endlich wieder etwas Lebensenergie.

Es war ihm zu Ohren gekommen, dass Ludwig XI. verstorben sei. Claude wusste, dieser Monarch hatte dem Volk eher geschadet als gedient, doch die Begeisterung des Königs für den Buchdruck und andere Neuerungen hatte er geschätzt. Wie zu erwarten, wurde sein Sohn Karl VIII. Nachfolger. Schon zu Lebzeiten hatte er den Vater abgelehnt und sogar bekämpft. Das Wohl der Bürger stand auch bei ihm nicht an vorderster Stelle und so manche Abmachung, die dem Land Stabilität versprochen hätte, geriet nun wohl wieder ins Wanken. Der Klausner war richtig erleichtert, in diesen Umbruchszeiten so weit weg von Paris zu leben. Wie mochte es wohl seinem Quasimodo ergehen? Der Abt hatte nur geschrieben, dass er und seine Mutter wohlauf seien und der Glöcknerdienst weiterhin gut erledigt werde.

Ab und zu ging Claude zu Fuß nach Concarneau, erwarb manchmal sogar ein Buch. Etwas verschmitzt nahm er mitunter auch mehrere Blätter mit, auf die er seine Gedichte kopiert hatte. Zunächst wollte er diese einfach mit »Der Klausner« signieren, doch die Texte enthielten zunehmend mehr Blasphemie und sinnliche Andeutungen. Das schien ihm zu riskant. Also erfand er einen Decknamen. Die Blätter gab er in versiegelten Papierrollen Boten mit, die sie an Bibliotheken oder Universitäten abgeben sollten.

Das Schicksal, welches er in der Notre-Dame als sein Vermächtnis an die Säule geschrieben hatte, schien wohl unerwartete Fäden zu ziehen. Oder hoffte der einsiedlerische Dichter auf solch eine Fügung? Jedenfalls entdeckte an der Universität zu Chartres der Direktor, Vicomte de Boisvert, die liegen gebliebenen Rollen im Ablagekorb. Neugierig nahm er sie mit nach Hause. Mit seinen sechzig Jahren erwartete ihn dort ohnehin wenig Amüsantes, in den Ehejahren war sein Weib immer einsilbiger geworden, für Spaziergänge im Abendrot fühlte er sich nicht mehr agil genug und das Lager mied er bis spät in die Nacht, weil ihn der Schlaf mied.

Nach dem Abendmahl entrollte er die Blätter. In schöner ebenmäßiger Schrift fand er darauf Gedichte moderner Form und gar seltsamen Inhaltes. Er schmunzelte über so manche pikante Anspielung, fühlte lesend sogar einen Anflug jugendlichen Elans in seinen Lenden. Ganz besonders aber beeindruckten ihn die Verse, welche ein scharfes Schwert gegen die Kirche und ihre lebensfeindlichen Lehren darstellten. Die wenigen Blätter eines gewissen Klaus Nerus erregten in dem alten Universitätsdirektor einen verschmitzten Unternehmungsgeist. Eigentlich wollte er sich schon seit Jahren von den Verpflichtungen der Bildungseinrichtung zurückziehen, doch nun hatte er ein Ziel vor Augen, bevor seine Position an einen Jüngeren vergeben werden sollte.

In den folgenden Wochen sammelte er bereits eingegangene Nachrichten des geheimnisvollen Klaus Nerus und wies den Pförtner an, ihm eventuelle weitere bringen zu lassen. Tatsächlich folgten noch zwei Rollen mit je fünf Blättern. Mittlerweile hatte er genügend Gedichte, um ein Büchlein in Auftrag zu geben. Sobald es die erste Druckerei in Frankreich gegeben hatte, war er Feuer und Flamme gewesen und eigens dafür nach Paris gereist, um sie zu besichtigen. Unglaublich, das war nun auch schon über fünfzehn Jahre her. Zwar hatte er nichts für das Römisch-Deutsche Reich übrig, aber diese Erfindung war dem Monsieur Gutenberg wirklich gelungen. Natürlich durfte Vicomte de Boisvert mit dem brisanten Werk nicht in Verbindung gebracht werden, darum bezahlte er den Auftrag anonym und gewährte der Druckerei sämtliche zu erwartenden Einnahmen. Ihm ging es einzig um die Verbreitung der Texte. Der Druckereibesitzer staunte nicht schlecht über dieses Geschäft, erkannte aber die Brisanz und damit auch mögliche Gewinnaussichten. Da auch die Druckerei nicht in den Verdacht blasphemischer Veröffentlichungen geraten sollte, wurde das Werk über verschlungene Wege gut verbreitet.

Claude wusste nichts davon, hatte einfach Freude an diesem kleinen Spiel, Verbotenes mit unbestimmter Destination in die Welt zu senden. Das Schreiben entwickelte sich für ihn zum Balsam. Es ordnete sein inneres Tohuwabohu, zeigte ihm die eigene Hässlichkeit, aber, zu seinem größten Erstaunen, auch die schönen Seiten seines Daseins. Dass er je daran geglaubt hatte, die Kirche könne sogenannte Todsünden verwalten und ahnden, beschämte ihn nun sehr. Diese Relikte seiner Vergangenheit waren seine Furien, die ihn bewohnten und ihn verhöhnten. Ihnen entfliehen zu können, würde er gern sein Leben lassen. Aber auch das konnte er nicht, ohne weitere Schuld auf sich zu laden. Sophie de Mortain vertraute auf sein Versprechen, am Leben zu bleiben, sein Bruder Jean vertraute darauf und auch Simon, sein Quasimodo.

Claudine war bereits über drei Jahre alt, als einige Trinitarier das Schloss de Valois besuchten. Die Verbindung zu diesem Orden war nach wie vor eng. Man tauschte häufig auch Geschäftliches und Neuigkeiten aus, es gab Niederlassungen in Südfrankreich und Spanien. Diesmal berichteten die Patres aufgebracht über einen kleinen Gedichtband mit unscheinbarer schwarzer Leinenbindung.

»Ihr kennt mich als einen aufgeschlossenen Arbeiter im Weinberg des Herrn, Duc de Valois, doch was zu viel ist, ist zu viel«, donnerte Pater Pedro und rezitierte:

*Ich will nicht mehr erwachen*
*der Traum, er war zu schön.*

*Du standest vor mir*
*dein Lächeln taute rasch*
*mich Eismeer dahin.*
*Dein Rock war mir,*
*das Tor zum Himmel.*
*Du selbst hast mir*
*die Zugbrücke gehoben,*
*batest mich zu dir herein*

*Ich will nicht mehr erwachen.*
*Will in dir bleiben ewiglich.*

»Also wenn das nicht satanische Blasphemie ist, was dann? Wie kann man, hm, nun ja, ihr habt es ja gehört, also, das Weibliche, nun ja, wie kann man das als Himmelstor bezeichnen? Schlimm genug, es so direkt zu benennen, man hat ja sogleich ein Bild vor Augen, wenn man so etwas liest, aber es auch noch mit dem Himmel, der Ewigkeit gleichzusetzen, also das ist Verderbnis. Satan selbst könnte nicht sündiger schreiben!«

Pater Pedro lief rot an, so sehr regte er sich auf, er brauchte drei Gläser Wein, um sich zu beruhigen. Seine Begleiter senkten beschämt den Blick angesichts solcher Lektüre.

»Aber warum lest Ihr in diesem Werk, wenn es so schrecklich ist?«, fragte Raphael, innerlich recht amüsiert. Er musste sich dieses Büchlein des Monsieur Klaus Nerus unbedingt besorgen. Bestimmt würde es auch Agnès interessieren. Sie war eine Freidenkerin wie er. Dieses Gespräch fand aber nur unter Männern statt. Die Gedichte, die er nun überflog, ließen tatsächlich nichts an Deutlichkeit zu wünschen übrig. Ob er selbst auch so poetisch seine jahrelange innige Freundschaft zu Julien zu Papier hätte bringen können?

»Es ist unsere schwere Pflicht, diese Werke aufzuspüren, um sie zu vernichten und die Leute, bei denen wir so ein Teufelsbuch finden, der Inquisition zu melden. Und all unseren Brüdern im Glauben legen wir ans Herz, wachsam zu sein, um diesen verdammenswürdigen Schreiberling zu finden und der gerechten Strafe zuzuführen. In unserem Reisegepäck haben wir dreizehn dieser schändlichen Bücher und wollen sie Euch übergeben, damit wir den Kamin damit füttern. Die Bischöfe mehrerer Diözesen sind bereits alarmiert, denn leider ist diese Schändlichkeit schon fast in ganz Frankreich verbreitet. Ihr wisst ja, je verdorbener etwas ist, desto eindringlicher bringt Diabolus die Menschen in Versuchung.«

»Mon Père, wir haben Hochsommer, die Kamine sind kalt, aber in der Küche lodert täglich Feuer im Ofen«, meinte Raphael so gelassen wie möglich. Diskret wies er dann seinen Kammerdiener an, die Exemplare zu verstecken.

In den folgenden Tagen wurde dieses Thema nicht weiter erwähnt. Die Patres freuten sich, Gast im Schloss zu sein und die Annehmlichkeiten zu genießen. Beim Abschied baten sie noch einmal, die Fühler auszustrecken, um Monsieur Nerus zu finden. Dass der Name nicht wirklich existierte, war allen klar. Man befürchtete ihn allerdings im Gebiet der Appenzeller, der Name Klaus kam dort häufig vor, in Frankreich so gut wie nie. Somit wäre er allerdings wegen der Eigenständigkeit dieser eidgenössischen Bünde dem Einflussbereich der Inquisition entzogen.

Währenddessen freute sich Raphael diebisch der dreizehn

Exemplare. Es gab einige verlässliche Freunde, die er damit beschenken konnte. Natürlich durfte seine Mutter nichts davon erfahren, doch mit Agnès, Julien und Jean besprach er die Gedichte und schenkte jedem ein Buch unter der strengen Auflage, es geheim zu halten.

»Ob die Kirche weiß, wie sehr sie mit ihrem Verbot auf diese Texte erst aufmerksam macht?« Julien grinste. Jean freute sich, dazu auch etwas beitragen zu können. So gern hätte er direkt von seinem großen Bruder gesprochen.

»Ich hatte mal recht viel Kontakt zu einem Benediktiner. Der dachte nicht so eng, las sogar selbst verbotene Bücher. Allerdings interessierte er sich nicht für erotische Poesie oder überhaupt für solche Dinge. Er war durch und durch Mönch oder so sehr Wissenschaftler, dass er Frauen einfach nicht beachtete. Doch wenn er es getan hätte, wären diese Texte für ihn bestimmt keine Blasphemie gewesen, denke ich.«

Agnès errötete.

»Als Mönch ist es bestimmt besser, wenn erotische Versuchung gar nicht erst aufkommt«, lachte Raphael.

Sie versuchten, selbst Gedichte zu schreiben, lasen einander daraus vor, bildeten einen kleinen poetischen Zirkel. Raphael schwelgte dabei in Naturbetrachtungen, Agnès sang literarisch verschiedene Lobeshymnen auf Claudine. Jean fiel nichts Passendes ein und Julien beschrieb einen edlen, hochgewachsenen Prinzen mit Sternenaugen. Raphael stieß ihn liebevoll lächelnd an. Natürlich überzogen sie die verbotenen Bücher sofort mit Leder, denn der schwarze Einband war bereits ein Signal geworden. Man wusste ja nie, wo Spitzel der Inquisition lauerten und las darin nur hinter verschlossenen Türen. Agnès fühlte sich seltsam berührt. Weniger spannend fand sie die anzüglichen Gedichte, aber so manches Selbstanklagende, Sehnsuchtsvolle wirkte auf sie, als riefe es nach ihr.

*Dein Blick trifft meine Dürre*
*Feuer, brennender Dornbusch*

*Dein Blick trifft meine Dürre*
*Wasser, lebendes Wasser*

*Dein Blick trifft mich*
*tiefste Winkel meines*
*Herzenskerkers*

*Befreiung*

Die Worte brennender Sehnsucht konnte sie nicht beiseitelegen. Manches Gedicht kannte sie bereits auswendig und ahnte, warum sie so berührt davon wurde. Zwar war sie glücklich mit ihrer Tochter und dem liebenswerten Gemahl. Alle Menschen hier, sogar ihre Schwiegermutter, begegneten ihr wohlwollend. Und dennoch verzehrte sie sich nach Sophie, nach den Freunden der Truppe, nach dem freien Leben. Jean bildete einen kleinen Ersatz, doch leider sprach er oft von seinem Bruder, der wiederum für ihn Sehnsucht bedeutete, gemeinsam mit dem Glöckner, von dem er tausend Details erzählte. Von Dom Frollo zu hören, versetzte ihr jedes Mal einen schmerzlichen Stich, ein Grauen, welches sie frösteln ließ, auch mitten im Sommer.

Doch es gab noch einen Grund, warum die ungestillte Sehnsucht des Poeten sie berührte. Sie musste sich damit abfinden, nie den Mann ihrer Liebe zu finden, nie wieder das erfahren zu dürfen, was damals, als sie noch ein unbekümmertes junges Ding gewesen war, in ihr aufkeimte; sinnliche Freude. Phoebus' Hände, so sanft hatten sie an den Innenseiten ihrer Schenkel gestreichelt und ihre Mitte berührt. Schön war das gewesen.

Doch jedes Mal, wenn sie daran dachte, erfuhr sie den gleichen Schreck, die gleiche Vision eines Dämons, der sich wie aus dem Nichts auf den Geliebten stürzte und im selben Augenblick verschwand. Diese Erinnerung war so verschwommen, dass sie manchmal glaubte, alles sei nur ein Traum gewesen. Doch der Traum war ja zum Albtraum geworden. Nie würde sie die Frauen im Kerker vergessen, die Elenden. Sie selbst war nur knapp dem Tod entronnen. Und wieder war er da gewesen, der Dämon, als hilfreicher Retter und dennoch grauenerregend.

Sie legte die Hand auf den Bauch, der sich zusammenkrampfte, wann immer sie die Erinnerung an Dom Frollo heimsuchte. Er hatte sie geschändet. Und doch, das Schicksal belohnte sie reich für diesen Schmerz, mit Claudine. Wie schön der Name klang! Mit ihm verbunden das fröhliche Lachen, die strahlenden Augen, das muntere Herumspringen ihrer Tochter. Claudine ließ die Erinnerung an Claude Frollo nach und nach verblassen. Der Dämon verlor langsam seine Macht. Ein Kind besiegte ihn.

*Manchmal ist die Nacht gnädig zu mir.*
*Sie öffnet süße Erinnerung,*
*zeigt mir die Rosenblätter deiner Mitte,*
*zeigt mir die Knospen deiner Brüste,*
*gaukelt mir dein Liebessäuseln vor.*
*Du!*
*Göttin meiner Sehnsucht!*

Agnès las in dem geheimen Buch Gedichte wie diese und erkannte, dass sie sich nach solchen Worten sehnte. Doch es gab niemanden, der sie ihr sagte, und wenn es jemanden gäbe, mit dem sie solche Zärtlichkeit gern tauschen würde, beginge sie Ehebruch gegen ihren Gemahl, den sie niemals beschämen oder kränken wollte. Sie liebte ihn von Herzen und wäre selig gewesen, solche Gedichte von ihm zu erhalten, solches von ihm zu erfahren. Abgesehen davon aber war Agnès die glücklichste Frau. Ihre ganze Freude war Claudine. Mit Raphael, meist begleitet von Julien, konnte sie stundenlang plaudern, Vertrauen und Interesse aneinander wuchsen. Ihr war bewusst, wie märchenhaft sie lebte. Verglichen mit den Existenznöten der Zigeuner und oft auch der Ablehnung, die sie von den Bürgern erfuhren, konnte sie nur dankbar sein, hier mit ihrer Tochter so geliebt zu werden. Madame Veronique de Valois war ihr so herzlich zugetan, wie sie es in ihrer kühlen Art vermochte. Das Einzige, was ihr noch fehlte, war ein männlicher Erbe.

Die Vergangenheit holte Agnès manchmal noch in Träumen ein. Sie sah sich vor dem Galgen im Büßerkleid, mit abgeschnittenen Haaren und dem schweren Strick um den Hals. Dann wieder saß sie mit zerquetschten Beinen auf fauligem Stroh im feuchtkalten Kerker, wissend, dass sie nie wieder richtig gehen würde können. Sie spürte das Grauen wie damals von den Zehenspitzen langsam hinaufsteigen, bis es ihr Herz erreichte, das zu zerspringen drohte.

»Aufwachen! Aufwachen«, schrie ihr Geist, aber der Traum ließ sie nicht los, sie musste ihn ertragen. Zusammengekauert auf dem Turm der Notre-Dame sah sie Dom Frollo vor sich stehen. Zitternd konnte sie sich nicht vom Fleck bewegen, als habe er einen Bann über sie verhängt. Sein Blick war zutiefst traurig, todgeweiht. Er sah sie nicht gierig an wie damals, mit dem Wahn in den Augen, sondern wie das Gespenst seiner selbst, verloren. Und das machte ihn unheimlicher denn je. Mit hohler Stimme sprach er, ohne den Blick von ihr zu wenden:

*Ich schließe die Augen, um deine Schönheit zu suchen.*
*Immer bewohnt sie mich.*
*Immer erleuchtet sie meine Dunkelheit.*

*Ich fliehe die Welt,*
*um deiner Stimme zu lauschen, deinen Liedern,*
*die Leben bedeuten für mich.*

*Verscheucht habe ich dich, du Liebe.*
*Deine Unschuld liegt zerstört darnieder,*
*zerstört durch mich.*

*Elend bin ich*
*und muss mich ertragen.*

Sie saß kerzengerade auf der Liege. Fast wäre Claudine erwacht, die neben ihr auf der breiten Liege schlief, auch das ein Zugeständnis, das keiner anderen Adeligen gewährt wurde. Anouk eilte ins Gemach. Sie hatte einen lauten Seufzer gehört.

»Alles ist gut, ich habe nur schlecht geträumt. Aber würde es dir etwas ausmachen, ein Weilchen bei mir zu bleiben?«

Gern setzte sie sich zu ihrer Herrin. Diese rückte zur Seite und warf die Überdecke über die Zofe, welche längst zur Freundin geworden war. Im Eindösen fiel ihr ein, das Gedicht des Traumes im verbotenen Buch gelesen zu haben.

»Ich lasse mich doch nicht von einem Buch unterkriegen«, sagte sie sich und forderte Anouk auf, sich auszustrecken und auch ein wenig zu schlafen. Das war wie im Hof der Wunder, es war sogar wie im Zigeunerwagen, wenn sie eng an Sophie geschmiegt geborgen eingeschlafen war.

*Beschwingt schlenderte Albert in seine Bäckerei, ohne große Hoffnungen, Selma zu sehen. Er war ohnehin zu abgelenkt, denn gerade hatte er seinen Roman vollendet. Ganz euphorisch überlegte er sich sogar schon ein Cover, eventuell mit einem der Grotesken der Notre-Dame. Oh! Selma hatte Samstagsdienst. Viel war nicht los, darum sagte er locker:*

*»Eine Melange bitte und eine Zimtschnecke. Dazu würde ich mich freuen, Sie auch auf etwas einladen zu dürfen, ich muss diesen Moment einfach mit jemandem feiern.«*

*Sie dankte und bereitete sich auch eine Melange zu.*

*»Darf ich fragen, was es Schönes zu feiern gibt?«*

*Sie stellte das Gewünschte auf den Tisch und blieb erwartungsvoll stehen. Ihr Parfum war zwar nicht aufdringlich, aber deutlich wahrzunehmen. Er atmete tief ein. So viel Nähe hätte ihn sonst bestimmt eingeschüchtert, doch die Erfolgslaune beflügele ihn.*

*»Ich habe soeben meinen ersten Roman beendet. Natürlich muss er noch mehrmals korrigiert werden, aber alles, was ich schreiben wollte, ist geschrieben.«*

*Sie öffnete den Mund, neigte sich sogar etwas zu ihm.*

*»Wow! Ich gratuliere! Und worum geht es in Ihrem Roman?«*

*»Kennen Sie den ›Glöckner von Notre-Dame‹? Ich habe diese Geschichte quasi neu erzählt, also unter neuen Perspektiven. Verfilmt wurde das Werk ohnehin mehrmals, ist ja ein Klassiker.«*

*Da keine Kundschaft auf sie wartete, holte Selma ihre Kaffeetasse von der Theke und setzte sich zu ihm.*

*»Cool! Klingt echt gut«, nahm sie den Faden wieder auf. »Vor längerer Zeit habe ich den Disneyfilm davon gesehen, hat mir echt gefallen. Und wenn ich lese, mag ich meist historische Romane. Da kann man so richtig in die jeweilige Zeit reisen, sich für ein paar Stunden vom eigenen Leben entfernen. Das finde ich gut!«*

*»Ich würde mich sehr freuen, wenn Sie meine Geschichte Probe lesen wollten und mir ganz ehrlich Ihre Meinung dazu sagen könnten, Selma. Natürlich sollen Sie dafür ein Honorar bekommen, es ist ein relativ umfangreiches Manuskript«, hörte er sich sagen. Er fühlte sich wie stoned.*

*»Was? Im Ernst? Das ist ja super! Ich mache das sehr gern, aber natürlich ohne Bezahlung. Es ehrt mich, wirklich!«*

*Albert glaubte sich in einem Traum. Da kam Kundschaft herein. Selma eilte zur Theke und bediente. Währenddessen traten ein paar junge Leute ein, die sich an die Tische setzten. Auch diese wurden versorgt. Es ergab sich nicht mehr, in Ruhe zu plaudern. Beim Zahlen reichte er Selma einen Zettel mit seiner Telefonnummer und dem vollen Namen.*

*»Danke! Ich rufe Sie an, dann machen wir uns das aus mit dem Lesen.«*

*Er nickte und erwiderte ihr fröhliches, offenes Lächeln, so gut er konnte.*

# Personen

** historische Personen*
*** Personen aus »Der Glöckner von Notre-Dame« von Victor Hugo*

**Adelstitel** in absteigender Reihenfolge ihrer Rangordnung:
Duc: Herzog
Marquis: Markgraf
Comte: Graf
Vicomte: Vizegraf
Baron: Freiherr
Chevalier: Ritter
Seigneur: Gutsherr

## Protagonisten des Romans

**Bonarbre, Julien, Baron de:** Berater und Freund Raphaels de Valois
**Châteaupers, Phoebus, Chevalier de**:** Hauptmann in Paris
**Cuenca, José, de:** Anführer einer Zigeunertruppe
**Djali**:** gelehriger Ziegenbock
**Esmeralda (La)****: spanisch für Smaragd, Mitglied einer Zigeunertruppe
**Estouteville, Robert, de****: Stadtvogt von Paris
**Frollo, Claude, de Molendino****: Archidiakon von Paris
**Frollo, Jean, de Molendino****: Claude Frollos jüngerer Bruder
**Gringoire, Pierre**:** Dichter und Philosoph
**Lesable, Enzo**: Bettlerjunge
**Ludwig XI.*** (**): König von Frankreich, 1423 - 1483
**Lys, Fleur, de****: Verlobte des Hauptmanns
**Mortain, Simon, Comte de**: Sophies Vater
**Mortain, Sophie, Comtesse de**: muss flüchten

**Paloma:** Mitglied einer Zigeunertruppe
**Paquette Chantefleurie****: Tänzerin und Sängerin in Reims
**Pauline, Mutter (Mère)**: Äbtissin der Klarissen in Paris
**Quasimodo****: Glöckner von Notre-Dame
**Schwester Gudule****: Klausnerin in Paris
**Trouillefou, Clopin****: König der Rotwelschen
**Valois, Agnès, Duchesse de**: Gemahlin Raphaels
**Valois, Raphael, Duc de**: Erbe des Herzogtums de Valois
**Valois, Veronique, Duchesse de**: Mutter Raphaels

## Nebenfiguren

**Amalie, Schwester**: Klarissin
**Anouk:** Zofe von Agnès de Valois
**Beaumont, Louis, de** * (**): Bischof von Paris von 1473 - 1492
**Blancheforet, Agnès Comtesse de**: Mutter Paulines Nichte
**Boisvert, Vicomte de**: Direktor der Universität zu Chartres
**Bonpiers**: Schustergattin, Pflegemutter Quasimodos
**Bouget, Jean de**: Cousin der Duchesse Agnès de Valois
**Bourbon, Kardinal Karl de:***(**): 1433 - 1488, Hier: Ehrengast und Begleiter der flämischen Delegation beim Narrenfest am sechsten Jänner in Paris 1482
**Châteaupers, Philippe, Chevalier de**: Vater von Hauptmann Phoebus
**Coppenole, Maître Jacques****: Strumpfwirker und Sprachrohr der Delegation aus Flandern beim Narrenfest
**Coucy, Gregoire, Duc de**: Freund und Helfer der Familie Mortain
**Cuenca, Marie, de:** Gattin des Zigeunerführers José
**Dominik**: Bruder von Adèle de Mortain
**Etienne**: Mitglied einer Zigeunertruppe
**Frida**: Dienerin im Hause Frollo
**Frollo, Julie, de Molendino**: Frollos Schwester

**Frollo, Katherine, de Molendino** : Frollos Schwester
**Gensfleisch, Johannes***: genannt Gutenberg, um 1400 - 1468, Mainz, Erfinder des Buchdrucks,
**Gregoire, Pater**: Benediktiner, Nachfolger Frollos als Archidiakon
**Hunyadi Spicali, Mathias****: erster Berater der Rotwelschen
Isabel: Mitglied einer Zigeunertruppe
**Joseph, Saint***: Zimmermann, Gatte Mariens, der Mutter Jesu
**Karl VIII.***(**). Sohn und Nachfolger Ludwig XI., 1470 - 1498, später vermählt mit der Herzogin Anne de Bretagne von 1491 - 1498
**Margarete von Flandern*(**):** auch Margarete von Österreich aus dem Hause Habsburg, 1480 - 1530
**Marie**: Nichte Fridas
**Matha, Jean, de***: Ordensgründer der Trinitarier, 1154 - 1213
**Martin de Tour***: Heiliger Martin, geboren in Szombathely, Ungarn, gestorben am 8. November 397 in Frankreich; sein Gedenktag ist der 11. November, Kinder feiern ihn als Laternenfest. Sehr bekannt ist die Legende, da der junge römische Soldat Martinus seinen roten Mantel mit dem Bettler teilt. Martinus war der dritte Bischof von Tour.
**Matteo, Pater**: Leiter der römischen Inquisition in Paris
**Michelangelo Buonarroti, Caprese***: Maler in Rom, 1475 - 1564, schuf die Fresken der sixtinischen Kapelle, die Pietà im Petersdom und andere bedeutende Kunstwerke. In diesem Roman wurde sein Lebensalter fiktiv um ungefähr 25 Jahre vorverlegt, ebenso wie die Gestaltung der sixtinischen Kapelle, die er später unter Papst Julius II. durchführte. Die (hier erwähnten) berühmten Deckenfresken wurden 1512 enthüllt.
**Miguel**: Mitglied einer Zigeunertruppe
**Monique**: Zofe von Adèle de Mortain
**Mortain, Adèle de, Comtesse de**: Sophies Mutter
**Mortain, Elisabeth de**: Sophies Schwester

**Patrick, heiliger***: geboren ungefähr Ende des 4. Jahrhunderts, gestorben am 17. März 461 im County Down, Irland. Nationalheiliger, erster Missionar Irlands; Man feiert den hl. Patrik am 17. März, wie Katholiken allgemein den Sterbetag eines Heiligen als Gedenktag begehen in der Vorstellung, dies sei der Tag für den Eintritt ins Himmelreich. Am Saint Patricks Day trägt man allgemein grün, Irlands Nationalfarbe.
**Pleinforet, Louis, Duc de**: Gemahl von Elisabeth de Mortain
**Rolande, Madame de la Tour-Roland****: hier: Klausnerin aus dem 12. Jh., stiftete den Rolandsturm (Klause) in Paris. Da es keine geschichtlichen Daten Madame Rolands zu finden gibt, dieser Name aber einer monarchiekritischen Autorin rund um die Revolution 1789 zugeschreiben werden kann, ist es vielleicht eine Hommage Victor Hugos an sie. (Anmerkung der Autorin)
**Rosa**: Mitglied einer Zigeunertruppe
**Rousseau, Guillaume****: erster Minister im Reich der Rotwelschen
**Ruth, Schwester**: Klarissin
**Sanslieu, Alfons, Marquis de**: Gatte von Sophie de Mortain
**Sanslieu, Daniel, Marquis de**: Alfons' verstoßener Bruder
**Sixtus IV., Papst***: 1414 - 1484, gab den Auftrag zum Bau der sixtinischen Kapelle; verkündete ex Kathedra das Dogma der Unbefleckten Empfängnis; gilt unter Historikern als besonders korrupt
**Valois, Andrè Duc de**: Bruder Raphaels
**Valois, Felix de*, de**: Ordensgründer der Trinitarier, 1127 - 1212
**Valois, Maxime de, Duc de**: ältester Bruder Raphaels

## Personen der Rahmenhandlung

**Alden, Albert**: Dozent für Romanistik in Wien
**Alden, Emma**: Exfrau von Albert Alden

**Alden, Leon**: Sohn von Emma und Albert Alden
**Freud, Sigmund***: Begründer der Psychoanalyse, Wien, 1856 - 1936
**Hugo, Adèle II***.: jüngste Tochter von Adèle und Victor Hugo, inspirierte den Dichter (siehe »Les Miserable«), 1830 - 1915
**Hugo, Adèle*, geb. Foucher***: Victor Hugos Frau, 1803 - 1868
**Hugo, Victor***: Paris 1802 - 1885, Verfasser von »Notre-Dame de Paris«, »Les Miserables« und anderer bedeutender Werke, politisch engagiert
**Luis Philippe von Orléans** *: 1773 - 1850, wurde als liberaler König nach den »drei glorreichen Tagen« der Julirevolution 1830 eingesetzt
**Mike**: Uni-Kollege Albert Aldens
**Rousseau, Jean Jacques***: Genf, 1712 - 1778, Philosoph, Pädagoge, Naturforscher und Komponist der Aufklärung
**Selma**: Verkäuferin in einer Bäckerei
**Tante Hilde**: enge Vertraute Albert Aldens
**Thomas**: Lebenspartner Emma Aldens

# Anhang

**Agnus Dei**: latein; liturgisches Gebet, »Lamm Gottes, du nimmst hinweg die Sünde der Welt, erbarme dich unser …«
**Alea iacta est**: latein für »Die Würfel sind gefallen«. Wörtlich steht es hier in der Einzahl
**Allegorie**: aus dem Griechischen, personifizierter oder bildhaft dargestellter abstrakter Begriff, z. B.: die Jugend, das Alter, der Hass
**Angelus**: latein, für Engel, ein kurzes Gebet, dreimal täglich: »Der Engel des Herrn brachte Maria die Botschaft …«
**Apsis**: aus dem Griechischen, in Kirchen Altarraum, oft von einer Halbkuppel überwölbt
**Archidiakon**: aus dem Griechischen, Erzdiakon, hier: vielschichtiges Amt eines Geistlichen, der in jener Zeit auch Befugnis in der Gerichtsbarkeit hatte.
**Aspirant**: latein, Ordensanwärter
**Ave Verum**: latein, Anbetung des Leibes Christi: »Sei gegrüßt, wahrer Leib, geboren von der Jungfrau …«
**Benediktiner**: Klausurorden, später lehrend, Gründer: Benedikt von Nursia 529 in Subiaco, Italien; schwarze Ordenstracht
**Blasphemie**: Gotteslästerung bzw. Lästern gegen Heiliges
**Bourbonen**: französisches Herrschergeschlecht, l'ancien regime, 1589, Heinrich IV. bis zum Ausbruch der französischen Revolution 1789, Absetzung und Enthauptung des letzten regierenden Bourbonen, Ludwig XVI. 1793
**Confessio Pecati Mei**: latein, Schuldbekenntnis
**Credo**: … in unum Deum, Patrem omnipotentem …: latein, »Ich glaube an einen Gott, den allmächtigen Vater …«; Glaubensbekenntnis
**De Profundis**: latein, Psalm 130 »Aus der Tiefe rufe ich, Herr, zu dir …«

**Diabolus**: aus dem Griechischen, Durcheinanderwirbler/Synonym für Satan, Teufel, Mephisto, das Böse, Fürst der Welt, Luzifer, der Gott-sei-bei-uns, der Leibhaftige …

**Dominikaner**: 1216 in Toulouse als Gelehrten- und Wanderorden gegründet, unterstützten besonders die Inquisition. Dominikus betete als Erster den Rosenkranz nach einer spirituellen Intuition; Ordenstracht weiß mit schwarzem Mantel

**Ecu d'Or**: Währung, vergleichbar mit einem Golddukaten

**Ecu**: Währung, hochwertige Münze

**Fehdehandschuh**: symbolische Geste als Antwort auf eine Beleidigung, für die Genugtuung verlangt wird. Im Mittelalter wurde der Handschuh dem Gegner vor die Füße geworfen (unter Rittern), im 18. Jh. ins Gesicht geschlagen (Handschuh aus feinem Leder)

**Franziskaner**: Bettelorden, Gründer: Franz von Assisi, Italien 1210; braune Ordenstracht

**Furien**: griech. Mythologie; drei Rachegöttinnen, »Erinnyen«

**Gargoyls**: französisch, Wasserspeier

**Guapissima**: spanisch, guapa bedeutet hübsch, guapissima die Hübscheste

**Habit**: Ordenstracht

**Hof der Wunder**: hier: von den Rotwelschen besetzte zusammenhängende Häuser mit großem Innenhof nahe des Place de Grève. Das »Wunder« bezieht sich darauf, dass Behinderungen, die tagsüber bettelnd zur Schau gestellt wurden, abends im Reich der Rotwelschen nicht mehr vorhanden sind.

**Hohelied**: Altes Testament, poetisches Lob auf die Liebe, König Salomo zugeschrieben

**In Silencio**: latein, in Stille

**In vino veritas**: latein, im Wein liegt die Wahrheit

**Josas**: hier: Wirkungsbereich des Archidiakons Dom Frollo

**Karmelitinnen**: Niederlassung in Paris: 1318, strenger Klausurorden; schwarze Ordenstracht

**Ketzer**: jemand, der eine andere Meinung vertritt, als allgemein vorherrschend (vor allem in christlichen Belangen), auch Häretiker genannt
**Klarissen**: gegründet von Franz von Assisi und Klara von Assisi, Italien; ab 1215 leitet Klara ihre Gemeinschaft als Äbtissin und folgt den Regeln des Bettelordens der Franziskaner; Ordenstracht: brauner Habit, schwarzer Schleier
**Klause**: Einsiedelei
**Klausur**: latein, verschlossen; hier: Bereich in Klöstern, der nur von Ordensmitgliedern betreten werden darf/auch Prüfungsarbeit unter Ausschluss von Hilfsmitteln oder Austausch
**Kohelet**: Prophet, Altes Testament; Weisheitstexte
**Komplet**: Stundengebet der Nacht
**Laudes**: Morgengebet der Kirche
**Les Trois Glorieuses**: Julirevolution 1830, vom 27. - 29. Juli; das, trotz der Revolution noch immer einflussreiche, Adelsgeschlecht der Bourbonen wurde vertrieben. Das Bürgertum ergriff die Macht in einem liberalen Königtum unter Louis Philippe von Orléans
**Liturgie**: religiöse Riten und Zeremonien im Gottesdienst
**Livres**: Währung, entspricht etwa zehn Ecus
**Magnifikat**: Lobgesang Mariens, nachdem sie Christus empfangen hatte. Es wird ein Sieg der »Kleinen und Schwachen gegen die Mächtigen« besungen
**Mauren**: Islamische Invasion auf die iberische Halbinsel durch Beduinenstämme Nordafrikas, die Mauren, aber auch durch Araber, 711 – 1212; sie ging später mit bedeutendem kulturellem Aufschwung und architektonischen Leistungen einher (Alhambra in Granada!). Der Sammelbegriff »Mauren« bezeichnet alle Muslime Spaniens jener Zeit, die einen Teil der Bevölkerung ausmachte.
**Ministranten**: Messdiener, damals ausschließlich Jungen
**Mittelalter**: Ende der Antike bis zum Beginn der Neuzeit, 6. bis Ende des 15. Jahrhunderts

**Mysterienspiel**: auch Moralitat genannt; Bühnenstück mit belehrendem, aber auch märchenhaftem Inhalt
**Novize:** Ordensanwärter in Ausbildung
**Novizenmeister**: ausbildender Mönch, zuständig für Novizen
**Ora, labora et lege (in biblia)**: latein, Ordensregel der Benediktiner; »Bete, arbeite und lies (in der Bibel)«
**Pater Noster**: latein, Vater Unser
**Peinliches Verhör**: Bezeichnung für die Folter von Hexen und Ketzern
**Prim**: Gebet der Kirche zum Morgengrauen
**Psalmen, auch Psalter**: 150 Lieder des Alten Testaments
**Putzenscheiben**: Bleiumrahmtes Pressglas; frühe Art der Verglasung, jetzt noch oft für bunte Kirchenfenster in Verwendung
**Refektorium**: Speisesaal innerhalb der Klausur eines Klosters
**Reliquie:** Andenken an Heilige, die in der katholischen Kirche verehrt werden. Es kann sich dabei um Skeletttteile des/der Heiligen handeln, oder auch um ganze mumifizierte Körper, aber auch Stoffreste ihrer Kleidung. Als besondere Reliquie gelten Splitter des vermeintlichen Kreuzes, an dem Jesus von Nazareth starb. Sammelte man all diese Splitter, würden das viele Kreuze ergeben. Die Reliquienverehrung spornte Pilger an, sie zu besuchen. So waren sie eine gute Einnahmequelle die Kirche.
**Renaissance**: Umbruchszeit vom Mittelalter zur Neuzeit im 15. und 16. Jahrhundert; besondere Hinwendung zu antiken Schriften und Philosophen; humanistisches Gedankengut nimmt zu, religiöse Vorherrschaft nimmt ab
**Requiem**: Messe für Verstorbene
**Rotwelsche**: Gaunersprache für Vereinigung von Randgruppen, Außenseitern, oft auch Verfolgten oder Kriminellen
**Sakristei**: Raum neben der Apsis, in dem sich sakrale Gegenstände und Gewänder befinden; hier kleiden sich Priester, Diakone und Ministranten vor dem Gottesdienst liturgisch an.

**Salve Regina**: latein, Marienlied: »Sei gegrüßt, Königin, Mutter der Barmherzigkeit …« Wird gern am Ende eines Gottesdienstes gesungen
**Sephardim**: Bezeichnung für Juden im mittelalterlichen Spanien; wurden mit den Mauren 1492 vertrieben
**Skapulier**: Überwurf über Brust und Rücken in der Tracht mancher Orden
**Sol**: Währung, mittelwertige Münze
**Sou**: Währung, kleinste Münze
**Stundengebet**: Gebet der Kirche, welches den Tag umrahmt; für Geistliche und Ordensleute verpflichtend
**Tiara**: Papstkrone, dreiteilig
**Tohuwabohu**: hebräisch für Chaos
**Tora**: Die fünf Bücher Mose, erster Teil des Tanach, der hebräischen heilige Schrift der Juden, zugleich erster Teil der christlichen Bibel, das Alte Testament
**Tricolore**: Flagge mit drei gleich breiten Streifen, senkrecht oder waagrecht; hier die französische Flagge, 1794 zur Nationalflagge erkoren
**Trinitarier**: Dreifaltigkeitsorden, gegründet 1198 in Paris von Johannes von Matha und Felix von Valois zur Befreiung gefangener Kreuzritter; Ordenstracht weiß mit großem rot-blauem Kreuz auf dem Skapulier
**Vesper**: Stundengebet des Abends
**Zigeuner**: Hier: Fahrende Gaukler, meist aus südöstlichen Regionen; bis vor wenigen Jahren wurden in Europa vorwiegend Roma und Sinti »Zigeuner« genannt, was als Schimpfwort gilt.